JN307074

クラシックシリーズ4

千里眼の復讐

松岡圭祐

角川文庫
15193

目次

『千里眼　運命の暗示　完全版』より続く
岬美由紀が帰国に至る数日前——

チョコレート

南京國際《ナンチンクオチー》戰爭《ツアンツオン》監獄の老朽化は激しい。独房棟に長く延びる狭い通路のコンクリート壁はいたるところで剝《は》がれ落ち、雨漏りが床にどす黒い苔《こけ》を繁殖させる。水溜《みずたま》りもできていた。

とりわけきょうのように、激しく雨の降る日にはその範囲も増える。内勤の服装規定では軍服に革靴と指定されているが、ここでは長靴が重宝する。咎《とが》める者など誰もいない。この人民解放軍管轄下の特殊な刑務所で法務の最高顧問に就いている賈蘊嶺《チアユンリン》も例外ではなかった。法は絶対ではないと賈は思った。もしそうなら、いま会いにいこうとしている服役囚が命を留《とど》めているはずもない。

前を歩いていた看守が、最も奥に位置する独房の前で立ちどまった。彼が扉を開けようとしているあいだに、賈は壁に目を向けた。薄汚い鏡に映る自分の姿を見やる。神経質そうに痩《や》せこけた三十半ばの男。銀縁眼鏡の眉間《みけん》を指先で押してみる。いまその顔がなにを考えているのか、客観的に観察できるだろうか。私の心は、表情のどこかにあらわれているだろうか。

わからない。何も読みとれやしない。自分の顔ですらそうなのだ、人の表情とは仮面に等しい。

鉄格子の扉を横に滑らせると、看守が独房のなかに怒鳴った。「服《フー》役《イー》囚《チウ》禁《チン》三《サン》一《ヤオ》六《ルー》八《パー》號《ハオ》！是《シー》會《ホイ》見《チエン》。立《リー》！」

だが、独房に動きはなかった。

高いところに位置する小さな窓に、陰鬱《いんうつ》な雨雲がのぞいている。そこから差しこむわずかな明かりだけが、独房内を照らす。

狭く、汚く、じめじめしていて、異臭すら漂っている。常人なら五分で音をあげるであろう、ひどく閉塞《へいそく》感に満ちた空間。

ひとりの女が、その壁ぎわに膝《ひざ》を抱えてうずくまっていた。

青い囚人服一枚を身につけたその女は、視線を落としたままぴくりとも動かない。

新米の看守なら、怯《おび》えて固まっていると考えるかもしれない。しかし、この刑務所に長年勤めあげた賈にはわかっていた。女は何も恐れていない。震えひとつ見当たらない。

目がこちらに向けられていないからといって、油断などできない。相手はいつ飛びかかってくるかもしれない豹《ひょう》も同然だ。

獣にはまず餌だ。賈は、携えてきた板チョコの包みを女の足もとに投げた。

女の顔がわずかにあがった。

化粧が落ち、すすで汚れていても、一見して端整とわかるその顔。大きな瞳《ひとみ》が、床に落ちた物を見やる。

賈はいった。「是在你的國家被製作了的巧克力《きみの国のチョコレートだ》。是明治乳業的品《明治乳業の板チョコだよ》」

沈黙があった。水滴が落下する音だけが、断続的に響く。板チョコの包装紙も雨に濡《ぬ》れつつあった。

やがて、女はかすれた声でつぶやいた。「終於是槍斃刑罰《いよいよ銃殺刑ってわけ》」

ふんと鼻を鳴らし、賈は首を振ってみせた。「不對《違うよ》。わが南京國際戰爭監獄では、死刑囚に菓子の差し入れをする風習はない。きみの国ではそうかもしれないがね。李慶恩《リーチンエン》先生。いや、岬美由紀《みさきみゆき》」

美由紀は賈を見あげることはなかった。ほっそりとした腕を伸ばし、板チョコを拾いあげる。

痩せた身体に見えるが、それは異常なほど引き締まった筋肉のせいだ。プロポーションは抜群だが、全身が無駄のない俊敏さを生みだす動力源となる。

　だが、いまの美由紀に変化はなかった。緩慢な動きのまま板チョコを顔の前に持っていくと、それをぼんやりと見つめただけだった。

「新品ね」と美由紀は小声でいった。「賞味期限がまだずっと先」

「日本大使館がきみにと贈ってきたものだ。人民解放軍の施設ではチョコレートの持ちこみを禁じている。これは初めての例外というわけだ」

「……チョコを所持してたら罰則なの？」

「非人道的か？　決まり文句だな。アメリカとイギリスの航空会社も、客室乗務員が自分で食べるためのチョコを機内に持ち込むことを禁止している。きみらの国の兵庫県警も交番で巡査がおやつを食べるのを禁じた。われわれがやってはいけない理由がどこにある？」

　美由紀は指先で板チョコをもてあそんでいた。「農薬が付着していないと言い切れる？」

「ギョーザと一緒にするな。きみを毒殺する気なら、わざわざ私が来たりせん」

「わたしに聞きたいことでも？」

「どうかな。私の顔を見て、判断できるかね」

　ようやく美由紀は賈を見あげた。

　その虹彩《こうさい》は瞬時にいろを変えた。一瞬にして賈の顔に焦点を合わせ、複数のポイントを読みとるがごとく眼球が上下左右に移動した。

すぐにまた美由紀はうつむいた。「物ほしそうな顔。頼みごとがあって来たわけね」

「……ああ」

思わず息を呑《の》んだ。これが噂の千里眼か。鋭いまなざし、的確な観察力。たしかに、脳細胞や血管のすべてをスキャニングされたかのような錯覚に陥る。

賈は咳《せ》きばらいした。「香港で不審な失踪《しっそう》事件が多発している。老若男女、あらゆる住民が姿を消してる」

「香港のどのあたり？」

「大埔《タイポー》の商業地区だ」

「田舎ね。半農半漁の古い街並みのはず。党中央本部は、さほど豊かでない市民の消息も気にするの？」

「大埔にあるのは農地と港ばかりじゃない。工業地帯もあるし、その西には新興住宅地もある。マンションには富裕層も住んでる。警察関係者、国家公務員とその家族。実業家も多数含まれてる」

「国内の失踪事件は警察の仕事でしょ。人民解放軍が乗りだす必要があるの？」

「二年にわたり香港警察当局が捜査したが手がかりなし。その後、人民警察が介入し、党中央部が公安部を派遣、最後に人民解放軍にまで協力も要請してきたわけだ。その間も失踪者は増えるいっぽうでね。現在までに百十二人が姿を消した。互いに共通点のない、見知らぬ者どうしがだ」

「わたしに捜査に加われって？」

「公安部の話では、容疑者と呼べるほどではないが不審な人間には当たりをつけているらしい。そいつが何を知っているのか、あるいは知らないのか、言葉だけでは判断がつきかねるらしくてね」

「……で、わたしにお鉢がまわってきた、と」

「そうとも。動体視力と臨床心理学の知識で表情筋から感情を見抜くスペシャリスト、ついたあだ名が千里眼。ぜひ現場に引っ張ってきて、対象となる人物の心のなかを見抜いてほしいと、そういうわけでね」

「断ったら？」

「きみがここから逃がした窓原茂行《まどはらしげゆき》……本名は趙元《チヤオユワン》宗《ツオン》だったな。彼と同じ末路だろう」

「どうなったの？」

「けさ銃殺された」

美由紀の顔に、かすかに悲痛のいろが浮かんだ。抗議するような目がじっと賈を見つめる。

賈はため息まじりにいった。「日本人を装って金の密輸に手を貸していた犯罪者だ。同情の余地などない」

「彼は懲役刑だったはずでしょ」

「知ってのとおり、ここでは私の権限で国家の司法から独立した特殊な裁定が下される。あの男は本来、処せられるべき刑に処せられた。それだけのことだ」

「またこじつけの法的解釈で、判決を操作したのね」

「ロナルド・ドゥウォーキンの言葉を借りれば、法律は慣習や事実のようにあらかじめ存在するものではなく、法律に携わる者が作る解釈の一種である。きみの解釈もなかなか傑作だったよ。ハーグ陸戦条約、第一章二十三条六項と日章旗か。頭の回転の速さも相当なもんだ」

「わたしの刑期は、二百年から動かせないと聞いたわ」

「そうでもない。きみもいったろ？　中華人民共和国刑法では、重大な立功行為があった服役者は減刑することになっている」

「元の刑期の半分以下にはならないはずよ」

「それがね。可能ではある。きみは不法入国者だが、その道中で数々の国家的貢献を果たした。瘦西湖畔遊樂園《ショウシーフーパンユーローユアン》で趙と一緒に捕らえた凱遵憲《カイツウンシエン》の自供で、密輸団の全容があきらかになったからな」

「偽ディズニーランドの存在自体が国家的犯罪だと思うけど」

「批判はよせ。私はきみを嫌ってはいないが、陳嘉煌《チエンチヤホワン》中将は別だよ。法廷できみがついた嘘に対し激怒してる。彼がいつ私に圧力をかけてくるかわからない状況だ。岬美由紀の刑を懲役から銃殺に切り替えろ、とね」

「……わたしは、自分の行いを後悔してないわ」

「強情を張らんでくれたまえ」賈は苛立《いらだ》ちを抑えながらいった。「ある意味でこの国の人民すべては、きみに恩があるといっても過言ではない。それらひとつずつを立功行為として計算していけばいい。ひとつめの貢献で刑期が半分。ふたつめでまた半分……。最終的に刑期は無に等しくなった。そう記録に残せばいい」

「陳中将が納得するかしら」

「反発はあっても最終的には私の意見が通る。法の力は絶対でね」

美由紀は関心をなくしたかのように、また目を伏せた。

聞き分けのない女だ。かつて軍事法廷を侮辱した罪を帳消しにしてやろうというのに、こちらの好意をすなおに受けいれないとは。

「嫌ならいい」賈は背を向けてみせた。「日本でも、きみに救いを求めている人が少なからずいると思うがね。きみはその責任を果たさずに死んで、本当に悔いはないのか？」

板チョコを手にした美由紀は、じっとその包装紙を見つめていた。

無視などできまい。岬美由紀はただ自分勝手な女ではない。他者の幸せのためにすべてを賭《か》けようとする。その衝動があるかぎり、同胞を見捨てることはできないはずだ。

しばらくして、美由紀はぼそりといった。「行くわ」

「……よし。着替えを用意する。出発の準備に入れ」

それだけいうと、賈は独房をでた。かしこまって立つ看守の前を抜けて、足ばやに通路を進んでいく。

ほっと胸を撫《な》でおろしたい気分だった。

彼女は日本人だが、その存在は救世主に等しい。いくらかの背徳行為があったからといって、ここで死なせていい理由にはならない。私は誇りに思っていいはずだ。彼女と初めて会った日、知恵比べに敗北し、法廷で負けたことを。あの日、彼女の嘘が見抜けないまま帰らせたことを。

港町

南京軍区の刑務所をあとにして、すでに四十八時間近くが経過していた。

岬美由紀は、警察車両が先導するセダンの後部座席におさまり、大埔の吐露港《トウールーカン》沿いに広がる古い街並みを眺めていた。

空はどんよりと曇り、小雨が窓ガラスに降りつける。この香港では、つい先日の日中戦争の影響は少ないと聞いていたが、皆無ではなかった。人民軍の高射砲がまだ撤去されず、街のいたるところに残っている。林村河口《リンツウンホーコー》付近にはロシア製駆逐艦も停泊していた。

並んで座っている賈が声をかけてきた。「わが軍の装備が気になるかね?」

美由紀は賈に目を向けた。

賈は手もとの書類を眺めたままいった。「ここでの混乱は本土ほどではなかった。在日米軍の空爆もなかったわけだしな」

「尖閣《せんかく》諸島では激しい攻防戦があったそうだけど……」

「双方それなりの犠牲をだした。国際法上の宣戦布告には至っていなかったが、場所によっては戦争はすでに始まっていた」

美由紀は思わず目を閉じた。

あの夜、対空砲火の音を聞きつけていたとはいえ、少林寺のあった嵩山《ソンシャン》は軍事基地もない山奥だった。わたしには、戦況のすべてが見えていたわけではなかった。

けれども、すでに殺し合いの火蓋《ひぶた》は切って落とされていた。何人が死んだのだろう。人民軍、そして自衛隊にどれだけの犠牲者がでたのだろう。

心配が募って、美由紀はきいた。「公式な被害記録は？」

「いまは目の前の問題に集中したまえ」賈は書類のファイルを閉じて、美由紀を見た。その眉間《みけん》に皺《しわ》が寄る。「刑務所をでる前にシャワーは浴びたんだろう？　どうして化粧をしない？」

「……必要だった？」

「スッピンでも充分にきれいだが、額に切った痕《あと》が残っている。頬もかすかに内出血しているし」

「気にはならないと思うけど。たいした怪我じゃないし、もう治りかけてるし」

「たしかに、少林寺できみがどんな目に遭ったのか知っている人間からすればね。でもこれからは、香港の一市民と顔を合わせることになる。きみが岬美由紀であると気づくかどうかに拘《かか》わらず、相手には不審を与えないほうがいい。メイク用具は渡してあるだろう?」

　美由紀は苦笑して、手錠のかけられた両手を高く上げてみせた。「この状況で化粧するの? 手鏡を持ちながらアイラインを引くこともできないんだけど」

　賈はやれやれという顔をして、助手席の兵士にいった。鍵《かぎ》を寄越せ。

　受け取った鍵で手錠を外しながら、賈はつぶやいた。「逃げだしたら、今度こそ容赦しないぞ」

「わかってるわ」美由紀はため息をついてみせた。「鬼ごっこなら一生ぶん遊んだから」

　ふん。賈は鼻を鳴らして、手錠を兵士に投げかえした。「本当はきみを締めあげて吐かせたいことが山ほどあった」

「どんな?」

「たとえばだ。吉林《ジーリン》省の図們江《トウーメンチャン》で脱北者の支援団体と接触しただろう」

「知らないわ」

「そうくると思った。私も嘘が見抜けるようになりたいよ」

「中国にとって北朝鮮は友好国でしょ。飢餓に苦しんでいる人たちは受けいれるべきよ」

「ところがね。このところの両国は、きみらが思っているほど良好な関係ではなくてね」

「え？」

「一年前、国境にある白頭山《パイトウサン》の山麓《さんろく》に鉱物が埋まっていることがわかった。ゼフテロシウムだ」

「ゼフテロシウムって……。希少金属《レアメタル》の？」

「そうとも。それもレア中のレアだ。なにしろ世界じゅうで出土した総量をあわせてもまだ二トンほどしかないのだからね。白頭山にはその十倍ほどが埋まっている」

「火山灰の堆積《たいせき》した地層の比較的浅いところに生じるのよね？」

「さすが、よく知ってるな。わが国には火山そのものが少なく、しかもゼフテロシウムを埋蔵しているとなれば、長年の友好関係にひびが入っても当然だろう」

　結局、資源を巡る対立か。利権は国家にとって思想などよりずっと重要だという、いい証明だった。

　とはいえ、それは日本にとっても無視できない問題となるに違いない。国土にゼフテロシウムを有する国は二十一世紀を制するとさえいわれる昨今、どちらの国が所有するかでアジアの将来は大きく変わることになる。

　重要な資源でありながら少量にしか採掘できない金属、それがレアメタルだった。プラチナ、タングステン、クロム、ニッケル、コバルト、マンガン……。精密機械の極小の部品などに使われるそれらは、経済成長著しいアジア各国のあいだで常に激しい争奪戦が展開されている。

なかでもゼフテロシウムの希少度と価値は群を抜いていた。微量の放射線と磁力を有するのが特徴で、合金素材に加工すれば、紙ほどの薄さながら銃弾も貫通できないほどの強度を発揮する。六千度の熱にも耐える。それでいて、驚くほど軽い。同じ面積の、紙よりも軽いというから、想像を絶する金属だった。

美由紀はつぶやいた。「よく発見できたわね。従来の探知方法では検出できないって話なのに」

「偶然だよ。白頭山で登山者が大怪我を負い、国際赤十字によって血清が運ばれた。ところが現場に着いたら、その血清の温度が不自然に変移していてね」

「放射線の影響でリンパ球が死滅したせいね」

「そのとおりだよ。WHOを通じて国連の知るところになってからは、諸外国も必死になった。先の開戦騒ぎでも、アメリカ軍は吉林省にF22をさかんに飛ばしてた。日中開戦を口実に、白頭山を真っ先に占領する思惑があったんだろう」

「まさか。安保条約に基づいて参戦しただけなのに、侵攻だなんて……」

「ちっぽけな国で幹部自衛官を務めただけじゃ理解できないだろうがね。大国どうしのせめぎあいは常に実力行使だ。何がいいたいかわかるか？　ペンデュラムによる企《たくら》みが開戦の危機をもたらしたのだとしても、それがすべてではないということだよ。世界のパワーバランスは常に不安定で流動的だ。戦争はいつでも起こりうる」

美由紀は複雑な思いにとらわれた。

危うい均衡にこそペンデュラムのような集団はつけこんでくる。どうしてそのことを学ぼうとしないのだろう。大勢が犠牲になったばかりだというのに。彼らはいったい、何のために死んだというのだろう。

航空自衛隊の仲間だった男たちの顔が目の前にちらつく。彼らは出撃したのだろうか。そして、無事だったろうか。

岸元涼平《きしもとりようへい》……。そして、伊吹直哉《いぶきなおや》……。

賈が窓の外を覗《のぞ》きこんだ。「着いたようだ」

美由紀は我にかえって、車外に目を向けた。

開発の進む新界《シンチエ》のなかにあって、この一帯には昔ながらの素朴な街並みが残っている。富善街《フーシャンチエ》沿いに連なる店は商品棚を道路にまで突きだしていて、市場さながらだった。生鮮食品や日用雑貨がところ狭しと並び、大勢の人々で賑《にぎ》わっている。

その一角、古い雑居ビルの一階部分は瀟洒《しょうしゃ》な洋風のパン屋になっていて、何台ものパトカーが連なって停車している。警官たちは野次馬の整理に追われていた。

セダンが停まると、賈がドアを開けて外に降り立った。それから中を覗きこんできて、美由紀に告げた。「きみはメイクを済ませてから降りろ。できるだけ厚い化粧をして、報道されたきみの顔とは違う印象にしてくれるとありがたい」

「どうして？」

「見てわからないか？」賈は呆《あき》れた顔をして、辺りの雑踏を指し示した。「きみらの国の十倍の人口、ここにいるのはそのほんの一部だ。果たして全員、暗示が解けていると思うか？」

心のなかに暗雲がたちこめてくる。

美由紀は重苦しい気分になった。賈のいうとおりだ。十年もの歳月をかけて全人民に浸透した暗示。開戦に至るほどの緊張は緩和されても、決して即座に消滅することはないだろう。

日本、そしてわたしに対する反感。意図的に操作されたものだったと知りえても、いちど芽生えた感情は容易に立ち消えることはない。誰もが憎しみを捨てきれない。暗示の効力はなおも尾を引いている。わたしはまだ、この国の人々と心を通わせられない。

ブレスレット

美由紀が刑務所をでるときに着替えたレディス・スーツは、少林寺で人民解放軍に身柄を拘束されたときに身につけていたものだった。その数日前に、国際弁護士を名乗るために南京市街の安売り店で買い、ずっと着たままだった服だ。そのためあちこち破れていたが、いまは目立たないていどに修繕してある。クリーニングもしてあったが、汚れは完全には落ちきっていない。

襟もとの染みが特に気になる。血痕《けっこん》だった。襟を深く折り返してそれを隠しながら、美由紀は賈につづいてパン屋のなかに入っていった。

狭い店内は私服と制服の警察関係者でごったがえしていた。メロンパンに似た形状の菠蘿包《ポールオパオ》が陳列棚に並んでいる。この界隈《かいわい》のパン屋にしては丁寧な作りに見えた。品質優先、高級志向の店舗ということだろう。

賈はレジカウンターを抜けて、戸口をくぐっていった。美由紀もそれに従った。

厨房《ちゅうぼう》にも大勢の人間がひしめいていたが、すぐに目にとまったのは、椅子に座っているひとりの若い男だった。

男は両手を後ろにまわしていた。手錠をかけられているらしい。身につけているのは調理師用の白服で、おそらくはここの従業員なのだろう。年齢は二十代、げっそりと痩《や》せた顔は青ざめて、怯《おび》えた顔で辺りを見まわしている。

その男を取り囲むようにして立っていたスーツ姿のうち、小太りの中年男が賈と言葉を交わした。それから美由紀に目を移してきて、にやつきながら近づいてきた。

「これはこれは。噂の千里眼のご到着ですな。香港は初めてですか？　先日の騒動ではお立ち寄りにならなかったでしょう？」

美由紀は油断なくきいた。「あなたは？」

「香港警察刑事局の鄒《ツオウ》警部補です」鄒は美由紀の服装を値踏みするような目で眺めた。「捜査に服役囚の手を借りるのは前代未聞のことですよ。とりわけ本土の人民軍に捕まった囚人はね」

賈が険しい顔になった。「警部補。さっそく用件に入ってほしいんだが」

「いいですよ」鄒は椅子に座った若者を指差した。「この男は樊昭堂《ファンチャオタン》といって、この店のパン職人見習いです。大埔に住む不特定多数の人々の失踪《しっそう》事件に関与しているものと思われます」

樊はこちらに目を向けた。「でたらめだよ。僕は何もしちゃいない」

「だまれ」鄒はポケットから小さなビニール袋を取りだした。「岬さん。これ、なんだかわかりますかな?」

「ブレスレットね。ブルガリのオニキスブレス」

「ご名答。それもダイヤをあしらった限定品で、昨年十二月に大埔西部で姿を消した女性が所有していたものでしてね。あろうことかこの品物が、樊のロッカーからでてきた。まだ見習いの分際で、ろくな給料ももらっていないのに、こんな物を持っているなんていかにも不釣合いでね。不審に思った店主が通報して発覚した」

「……失踪した女性の持ち物に間違いないの?」

「もちろんですとも。シリアルナンバーが刻印されているので、購入者名簿と照合した結果、揺るぎない事実と判断されました」

そのとき、樊が口をはさんだ。「いってるだろ。貰《もら》ったんだよ。僕の恋人の誕生日に、プレゼントする物が買えなくって……ある人がそれを恵んでくれたんだ」

「ほう」鄒は樊を振りかえり、嘲《あざけ》るようにきいた。「それは誰だね?」

「遠い親戚《しんせき》なんだ。詳しくは話せない」

「なぜ言えないんだね？　警察に明かせない事情でもあるのか？」

「事件とは関係ない。そのことは誓ってもいい」

「おまえの誓いなど法廷ではなんの役にも立たん。価値があるのは証言だけだ。ブレスレットの持ち主の女性に何をした」

「何もしていない」

「嘘をつけ！」

「ほんとだよ。本当だって！」

美由紀は静かにいった。「待って」

室内はしんと静まりかえった。

私服警官たちの冷ややかな目が向けられる。彼らはわたしを、占い師のように胡散臭《うさん》いものと見なしているらしい。かすかに見下すような態度が感じられる。

どうとでも思えばいい。わたしは真実を追い求めるだけだ。

樊は呆然《ぼうぜん》とこちらを見つめている。美由紀はその前に歩み寄った。

「ねえ、樊さん」美由紀はいった。「ブレスレットを貰ったのは本当だけど、くれたのは親戚じゃないでしょ。誰？」

鄒が面食らった顔で何かをいおうとしたが、賈が手をあげてそれを制した。

唐突に嘘を見抜かれた樊は、びくついた顔で美由紀を見かえした。「な、何のことだい?」

「しらばっくれるのは勝手だけど、あなたが下瞼《まぶた》の緊張を抑えられないかぎり、真実を隠《いん》蔽《ぺい》することはできないの。あなたは誰かにブレスレットを貰った。でも、その人物の正体を明かすことは、いまのあなたの立場を揺るがしかねないことなので明かせない」

「あ……あの……そ、それは……」

「やっぱりな」鄒が声を荒らげた。「共犯者がいたわけか。どこの誰なのかいえ」

美由紀は苛《いら》立《だ》ちを覚えて鄒にいった。「違うのよ。樊さんは事件とは関係がないの。ただパン屋をクビになることを恐れているだけよ」

「……クビ?」

樊も目を見張ってつぶやいた。「どうしてそれを……」

その反応はすなわち、美由紀の指摘が図星だったことを裏付けていた。

「聞いて」美由紀は樊に告げた。「あなたが心底怯えていることは顔を見ればわかるわ。それは隠しごとをしている人に共通してみられる反応なの。けれども、その度合いは上瞼の上がりぐあいに表れる。凶悪犯罪に手を染めていたら、そのていどの緊張では済まないはずよね。一方で、唇が水平方向に伸びがちなことから、差し迫った危機を感じているとわかる。総合的に判断して、職を失う恐怖にさいなまれていると判断するのが妥当なの」

「そ、そうなのか……。僕の……顔に書いてあったってことかい？」

「いうなれば、そうね。で、何を隠しているの？　発覚したら解雇されるかもしれない秘密って何？　あなたがちゃんとわけを話せば、お店のご主人だって考え直してくれるかもしれないわ。そうでなければ犯罪の容疑者を雇っていた店として、ご主人にも迷惑がかかるのよ」

　樊は困惑したようすで目を白黒させていたが、やがてその焦点の定まらない目が美由紀を見つめ、静止した。

「そのう……」と樊はいった。「失敗作をこっそり持ちだしてたんだ」

「失敗作？　つまり、うまく作れなかったパンのこと？」

「僕はまだ見習いだからね。親方から特訓を受けてる。空き時間に練習用のパンをもらって試してるんだけど、焼きすぎて焦げちゃったり、半端にしか焼けなかったり、そんなことばかりだ。本来はそれらの失敗作は親方に見せてから、捨てなきゃいけないんだけど……」

「それらのパンを店の外で売ってるわけ？」

「いや。商売はしてない。無償で、あげてるんだよ。大埔心和身體的護養所《タープーシンフーシエンティータフーヤンスオ》に」

「護養所？」

鄒がいった。「街のはずれにある養護施設ですよ。高齢者や、身寄りのない人々が収容されているんです」

美由紀は鄒にきいた。「公共の施設なんですか？」

「ええ。でも管理が行き届いていなくて、ボランティア団体が週に一回ほど世話に訪れるぐらいです。もとは自治体から従業員が派遣されていたんですが、予算が打ち切られてからはそれもなくなりまして」

「要するに、収容されている人々を見捨てたのね」

樊が大きくうなずいた。「そうなんだよ。この辺りの再開発にめざわりな貧民層を、一箇所に集めて隔離した。ありゃ行政の横暴だよ」

苦い顔をして鄒が樊をにらみつけた。「文句があるなら役所にいえ。警察には真実だけを話すんだな」

「だからいってるだろ。僕は救的《チウタ》會《ホイ》に参加してる。失敗したパンを親方に黙って、施設の人たちに寄付したんだ」

美由紀は樊にきいた。「救的會って？」

「護養所に収容されている人々を救う会、みたいなもんだよ。会といっても正式な団体があるわけじゃなくて、インターネットを通じてボランティアが呼びかけたものだけどね。あちこちにあるパン屋の従業員が大勢賛同していて、余った食材とか残りものの食品を護養所に無償で提供してる。僕も募集サイトを見て、これなら力になれると思ったんだよ」

鄒がふんと鼻を鳴らした。「失敗作を親方に見られずに処分できるからだろ」

「それもあるけど……どうせ捨てるなら、困ってる人の役に立ったほうがいいじゃないか」

なにかがひっかかる。美由紀は樊にたずねた。「どうしてパンだけなの？　栄養が偏っちゃうわよ。ほかの食料はボランティア団体が用意してるとか？」

「さあ……。そこまでは知らない。でも、パンに関しては不自由しないぐらいに集まっているはずだよ。僕のほかに二十人ぐらいが協力してるからさ」

「焼けていないパンはもういちど焼くとして、焦げちゃったパンはどうしてるの？　それも護養所の人たちが食べてるのかしら」

賈が唸《うな》った。「身体に悪そうだな」

樊は首を横に振った。「パンの焦げはそんなに害にはならないよ。食べると癌になるとかいわれたこともあったけど、科学的な裏付けはないし」

「でも」美由紀はいった。「あまり美味《おい》しくないことはたしかよね」

「サイトに書いてあったんだよ。焦げたパンのほうが、焼けてないパンよりむしろいいって。理由はわからないけど、世話してるボランティアがそういうんだから正しいんだろ」

「……で、ブレスレットはそのボランティアがくれたの？」

「いや。収容されているおばあさんが持ってた。パンのお礼に持っていけっていうから……」

鄒はじれったそうに吐き捨てた。「ブレスレットの持ち主は若い女性だ。老婦じゃない」

「くれたのはおばあさんだったんだよ」

そう。樊は嘘をついていない。たしかに彼は、護養所で見知らぬ老婦からブレスレットを受けとった。そこに間違いはない。

しかしそれにしても、妙な話だった。パンは腐りやすい。食料として備蓄するには不向きなはずだ。

美由紀は賈を見た。賈も腑《ふ》に落ちない顔で見かえした。

「とにかく」美由紀はため息とともに告げた。「その護養所とやらに行ってみるしかないわね」

鄒が不満げにきいてきた。「こいつの言うことを信用しろと？」

「ええ。嘘はついていないんだから、当然でしょ」

「警部補」賈がうながした。「不当逮捕の可能性もある。いまのうちに手錠だけでも外しておいたほうがいい」

憤然として鄒は賈を見つめた。「なぜです？　岬さんがそう言ったから、ただそれだけの理由で？」

「そうとも」賈は銀縁眼鏡をかけなおした。「よく考えてみたまえ。彼女が間違った判断を下す女性なら、あの開戦騒ぎの折、私もきみも無事ではいられなかったんだよ？」

しばし鄒は硬い顔で賈を見返していたが、最終的には己れの立場を気にせざるをえなくなったらしい。黙って樊の手錠を外しにかかった。

賈はそのようすを眺めてから、無表情のまま踵《きびす》をかえした。「護養所に向かおう。岬さん、ついてきてくれ」

「はい」と美由紀は歩きだそうとした。

そのとき、樊が呼びとめた。「あのぅ」

美由紀は足をとめて振りかえった。

両手が自由になった樊は、手首をさすりながら立ちあがった。「岬さんって……。もしかして、岬美由紀さん？」

「……ええ。そうよ」

「ああ」樊は目を見張った。「やっぱりそうだったんだ。道理ですごい人だと思った。戦争を止《と》めてくれたんだってね。ニュースで観たよ」

「そう……」

樊は美由紀の両手を握ってきた。真顔でじっと見つめながら、樊はいった。「本当にありがとう。あなたのおかげで助かった……。嘘をついちゃ悪いと思ったんだけど、いいだせなくて」

「いいのよ。でも、これからは気をつけてね。世の中は誤解に満ちてるから」

「わかった、肝に銘じておくよ。でもほんとに、あなたみたいな人がいてくれてよかった。中国人民十三億になり代わって、お礼をいわせてもらうよ」

美由紀はなにもいえなかった。かろうじて微笑を取り繕ったが、心に喜びはなかった。

感謝してくれる人もいる。でも、そういう人ばかりではない……。

胸の奥に暗雲がたちこめるのを感じながら、美由紀は樊に背を向けた。私服警官たちとともに、無言で厨房《ちゅうぼう》をあとにした。

施設

一時間後、美由紀は工業地区の南にある大埔心和身體的護養所にいた。拓《ひら》けた空き地にぽつんと建つ木造二階建て、その形状は学校の校舎に近かった。老朽化し、外壁の塗装も剝《は》げ落ちていたが、内部はボランティアが掃除しているせいか、わりときれいだった。

廊下には扉が連なっていて、それぞれの扉の向こうは十畳ほどの部屋だった。一室につき四つのベッドが並んでいて、入所者が生活している。入院病棟に近いかもしれない。ときおり呻《うめ》き声や、意味不明な声がきこえてくる状況は、いわゆる精神病院を連想させた。鄒警部補ら私服警官らは、建物のなかに散って聞き込みに入っている。美由紀は賈とともに二階の廊下を行き来していた。

中年の女性ボランティアが数人いるだけで、あとは入所者ばかりのようだった。それも大部分は高齢者だ。認知症なのか、まともに受け答えできない人が少なくない。

しかし、どうも変だ。美由紀は妙な感触を覚えていた。

臨床心理士として、日本国内の高齢者養護施設に赴いたことは何度もある。コミュニケーションに難があることは珍しくないが、ここの入所者の反応とは根本的に違う気がする。ここで出会う人々は、ちゃんとこちらに目を合わせてくるし、話す意思もしめしてくる。ところが口を開くと、支離滅裂なことを喋《しゃべ》ったり、言葉にならない呻き声を発するばかりだ。

たんなる国民性の違いだろうか。それとも……。

また新たな部屋に足を踏みいれる。すると、ベッドで上半身を起こしていた五十代ぐらいの男が、美由紀に笑顔を向けてきた。「やあ、こんにちは」

賈が美由紀の耳にささやいた。「ようやくまともに話せそうな人がいたぞ。年齢もわりと若そうだしな」

その通りだ。向こうからあいさつしてくれた入所者は初めてだった。美由紀はベッドに歩み寄った。「こんにちは。ご機嫌いかがですか」

「悪くないね」と男はいった。「あんた、見かけない顔だな。軍人さんを連れてきたのかい？」

「わたし、ボランティアじゃないんです。岬といいます。こちらは人民軍の賈さん」

「どうも」男はにこやかに笑った。「黎《リー》っていいます。以前は吐露湾《トゥールーワン》で漁師をしてたんですけどね、いまはこのざまです」

美由紀はきいた。「どうして入所を？」

「妻に先立たれましてね。ほかに身寄りもなくて、貯金もなかったし、家も安宿を間借りしてただけだし……。ここに世話になるしかなかったんですよ」

サイドテーブルには、カビのはえたパンが投げだされていた。

「このパン」美由紀は黎にきいた。「誰にもらいましたか？」

「あ？」黎は片目を指先でこすりながらいった。「なにが……そのう、あの、あれか……」

おかしい。美由紀は思った。急に言葉があやふやになった。

「黎さん。どうかしたんですか？」

両目を見開いた黎は、きょとんとした顔で告げた。「何がだね？」

「このパンのこと……」

「ああ、それはもちろん、ボランティアの人たちが持ってきたんだよ。パン屋さんたちが運んできてくれるって言ってたな」

また正常な思考に戻った。奇妙な反応だった。さっきはなぜ言葉に詰まったのだろう。隠しごとをしている顔ではないが……。

ふと、ひとつの可能性を思いつき、美由紀は賈にいった。「ねえ、その眼鏡を外して、テーブルに置いてくれる？」

賈は妙な顔をした。「なぜだね？」

「いいから。お願い」

眉間《みけん》に皺を寄せながら、賈は眼鏡を顔から外し、パンの横に置いた。

それを指差して、美由紀は黎にきいた。「これ、何だかわかりますか？」

「眼鏡だろう？」と黎はいった。

美由紀はそっと手を伸ばし、黎の左目を覆った。

その状態で、美由紀はたずねた。「もういちど。これは何です？」

「眼鏡だよ。そういっただろう」

「じゃあ」美由紀は手を黎の右目に移した。「これではどうですか」

「……ええと」黎はふいに困惑しだした。「あのう……」

「テーブルの上、パンの横にある物が何なのか、教えてくれればいいんですけど」

「いや……。わかってるんだが、そのう……。あれだ。つまりだな……。あれなんだよ、あれだ」

美由紀は手をひっこめた。黎は両目でテーブルの上を見ることができるようになった。

「眼鏡だ」黎はいった。「眼鏡だよ。そうそう、眼鏡だ」

ぞっとするような寒気が、美由紀の全身に広がった。

まさかこの人は……。

「失礼します」美由紀は、黎の後頭部に指先で触れた。

髪のなかに、異質な感触がある。縦方向に数センチにわたって禿《は》げている箇所があった。しかも、一定の間隔ごとに出っ張りがある。

「黎さん。ここに縫い合わせた痕《あと》があるんですけど……。怪我でもなさいましたか？」

「はあ？　馬鹿いっちゃいかん。頭に怪我なんか……」

「ここですよ。触ってみてください」

怪訝《けげん》そうな顔をしながら、黎は手を後頭部にまわした。

とたんに、ぎょっとした顔で黎はいった。「なんだこれは!?」

「脳に外科手術を受けた経験は……？」

「ない。そんな金はない。保険にも入っておらんからな。いったい何だね、この傷は。いつの間にできた？」

美由紀は呆然《ぼうぜん》としてたたずんだ。取り乱す黎を、ただ見つめるしかなかった。

賈がきいてきた。「どういうことかね、岬さん？」

「……脳梁《のうりょう》が切断されてる」

「なに?」

「左目なら物の名前がわかるのに、右目だとわからなくなる。どんな物であるかを認識しても、名称が言葉として浮かばない。言語中枢にアプローチできていないからよ」

言語中枢は左脳にある。ふつうなら、左目で捉《とら》えた情報は右脳が認識し、それが左脳に伝わって言語中枢を刺激し、物の名前を導きだす。

ところが彼は、左脳から右脳への情報伝達が断たれている。左右ふたつの脳を結ぶ脳梁が、機能を失っているとしか思えなかった。

賈はこわばった顔になった。「なぜそんな手術を……」

「昔は、てんかんの治療のために脳梁の切断をおこなうケースもあったって聞くけど、いまは実施されていないはず。しかもそれによって手術の記憶をなくすなんて考えられない」

「ということは、この人は自分の意志に反して手術を強要されたのか? しかも、自分でも気づかないうちに」

「その可能性が高いわ。……入所者はみんな、それぞれ違う異常をしめしてた。脳梁に限らず、脳のあらゆる部位を個別に手術しているのだとしたら……」

廊下に足音がした。鄒警部補が戸口から顔をのぞかせると、部屋に入ってきた。

「ここにおられたんですか」鄒は賈にいった。「こっちの聞きこみは終わりました。老婦は何人もいたんですが、はっきりとものを喋れない人ばかりでね。ボランティアに聞いたところ、入所者を診ている医者にたずねてみるべきじゃないかと」

「医者だと？」賈は眼鏡をかけながらいった。「ここに出入りしている医師がいるのか？」

「ええ。崇徳街《ソウイトーチエ》の開業医で、女医だそうです。やはりボランティアで、二週にいちど往診にくるとか」

美由紀はあわてててたずねた。「その女医の人相というか、特徴は？」

鄒は肩をすくめた。「さあね。美人だそうですよ。年齢はわりといっている人みたいですが、若く見えるらしくてね」

胸騒ぎがする。無差別におこなわれる脳手術、そして女医。連想から導きだされる人間は、ただひとりしかいない。

目が自然にテーブルに向く。硬くなったパンを手にとった。

「……このパン」美由紀はつぶやいた。「ほとんど焼けてない。それに、ほかのパンはどこ？　二十人もの協力者が、連日のようにパンを運びこんでいるはずなのに」

「ああ」黎がいった。「焼き過ぎのパンなら、一階のゴミ置き場だよ」

「ゴミ置き場……？」

「パンをたくさん恵んでくれるのはありがたいんだけどね。ほとんどの物は真っ黒に焦げちまってて食べられないんだよ」

「ん？」鄒が首に手をやった。「変だな。ボランティアのほうが焦げたパンを望んだんじゃなかったのか？」

美由紀の鼓動は、激しく脈打っていた。

可能性が絞りこまれつつある。しかし、そんなことがありうるだろうか。この香港で……。

身を翻し、美由紀は駆けだした。

「岬さん」賈が呼びかけた。「どこへ行く！」

答えている暇はない。美由紀は廊下を走った。階段を駆け下りて、一階の裏手側へと全力疾走した。

給水所の先、廊下の突き当たりには棄垃圾的場《チーラーチータツアン》の看板がでていた。短い階段を下ると、広い土間にビニール製のゴミ袋が山積みになっていた。

十トントラックの荷台に積んでも数台ぶんに相当する量だ。おそらくここにあるのは廃棄すべきものばかりではあるまい。

　美由紀は手近なところにあった袋を破りだした。なかには焼け焦げたパンがぎっしりと詰めこまれていた。だが、中身はそれだけではない。かすかに液体の音もする。

　パンを掻《か》き分けて、ゴミ袋のなかをあさっていく。

　いきなり、異質なものが目に飛びこんできた。

　髪の毛。人の頭。

　そして、半分に切断されたうえに腐敗しつつある人の顔……。眼球が剝《む》きだしになって飛びだし、血管と神経の束でかろうじてぶらさがっていた。

　嘔吐感《おうと》がこみあげて、美由紀は思わず後ずさった。袋は手から滑り落ち、床に中身がぶちまけられた。

　おぞましいものは、人体の頭部だけではなかった。手。足。それに内臓、砕けた骨片……。液体は血だった。それらが無数のパンと渾然《こんぜん》一体となって溢《あふ》れかえっている。

　駆けこんでくる足音がした。

　賈と鄒は美由紀に走り寄ってきたが、その光景を見たとたん、揃って立ちすくんだ。

「うっ」鄒は口もとを押さえ、驚愕《きょうがく》のいろを浮かべた。「こいつは……」

　美由紀は動揺を抑えながらつぶやいた。「焦げたパンは炭のかわりになって、悪臭を消す。バラバラ遺体をゴミに集めに出すために集められたのよ」

さすがに賈も声を震わせながらいった。「なんてことだ……。では、これが行方不明者たち……」

「そうでしょうね。失敗作は捨てられる……。パンと同じように」

「なんの話だ?」

「ここの入所者はみんな、脳をいじられている。どの部位を切ったらどんな人間になるのか、実験材料に使われたのよ。やがて、入所者だけでは足りなくなって、近隣の住民をもさらって実験がつづけられた……。二度と家に帰すつもりのないその人たちの脳に、何度となく手術を施して、最後は身体を切り刻んで処分した……」

「ひどい」鄒が唸《うな》った。「中国広しといえど、前例がないほどの無差別殺人だ」

「……いえ」美由紀は小声で告げた。「前例ならあるわ。中国じゃないけど……。そしてたぶん、今度の事件も同一犯ね」

ボトル

正午過ぎ、崇徳街に面したアパートの一室にある診療所に、香港警察の捜査班は踏みこんだ。

警察および人民軍とともに、美由紀もその診療所に入った。本日公休《ペンリーコンシウ》の看板がでていて、なかは無人だった。狭い診療室と、奥に患者用ベッドがふたつ。レントゲンの設備もあったが、極めて小規模な開業医といった印象だった。

ここに勤務する女医の名は邸新玲《テイーシンリン》。福建省出身で、香港が中国に返還された一九九七年に移住、以後は各地のボランティア活動に精力的に参加。空いている日にこの医院で診療をしていたという。

だがそんな経歴などなんの意味も持たない、美由紀はそう思った。わたしの勘が正しければ、女医の正体は中国人などではない。

鄒警部補から渡された手袋をはめて、女医のデスクに歩み寄った瞬間、美由紀はその答えを知った。

デスクに立てかけられた写真……。

そこにおさまっているのは、忘れようとしても忘れられない、あの女の顔だった。五十代とは思えない美貌《びぼう》を誇る、キャリアウーマン風のきりっとした表情。丸顔で、目尻《めじり》が吊《つ》りあがり、猫を連想させる。知性を感じさせる顔つきではあるが、すべてが自然の産物というわけではない。院長時代、美容整形で若返っていることを彼女はマスコミに堂々と吹聴していた。

買が覗《のぞ》きこんだ。「これは……」

「ええ」美由紀はうなずいた。「友里佐知子《ゆうりさちこ》。恒星天球教の教祖阿吽拏《アウンナ》を名乗る人物」

「信じられん。日本の東京湾観音事件の主犯か？　香港に潜伏していたのか」

「というより、国内外にある潜伏場所のひとつだったんでしょうね。この診療所は十年以上前からあったわけだし」

「無差別誘拐《ゆうかい》と殺人を立証する手がかりが残っているかもしれんな」買はそういって、棚のなかのファイルをあさりだした。

美由紀はそうは思わなかった。

ここでの友里は東京晴海医科大付属病院にいたときと同様、献身的な女医としての暮らしを貫いていただろう。二面性になんの迷いも躊躇《ちゅうちょ》もしめさないあの女のことだ、隠れ家に物証を放置したりはしない。

発見できるものがあるとすれば、間接的な証拠だ。犯行の裏づけにはならないが、居場所を特定できるようななにか……。

引き出しを開けていったが、めぼしいものはなかった。どうせここにある物は、警察が調べるだろう。彼らがまだ手をつけていない場所を探すべきだ。

診療室の壁に戸があった。それを押し開けると、洗面所があった。患者に利用させていたわけではないらしい。アレルギーの患者も来る可能性があるから、ヘアスプレーなどは置かないはずだ。友里の専用スペースだろうか。

ずいぶん綺麗《きれい》だった。髪の毛一本落ちていない。ヘアドライヤーも置いてあるが、使った形跡はなかった。

鄒警部補の声が、ドアごしに聞こえてきた。「指紋がまったくないだと?」

「はい」鑑識らしき声が応じる。「きのう病院専用の清掃業者が入ったばかりだそうです。消毒まで徹底的におこない、塵《ちり》ひとつ残さず除去したと業者は胸を張ってました」

美由紀は唇を嚙《か》んだ。厄介な話だ。状況証拠だけでは、友里がここにいたという証明にはならない。

洗面台の引き出しを開けていく。すると、見覚えのあるものがあった。グッチ製のエチケットセット。友里が愛用していたものだった。晴海医科大付属病院で友里の執務室を掃除したとき、何度か目にした。

二つ折りの布製ケースを開くと、身だしなみ用の道具がおさまっていた。金メッキされたアイライナーや口紅から、耳かき、爪きりまで。どれもぴかぴかに磨かれていて、指紋が残っている気配はない。これは清掃業者のしわざではなく、友里の習慣だった。彼女はどんな物であっても使用後は丹念に洗浄していた。万年筆やボールペンまで洗っていた。院内感染を極力防ぎたいからと言っていたが、いまにして思えば、自分のいた形跡を残すまいとしていたのだろう。

友里の性格を知ればこそ、これらの物は何の証拠にもならないとわかる。

しかし……。

美由紀はエチケットセットの中身から目を離せずにいた。

なぜか違和感がある。たしかに友里の持ち物に違いないのに、どうして腑《ふ》に落ちないのだろう。

やがて、その釈然としない思いが、ひとつの考えに収束していった。

それなら、これはどうだろう。美由紀はエチケットセットの道具のうちひとつを手にとり、ポケットにおさめた。

洗面台の引き出しにはそれ以外、重要なものは見つからなかった。

徹底した証拠隠滅か。美由紀は化粧台に置いてあるハンドソープのボトルに手を伸ばした。

妙に軽い。空っぽのようだ。

化粧水のボトルも取りあげてみた。やはり、こちらも空だ。

戸が開いて、鄒警部補がいった。「岬さん、すみませんが外にでてください。ここを調べますんで」

「いまわたしが調べたわよ。何もなかった」

「鑑識が入るんですよ。近所の人の話で、けさ友里がこの診療所に戻ってきたらしくてね。ドラッグストアで化粧水とハンドソープを買ったとか」

「え？　けさ？」

「そうです。彼女は清掃業者が入ったあとにも、ここにいた。なんらかの証拠を残しているかもしれない」

美由紀は衝撃を受けた。

「大変……。すぐに空港に行かなきゃ」

「はあ？　何をいってるんです？」

「わからない？」美由紀はボトルを投げて寄越した。「空っぽよ」

「……これがなにか？」

「けさ買ったばかりのボトルが空になってる。必要な量だけ別のボトルに移し替えて、残りは捨てたのよ」

「なぜそんなことを？」といいながらも、鄒はふいに真顔になった。「まさか、ボトルごと持ってはいけない理由が……」

「そうよ。いまは液体を国際線に持ちこむには百ミリリットル以下の容器におさめる必要がある。最初から条件を満たすミニボトルが発売されていない商品は、移し替えるしかない」

「これらがそうだっていうんですか？　すると友里はいまごろ……」

「空港よ」と美由紀はいった。「すぐ行かないと。彼女はもうこっちの動きを察知してる。急がなきゃ間に合わない」

DNA

パトカーの群れが香港国際空港のロータリーを入り、ロビーの七階に横付けされたときには、もう午後一時をまわっていた。

私服警官たちはあわただしく飛びだしていき、玄関を入っていく。美由紀は買につづいて車外にでて、ロビーの広大なフロアに歩を進めていった。

ギネスブックに最も高価な空港として認定されているだけのことはある。あまりに規模の大きな旅客ターミナルだった。流線型デザインのドーム状の屋根や近未来的で無機的な出発カウンター前のスペースは、関西国際空港に似ているが、面積はその数倍に等しかった。

香港警察が送りこんできた警官の数は百人近かったが、これだけの広さのなかに散ると、たちまち追跡も手薄にならざるをえなかった。大勢の旅客でごったがえしたロビーは、見渡すだけでも骨の折れる作業だ。乗りいれている国際線の本数も尋常ではなかった。このターミナル1だけでもチェックインカウンターエリアはBからJまで八つに分かれている。最も近くにあるDエリアだけでも、航空会社はマンダリン航空、マレーシア航空、シンガポール航空、ビーマン・バングラデシュ航空、スイスインターナショナルエアラインズ、ネパール航空、プレジデント航空、チャイナエアライン……。

美由紀はロビーに立ち尽くし、嵯峨《さが》が河北省の潘家口水下長城《パンチアコウシヨイシアツアンチヨン》付近の駅で教えてくれたわざを使おうとした。選択的注意を視覚に利用することで、本能的にあの女の顔を探りだそうとした。

だが、旅客たちのほとんどはカウンターに向かって並び、こちらに背を向けている。しかも、ここにいるとは限らない。すでに搭乗手続きを済ませていることも充分にありうる。焦っているせいか集中できない。時間だけが刻一刻と過ぎていく。

鄒警部補が駆け戻ってきて、困惑顔でいった。「Eエリアに行ってみたが、日本行きの旅客機に友里の姿はなかった。いま捜査員が航空会社に問い合わせているが、望み薄だ」

賈が唸《うな》った。「友里佐知子は日本でも凶悪な指名手配犯としてマークされているはずだ。偽造パスポートを使っていたとしても、チェックインカウンターをやすやすと通過できるとは思えない」

「そうよ」美由紀はうなずいた。「彼女が飛んだのは日本方面じゃないわ」

「え？」鄒は眉《まゆ》をひそめた。「なぜです？」

「いまの季節は偏西風が強いから、東行きのフライト時間は短くなってる。香港から日本へは三時間五十分しかかからない。化粧水とハンドソープをわざわざ手荷物に加える必要はないわ」

「すると」鄒はカウンターを振りかえった。「機内で寝て起きるぐらいの遠方へのフライトですか」

「たぶんそうね。ヨーロッパだとかアメリカ方面の可能性が高いわ」

「GとHエリアだ」鄒は走りだした。「おまえたちも来い」

美由紀は賈とともにその後につづいた。近くの捜査員に声をかける。アルファベットの看板はそれぞれの間隔がとてつもなく開いている。全力疾走しないと、いたずらに時間を浪費してしまう。

ノースウエスト航空とエールフランスのカウンター前にたどり着いたとき、すでに鄒たちが旅客に対し聞きこみを始めていた。

署から取り寄せた友里佐知子の写真を旅客たちにしめしながら、鄒は英語で怒鳴った。

「この女性に見覚えはありませんか《ハブ・ユー・エバー・シーン・ディス・ウーマン》？　日本人女性です。空港に入ってから現在までに、この女性を見ましたか」

旅客のほとんどは白人もしくはヒスパニック系だったが、一様に首を横に振った。

ほかの捜査員たちによって同様の呼びかけがおこなわれたが、反応は芳しいものではなかった。写真を見てうなずく人は皆無だった。

それらの旅客たちの表情を、美由紀は油断なく注視していた。けれども、嘘をついている反応はなかった。誰もが正直に答えている。そして、首は横に振られるばかりだ。

鄒がきいてきた。「岬さん、どうです。しらばっくれているような人間は見つかりましたか」

「いえ……。誰も隠しごとはしてないと思います……」

「やっぱりね」鄒は苦々しげに頭をかきむしった。「ここじゃないんですよ。ひょっとしたらターミナル2のほうかもしれない……。そちらに人員を手配します」

そういって鄒は仲間たちに合図し、いっせいに走り去っていった。

賈もため息をつきながら、私服警官たちを追いはじめた。

美由紀も駆けだそうとしたが、そのとき、列のなかにいた高齢者の白人たちがちらと目に入った。

婦人は財布を覗《のぞ》きこみながら、その夫らしき男に話しかけている。会話は聞こえない。

しかし、美由紀はその口の動きに注意を惹《ひ》かれた。

いわゆる読唇術の技法について、カウンセラーは任意で講習を受ける。小声でつぶやいたりする相談者《クライアント》に、なにをいったのか尋ねかえすと、それだけで心を閉ざしてしまうことがある。相談者は二度と同じことを口にしない。そういうケースが少なからず報告されていることから、欧米のセラピストを中心に読唇術の応用が広まった。

基本的には表情の観察と同じく、ビデオ映像などで他人の口の動きを真似ることで、どの筋肉が動くとどんな発声になるかを実体験することで身につけていく。美由紀はここでも、持ち前の動体視力のおかげで同業者よりも一歩抜きんでていた。いまも、婦人の唇がどう喋《しゃべ》ったか、耳で聞くように理解することができた。ミャーマム・ドレーブニ・バリチキ。ブルガリア語で、細かいお金がないと告げている。

待てよ……。

ふと、気になって身を翻し、美由紀はその婦人に英語で声をかけた。「すみません《エクスキューズ・ミー》。あなたがたは《アー・ユー・》、ブルガリア人《ブルガリアンズ》？」

老婦は、その夫らしき男と顔を見合わせてから、戸惑いがちに応じた。「そうですけど《イエス・ウィ・アー》」

「じゃあ《ゼン》、さっき刑事さんが見せていた写真の女を……」

「ええ、見たわ」と老婦は首を横に振った。

頭を殴られたような衝撃が襲った。

うっかりしていた。この人たちは嘘はついていないが、習慣が違っている。ブルガリアでは首を縦に振ったらノー、横に振ればイエスだ。危うく見過ごすところだった。

美由紀はきいた。「女をどこで見たんですか？」

「あっちよ。ついさっきのこと」老婦は、旅客用の搭乗手続きゲートとは逆方向にある、閑散とした通用口を指差した。

「あれですか？　でもあれは、乗務員用の出入り口……」

「そうよ。ブリティッシュ・エアウェイズが東洋人のキャビンアテンダントを採用するなんて、珍しいこともあるわねって夫と話してたし」

「キャビンアテンダント？　制服を着てたわけですか」

「ええ」と老婦はまた首を横に振った。夫や、その家族らしき人々も同様だった。

「どうもありがとう」美由紀はそういって踵《きびす》をかえし、通用口に向かって走りだした。

扉のわきには警備員がひとり立っていて、通行する乗務員たちにあいさつしている。オートロック式の扉だったが、いまは人が通った直後なので半開きになっていた。

その機会を逃せるはずもなかった。美由紀は全速力で駆けていき、閉まりかけた扉に半身になって滑りこんだ。

「おい！」とあわてたようすで呼びかける警備員の顔が目に入った。けれども、それは一瞬のことにすぎず、扉は固く閉ざされた。

そこは乗務員用の手荷物検査場だった。制服もしくは作業着姿の人々が、そこかしこにあるカウンターに列をつくっている。旅客用とは違ってゲート式にはなっていない。検査を終えた乗務員は証明書を受け取り、搭乗ロビーに進んでいく。作業着の整備士たちは証明書を胸ポケットにおさめると、乗務員とは別のほうに足を運んだ。階段を下りていき、滑走路に繰りだしていく。その周辺には警備員の姿はなかった。

美由紀は場内を歩きまわり、ブリティッシュ・エアウェイズの制服を探した。ほとんどが明るい髪に長身の白人ばかりだ。たしかにこの路線に勤務するアジア人は稀《まれ》のようだった。

やがて、ひとつのカウンター前にいたサングラスの女が目にとまった。首にスカーフを巻いたキャビンアテンダントに不釣合いな、色の濃いサングラス。手荷物は航空会社のロゴが入ったハンドバッグがひとつだけ。日本人のわりには背が高く、年齢にはそぐわないすらりとした容姿を誇る。髪を後ろに束ねているが、かつて目にした友里佐知子の容姿にうりふたつだ。

しかし、美由紀にはわかっていた。この女は友里ではない。

美由紀はゆっくりと歩み寄って、女の前に立った。

女はこちらを見た。

表情ひとつ変えない。たいしたものだと美由紀は思った。ポーカーフェイスを維持する能力は、本物の友里にひけをとらないようだ。

しばらくのあいだ、ふたりは見つめあっていた。黒いサングラスのレンズに、美由紀の顔が映りこんでいた。

「どなた?」と女は日本語できいてきた。「乗務員じゃないみたいだけど……」

内心は動揺しているはずだ。しらを切って、この場を取り繕おうというのだろう。

美由紀は上着のポケットに入っていた物を取りだした。明治乳業の板チョコだった。包装紙は薄汚れていたが、まだ開封してはいなかった。

「どうぞ」美由紀はいった。「フライト中の空き時間にでも食べてください」

「……せっかくだけど、受け取れないわ」

「へえ。なぜ?」

「乗務員は私物にチョコレートを持ちこんじゃいけない規則なの。あなた誰? どうしてここに入ってきたの? 警備を呼ぶわよ」

「ふうん。警備ね。呼べばいいわ。立場が悪くなるのはあなたよ」

女の眉間にかすかに皺が寄った。「何ですって?」

「なぜこれを機内に持ちこめないの? チョコじゃないのに」

「何のこと？　これはどう見てもチョコ……」

「いいえ。正確には、チョコとは見なされない食べ物ってこと。ＥＵは植物油五パーセント以下であることをチョコレートの条件にしてる。だけど、湿気の多い日本では六パーセントから二十パーセントもの植物油を含んでる」

「だから何よ。それを持っていても機長に咎《とが》められないとでもいうの？」

「そうよ。法的にチョコではない菓子類なので航空会社の規則にも違反しない、だからイギリスとアメリカの航空会社に勤務する乗務員のあいだでは、日本のチョコが重宝されてる」

白人のキャビンアテンダントのひとりが、こちらを怪訝《けげん》そうな顔で眺めている。美由紀は彼女に板チョコを差しだした。「これ食べます？《ドゥーユー・イート・ディス》　差しあげますけど《アイル・ギブ・ユー》」

「ああ《オウ》……それはどうも《センキュー》。ありがとう《ソー・マッチ》」キャビンアテンダントは微笑して板チョコを受け取ると、ハンドバッグにおさめた。

美由紀は、サングラスの女に目を戻した。

女の口もとは堅く結ばれていた。

あえて冷ややかな口調で美由紀は告げた。「イギリスの航空会社に勤務する日本人乗務員なのに、業界の常識を知らないなんてね。あなたのことをなんて呼べばいい？　女医の邸新玲さん？　友里佐知子のそっくりさんって言ったほうがいい？」

「……そっくりさんですって？」

「よく似せてあるわね。もともと背格好は似ていたんだろうけど、徹底的に整形してるのね。遠目には騙《だま》されそうになったわ。でも、整形手術って限度があるのよね。顎《あご》を削って、唇を薄くして、人工軟骨《プロテーゼ》で鼻を高くしても、目と目の間隔は変えられない。眉《まゆ》と目の距離もそうよね。近くで見たら、まったく別人よね」

ふと女は、なにかに気づいたような顔になった。

「岬美由紀か」女はつぶやいた。「なるほど。勘がいいのね」

「初対面だって告白しているようなものね。なんのつもりで友里佐知子になりすましているの？」

「あなたが知る必要なんか……」

ないわ、といいながら女はハンドバッグを投げつけてきた。

美由紀は顔面めがけて飛んできたバッグをはらいのけたが、そのほんの一瞬の隙を突いて、サングラスの女は姿勢を低くして床に転がった。

しまった。美由紀が振り向いたとき、女は捕獲されない距離にまで達していた。カウンターをまわりこんで、整備士用の出口に向けて疾走していく。

逃がさない。美由紀はカウンターに足をかけて乗り越え、乗務員たちの荷物をぶちまけながら猛進した。悲鳴と怒号がこだまするなか、美由紀はわき目もふらずにサングラスの女の背を追った。

女は出口から階段に身を躍らせ、駆け下りていく。

美由紀がその階段に達したころには、女はもうエプロンにでていた。着陸したばかりの旅客機が滑走路を走っていく。女はひるむようすもなく、その滑走路へと駆けだしていった。

滑走路に侵入者、極めて危険な状況に違いなかった。美由紀は階段の手すりに半身になって座ると、そのまま滑り下りた。踊り場から跳躍し、空中で首をすぼめて受け身の姿勢をとり、エプロンのアスファルトに前転しながら着地した。

少林寺での追跡劇で痛めた関節はまだ癒《い》えていない。膝《ひざ》に激痛が走る。けれども、あの逃避行はマイナスばかりではなかった。筋肉もそれなりに培われた。二日ほど刑務所の世話にはなっても、スタミナは衰えてはいない。

女を追って全力疾走する。曇り空、風も強かった。あまりに広大なせいで、警報が鳴るのも遅れている。整備士たちの怒鳴り声は聞こえるが、女を追跡する者は美由紀だけのようだった。

追いあげながら、美由紀は奇妙に感じた。女の上着の背がやけに浮きあがっている。向き合ったときにはわからなかったが、肩甲骨のあたりから下にかけて不自然に膨らんでいた。

そう思ったとき、女は上着の背のなかに手を滑りこませた。振り向きざま、こちらに突きだされた女の手には、オートマチック式の拳銃《けんじゅう》が握られていた。

発砲音でグロック17だとわかる。美由紀は横方向に飛んで転がりながら避けた。さらに二発の銃声が轟《とどろ》いた。一発は耳もとをかすめ、もう一発は足もとのアスファルトを砕いた。

顔をあげると、女はふたたび逃走を開始していた。その行く手には旅客機がある。ターミナルビルから離れたところで、オープン・エプロン方式で離陸準備を進めるジャンボ旅客機。ブリティッシュ・エアウェイズのロゴが尾翼に入っている。

機体に横付けられているタラップを、女は駆け登っていく。開放された扉からなかに入る寸前、銃を空に向けて数発撃った。

出《ゲッ》ろ《トアウト》、と叫んだのが美由紀の耳にも届いた。女と入れ替わるようにして、本物のキャビンアテンダントたちが怯《おび》えた表情で駆けだしてくる。さらに通信士や副機長、機長までもが外にでてきた。

ハイジャックの意思はないらしい。まだ旅客が搭乗していないのに、乗務員を全員解放することは自殺に等しい。いったい何が狙いだろう。

こちらに走ってくる乗務員たちとすれちがったとき、機長が叫んだ。きみ、どこに行く。危ないぞ。

かまわず美由紀はタラップを駆け上っていった。いつ扉から女が顔を覗《のぞ》かせようとも、跳躍して銃撃から逃れられるよう、手すりに手をかけていた。

だが、扉付近に女の姿はなかった。美由紀は機内に転がりこんだ。

無人のキャビン。ファーストクラスから後方を見やる。サングラスの女は、ビジネスクラスの後方通路にいた。

すかさず振り返った女が、銃口をこちらに向けた。

「よして」美由紀はぴしゃりといった。「長距離を飛ぶジャンボの機体は、十七万リットルもの燃料を積んでる。ほとんどは主翼だけど、壁のなかのあらゆる空間も使ってる。どこを撃っても爆発の危険があるわ」

女は銃をかまえたままいった。「航空機の講義なら無用よ」

「ふうん」美由紀はゆっくりと通路を進み、女に近づいていった。「喋《しゃべ》り方はわりと友里に近いけど、声は全然違うわね。なんのために騒ぎを起こしたの?」

「いまさら真実に気づいても遅いわよ、岬美由紀。わたしを友里と思って空港まで来たのが運の尽き」

「……いいえ。あなたが友里じゃないってことは、大埔の診療所を見て気づいたわ」

「なんですって？」

「院長だった友里の身辺の世話をしていたんだもの、日用品もよく目にしたのよ。友里はいわゆる飴耳《あめみみ》でね、耳そうじには綿棒しか使わなかった。でもあなたのエチケットセットには耳かきがあった。顔を似せても、体質までは変わらない」

しばし沈黙があった。

女は片手でサングラスを外した。

目もとがあらわになると、顔の印象は友里とはずいぶんかけ離れたものになった。それでも、どこか面影があるようにも感じられる。血縁とは違う、なんらかの強い結びつきが両者のあいだにある。そんな気配があった。

美由紀は、いくらか距離を置いて立ちどまった。

拳銃がかすかに震えているのがわかる。

「怯えてるのね」美由紀はいった。「脳の切除手術を受けてるわけじゃなさそうね。鬼芭《きば》阿諛子《あゆこ》のほかにも仲間がいたなんてね」

「愚弄《ぐろう》しないで。わたしたちは強い絆で結ばれている。あなたなんかに壊せる関係じゃないわ」

「そう。強がるのはいいけど、ポーカーフェイスが完璧《かんぺき》じゃないわね。その技術、誰に習った？　友里佐知子っていうより、ペンデュラムの臨時雇いだった芦屋《あしや》のやり方に近い気がするんだけど」

「これから死ぬあなたに明かす必要なんてないわ」

「無表情を維持する理論そのものは同じなのかもしれないけど、単に下手なのかもね。あなたと芦屋は同レベルなのかも。マイクロサッカードって知ってるわよね？　視線を固定しているときにも生じる無意識の眼球運動のこと。あなたはそれを抑制できずにいる。友里には遠く及ばないわ」

「黙ってよ！　あなたはどうなの、岬美由紀。いまどんな感情にあるか丸わかりなんだけど」

「わたしは自分の心を偽ろうとはしてないわ。そんな方法も知りたくない」

「馬鹿正直なのね」女はふっと笑った。「いまになって佐知子さんの偉大さに気づいたのだとしたら、褒めてあげるわ」

「友里は悪魔よ」

「病院に勤務してたころには心酔しきってたくせに？　日誌に書いてたでしょ、友里院長は永遠の師であり、亡き母の生き写しであるって」

美由紀は口をつぐんだ。

女が告げた通りのことを、自分の勤務日誌に書いた記憶がある。ただしその日誌は提出せずに終わった。誰にも見せてはいないはずだ。

「どうして日誌の文面を知ってるの？」

「お見通しよ。小学生の少年をカウンセリングしたときに、病院の規則を破ってこっそり喫茶店に連れてったわね？　そのほうが少年が心を開くと思って、原宿のSO－SOっていうお店に……」

その言葉ですべてがわかった。美由紀はしらけた気分でいった。「YO－YOよ。アルファベットは画数が少ないから判りにくいのよね。形の違う字を間違ったってことは、覗《のぞ》き見したんじゃなくて、誰かがわたしのペンを走らせる音に聞き耳を立ててたのね」

唇を真一文字に結んだ女の顔は、ポーカーフェイスを忘れているようだった。図星だと顔に書いてあるも同然だった。

美由紀はいった。「読唇術と同様、訓練しだいで音からどういう字を書いたか察するリスニング・リーディングって技術があるけど、それを身につけた人間がわたしを尾《つ》けてたのね。あなたは病院で、わたしの近くにいたことはないはず。友里の手下で唯一脳手術を受けてない人間、鬼芭阿諛子がうろついてたわけか。彼女の特技は地獄耳ってことね」

「ええ、そうよ。佐知子さんの千里眼と阿諛子の地獄耳。完璧よ。むろん、あなたは千里眼を名乗る資格なんかないわ、岬美由紀。あっさり罠《わな》にかかる愚鈍な女」

「罠？」

「わたしの真意が見抜けていたら、ここまでひとりで追ってきたりはしないはずでしょ」

「どういうことかしら。あなたがどこかに飛んで、航空機から空中脱出するつもりだったのはあきらかなんだけど」

「空中脱出ね……。どうしてそう思った？　わたしの背中の膨らみを目にとめたから？　阿諛子が使っていたのと同じ、エア＝バイン社のポータブル・パラシュートを装着してると思ったから？」

美由紀の胸の奥で、なにかが警鐘を鳴らした。

いまに限っていえば、この女の憶測は正しい。

鬼芭阿諛子の生死は不明でも、彼女は機体から空中に放りだされることになんの恐怖も覚えていなかった。不審に思い、後日調べてみると、上着のなかに隠すことができる、オランダ製ポータブル・パラシュートの存在が判明した。

薄手の特殊化学繊維で、畳んだときの容積が従来の三分の一以下になる。開いたときの傘のサイズも小さいため、降下速度は極めて速く、着地時に骨折する危険も高いが、一命を取り留めることは可能だった。

この女は、わたしがなぜ滑走路にでてまで追跡したのか、その理由に気づいている。そしておそらく、わたしの推測は間違っていたのだろう。女の余裕がそれを裏付けている。

「岬美由紀」女は不敵につぶやいた。「わたしが背負っている物がパラシュートじゃなかったとしたらどう？　たとえば爆弾とか」

「……ありうるわね」美由紀はあっさりと認めてみせた。「目的は自爆テロってわけ」

「人質のいない機内で爆死することを、ためらうと思う？」

「いいえ……。あなたはその爆薬と拳銃《けんじゅう》を上着に隠してた。所持品検査はクリアーできても、その先の金属探知機を通ることはできなかったはず。最初から搭乗ロビーに向かうつもりはなかった。滑走路に飛びだすことは予定した行動だったのね」

ミニボトルがフライトのためと信じたのは誤算だった。あれは所持品検査を通過するためだけに用意されたものでしかなかったのだろう。

「やっとわかった？」と女はいった。「あなたなんかが千里眼を名乗れるはずもないわね。まるで節穴だわ」

「旅客機を乗っ取るつもりでないのなら、整備士に化けたほうが早いと思うけど」

「それじゃ誰もわたしに気づかないでしょ」

「……どういう意味？」

「鈍いのね」女はやれやれというように首を横に振った。「わざわざ東洋人の少ないイギリスの航空会社のキャビンアテンダントを装うなんて、おかしいと思わなかったの？」

「するとあなたは……」

美由紀はようやく、女の意図を察するに至った。サングラスをかけていたのは、そのせいか……。

友里佐知子が空港の自爆テロで死んだ。そう人々に信じさせることが、この女の狙いだったのだ。

警察は彼女が友里だと信じている。旅客ロビーにいたブルガリア人家族のほか、彼女に目をとめた人々の証言に基づき、友里が空港にいたことは既成事実となる。防犯カメラの映像にも記録されているだろう。そしてその直後、跡形もなく吹っ飛んでしまえば、友里は死んだと結論づけられる。

「あなたは」美由紀はささやいた。「友里にすべてを捧《ささ》げて死ぬつもりなの……？」

「彼女に対する貢献はそれだけに留《とど》まらないわ。思わぬ幸運が転がりこんできたんだもの。そうでしょ、岬美由紀？　ひとりで死ぬつもりだったのに、あなたが追いかけてくるなんてね。佐知子さんの天敵を抹殺できるなんて、このうえない喜びよ」

「佐知子さんね……。教祖とか阿吽拿とか呼ばないのね。どんな関係？」

「質問は受けつけないわ」

「あなたが友里ではなかったことは、いずればれるわ。たとえ黒焦げ死体になっても、DNA鑑定で別人だと証明される」

「どうやって？　わたしが背負っているのはね、重水素とリチウムに似た物質を化合させる、小型水素爆弾に近いものよ。塩基の水素結合が分解されて蒸発するから、DNAは残留しない。鑑定なんか不可能」

「……そうだとしても、あなたの鼻の詰め物は残骸《ざんがい》のなかに残るわ。整形したことは立証される」

「友里佐知子は美容整形の事実を公表してたのよ。いまさら問題になると思う？」

美由紀をじわりと緊張が包んだ。

身代わり自殺が目的だっただけに、そのあたりの問題はすべて解決済みか……。

女はにやりとした。「わかったようね。診療所は消毒済み、一滴の涙液や唾液《だえき》すら残っていない。携帯していたバッグにも指紋ひとつついていないわ。髪の毛一本、この世には残らない。……誰もわたしが友里でなかったと証明できない」

ためらいは感じられない。恍惚《こうこつ》とした表情。暗示などではなく、自分の意思で自殺しようとしている。この女を思い留まらせることは、不可能に近い。

「終わりね」女は拳銃を構えなおした。「天に見捨てられた気分はどう？　地獄に堕《お》ちることね。岬美由紀」

だが、女は拳銃の扱いに馬脚を現した。美由紀の眉間《みけん》を狙い澄ましながら、外すまいと銃を突きだしている。

照星《フロントサイト》と照門《リアサイト》を合わせることばかりに気をとられ、目の焦点もそこに合わせている。初心者が犯しやすいミスだった。そこを凝視したのでは、銃の高さから下弦四十五度ほどが視野に入らなくなる。

美由紀はすかさずその死角に蹴《け》りを繰りだした。ローキックの斧刃脚《ふじんきやく》で女の膝頭《ひざがしら》を砕き、女が前のめりにつんのめったところを、関節技でとらえた。銃を持った手を〝裏逆〟に返し、手首を極《き》めて締めあげる。

女は悲鳴をあげて、苦痛に顔を歪《ゆが》めながらその場に崩れ落ちた。手から銃が落下する。

美由紀は銃を蹴って遠ざけた。

しかし、女のもう一方の手は自由になっていた。その手が上着の下に滑りこんだ。背中にまわされ、かちりとスイッチの入る音がする。

鈍いノイズが徐々に高音になっていき、一定のリズムを刻みだす。女の背の膨らみが熱を帯びだした。煙が立ちのぼり、服の焦げる音がする。

「無駄なあがきよ」女はうずくまったままいった。「逃げだしたところで、あなたは孤立せざるをえない。友里が死んだと信じる世間は、誰もあなたに味方しない」

「そうかしら」美由紀はポケットに入っていた爪きりを取りだした。「これ、なんだかわかる?」

女の目が大きく見開かれた。「それは……」

「エチケットセットにあった爪きり。なにもかも磨きあげたところで、切った爪がなかに残ってたんじゃ、どうしようもなくない? ここからDNAのサンプルを抽出すればね」

それが女にとって致命的なミスだったことは、表情を見れば明白だった。女は必死の形相で、伸びあがって両手を突きだしてきた。「返せ!」

美由紀はその手を振りほどき、すばやく後退した。

そのとき、美由紀は恐るべき光景をまのあたりにした。

女の背中は真っ赤になっていて、服は燃えだしていた。青白い光を放つ半円形の物体がそこから覗《のぞ》いている。ノイズは耳をつんざくほどに音量を増していた。

笑い声が響いた。女は笑いだしていた。

「死ね」女は涙を流しながら叫んだ。「死んでしまえ！　この疫病神の小娘め」

通路を這《は》ってくる女の姿に、足がすくんだ。

恐怖を覚えたのではない。なんとかして助けだせないか、ぎりぎりまで思考を費やした。

だが、不可能だった。女が爆弾を背負っている以上、いまさら切り離せない。

美由紀は機首に向けて通路を走りだした。女の笑い声がこだまするなか、歯を食いしばって全力疾走した。扉まで、あともう少し。手が届く距離まできた。いま駆けだせる……。

その瞬間、背後から衝撃波が押し寄せた。

電気に撃たれたように全身が痺《しび》れ、感覚が失われた。すさまじい爆風が吹き荒れ、美由紀はタラップから放りだされた。身体が宙を舞う。この世の終わりのような轟音《ごうおん》とともに、閃光《せんこう》が球状に膨れあがり、それから無数の火柱が放物線状に噴きあがった。

落雷を思わせる地鳴りのなかで、砕け散った機体の残骸が滑走路に降りそそいでいく。

美由紀はその落下物のなかに紛れていた。目の前に地面が迫り、そして叩《たた》きつけられた。

激痛が全身を貫く。突きあげるような振動が連続して襲い、地上のすべてを焼き尽くすかのような熱風が吹き荒れた。肌が燃えだすかと思えるほどだった。そして煙。灰色の雲が視界を覆いつくした。

温度は急激に下がっていったが、風はやまなかった。竜巻のように渦巻いて、煙を巻きこみ、空高く立ち昇らせる。

そのせいか、視界はやがて晴れてきた。音は籠《こ》もって聞こえる。爆発の影響で、しばらくはこの状態がつづくだろう。かすかでも聴覚が機能しているということは、鼓膜は破れてはいまい。

地面に突っ伏していた美由紀は、起きあがろうと全身に力をこめた。背筋に鈍い痛みが走る。自分の呻《うめ》き声を美由紀はきいた。

滑走路上には、おびただしい数の破片が散らばっていた。飛行機の形跡を留めるものは、なにもなかった。

機首、機体、主翼、尾翼。何も残されていなかった。あちこちでくすぶる炎が、蜃気楼《しんきろう》のように視界を揺るがす。はるか遠くの海原が見渡せた。旅客機は、完全に消滅していた。むろん、そこにいたひとりの女も。

美由紀は手もとに、爪きりが落ちていることに気づいた。

爪きりの先端から、なかに入っていた爪の破片がこぼれている。

指先でそっと触れた。

名前も知れない友里佐知子の身代わり。その女が地上に遺した、唯一の存在の証《あかし》だった。

焼け跡

賈蘊嶺のはからいで美由紀が帰国を果たした翌日、都内上空は晴れわたっていた。

しかし美由紀の心は晴れるどころか、いっそうの暗雲が立ちこめだしていた。

恵比寿ガーデンプレイスにほど近い高層マンションの裏手に広がる芝生の丘。昼下がりのこの時刻には、犬を連れて散歩する近隣住民の姿がよく見られるときく。都心部に有数の心休まるのどかな風景は、いまはなかった。

どこにいってもパトランプの波が広がっている。警官たちが右往左往する現場に、ひとりたたずむことになる。これからの人生、何度同じ経験をすることだろう。頻度も上がっているように思える。中国の公安局と人民警察から解放された直後に、今度は日本の警視庁の現場検証に立ち会うことになるとは、ついていない。

科捜研の若手という加藤典孝警部補が、首を横に振りながら近づいてきた。「こりゃひどいもんだ。帰国そうそうやってくれますね、岬先生」

「……わたしがやったわけじゃないんですけど」

「香港国際空港の女に引き続いて今度も、まともに死体のない事件ってわけですか。せめて手がかりだけでも残しておいてくださいよ」

「ええ。そうできるならね……」

美由紀は憂鬱《ゆううつ》な気分で、現場の中心になっている焼け焦げた一帯を眺めた。

そこは、ウィリー・E・ジャクソンが最期に立っていた場所だった。彼の遺体はいまだ回収されてはいない。半径三メートルにわたって延焼した芝のなかで、ふたつにちぎれて横たわっている黒こげのミイラ。それが彼だった。いちおう、頭部と胴体の形状は判別できる。遺体であることが視認できるだけでも、香港で爆死した友里の偽者よりはましだった。

「しかし、ね」加藤は腕組みをした。「いったいどうしてこんなことに？　岬先生の証言じゃ、逃げだしたところを捕まえようとしたときに、いきなり燃えだしたっていうんでしょう？」

「そうよ。いきなり全身から真っ赤な炎が噴きあがったの。バーナーみたいに……」

「とはいえ、遺体にも地面にも発火物らしきものは残されていないしね。ジャクソンの体臭はどうでしたか？　なにか匂いませんでした？」

「ガソリンやシンナーを身につけていたのなら、すぐにわかったはずよ。でも匂いなんてしなかった」

「うーん」加藤は唸《うな》りながら、黄色いテープで遮られた区画に歩み寄った。「焼身自殺でもないし、いったい何でしょうね。こんなふうに全身がいっぺんに焼け焦げるなんて、見たことがない。まるでオーブンか電子レンジですよ。それに、この周辺の焦げ跡……。わかります？」

「ええ。ジャクソンの身体から燃え広がったとは思えない。円内の芝が均等に炭化してる。彼を中心にして円形に大規模な自然発火が起きた、それも一瞬にして……。そうとしか思えない」

加藤は美由紀の身体に目を向けた。デニムの上下とTシャツ、スニーカーまでを眺めまわして、加藤はいった。「あなたは火傷《やけど》ひとつしてないんですね？」

「そうなのよ。肌がひりひりするところはあるけど、なんともないわ」

「昔はドライクリーニングのスプレー剤に発火の危険があったりしたんですが、いまはその手の化学反応も起きにくくなってますしね。こりゃ難題ですね。司法解剖の結果を待つしかないかな。もはや遺体といえるかどうかもわかりませんが……」

ぶつぶついいながら、加藤はテープをくぐって発火現場に踏みいった。写真を撮影している鑑識と言葉を交わし、焼けた芝生の採取を始める。

美由紀はため息をついて、辺りを見まわした。

歩道沿いには野次馬の姿がある。報道陣も詰めかけていた。その人垣の向こうには緑が溢《あふ》れていた。ガーデンプレイスの並木道だった。平和な人々の営みがある。ここでの惨劇は、世間にとってはテレビで観るニュースでしかない。

きのう成田に着いたとき、日本本土の被害がゼロだったことを美由紀は初めて知った。空爆があったのなら空港は真っ先に叩かれているはずだろう。この国には、以前と変わらない時間が流れていた。それは、涙がでるほど嬉《うれ》しい事実だった。

しかしその安堵《あんど》も、たった一日しかもたなかった。さらなる嵐の予兆が、すでにここにある。

「美由紀さん」男の声が呼びかけた。

振り向くと、痩《や》せたスーツ姿の男が近づいてきた。年齢は三十代前半、見た目はもう少し若く見える。それでも落ち着き払った態度はすでにベテランの域だった。髪は長く、面長で中性的な顔を前髪が半分ほど覆い隠している。

「ああ、嵯峨君」美由紀はいった。「知美《ともみ》さんの具合はどう？　ショックを受けてない？」

「なにがあったのかはまだ知らないよ。大きな音がしたことには驚いてたみたいだけどね」

「ひとりにしておいてだいじょうぶ？」

「警察が職場に連絡したらしくて、お母さんが帰ってきた。あの親子はもう心配いらないと思う。唯一の不安材料も、片がついたみたいだしね」

嵯峨は芝生のなかの黒々とした一帯に目を向けた。

美由紀もつぶやいた。「そうね……」

「きみが間に合ってくれてよかったよ。あの南京の刑務所に戻されたって聞いて心配してたけど……」

「賈さんが陳嘉煌中将を説得してくれたのよ」

「へえ。あの人が。意外だね」

「孫沫若《スンモールオ》先生にもよろしくって」

苦笑しながら嵯峨は頭をかいた。「皮肉だね」

つられて笑いながら、美由紀はきいた。「嵯峨君たちのほうはどうだったの？　帰国に手間取らなかった？」

「僕のほうは問題なかったんだけど、蒲生《がもう》警部補がね」

「蒲生さん？　どうかした？」

嵯峨は、美由紀の肩越しに遠くを眺める目をした。「噂をすれば、だね。ちょうど来たみたいだよ」

美由紀は振り返った。野次馬の群れが左右に割れて、覆面パトカーが乗りいれてくる。若い刑事が後部ドアを開けた。

天然パーマにいかつい顔の中年男。スーツはあいかわらずくたびれていた。眉間《みけん》に皺《しわ》を寄せながら、蒲生が車外に降り立とうとしている。

驚いたことに、その両手には手錠がかけられていた。

すぐさま刑事が鍵《かぎ》を取りだし、手錠を外しにかかる。両手が自由になった蒲生は、ありがとよ、そうつぶやいて、手首をさすりながらこちらに歩いてきた。

「やあ美由紀」蒲生は上着の襟を整えながらいった。「嵯峨も。元気そうだな」

「蒲生さん」美由紀は驚きを禁じえなかった。「どうしたの？　なぜ手錠を……」

「逮捕されてたからだよ。ついさっきまでな」

「なぜ？」

「赤羽喜一郎《あかばねきいちろう》を殺した容疑でな。俺は何もしていない、あいつがいきなり燃えだしたんだって主張したんだが、聞きいれてもらえなくてよ」

嵯峨がたずねた。「警察は現場検証をしなかったの？」

「開戦騒ぎだったんだぞ、そんな暇があるかよ。雨が降ったせいで現場の状況もわからなくなっちまって、とりあえず殺人の容疑でワッパをかけられちまった。けさまで留置場暮らしだ」

美由紀はつぶやいた。「お気の毒……」

「きみよりマシさ。まあ、こうして俺が経験したのと同じ事態が起きてくれたおかげで、主張が認められて釈放に至ったってわけだ。上にはこってり搾られたけどな。不法入国の件やら、共産圏への渡航やらなんやらで」

「ってことは、警視庁はもう正常に機能してるってことね?」

「ああ。上層部の何人かが行方をくらましたけどな。たぶんペンデュラムの息がかかった連中だったんだろう。あいつら、引き際だけは心得てたみたいだな。乃木坂の社屋はすっかりもぬけの殻だぜ? 本庁が令状をとって家宅捜索を始める前に、姿をくらましやがった」

「鍛冶《かじ》って男も?」

「あいつなら死んでたよ」

「死んだ……。どうして?」

「こめかみを撃って自殺さ」

美由紀は釈然としない気持ちになった。自殺。あれだけ自信満々だった男が、挫折《ざせつ》したとはいえみずからの命を絶つなんて。自殺の方法も胸にひっかかる。こめかみを撃つ。友里がらみの事件に多くみられた状況だった。

嵯峨がいった。「このおかしな発火現象がまた起きたってことは、ペンデュラムがなくなってもメフィスト・コンサルティング・グループの影響力は維持されてるってことだね」

というより、新しい勢力が送りこまれつつあるのだろう。丸帽をかぶった老紳士がいっていた。わたしはいずれ友里とふたたび衝突することになる。ダビデなる者がそう予言している、と……。

科捜研の加藤が、携帯電話を片手に駆けてきた。「岬先生、本庁から連絡が入りました。例の女の爪から採取されたＤＮＡの鑑定に入ったと。結果がでるまでに二週間ほどかかるそうです」

「おい」蒲生が口をはさんだ。「報告は俺にしろよ。こうみえても捜査一課だぞ」

「ああ、そうでしたね……。申しわけありません」

「ったく。ひとたび容疑者扱いを受けると偏見ばかりだな」蒲生は美由紀に目を戻した。

「俺はこれから捜査本部に戻らなきゃいかん。きみはどうする？」

「わたしは……。官房長官に挨拶《あいさつ》しなきゃいけないし、引越しも急がなきゃ。国家公務員でなくなったら、あのマンションにはいられないし」

「精神衛生官を辞職するのか？　まあ、それもいいかもな。きみに宮仕えは向かんよ」

「そうね」と美由紀は笑ってみせた。

けれども、その笑顔も自然に凍りついていく。

友里佐知子は死を装った。そこにはいったい、どんな意図があったのだろう。

命名

ジャムサが身につけているのは、三歳児用のシャツと半ズボン、それもクロアチアから輸入したものだった。日本の子供服では腕と脚が短すぎて合わない。

全身が体毛で覆われているせいで、裸でもかまわないと言う輩《やから》がいる。かつての遺伝子工学研究所のスタッフたちもそうだったし、いま一緒にこの部屋にいる女もそうだ。このうえない侮蔑《ぶべつ》だとジャムサは思った。人を獣呼ばわりするのは低脳の証《あかし》だ。己れこそが獣以下だと思い知るがいい。

外の気温は低そうだが、館内は暖かかった。蔵王《ざおう》。隠れ家としてはうってつけだった。なぜならここは、日本にありながら四十七都道府県のいずれにも該当しない場所だからだ。千四十六平方キロメートルもの広大な土地は、宮城にも山形にも属さない。従って必然的に県警がマークしにくい場所となる。土地の使用についてもノーマークに近い。山脈の麓《ふもと》、閉鎖されたスキー場に残されたロッジを安価で買い取り、改装した屋敷。さすがに友里佐知子の目のつけどころは違う。

吹き抜けのリビングルームで、ジャムサは暖炉に薪《まき》を放りこんでいた。もうすぐ日が暮れる。室内温度は上げておくべきだろう。

そのとき、弾《はじ》けるような音がして、尻《しり》に痛みが走った。

びくっとしてジャムサは身体を起こした。さらに数回、連続して激痛が襲う。

振り返ると、ソファに身をあずけた女が、エアガンの銃口をこちらに向けていた。

年齢は二十九だが、子供じみたその態度は幼児性を浮き彫りにしている。外見にも性格が表れていた。セミロングの髪は金いろに染め、サングラスを頭の上に載《の》せている。豹柄《ひょう》のワンピースに、同じ柄のブーツ。やや童顔で、美人には違いないが、吊《つ》りあがった目と歪《ゆが》んだ口もとは性悪を絵に描いたかのようだった。

「なにをする」ジャムサは憤っていった。「やめろ、鬼芭」

鬼芭阿諛子はひきつったような笑い声を発しながら、なおもこちらを狙い澄まし、引き金を絞る。BB弾がつづけざまに射出された。腹立たしいことに、阿諛子の射撃の腕は振るっていて、弾は服を避けて露出した腕や脚、首もとに命中した。

「やめろってんだ！」ジャムサは怒鳴りながら、膝《ひざ》のバネを使って跳躍した。

常人は助走なしに自身の背の高さにジャンプするのは至難の業だろうが、ジャムサは違っていた。細い脚には無駄な肉などいっさいついていない。敏捷《びんしょう》性を最大限に発揮してキャビネットの上に跳び、そこから二階のバルコニーにあがる。

エアガンの銃撃がやんだ。阿諛子は銃口を逸《そ》らし、ふんと鼻で笑った。

「貴様って」阿諛子はいった。「こうしてみると、ただ毛むくじゃらの背の低い男でしかないのね。染色体異常による低身長。軟骨形成不全症とは違うけど、より猿っぽいっていうだけね。緑いろの毛が生えてるっていうだけで、人と変わらないわ」

「当たり前だろう。俺は人間だ。胎児の時点で霊長目の遺伝子操作を受けても、変異したのは身体の一部だけってことだ」

「一部？　それはずいぶん控えめな表現ね。ペットの猿のふりをしてても誰も気づかなかったのに、人であると主張するなんて愚の骨頂だわ」

「身体上の差異を指摘し優越感を味わおうなど、おまえのほうが愚劣の極みだ」

阿諛子の顔から笑みが消え、目に鋭い光が宿った。

素早くエアガンを手にとり、ＢＢ弾を連射してくる。

何発かは当たった。痛みから逃れようとジャムサはバルコニーの上を転げまわった。

弾が撃ちつくされたらしく、かちかちと音だけが響いた。

ジャムサは起きあがり、阿諛子をにらみつけて歯を剝《む》いた。憤りを表すとき、人との違いは顕著になる。そう自覚しながらも、堪《こら》えることはできなかった。阿諛子を威嚇《いかく》しようとする動物的本能が抑えきれない。

しかし阿諛子は動じず、エアガンを逆さに持つと、グリップの角でガラステーブルをひっかいた。

けたたましく、ひどく耳障りな甲高い音が鳴り響く。ジャムサはたとえようのない苦痛を感じて耳をふさいだ。

「はん」阿諛子はなおもその音を奏でつづけた。「この音って、原始猿の悲鳴と同じ周波数なんだって？　猿に近い奴ほど嫌悪を感じるのよね。貴様のその反応がいい見本。わたしは平気」

「やめろ。鬼芭、その音はよせ」

「貴様は人ではない。言葉を喋《しゃべ》っても、わたしとは違う。まるで劣った種族、遺伝子実験の失敗作。そこをはっきり認めたら？」

「……わかった。認める。認めるからそれをやめてくれ」

音はやんだ。

阿諛子は勝ち誇ったように微笑を浮かべて、嘲《あざけ》るようにこちらを見つめた。

ジャムサは起きあがり、阿諛子を睨《にら》んだ。

「なによその目」阿諛子はいった。「その姿を世間に晒《さら》すことすらできないくせに、生意気にもほどがあるわね」

「それはおまえもだろう、鬼芭。教祖はなぜおまえに、鬼芭阿諛子なんていう名前をつけたと思う」

「特殊かつ崇高な子だからよ」

「おめでたいな。社会がおまえを奇異なものとみなし、近寄りがたいと感じることで、いつまでも手元に置いておけるからだよ。おまえは教祖に私物化された存在だ。自立した人間とはいえん」

その挑発は、阿諛子の怒りを必要以上に燃えあがらせたようだった。

エアガンを投げだした阿諛子は、跳ね起きるように立ちあがり、壁に掛かっていた猟銃を手にとった。

「おい」ジャムサはあわてていった。「まさか、本気じゃないだろうな」

「切り刻んで鍋《なべ》のダシにしてやるわ」阿諛子はコッキングレバーを引いて、ライフルの銃口を差し向けてきた。「むろんわたしはひと口も食さない。山にばらまいて猪の餌にしてやる」

「鬼芭」ジャムサは恐怖に凍りついた。「そんな、嘘だろう……」

ブザーが鳴った。

スピーカーから、友里の声が聞こえてくる。「阿諛子。手術室に来て」

しばしジャムサを狙い澄ましていた阿諛子が、ライフルを下ろしていった。「すぐ行くわ、母」

ジャムサは思わず安堵《あんど》のため息を漏らした。

「命拾いしたわね、猿」阿諛子はにこりともせずにいうと、ライフルを壁に戻した。ソファからエアガンを取りあげると、ドアの向こうに消えていった。

冷や汗を拭《ぬぐ》いながら、ジャムサは思った。

まさしく狂犬だ。あの女こそ人間ではない。ついさっき、鬼芭阿諛子の顔にはたしかに殺意があった。後先など考えず、本気で俺を殺そうとした。まるで凶器そのものだ。

奴と一緒にいるなど尋常ではない。利用価値がなくなったら、即座に淘汰《とうた》せねばならないだろう。あの女の飼い主、友里佐知子とともに。

鬼芭阿諛子は地階への階段を下りた。

前室の壁には手術着がぶらさがっているが、阿諛子は袖《そで》を通そうとはしなかった。ずっと除菌処理をした館内で暮らし、一歩も外にでていない。助手を務めるだけなら手術着は不要というのが、ここでの慣例だった。

密閉式の扉を押し開ける。手術室内の気圧は、前室よりも高くなっている。こちらの空気が流入することはない。

無機的なタイルに囲まれた部屋には、天井の無影灯に照らしだされた手術台のほか、道具と機材一式が設置されている。麻酔器、心電図と血圧のモニター装置。数値には特に異常はなかった。手術は問題なくおこなわれている。

友里佐知子も手術着をまとってはいなかった。驚くほどの若さを保った、美と知性に溢《あふ》れた顔、褐色の長い髪。素早くメスを振るいながらも、レディス・スーツのジャケットとブラウス、タイトスカートには一滴の血も付着していない。

鮮やかな指先の芸術。開頭され、剝きだしになった脳に対し、〇・〇一ミリの誤差もなく適確に血管を切断し、特定の部位を細胞単位に削りとり、生理的組織接着剤で血液を凝固する。

いつ見ても惚《ほ》れぼれする。手術の手並みばかりではない、無影灯に浮かぶ友里の真剣な面持ちが、阿諛子は好きだった。瞬きを最小限に抑え、汗ひとつかかずに淡々と手術をこなす母の顔。それは美術館で目にする著名な画家の絵画に匹敵した。

わたしが幼かったころ、まだ母は手術着を身につけていたように記憶している。いつから必要なくなったのだろう。長年にわたり、数千人に脳手術を施すうちに、手術の過程は完璧《かんぺき》なものになった。キッチンで料理をこしらえるのと変わらない作業になった。調理人は慣れてくるとエプロンを必要としなくなる。ここでの変化も、それと似たようなものだろう。

「阿諛子」友里は執刀をつづけながらいった。「おぞましいって言葉の意味、わかる？」

「鳥肌が立つとか、ぞっとするくらいに厭《いと》わしいとか」

「その通りよ。いまあなたが目にしている光景についてどう思う？　ごく一般の人々は、これをおぞましいと感じるものよ」

ぴんとこなかった。阿諛子は感じたままに告げた。「どこがおぞましいのかしら。誰でも頭のなかに持っているものなのに」

友里はちらとこちらを見た。「幼少のころからあなたを育ててよかった。世間の教育制度などという無価値なものの風を当てることなく、わたしひとりで育てた甲斐《かい》があったわ」

阿諛子は微笑みかけたが、どこか胸にひっかかるものがあった。

いつもなら一片の曇りもない喜びを手にできるはずの母の言葉。きょうは違う。さっきのジャムサの言葉が、耳にこびりついて離れない。

「母」阿諛子はいった。「質問をしてもいい？」

「ええ。あなたが尋ねることを禁じていた期間はとうに終わりを告げたわ。学ぶためには、質問することよ」

「……わたしの名前は、なぜ鬼芭阿諛子になったの？」

友里は手をとめた。

身体を起こし、友里はたずねてきた。「どうしてそんなことを聞くの？」

「いいえ。ただ……名の由来を知っておきたくて。ジャムサは、母がわたしを世間から隔離するためだと……」

「そうよ」

「え……？」

「阿諛子。古来モンゴルでは、病気や災厄をもたらす悪魔からわが子を守るために、わざと人間にふさわしくない名前をつける慣わしがあった。いまでも孤児には適用されることがある。〝誰でもない《ヘンチビシ》〟〝名無し《ネルグイ》〟〝人でなし《フンビシ》〟とかね」

「それはつまり、わたしが孤児だったから……」

「いいえ。血はつながっていなくても、あなたはわたしの唯一の娘よ。世間という悪魔からあなたを守るために、その名をつけたの。以前からいっているように、名称などというものは記号にすぎない。あなたはあなたよ。いまこの瞬間に思考し、わたしの声に耳を傾けているのがあなた。そう認識できていれば、名前など問題ではないわ」

「ええ」阿諛子はうなずいた。「そうよね、母」

やはり思い過ごしだ。母の情愛に疑いの目を向けるなど恐れ多いことだ。わたしは心を入れ替えねばならない。

そもそも、こんなふうに信念に揺らぎが生じたのは、あの猿のせいだ。やはり人になり損ねた下等動物などと言葉を交わすべきではない。悪しき影響を受けて愚民に堕する恐れがある。

「終わったわ」友里がいった。「縫合して」

阿諛子は洗面台で手を洗い、ゴム手袋をはめた。棚から適合する糸と針のセットを取りだし、手術台に向かう。

横たわっているのは五十代ぐらいの男性だった。額から右こめかみにかけて皮膚が切開されたうえ、頭骨には楕円《だえん》形に穴が開けられて、脳が露出している。

三つに割れた骨のかけらをジグソーパズルのように組みあわせて穴をふさぎ、皮膚を元に戻して縫合にかかる。脂ぎった男だと阿諛子は思った。指先がわずかにべとつく。

縫合が終わると、阿諛子は友里に告げた。「完了」

友里は手術痕《こん》をしげしげと眺めていたが、やがて顔をあげてうなずいた。「いつもどおりいい出来ね。阿諛子」

次におこなうことはもうわかっている。阿諛子はエアガンにBB弾を装塡《そうてん》し、手術台に寝た男の腹部と脚、手の甲に一発ずつ発射した。

男はぴくりとも動かなかった。痙攣《けいれん》に似た反応はない。

「問題なし」阿諛子はいった。「細胞からカリウムイオンは放出されても、痛覚神経の末端にある受容器は刺激されない。もう痛みは感じない」

「前頭葉切除も問題なかったけど、この男の反射神経からしてジェントリはとうてい無理ね」

「ではブルジョワに？」

「そうね。プロレタリアートに貶《おとし》めるほどではないわね。ブルジョワに加えておいて」

阿諛子はクリップボードを手にとった。表のブルジョワの欄に、日付とともに記入する。ナンバー二二九五、手術完了。

友里はゴム手袋を外した。「阿諛子、国土交通省の担当部署はどこかわかった？」

「国土計画局直轄の外部支局で、特殊調整課の調整官のうちひとりが受け持っているらしいわ」

「名前はわかった？」

「これからよ。十一人いる調整官のうち、ひとりだけ」

「突き止めて。なるべく早く」

「……図面からの調査を優先しなくても？」

「岬美由紀が帰国した。時間はかけられないわ」

阿諛子のなかを電気が駆け抜けた。

「わかった」阿諛子はいった。「母。すぐに行動する」

「頼んだわよ、阿諛子。今度こそ革命は果たされる。わたしたちは国家を凌《しの》ぐ強大な権力を手中におさめるの」

「まかせて」阿諛子はそういって踵《きびす》をかえした。

母が予測したとおり、岬美由紀が帰ってきた。おぞましいという表現がしっくりくる存在があるとするなら、紛れもなくあの女だ。今度こそ容赦はしない。母に涙を流させた鬼畜のごときあの女を、わたしは許しはしない。

少年

大阪での仕事を終えて都内に帰った翌日、美由紀は警視庁七階にある会議室にいた。

いま、室内は美由紀のほかに誰もいなかった。恒星天球教関連事件の捜査本部になっているこの部屋は、会議テーブルに捜査資料が溢《あふ》れ、壁ぎわには押収した証拠品の段ボールが山積みになっている。

そして、ホワイトボードには無数の顔写真が貼られていた。数百人の男女。それでも、氷山のほんの一角にすぎない。

日本国内で消息を絶ち、恒星天球教に入信、幹部になったとされる人々。すなわち、友里による脳手術の実験材料となった可能性の高い行方不明者たちだった。

入信したのは本人たちの意志ではないだろう。そもそも、恒星天球教は宗教団体としての体をなしていない。あるのはただ友里の凶行を実践する操り人形の群れだ。

友里は日本にいるのだろうか。替え玉を死なせて、何を画策しているのだろう……。

ドアが開いた。蒲生が書類を手にして入室してきた。

「ああ、蒲生さん……」

「待たせたな」蒲生は渋い顔で書類を差しだした。「DNA鑑定の結果がでた」

「それで？」

「科捜研の報告では……友里本人のDNAに間違いないらしい」

美由紀のなかに衝撃が走った。「なんですって!?」

「塩基の縦列反復配列が完全に一致。ミトコンドリアDNAも検出されたがそれも一致。結果、本人のものと断定された」

受け取った資料を、美由紀は呆然《ぼうぜん》と眺めた。

詳細にわたる塩基配列の比較データ。蒲生の説明のとおり、細部に至るまで同一のものだった。

「そんな」美由紀はつぶやいた。「あれは友里じゃなかった。誓ってもいいわ」

「信じるよ」と蒲生はため息をついた。「きみがそういうんだからな」

「この比較対象になってる友里のDNAは？　どこから採取したものなの？」

「東京晴海医科大付属病院の家宅捜索時に押収した私物から採ったと記録にある。ただな、どうも疑わしい。そのとき採取されたDNAと、科捜研が保存している物が同じかどうか」

「すりかえられた可能性もあるってこと……？」

「上層部にペンデュラムがらみの人間が入りこんでいたんだ、なんとでも操作できただろう」

「でも、友里はペンデュラムじゃないわ」

「どうかな。両者の関係は、いまもって謎だ」

美由紀は沈黙せざるをえなかった。

ペンデュラムの鍛冶は、友里佐知子のことを知り尽くしているような口ぶりだった。対立関係にあることをほのめかしているようでもあったが、それは見せかけかもしれない。

実際、みずからの感情を隠蔽《いんぺい》する技術を身につけているという点で、両者は共通している……。

「蒲生さん。わたしたちはどうすれば……」

「それがな。どうにも、手の打ちようがない」

「どういうことよ。怪しむべきところがあるとわかってるのに……」

「美由紀。俺は警察組織の人間だ。腐敗しているとわかっていても従わなきゃならんこともある。これは科捜研がだした結論だ。警察官としては信用するしかないんだ」

「捏造《ねつぞう》よ。異議申し立てもできないの？」

「そのためには、結果に証拠能力と証明力がないことを立証しなきゃならん」

「立証だなんて……。証拠の収集や保管が適切におこなわれたかどうかなんて、いまになって判断できるわけがないわ」

「だからひっくりかえせないんだよ。わかるだろう」

美由紀は苛立《いらだ》ちを抑えようと目を閉じ、深呼吸した。

「つまり」美由紀はささやいた。「友里佐知子は死亡した。警視庁はそう結論づけたってことね」

「そうなっちまうんだよ……。美由紀。これは巧妙に仕掛けられた罠《わな》だ」

違いない。友里の替え玉が診療所に爪きりを置き忘れたことを、本物の友里は知っていた。あるいは予測していた。科捜研に保管されているDNAも替え玉の物とすりかえることで、自己の死を確実なものとした。

ため息が漏れる。美由紀は蒲生にいった。「もう全国の警察が友里を追うことも、なくなるわけね」

「すまん」蒲生は頭をさげた。「むろん俺はこれからもきみの力になるよ。ひとりでも友里の行方を追うつもりだ。だが……組織としての警察は動かない」

「……いいわ。よくわかった」美由紀は蒲生に書類を返し、戸口に歩きだした。「いままでありがとう」

蒲生は妙な顔になった。「どこに行くんだ?」

「べつに」美由紀は振りかえらなかった。「行くあてもなく、ただ思いっきりクルマを飛ばしたい。ただそれだけよ」

澄みきった都心部に、午後の陽射しが降り注ぐ。美由紀はサングラスをかけて、真紅のフェラーリ599のアクセルを踏みこみ、外苑東通りを疾走した。

自分の好みで選ばなかったクルマだけに、慣れるのに時間を要する。六段セミオートマの変速は素早くスムーズだが、フェラーリのわりには静粛性が高すぎて速度感が伝わりにくい。出力もエンツォほどではなかった。とはいえ、575Mマラネロよりは重心が低く、安定感があるように思える。

自衛官時代に乗っていたガヤルドを飛ばす感覚で踏みこむと、一瞬にしてすさまじいトルクが導きだされる。気をつけなきゃ、と美由紀は思った。もう警察の世話になるのはうんざりだった。

後部座席はなく、車両火災用消火器が居座っているために、ハンドバッグを置くスペースもない。消火器はオプションだが、ふつうは選ばない。いかにも由愛香《ゆめか》の買い物だった。

やがて乃木坂陸橋が見えてきた。美由紀は速度を落とした。角にそびえる未来的なフォルムの高層ビルも、依然として存在していた。

だが、そのビルのエントランスはずいぶん様変わりしていた。オーロラビジョンはすでに解体撤去されていた。ペンデュラムのロゴの入った看板もなくなっている。玄関の自動ドアも外され、なかが見えた。ロビーも内装工事が始まっているらしい。いまは無人のようだが、壁紙が剝《は》がされ、脚立や台車が置きっぱなしになっている。

美由紀はフェラーリをロータリーに乗りいれた。業者の物とおぼしき軽自動車の後ろに停めて、外に降り立つ。

誰もいない。もうビルは別のオーナーの手に渡ってしまったのだろうか。

エントランスをくぐって、ビルのなかに足を踏みいれた。

大企業のロビーの形跡を留《とど》めるのは、受付カウンターらしきものがあった土台だけだった。天井と床のパネルが剝がされ、梁《はり》が剝《む》きだしになっている。壁は刳《く》り貫《ぬ》かれ、一角にはこのビルにそぐわないキッチンが設けられていた。流しと冷蔵庫、電子レンジ。おそらく工事業者のためのものだろう。

奥にはガラス張りのエレベーターが二基並んでいた。これらは再利用するつもりなのか、手が加えられているようすはない。

物証はすべて破棄か。わたしが囚《とら》われていたのは、ここの何階だったのだろう……。

「地階ですよ」しわがれた男の声がいった。「特殊事業部は地下に設けるのがきまりでしてね」

はっとして振り返った。

燕尾《えんび》服《ふく》姿の老紳士が、柱のわきに立っている。丸帽は脱いで胸もとに当てていた。ほっそりとした小柄な身体、きちんとセットされた白髪と口ひげ。皺《しわ》の数から察するにかなりの高齢者ながら、背筋はしっかりと伸びている。

「あなたなの」美由紀は油断なくいった。「いつも前触れなく現れるのね。わたしを尾《つ》けたの？」

「いいえ」老紳士は微笑した。「ずっとここにいましたよ。あなたが来るのはわかっていましたから。先日は失礼をしました。もう少し長くご挨拶《あいさつ》したかったんですが、時間が許さなくて」

「おかげで警察の現場検証につきあわされたわ」

「でも無罪放免だったでしょう？　私のいったとおり、あなたは殺人犯にならずに済んだわけです」

「特殊な発火現象をどう起こしたか、聞いても答えてくれないんでしょうね」

「いずれお判りになります。ダビデがそう仰《おっしゃ》っています」

「ダビデって誰よ」

「それもやがて、お知りになるときが来るでしょう」

「秘密主義ね。無礼だと思わない？」

「ちっとも。礼儀なら心得ております。こうしてレディの前では帽子を脱いでおりますし」

「名乗らないのはマナーに反してると思うけど。違う？」

「なるほど。そうかもしれませんな。私はロゲスト・チェン。中国系アメリカ人です」

「日本語がじょうずね。警視庁に送りこんだ工作員の指揮も、あなたが担当していたの？」

「いえ、とんでもない。私はペンデュラム社を監視する立場にはありましたが、実際の業務には手を染めてはおりません」

「ふうん。科捜研に保管されていた友里のＤＮＡをすりかえてもいないの？」

「もちろんですとも。わがメフィスト・コンサルティング・グループと友里佐知子のあいだに、協調関係は存在しませんのでね」

「信用できないわ」

「でも事実なのですよ、岬美由紀さん。日本国内にいたペンデュラム関係者は正社員か否かに拘《かか》わらず、全員が処分されました。公安調査庁や警視庁など省庁に潜入していた者たちも、ひとり残らず抹消させていただきました」

「抹消って……？」

「深い意味はございません。ただ消し去っただけのことです」

「いきなり燃えだして灰になったとか？」

「方法はいろいろあります。まあそれはいいでしょう。私どもの内々の問題にすぎないのですから」

「日中開戦に失敗したペンデュラム日本支社を葬り去ったわけね。すべての関係者を殺して……」

「直接手を下さずとも、そうなる運命だったのですよ。彼らはあなたに敗北した。シンガポールにあったペンデュラム・グループ本社の株価も続落し、事業の継続は困難になった。本社は責任をとって日本支社を解体し、グループの破産手続きを申告した」

「まるでやくざね。規模は大きくても、やってることは暴力団」

「極端に矮小化《わいしょうか》した認識によって安心を得たいとお感じになったのでしょう。わからなくもないですが、あなたは現実を直視されるべきだと思いますが」

「殺人集団を代表する怪しげな老人がいま目の前にいる。それが現実だと思うけど」

ロゲスト・チェンはふっと笑った。「警察が友里佐知子を追うことをやめて、あなたは孤立無援。そのほうがよほど、差し迫った問題だと思いますが」

「……あなたたちは、友里の行動も把握してるの？」

「おおよそは、ですけどね。彼女は日本国内にいます。警察が脅威でなくなった以上、友里にとってこれほど居心地のいい国はほかにありませんからね」

やはり……。美由紀は重苦しい気分になった。

けれども、落胆してばかりはいられない。美由紀はチェンにきいた。「友里はどうやって科捜研のＤＮＡをすりかえたの？」

「彼女にしてみれば造作もないことです。私どもに可能になることは、ほぼすべて友里にも可能でしょう」

「どういうことよ」

「友里佐知子は、メフィスト・コンサルティング・グループの特別顧問補佐でしたから」

静寂のなかで、美由紀はチェンの顔を見つめていた。

事情を知らねば、上品にして控えめな老紳士の微笑み。目の前にあるのはそれだけだった。

「特別顧問補佐って？」と美由紀はたずねた。

「特殊事業において、心理戦を用いて個人もしくは集団を扇動し、歴史を操作する指導者を、特別顧問と呼んでいます。グループ内の各社に身を置きながらも本社直属の人材であり、正社員とは区別されることから、そう呼ばれております」

「補佐はその助手ってことね」

「さようです。若くして才能に恵まれた彼女は、最年少の特別顧問に就任すると目されていました。いまとなっては過去の話ですが」

「かつては同じ穴の狢《むじな》だったわけ。道理で、表情から感情が読みとれないと思ったわ」

「私どもは表情の不随意筋の無意識的反応を抑制する技能を修得しております。セルフマインド・プロテクションと呼ばれる自己暗示法です。岬美由紀さん。あなたもその技法さえ学べば、若いころの友里と同等の力を持てるでしょうな」

美由紀はむっとした。「わたしは、友里なんかと同じになりたくないわ」

「違いは能力の差だけだとしても、ですか？　あなたはかつての友里佐知子によく似ている」

「似てないわよ。あんな女は許せない」

「ほう。何をもって許せないとおっしゃるのですか」

「友里はテロリストだわ。危険人物よ」

「理由はそれだけではないでしょう。個人的な恨みもあるのではないですか」

「当然でしょ。彼女はわたしの第二の人生をめちゃくちゃにした」

「第二の人生ね……。では、第一の人生は真っ当なものだったんでしょうか」

「え……？」

「第一の人生と呼べるものを、あなたはご記憶ですか？　本来のあなたは、どう生きるべきお人だったのでしょう？」

美由紀のなかで苛立《いらだ》ちが募った。

なんのための問いかけだろう。わたしは両親のもとで育ち、防衛大に入った。紆余《うよ》曲折はあったが、いまではもう道を誤ったとは思わない。

いたずらに混乱させるつもりだろうか。美由紀はいった。「わたしが知りたいのは友里の現在の居場所だけよ。どこにいるの？」

「詳細までは把握しておりません。ただ、彼女はふたたび革命を起こすことを画策しており、実行の日は間近に迫っております。それだけは申しあげておきましょう」

「わかっているのなら、あなたたちで阻止したら？　友里とは敵対関係なんでしょ？」

「私どもは、歴史を陰から見守るだけですから」

「見守るんじゃなくて、操るんじゃなかった？」

「お忘れですか？　ペンデュラムはあなたに特殊事業を粉砕されたのですよ。新たにメフィスト・コンサルティング系列の企業が日本で事業を開始するまで、この国全体を網羅する監視体制や操作手段は無きに等しい。せいぜい私どもが状況に目を光らせるていどです」

「都合のいい話ね。傍観者を気取るつもり？」

「あなたに存在を知られている以上、私どもは干渉できません。だからこそあなたに期待しているのですよ、岬美由紀《くみ》さん」

「わたしはあなたたちに与するつもりはないわ。チェスの駒になるなんてまっぴらよ」

「ほお」チェンはまた笑った。「ではどうするおつもりで？」

「あなたをこの場で締めあげて、すべての疑問に答えてもらうって手もあるわね」

「できますかな？」

「当然よ」

美由紀はチェンに詰め寄ろうとした。

そのとき、なにかが聞こえた。

悲鳴とも、叫びともつかない声。くぐもっているうえに、反響しているようだ。

「……なんなの？」美由紀はチェンにきいた。

「さあ。なんですかな」

また響いてきた。怯《おび》えて、泣き叫ぶような声。甲高い叫び。女性のようにも、声変わりする前の男の子のようにも思える。

耳を澄ますと、声はエレベーターのほうから聞こえるとわかった。美由紀はそちらに駆けていった。

ガラス張りのエレベーター・シャフトのなかに箱はなかった。上方に目を向けると、暗いシャフトが果てしなく伸びている。

そこに、ひとりの少年が逆さ吊《づ》りにされていた。

顔はこちらに向けられている。逆さになっているせいで血が上ったのか、顔は真っ赤に染まっていた。ガラスごしに美由紀の姿を目にとめたらしい、助けを求める声が大きくなった。両手をばたつかせて、必死で訴えつづけている。

年齢は十代半ばぐらい、学生服を着ている。ほっそりと痩《や》せた少年だった。髪は長くて丸顔、瞳《ひとみ》は女の子のように大きい。いまその目は血走り、涙がとめどなく流れ落ちている。

美由紀は凍りついた。と同時に、妙な胸騒ぎを覚えていた。

すぐ助けなきゃ、その衝動が起きていることはたしかだった。だが、美由紀のなかに生じた感情はそれだけではなかった。

どうしたのだろう。わたしは必要以上に動揺し、冷静さを欠いている。救出方法を見つけることに思考を費やさねばならないのに、頭の回転が鈍っている。なにかに心を奪われている。

少年と初めて会った気がしない。まるで、身内が人質になっているのをまのあたりにしたかのようだ。

「お気づきですかな」チェンが静かに告げた。「どうです。かつてない胸の痛みを感じているのではありませんか？」

美由紀はあわててきいた。「彼は誰？」

「誰なのかは問題ではありません。あなたの嗜好《しこう》に一致したうえで、さまざまな条件を満たす少年。それが偶然彼だったということです」

「嗜好ですって？」

「十代のころ、ある男性アイドルに夢中だったでしょう？　その後、あなたはほとんど恋愛と呼べる経験をしてこなかったせいで、理想の男性像と呼べるものがない。強いていうなら思春期の憧《あこが》れ、そのアイドルの容姿が好みのタイプとして、いまだにあなたの脳裏に焼きついている。美人であられるのに、晩熟だったんですね、岬美由紀さん。いろんな事情があったこととは思いますが」

エレベーター・シャフトを見上げる。少年の顔はたしかに見覚えがあった。記憶のなかに浮かぶ顔にうりふたつだった。

美由紀はチェンを見つめた。「似てるっていうだけで、この男の子を人質にしたの？」

「そうです」

「何のためにそんなことを」

「私があなたに危害を加えられることなく、無事にここから退散するためです」

「たったそれだけの理由で……」

「本来なら身内の方を人質にするわけですが、あなたにはおられません。なにを差し置いても無我夢中で救助せざるをえない人の命が危険に晒《さら》されていれば、私などにはかまっていられないはずです。思春期の思い出が蘇《よみがえ》るでしょう？　意中のアイドルとは別人だとわかっていても、これだけ似ていれば本能が疼《うず》く。死なせたくない思いで胸がいっぱいになるはずです」

「なんてことを……。酷《ひど》い」

チェンは柱のスイッチに手を伸ばし、それを押した。

少年を逆さ吊りにしたロープは、エレベーターの底部に結ばれているらしい。そのエレベーターが上昇を始めた。両手をばたつかせながら、少年の姿はシャフトの上方へと消えていった。

美由紀はチェンに怒鳴った。「なにをする気⁉」

「高速エレベーターは最上階に到達してから、三十七秒でまた一階まで降りてきます。このエレベーターは一階どまりのため、下に隙間はありません。少年は床に叩《たた》きつけられたあと、エレベーターの底に潰《つぶ》されます」

「あなたって人は……」

「三十七秒あれば、私は安全圏内まで遠ざかることができます。では、ごきげんよう」

チェンは深々とおじぎをすると、玄関に向かって走りだした。見た目からは想像もつかない素早さだった。

美由紀はガラスを叩いたが、びくともしなかった。シャフトに使われるほどの強化ガラス、それも数枚重ねになっている。ハンマーで殴打しても割れるものではない。

柱に駆けていって、スイッチを押した。反応はない。電動機の音はやまず、シャフトを通じて一階まで響いてくる。

制御盤はたぶん屋上だ。電気系を操作してエレベーターを停止させることは不可能だった。

がちゃんと音がして、電動機の音がやんだ。すぐにまた音が鳴りだしたが、さっきまでとは異なる音色だった。

巻き上げ機から調速機に動力が移動した、つまりエレベーターの下降が始まった。あと三十七秒。

ぐずぐずしてはいられない。美由紀は辺りに目を走らせた。エレベーターの近くに使えそうな物はないか。床にコンセントがふたつ。それ以外にはない。

なんでもいい、道具が要る。キッチンに向かって走りだした。頭のなかで生体時計が時を刻む。あと三十秒。

仮設キッチンには雑多な物が溢《あふ》れかえっていた。出刃包丁を取りあげて腰のベルトにはさんでから、一リットルサイズのペットボトルを手にとる。炭酸飲料、飲みかけだった。使えるかもしれない。冷蔵庫の扉を開けるとミルクがあった。その蓋《ふた》を開けて、ペットボトルのなかに注ぎこんだ。

あと二十秒。焦燥感ばかりが募る。心拍が異常に速まっている。

冷静になりきれない。逆さ吊りになっていた少年の顔が目の前にちらつく。それはつまり、チェンの狙いが的確だったことを意味していた。

心臓に刃《やいば》を突き立てられた気分だった。あの少年を失いたくない。彼の味わっている苦痛が、じかに伝わってくるかのようだ。一刻も早く助けたい、その思いが強すぎて、指先が震える。作業に支障がでる。

落ち着け。人の命は誰もが平等だ。どんな命だろうと尊い。好みのルックスの少年だからって特別視すべきことではない。

自分に言い聞かせながら、冷蔵庫のなかの味噌《みそ》のパッケージを手にとり、中身をペットボトルの口に押しこんだ。スクリュー式の蓋を固く閉めて、シェイカーのように振る。あと十五秒。

ペットボトルを抱えながら、電子レンジを棚からひっぱりだした。コードを引っ張ってプラグを引き抜き、エレベーター・シャフトの前に駆け戻っていった。

電子レンジのなかにペットボトルを放りこんで、扉をシャフトの強化ガラスに向ける。床のコンセントにプラグを差し、千二百ワットのボタンを押した。

もう十秒を切った。電子レンジからたちまち異臭が発生し、辺りに充満しはじめる。あと九秒、八秒、七秒……。

そのとき、電子レンジから唸《うな》るような音が聞こえてきた。床に小刻みに振動が伝わる。

ペットボトルの内圧が上昇し、急激に膨らむ音だった。美由紀はシャフトのわきにまわって待機した。

次の瞬間、電子レンジはすさまじい勢いで四方に飛び散り、液体をぶちまけながら爆発音を轟《とどろ》かせた。扉は砲弾のように飛んでシャフトのガラスを打ち砕き、そこからヒビが縦横に走って、ガラスの壁は一瞬にして崩壊した。

遮るものがなくなったシャフトから、轟音《ごうおん》と風圧が押し寄せる。少年の叫び声も近づいてくる。

降り注ぐガラスの破片のなかに、美由紀は身を躍らせた。鉄骨が剝《む》きだしになった床に足をとられながら、頭上に目を向ける。少年の姿はすぐそこに迫っていた。呆然《ぼうぜん》としたまなざしがこちらを見つめていた。

美由紀は少年の身体を抱きとめて、膝《ひざ》の上で仰向けにすると、腰の出刃包丁を引き抜いて水平に振り、ロープを切った。直後、包丁を放りだし、美由紀は少年を抱いたままシャフトの外に飛びだした。

少年の頭部を保護するためにしっかりと抱きしめながら、背中から床に落下した。受け身がとれなかったせいで、背骨をしたたかに打った。

と同時に、エレベーターはビル全体を揺るがすような地響きとともに一階の床に衝突した。

剝《は》がされた天井の梁《はり》から砂埃《すなぼこり》が舞い落ちた。

静かになった。

脊髄《せきずい》に走る痛みを堪《こら》えながら、美由紀はうずくまっていた。やがて、なんとか起きあがれるていどにまで痛みは和らいだ。

身体を起こしたとき、少年と目があった。

大きく見開かれた瞳は、まだ潤んでいた。口もとは小刻みに震えている。

美由紀はその顔を眺めていた。我を忘れて見いっている自分がいた。

そのことに気づいて、美由紀はあわてて身を退《ひ》いた。

片時も存在を無視できない。美由紀は少年についてそう思った。いちど顔を見つめたら、もう目を逸《そ》らすことはできなくなる。

たちまち顔面が紅潮した。わたしは何を考えているのだろう。この少年との出会いは仕組まれたものだった。冷静さを失うことは、チェンの仕掛けた罠《わな》に嵌《はま》るようなものだ。

そうはいっても、胸の高鳴りを抑えられない。ひどく暑かった。

「あの……」少年がつぶやいた。

「な、何？」美由紀は少年に目を向けた。

少年の顔を見つめるのは、彼が言葉を発したせいだ。他意はない。美由紀は動揺しがちな自分にそう言い聞かせた。

「ありがとう」少年は蚊の鳴くような声でつぶやいた。「助けてくれて……」

「いえ、あの……。どういたしまして」美由紀は手を差し伸べた。「立てる?」

うん。小さくうなずいた少年が、美由紀の手を握った。

てのひらに感じる体温が、何倍にも増幅されて頭に昇っていくかのようだった。しっかりしてよ、と美由紀は心のなかで自分を叱咤《しった》した。二十八にもなって、少しは自覚したらどう。中学生じゃあるまいし。

路地

陽が傾き、かすかにセピアがかった山手通りに、美由紀はフェラーリ599を飛ばしていた。

助手席におさまった少年が気になって、視線が泳ぎがちになる。信号にすら集中できない。

こんなことでは駄目だ。美由紀はステアリングを強く握った。集中力を疎《おろそ》かにしている場合ではない。こうしているあいだにも友里佐知子は日本のどこかに暗躍し、新たなテロを画策しているに違いない。

「岬……さん」少年がつぶやいた。

「あ、はい。何？」応じながら、美由紀は自分の声がうわずっているのに気づいた。

我ながら呆《あき》れる。自制できなくなっている理由はなんだろう。本気でこの少年とつきあいたいわけじゃないのに……。

少年がこちらを見つめた。

か細い声で少年はきいた。「警察に通報しなくてもよかったの？」

「……ええ、まあね」

「どうして？」

「通報しても頼りにならないからよ。あなたを誘拐《ゆうかい》した老人は、警察が手出しできるような相手じゃないの。信頼できる警部補さんに、じかに話をしておくから」

「ふうん……」

どことなく暗い影をひきずっているような印象の少年だった。笑いを浮かべることもまったくない。

美由紀はいった。「わたし、決して怪しい人間じゃないのよ。臨床……」

「知ってる。岬美由紀さんでしょ？　臨床心理士……だっけ」

「……ええ。そう」

「有名だもんね」少年は無表情のままつぶやいて、前方を見やった。「さっきのじいさんが言ってた。おまえは岬美由紀を釣るための餌だって」

「あ、あのね。あなたがあんな目に遭ったのは、じつは……」

「岬さんの好きだったアイドルに似てたからでしょ。なんだっけ。古すぎて僕、名前知らないけど……」

「そ……」思わず言葉に詰まりながら、美由紀は聞いた。「それも、あの老人から聞いたの？」

「うん……」

行く手で信号が赤になった。美由紀はフェラーリをゆっくりと停車させた。

歩行者の往来するスクランブル交差点を眺めながら、美由紀はつぶやいた。「ごめんね」

「なんで謝るの？」

「だって、わたしのせいであんなことに……」

「別にいいよ。流されるままに生きてるだけだし。人間なんて、いつ事故に遭ってもおかしくないんだし……」

戸惑いを覚えながら、美由紀は少年の横顔を見つめた。

少年は黙りこんで、姿勢を正して座っている。こちらを向くことはなかった。

背後からクラクションが響いた。いつの間にか信号が青になっている。

美由紀はフェラーリを発進させた。左車線で低速を維持して、走りつづけた。

「ねえ」美由紀は話しかけた。「名前、聞いていい？」

「日向《ひゅうが》」

「下の名前は？」

「涼平《りょうへい》」

なぜか困惑を覚える。涼平か……。航空自衛隊の相棒だった岸元と同じ名前だ。

まさかわたしは、落胆しているのだろうか。岸元と同じ名だから萎《な》えた気分になったとか……。失礼な話だ。そんな身勝手な思いを抱いてはいけない。

「あ、あのう」美由紀はきいた。「涼《りょう》……君《くん》は、どこの学校？」

「杉並第二中学」

「何年生？」

「二年……。あのさ、岬さん」

「なに？」

「岬さんって、結婚してる？」

どきっとして美由紀はいった。「いいえ。してないけど。どうして？」

「気になったから」

「え？」

「じいさんの話だと……僕の女性の好みも、人質に選ばれた理由のひとつだって。僕の好きな女優さんに、岬さんが似てるから」

「本当だよ。僕が岬さんみたいな女性を嫌いだったら、悪態をついたりするだろうから、岬さんの気持ちも冷めちゃうだろうって……」

「まさか」

「そんなことまで考慮されてたっていうの？」

「相思相愛だね」涼平は物憂げにいった。「こんなふうに出会いたくなかったけど」

美由紀は当惑しながらも、涼平の辛《つら》い胸の内を察した気がした。

彼のいうことが本当ならば、わたしたちはお互いに心を弄《もてあそ》ばれたことになる。理屈でなく、本能的に惹《ひ》かれる異性のタイプと引き合わせられた。だから相手のことは常に気にかかる。それでも、情の接点はない。もともと他人どうしだからだ。

ひどく心苦しかった。涼平がどういおうと、彼を巻きこんでしまったのはわたしだ。きょうのことは、まだ十代半ばの彼の心に深く刻まれる。犯罪者の持つ揺るぎない悪意に接したことは、今後の彼の人生に大きく影響する。

「リョウ君。悩みがあるなら、いつでも打ち明けてね。相談に乗るから」

美由紀の言葉に、涼平は小さくうなずいただけだった。本心ではどう思っているのかわからない。美由紀は、あえて涼平の表情を観察しまいとした。いまは彼の感情を読みとりたくはない。

中野駅の北側、住所にして五丁目の住宅地。古い商店街の路地をフェラーリで抜けるのは、至難の業だった。

都内に狭い道は珍しくないが、ここはそのなかでも難易度が高い部類だった。幅百九十六センチのフェラーリが、やっと通ることのできる細い路地だ。電柱や、商店棚を遠慮なく道に突きださせている箇所では、完全に車幅を下回っている。美由紀はドアミラーを畳んで徐行し、反対側の家屋の敷地に乗りあげて、建物ぎりぎりにまで接近することでかろうじて通り抜けていった。

通行人はみな迷惑そうな顔で、塀に身を這《は》わせてやりすごそうとしている。美由紀はいちいち頭をさげ、恐縮しながら通過した。

「岬さん」涼平がつぶやいた。「あのさ……」

「何？」

「もし、僕のほかに……。いや、なんでもない」

「遠慮せずに、どんなことでも聞いて。わたし、涼君の力になりたいから」

「……僕のほかに人質がいたらどうする？」

美由紀のなかに緊張が走った。「え？」

「岬さんが好きだった男性アイドルに似た、僕以外の奴らがいたとしたら……どうするの？」

当惑がひろがる。答えははっきりしていても、涼平に告げるのは憚《はばか》られる気がした。それでも、嘘はつけない。美由紀は小声でいった。「危険な目に遭っていたら、助けなきゃ……」

「そうだよね」涼平は目を伏せていた。「心配しなくていいよ。僕のほかに、人質はいないみたいだから」

「どうしてわかるの？」

「じいさんが言ってたから。岬さんが好むタイプであっても、将来性があって、少しでも今後の歴史を左右する可能性のある人材は選べないって。人質は、捨石でしかない。いてもいなくても世の中に影響しない人間にすべきだって。その条件まで含むと、該当者は僕しかいなかった。そう言ってた」

「そんなの偏見よ。誰も人の将来を予測することなんかできない」

「でも、僕はそう見なされたってことだよ」

「聞いて、涼君。あの老人たちは正しくない。このあいだ戦争を起こそうとした一派の仲間なの。彼らのいうことなんかあてにはできない。むしろ、真逆のことを口にしていると思えばいいの。気にしないで」

「そうかな……」

「ええ、そうよ。だから心配しちゃ駄目」

車内に沈黙がひろがった。涼平は顔をあげようとしなかった。

美由紀はチェンという老人に対する反感を募らせていた。もとより悪人でしかないとは思っていたが、こうまで少年の心を傷つけるなんて。

道幅が広くなってきた。そろそろ涼平のいっていた住所だ。

「あ」涼平がいった。「ここでいいよ。その三階建ての家の前で停めて」

「あれが涼君の家なの?」

「……岬さんって、嘘が見抜けるんだよね?」

「ええ、まあ……」

「僕の家は、あの家の向こうなんだよ」

「じゃあ、そこまで行くわ」

「いいよ。ここで降ろしてくれれば」

「遠慮しないで。あとほんのちょっとだし」

三階建てを通過すると、路地は少し折れて、その先で行き止まりになっていた。

そこは民家ではなかった。小さな門の向こうに、木造校舎のような建物がある。住宅のひしめきあうなかに、ぽつんと存在する施設。

庭先にはブランコがあって、エプロン姿の保育士らしき女性が、小さな子供たちと遊んでいる。

門には手書きの看板があった。中野慈恵園。

美由紀はつぶやいた。「ここは……」

涼平がドアを開けて、外にでた。

呆然《ぼうぜん》とする美由紀に、涼平は車内を覗《のぞ》きこんでつぶやいた。「送ってくれてありがとう。じゃあ……」

無表情を装っているが、憂いと悲しみのいろが浮かんでいることを、美由紀は見逃さなかった。

なにもいわずにドアを閉めて、涼平は門のなかに歩を進めていった。庭先に寝そべっていた大型犬が、涼平を見あげる。マスティフの血がまざった雑種のようだった。涼平はその頭を撫《な》でて、建物の玄関に入っていった。

美由紀は黙って涼平の背を見送るしかなかった。

保護者の世話を受けず、児童養護施設で暮らしているからといって、涼平の将来性を否定するチェンの考えは根本的に間違っている。

でも、いま涼平がみせた悲しい表情は、誰のせいなのだろう。彼は自分の住んでいるところを隠したがっていた。わたしは聞きいれずに、ここまでクルマを進めてしまった……。

複雑な思いとともに、美由紀はギアを入れ替えてクルマを後退させた。

本来なら、彼の保護者である保育士にきょうの出来事を伝えねばならない。けれども、いますぐでなくてもいい。涼平をこれ以上、苦しめたくはない。

追跡

夕方五時。霞が関の官庁街も退出時刻を迎えた。

鬼芭阿諛子はリンカーン・ナビゲーターの運転席におさまっていた。クルマは有楽町線桜田門駅にほど近い路上に停車している。ここからは国土計画局の外部支局、特殊調整課のオフィスビルの玄関口をしっかり見張ることができる。

ルームミラーを眺めて、後ろに乗っているジャムサの姿を見た。ジャムサは書類のページを繰っている。

猿まがいの小人が器用に仕事をこなすのが通行人の目に触れたら、それなりに記憶に残ることだろう。ただし、その心配はなかった。後部座席の窓にはフィルムが貼ってあり、外からは見ることができない。

とはいえ、人目に晒《さら》すこともできない役立たずの生き物は、足手まとい以外のなにものでもなかった。母の命令によって連れてこざるをえなかったが、できればどこかで事故にでも見せかけて始末したいところだ。

ジャムサが顔をあげて、ミラーごしに睨《にら》みつけてきた。「なにを見てる？」

「貴様の息の根をとめる方法を考えていたところよ」

「ほざけ。俺に手出しなどできん。教祖は俺を必要としているからな」

憤りと憎悪が同時にこみあげてきた。阿諛子は振り向きざま、ジャムサの首をつかんで絞めあげた。

「な、なにを」ジャムサは暴れだした。「やめろ。放せ」

「教祖阿吽拿が必要とするのはわたしだけよ。貴様は便宜上ここにいるだけ。生きることを許されているだけでもありがたく思うことね」

「よせ」ジャムサは必死の形相で、窓の外を指差した。「見ろ……人がでてくる……」

阿諛子は手を離し、車外に目を向けた。オフィスビルから、女性職員が姿を現した。つづいて何人かの職員が帰路についていく。腕には緑の腕章があった。

ジャムサは苦しげに咳《せ》きこみながらいった。「あいつらが調査官か？」

「いえ。調査官の腕章は黄色よ。あれはただの職員」

「……おい。黄色の腕章の男がでてきたぞ」

頭のはげた初老の男が、ぶらりと玄関先にでてきた。スーツケースをさげて、駅のほうに歩き去っていく。

「あれだ」ジャムサが興奮ぎみに告げた。「奴がターゲットの調査官だ」

阿諛子は腑《ふ》に落ちなかった。

国家の命運を左右するような情報を手にしておきながら、あんな飄々《ひょうひょう》とした態度がとれるだろうか。視線を辺りに配ることもなかった。表情筋も弛緩《しかん》しすぎている。出世が約束されて浮かれているのだとしても、警戒心をまるで働かせないとは理にかなっていない。

「なぜ追わない？」ジャムサがきいた。

「あいつじゃないわ」

「どうしてそういえる？」

「わたしがそう思ったからそうなのよ。猿は黙って従っていればいいわ」

ジャムサは苛立《いらだ》ったようすで、書類をかざして身を乗りだした。「いいか、よく読んでみろ。国土交通省と深いつながりのあった土木建築業者のワープロ日誌だ」

「その業者と社員全員を拉致《らち》して尋問したけど、情報を吐く前に全員が死んだわ」

「死人が書き残した唯一の手がかりだ。読むぞ。国土計画局の外部支局、特殊調整課から調査官が派遣されてきた。五十代半ばの禿《はげ》を寄越すとは彼らも本気ではないなと思ったが、すべてを伝えると調査官は目のいろを変えた。報告書をまとめるので、それまではわれわれだけの秘密だ、と調査官はいった」

「それがどうかしたの」

「どうかしたの、だと？　いまの男がターゲットだったとしたら、おまえが見過ごしたことを教祖に報告するからな。口を封じようとしても無駄だぞ。おまえがいかに横暴に振舞おうと、俺はメフィスト・コンサルティング・グループで見聞きした経験を……」

阿諛子はジャムサの愚痴を聞き流しながら、絶えずオフィスビルの玄関口に注意を払っていた。黄色の腕章は続々とでてきたが、若い男女ばかりだ。

やがて、背の低い五十すぎの男がでてきた。黒縁の眼鏡をかけ、ハンカチでしきりに汗をぬぐっている。気弱そうな顔で辺りを見まわすと、駅とは反対方向に歩きだした。

「あれだわ」阿諛子はキーをひねってエンジンをかけた。

「何？」ジャムサは面食らった顔をした。「冗談いうな。髪はふさふさじゃないか」

「あいつよ。間違いないわ」

「奴はどう見てもかつらじゃないぞ。鬼芭。この日誌をもう一度よく読んでみ……」

すかさず阿諛子はジャムサの手から日誌を奪うと、それを丸めて筒状にし、ジャムサの顔面を殴打した。

「痛え！　なにをする！」

「騒々しい」阿諛子は吐き捨てた。「猿。メフィスト・コンサルティングと関わりがあったとしても、貴様はただの実験材料よ。特別顧問候補だった母とは違う。思考はチンパンジー以下ってことを肝に銘じておくことね」

「なんだと？」

「その日誌は古いワープロ専用機で書かれてる。ハゲとチビは同じ漢字だし、ワープロでチビを変換したらその字が出てくる」

「な」ジャムサは言葉に詰まったようすだった。「そ、そうか。同じ漢字……」

クルマを徐行させて男を尾行する。男はすぐ近くにある郵便局の出張所に入っていった。郵政民営化後、官庁街の一部の郵便局は五時半まで営業している。ここはそのうちのひとつだった。

停車すると、阿諛子はクルマのドアを開け放った。

ジャムサがきいた。「どこへ行く」

「あの男の名前を知るのよ」

「窓口の人間を締めあげるのはよせ。いま事を荒立てたら、我々の動きが察知される恐れが……」

阿諛子は車外にでると、ドアを叩《たた》きつけた。

よく吠《ほ》える下等生物だ。人並みに知恵を使うことさえ忘れている。

出張所に向かい、阿諛子はエントランスを入った。

調査官の男は窓口で為替《かわせ》の手続きを済ませたところだった。待合の長椅子に戻って腰を下ろす。

そこから少し離れた場所に、阿諛子は腰掛けた。

窓口の職員は、伝票に記入する作業に忙しかった。

その気になれば、ペンを走らせる音から書いている文字を判断することは可能だ。わたしは地獄耳。リスニング・リーディングはほぼ完璧《かんぺき》に身につけている。

だがいまは、その音が聞こえるほどカウンターに近づくつもりはなかった。あの男の名を知るなどたやすい。これから自然に明らかになる。

やがて、職員が名を呼んだ。「押川《おしかわ》さん」

調査員の男が立ちあがった。

すかさず、阿諛子も席を立った。さも名前が呼ばれたような顔をして、窓口を見やる。

すると、窓口の職員はやや困惑したような顔でふたりを見比べた。苗字《みようじ》が重なったと判断したらしく、フルネームを告げた。「押川昌康《まさやす》さん」

押川はそそくさと窓口に向かった。

ふんと鼻で笑って、阿諛子は踵《きびす》をかえした。

ターゲットの名前が明らかになった。ただちに母に報告し、行動に移さねばならない。

うまくすればイリミネーションは、今晩にも実現可能だろう。

永遠

涼平が顔をあげると、いつしか窓の外は暗くなっていた。

児童養護施設、中野慈恵園の二階にある三畳半の自室。涼平は机に向かい、英検のための参考書に目を落としていた。

こうしていつもと変わらない日常に浸っていると、きょうの信じられない出来事のすべてが、寝ているあいだに見た夢のようだった。

あんなことがあったのに、いまとなっては動揺もなかった。思い起こしても、手に汗をかくことはない。

怖い思いをした。でも、生き延びた。それだけのことだった。

幼いころに両親から受けた酷《ひど》い仕打ちに比べたら、たいしたことはない。そんなふうにさえ思った。成長したせいで鈍感になったのだろうか。実際には逆のはずだ。親による虐待も、きょう老人がしたことには及ばない。

それでも、心に受けた傷の深さが違った。幼少のころほどの痛みはない。

どうせ無力、流されるままに生きるしかない人生だった。将来なんて存在しないも同じ。

あの老人もいっていた。おまえは捨石だと。

涼平は頭を抱えた。

岬美由紀の顔がまぶたの裏にちらつく。

本当に綺麗《きれい》な人だった。かねてから名前は聞いていたが、会いたいとは思わなかった。

けれども、実際に会ってみて考えが変わった。

もういちど会ってみたい。会えるものなら……。

ぼんやりと考えをめぐらせながら、ため息が漏れた。再会できたとして、それから先はどうする？

なにを期待しているのだろう、僕は。彼女からしてみたら、僕なんかただの十四歳のガキでしかない……。

どうにもならない苛立《いらだ》ちが募り、涼平は頭をかきむしった。

そのとき、階下から小さな子供たちのはしゃぐ声がした。

ずいぶんにぎやかだ。食事の時間を迎えるころには、いつも通夜のような静けさが漂うはずなのに。

階段を上ってくる音がして、ノックが聞こえた。どうぞ、と応じると、ドアが開いた。

保育士の青年、蛭川《ひるかわ》が顔をのぞかせた。「涼平君。ご飯だよ」

「僕は……いいよ」

「駄目だよ。今晩は、きみがいないと困るんだから。さあ、行くよ」

なんのことだろう。

涼平は渋々立ちあがり、部屋をでた。蛭川につづいて、狭くて急な階段を下りていく。

食堂に入ったとき、テーブルについていた所長の鱒沢章が新聞から顔をあげた。

髭面《ひげづら》ながら優男風の鱒沢は、普段と同じように快活にいった。「よう、涼平。だいじょうぶか？　きょうはいろいろ大変だったみたいだな」

「え……？」

「怪我はないのか？　ったく、危険な目に遭ったのならちゃんと報告しなきゃ駄目じゃないか」

「それ……どうして……」

厨房《ちゅうぼう》につづく戸口に目を向けたとき、涼平は思わず息を呑《の》んだ。

エプロン姿で皿を運んでいる女性。まぎれもなく岬美由紀だった。

こちらを見ている。戸惑いがちに微笑を浮かべて、会釈をした。

ほとんど反射的に、涼平も頭をさげた。ふたたび顔をあげたとき、美由紀は厨房の奥に消えていった。

「あの……」涼平はつぶやいた。「どうして、岬さんが……」

鱒沢は口髭を指先でかいた。「臨床心理士会は児童養護施設にカウンセラーを派遣してくれるらしいんだが、うちみたいな弱小なところにはなかなか来てくれなくてね。でもおまえのおかげで、最高の人が来てくれた。うちの職員になってほしいぐらいだよ。使えない奴ばかりだからな」

蛭川がふくれっ面をした。「ちょっと。所長。それどういうことですか」

笑いながら鱒沢は首を振った。「冗談だよ。だけど、食事を作るのまで手伝ってくれるなんてな」

涼平は信じられない気分で、戸口に歩み寄った。

小学校低学年以下の子供たちが黄色い声をあげていたのは、厨房だった。鍋《なべ》の準備をする美由紀に、子供たちはついてまわっていた。

そのなかでは年長に属する男の子、旬《しゅん》はとりわけ美由紀に関心があるようだった。柿をいくつも抱えて、美由紀に擦り寄っていく。「岬先生。はい、これ」

「わたしにくれるの？　ありがとう。でもこの季節に柿なんて、まだ早いわね」

小二の女の子、結衣《ゆい》がいった。「えっとね、農家やってる人が恵んでくれるの」

　旬が困惑した顔を浮かべた。「こら。ばらすなよ」

「いいのよ」美由紀は微笑した。「手作りの柿か。甘いかな？」

　結衣は馬鹿正直に告げた。「たまに渋柿が混じってる」

「そう」と美由紀は受け取った柿をひとつずつ眺めて、より分けていった。「こっちが甘い柿。こっちが渋柿ね」

「えー？　どうしてわかるの？」

　美由紀は笑うばかりで、その理由は明かさなかった。結衣の頭を撫《な》でて、ふとその足もとを見やる。

「変わった上履きね。ずいぶん色が派手だけど、スニーカーとも違うし……」

　旬がいった。「潰《つぶ》れたボウリング場から貰《もら》ったって、所長さんがいってた。ダサいから好きじゃないけど」

「なるほど、それで……。ボウリング場の靴は、わざと変わった色づかいにしてあるのよ。盗む人がいないようにね」

「ああ」結衣がうなずいた。「ダサいから盗まれないわけかぁ」

「ばーか」旬が嘲《あざけ》るようにいった。「目立つから盗まれないってことだよ」

で打った。

「ほんとに馬鹿だからしょうがないだろ。馬鹿結衣」むっとした結衣が旬に叩《たた》くような素振りをする。旬のほうは、遠慮なく結衣の頭を平手で打った。

「駄目よ」美由紀の顔から笑みが消えた。「男の子が、女の子をぶっちゃいけないでしょ」

旬は不服そうに口をとがらせた。「だってさ、結衣が……」

結衣は美由紀にすがりついた。「旬はいつもいじめるから嫌い」

美由紀は結衣の両手をとって、諭すように告げた。「殴られそうになったら、その手を外側からつかんで。こう。右手で、右手の甲を包みこむように握るのよ。親指は、相手の親指と人差し指のあいだにいれて。それから内側にひねるの。これが〝裏逆〟って技」

「へえ」結衣はしきりに手を動かした。「わかった。次から旬がなにかしたら、この技でやっつける」

「ふん」旬は鼻を鳴らした。「やれるもんならやってみろ」

口の利き方をわきまえない奴だった。涼平は声をかけた。「旬。やめろよ」

ばつの悪そうな顔になった旬は、厨房からすごすごと退散した。

美由紀がこちらを見た。目が合うと、妙な気分になる。涼平は視線を逸《そ》らした。

「り……涼君」美由紀の声もうわずっていた。「そのう、キャベツ洗うのを手伝ってくれると、嬉《うれ》しいんだけど……」

「いいよ」涼平はエプロンを手にとり、流しに近づいた。「千切りもする？」

「できるの？」

「うん。いつもやってるからね」

「そう……」

涼平はちらと柿に目を向けた。「渋柿って、どうやって見分けるの？」

「タンニン物質のシブオールが果実のなかに溶けだしていると渋くなるの。だから、そうでない柿が甘いのよ」

「ふうん……」涼平はうなずいたものの、少しばかり腑に落ちなかった。「そのシブオールが溶けだしてるって、どうしてわかるの？」

美由紀はなぜか、妙な顔になった。

「そういえばそうね」と美由紀はつぶやいて、柿を眺めた。「どうして見分けられたんだろ……？　疑いもなく区別できる気になったのはなぜ？」

「……食べてみなきゃ、当たってるかどうかわからないよ」

「ええ」美由紀は微笑んだ。「そうね」

ガスコンロの上で、鍋の蓋《ふた》がカタカタと音をたてた。
「あ」涼平はいった。「沸騰してるよ」
「いけない」美由紀は鍋つかみを手にはめて、蓋をとった。
湯気のなかに浮かぶ美由紀の横顔を、涼平は眺めた。
夢みたいな時間だ。ただぼんやりと、そのことだけを自覚した。
永久にここにいてほしい。いまは、それ以外には望まない。

招かれざる客

夜七時すぎ。

押川昌康は白金台駅から、ひっそりとした住宅街の路地に歩を進め、家路についていた。疲労感が押し寄せる。足が重かった。国土計画局の外部支局、特殊調整課の調整官に栄転になったのが半年前。やっと昇給したと安心したのもつかの間、とんでもない案件を背負いこんでしまった。

きょうもオフィスに居残って作業を進めたが、資料が揃っていないこともあって捗《はかど》らない。結局、きょうも報告書に取りかかることはできずじまいだった。

荷が重過ぎる。上司に打ち明けたのでは手柄を横取りされてしまうと口をつぐんでいたが、やはり私ひとりで抱えこめるような話ではない。明日にでも課長に相談しよう。

定年までの十年間、波風を立てずに生きるに限る。

家の前に着いた。瀟洒《しょうしゃ》な造りの新築一戸建て。ローンの短縮は難しそうだった。日々こつこつと働くしかない。

玄関の扉の前に立ち、チャイムを押した。

しばらく待ったが、静寂だけが返ってきた。

いつもなら妻か、十七になる娘が鍵《かぎ》を開けにくるはずだ。妻の軽自動車もガレージにある。どうしてきょうに限って出てこないのだろう。

把《と》っ手《て》を握ってみると、扉は開いた。鍵をかけてないじゃないか。無用心な。

なかに入って、靴を脱ぎにかかる。「ただいま……」

すぐに押川は、家のなかの異変に気づいた。

階段に見知らぬ女が座っている。年齢は二十代後半、金髪で派手な服装だった。土足であがりこんでいる。ブーツをはいた脚を組んで、頬づえをつきながらこちらを眺めていた。冷ややかな目つきが、押川を見据える。押川はどういうことかわからず、その場に立ち尽くした。

そのとき、頭上になにかが襲いかかった。甲高い叫びをあげて、鋭い爪が押川の後頭部をわしづかみにし、前のめりに突き飛ばした。

押川は倒れこみ、床に背を打ちつけた。

激痛のなかで視線をあげると、緑の体毛に覆われた猿が下駄箱の上にいた。猿は扉を閉めて鍵をかけた。

猿がこちらを見つめた。見下すようなまなざし。いまにも獲物に襲いかからんとする獣の目つき……。

いや、こいつは猿ではない。押川は気づいた。異様な外見をしているが、人間だ。

ふいに女の声がいった。「おかえりなさい」

階段にいた女ではなかった。廊下の奥からもうひとり歩みでてくる。

エンジいろのスーツを着た女。見覚えのある顔だった。報道で何度も目にした。

押川はつぶやいた。「友里……佐知子？」

友里はにっこりと笑って、礼儀正しく頭をさげた。

鳥肌が立った。そんな馬鹿な。戦後最大の凶悪犯がなぜ家にいるんだ。しかも友里といえばつい先日、香港で死亡が確認されたはずでは……。

「いいえ」友里は、押川の心を読んだかのようにいった。「恒星天球教において、教祖に死の概念はないの。何度でも復活するのよ」

恐怖に全身が硬直した。

まのあたりにしている光景が、現実のものとは思えなかった。これは夢だ。悪夢だ。

「現実よ」友里は背を向けながら告げた。「阿諛子。押川さんをこちらにお連れして」

阿諛子と呼ばれた金髪の女は、押川の腕をつかみ、強引に引き立てた。恐るべき腕力だった。小柄な押川からすれば、阿諛子はすでに刃向かえそうな相手ではなかった。友里に至っては、楯突《たてつ》くすべなどまるでない。

友里は廊下から客間に入っていく。押川も阿諛子に連行され、その後につづいた。

そこには、さらに息を呑《の》む状況が待っていた。

頭部をすっぽりと覆面に覆われたふたりの女が後ろ手に縛られ、ひざまずいている。服装を見るまでもなく、妻の有希子《ゆきこ》と娘の望美《のぞみ》だとわかる。

「ゆ、有希子」押川は思わず声をあげた。「望美」

ふたりは覆面のなかで泣きじゃくりながら、押川に叫んでいた。昌康さん。お父さん。なんという酷《ひど》い……。

押川は駆け寄ろうとしたが、阿諛子が首の後ろをつかんだ。もがいても、その手から逃れることはできなかった。押川はその場に両膝《ひざ》をついた。

友里はポリ容器の蓋を開けた。ぐいと容器を持ちあげると、なかの液体を有希子と望美にかけはじめた。

鼻をつく揮発性のにおい。ガソリンに間違いなかった。

ふたりの家族は悲鳴をあげていた。もはや絶叫に等しかった。

だが、その声が外に届くことはない。リビングルームはピアノを弾く望美のために防音が施されている。

せめて、キッチンにある防犯スイッチを押すことができれば……。

「無理よ」友里は押川を一瞥《いちべつ》していった。「セコムにしろ綜合警備にしろ、家庭用セキュリティって、電話線を切断すればなんの意味もないのよ。脆弱《ぜいじゃく》すぎるシステムよね。そうは思わない？」

なんてことだ。押川は唇を嚙《か》み締めた。なにかを思い浮かべることは、友里の耳もとで囁《ささや》くのと同義だ。すべて筒抜けになってしまう。

友里はからになった容器を放りだした。有希子と望美は、全身ガソリンまみれになっていた。抵抗するのをあきらめたようにぐったりとして、ひたすら泣くばかりになっている。あの猿に似た小男が、ふたりに歩み寄った。ライターを手にしている。それを点火して、長い腕を伸ばし、ふたりの身体に近づけた。

「やめろ」押川は懇願した。「なんでこんなことを……。教団に入れってのか？　どんなことでもするから、家族には手をださないでくれ」

「ふうん」友里はにやりとした。「涙ぐましい話ね。でも恒星天球教は現在、信者を募集していないの。わたしに忠誠を尽くす人材は、充分に足りているから」

「じ、じゃあ何を……」

「嘘をついてもわかるから、正直に話してほしいんだけど。押川昌康調査官。国土計画局、特殊調整課勤務。其拾弐《そのじゅうに》に関する報告書は、もう仕上がった？」

押川は愕然《がくぜん》とした。

友里佐知子があの件を嗅《か》ぎつけたなんて……。予想もしえなかった危機的状況だ。

阿諛子が押川の首すじに這《は》わせた手に力をこめてきた。「黙ってないで答えたら？　報告書は？」

「……書いてない。まだ一行も」

冷ややかな顔になった友里が歩み寄ってきた。「土木建築業者から譲り受けた資料は？」

「わ、わかってるだろ？　破棄したよ。特殊調整課の規則で、ただちにシュレッダーにかけた。いったん私の頭のなかに置いて、報告書にアウトプットするまで外部に漏れないようにする」

「ええ、よくわかってるわ。つまり、あなたの口から聞くしかないわけね。其拾弐の現場はどこ？」

その質問は、押川および家族への死刑宣告に等しかった。

全身が震える。とてつもなく寒かった。涙が目に溢《あふ》れる。意識を正常に保つことさえ困難だった。

阿諛子はささやくような声できいた。「其拾弐の現場は？」

「現場は……江戸川区の……」

友里は眉間《みけん》に皺《しわ》を寄せた。「やめてくれる？　わたしの評判も一度ぐらいは耳にしたことあるでしょ？　江戸川区じゃないってことだけはわかったわ。次は嘘をつかずに、正直にいうことね。現場はどこ？」

「……いえないんだよ」押川は情けない自分の声をきいた。「それだけは」

「ジャムサ」友里は猿に似た小男にいった。「押川さんは寒がってるみたいよ。そろそろ部屋を暖かくしたら？」

有希子と望美が悲痛な声をあげて、もがきだした。

「やめろよ」押川は泣きながら訴えた。「やめてくれ」

ジャムサはライターの炎を揺らしながらいった。「人体が燃えるのを見たことがあるか？　焼肉と同じようなにおいがする」

かっとなって押川は怒鳴った。「家族に手をだすな！」

しんと室内は静まりかえった。

友里はため息をついた。「勇気があるわね。奥さんのあなたに対する好感度も、少しは上がったかしら」

混沌《こんとん》とする思考がある。妻を意識し、娘のことを考え、それから……。さまざまな人間関係が、瞬時に頭のなかをかけめぐった。

ところが、その無意識のうちに浮かんだ思考すらも、友里は見逃さなかったようだった。

「まあ」友里はにやにやした。「押川さん。愛人がいるの？」

「な」押川は言葉に詰まった。「なにを……。そんなものいない」

「へえ。そう。わたしの思い過ごしだった？」

妻の有希子が覆面のなかで、泣きながらいった。「馬鹿なこといわないで」

ふっと笑った友里が、押川をじろりと見た。「マイクロサッカードがしきりに棚のほうに向いているわね。目を向けなくても意識しているのはあきらか。棚になにが入っているのかしら」

友里はキャビネットに歩み寄って、ガラス張りの扉を開けた。ブランデーのボトルの傍らにあるグラスを手にとる。

押川の心臓は、激しく脈打ちだした。

しばらくグラスを眺めていた友里は、それを明かりにかざしながらいった。「口紅がついているんだけど。女性のね」

死の恐怖とは別の動揺が、押川を襲った。一瞬だけ意識しただけなのに、棚のなかのどこに気持ちを向けたかを正確に読みとられてしまった。恐るべき女。まるで死神だ。

有希子が静止している。覆面のせいで表情はわからないが、長年連れ添ってきた押川にはわかった。私に対し、少なからず懐疑的になっている。

ただちに否定せねばならない。押川は震える声でいった。「妻の口紅だよ。妻もブランデーを飲むんだ」

「ふうん」友里はつぶやいた。「この棚のグラスを使うの?」

「ああ。ロックで飲むから」

「それはいいことを聞いたわ」

友里は、キャビネットのわきにあるタンスを開けて、金属製のハンガーを引き抜いた。その針金を伸ばし、ピアノの上の鉛筆削りに差しこむ。耳障りな音をしばし奏でた後、友里はハンガーを投げ捨てた。鉛筆削りから削りカスの容器を取りだし、その中身をグラスに振りかけた。

なにをする気だ……。押川は固唾《かたず》を飲んで見守った。

またグラスを光にかざしながら、友里はいった。「アルミを削って粉末にすると、タンパク質と脂肪にだけ付着するから、指紋の線が浮かびあがるのよ。ほら、あなたの愛人の指紋がくっきりと浮かんでる。警察のデータと照合して身元を割りだそうかしら」

押川は必死に首を振った。「それは妻の指紋だ」

「奥さんはロックで飲むんじゃなかったの？　なら指紋は水滴でぼやけるはずでしょ。ストレートで飲む女が家にあがりこんだことがあるわけよね。奥さんと娘さん、最近泊りがけで旅行に行かなかった？　その夜、ここで何があったのかしら」

また沈黙が下りてきた。

有希子と望美の泣き声がやんでいた。ふたりとも動きをとめている。

耐え難い反応だった。押川は家族にいった。「違うんだよ、そんなことあるわけがない。私を信じてくれ。頼む。頼むよ」

友里はグラスを棚に戻し、押川に向き直った。「どう？　さっきよりは奥さんと娘さんへの未練が薄らいだんじゃなくて？　愛人と暮らすには、妻も子も死んでくれたほうがむしろ好都合でしょう？」

ふたりの家族は悲鳴をあげた。さっきよりも一層の恐怖を募らせたように、甲高い声で叫びだした。助けて！　昌康さん、見捨てないで！　殺さないで、お父さん！

もはや信じがたい悪夢の渦中にいた。妻と娘は、私に殺されると思い、命乞いをしている。心は完全にかけ離れてしまった。

もう駄目だ。口を割らずにいれば、地獄の深みに嵌《はま》っていく。時間稼ぎどころか、その場しのぎすら通用しない。

これ以上、秘密は維持できない。

友里が静かにいった。「もういちどだけ尋ねるわ。其拾弐の現場はどこ？」

「……山手トンネル」ため息とともに、押川はつぶやきを漏らした。「山手トンネルだよ」

押川が嘘をついていないことを、友里はその表情からしっかりと見てとった。

なるほど、山手トンネルか。〇七年末に開通したばかりの首都高中央環状新宿線、五号池袋線と四号新宿線を結ぶ地下の自動車道。工事中に土木建築業者が発見したのだろう。情報の入ってきた時期ともぴたり一致する。

「よく打ち明けてくれたわ」友里はいった。「押川さん、一緒に来てちょうだい。クルマで首都高をドライブしましょ。詳しいことは現場で説明して」

「有希子と望美は……？　妻と娘はどうなる」

「闇に葬るわ。あなたの秘密とともにね」友里はジャムサを振りかえった。「奥さんと娘さんはどこかで処分してきて。燃やしてしまえばいいわ」

覆面を被《かぶ》ったふたりの女は断末魔のごとき悲鳴をあげた。じたばたともがき、言葉にならない声を発しつづけている。

押川有希子、押川望美。気の毒に。天に召されるときがきた。運命とはわからないものね。一介の公務員と結婚したばかりに死を迎えるなんて。

阿諛子が押川を引き立てようとした。「ほら。さっさと立って」

ところがそのとき、押川は予想しえなかった行動にでた。

いきなり阿諛子を突き飛ばし、扉の外に駆けだした。家族を置き去りにし、わき目も振らずに逃走していく。足音で、玄関に向かっているとわかる。

廊下から押川の声が響いてきた。「助けてくれ！　誰か、通報してくれ！」

家の外にでたら終わりだ。友里はすかさずいった。「阿諛子」

廊下にでた阿諛子は、腰に仕込んだサバイバルナイフを引き抜き、押川の背に向かって投げた。

肉を貫く鈍い音が響いた。

う。呻《うめ》き声が聞こえた。そして、ばたんとつんのめる音。

友里が廊下にでたとき、すでに静寂が戻っていた。

玄関の数歩手前に、突っ伏している押川の姿があった。背にはナイフが突き立てられている。赤いものが流出して上着を染めていき、さらに廊下にひろがっていく。

つかつかと歩み寄って、友里は押川の髪をつかんだ。

ぐいと持ちあげて、その顔を見る。

瞳孔《どうこう》が開いたままになっていた。脈も途絶えていた。ナイフの刃は、肩甲骨のあいだから肺を貫き、心臓に達している。

たとえ医師でなくとも明白だ。死んだ。ほぼ即死だった。

ジャムサが廊下にでてきて、大仰にため息をついた。「鬼芭。なんてことをしてくれた。唯一の情報源だぞ」

阿諛子は困惑のいろを浮かべていた。「すまない。母……」

「いいのよ」と友里はいった。「肝心なことは聞きだしたわ」

「教祖」ジャムサが駆け寄ってきた。「山手トンネルは六・七キロメートルもある。イリミネーションの前にもっと絞りこまないと、明朝までに間に合うかどうか」

「たしかに忌まわしい事態ではあるわね。けれども、ためらう理由にはならない」

「でも」阿諛子はささやいた。「ほかにも憂慮すべきことがあるわ。首都高のトンネルならイリミネーションの舞台は構内ではなく、その下の避難用通路になる。サーモは問題ないけど、監視カメラはない。〝招かれざる客〟を特定するのは不可能よ」

「……なら、現場で見つけるしかないわね」

「え？　でも母もわたしも、トンネルに入るわけには……」

「もうひとり、表情から感情を見抜ける人間を送りこんで、看破してもらえばいいわ」友里はふっと笑った。「勝手に千里眼を名乗っている女にね」

テールランプ

壁の鳩時計が、午後十時を告げた。

消灯時間を過ぎた中野慈恵園はひっそりと静まりかえっている。鈴虫の声だけが、厳かに響き渡っていた。

階上の自室に戻った子供たちも眠りについただろう。当直の保育士も就寝しているようだ。

美由紀は、薄暗い食堂にひとり居残っていた。窓際の椅子に腰掛けて、月明かりのなかで臨床心理学のテキストを読みふけっていた。

わたしは柿と渋柿を正確に区別した。無意識のうちにどうやって判別しえたのだろう。それが知りたくてテキストを熟読した。

やがて、おぼろげにその技能の正体が浮かびあがってきた。

なるほど。認知的不協和に類する心理作用か……。

認知的不協和の本来の意味は、知識や経験、行動と相容《あいい》れない認知に直面した際、心のなかに不快感を伴う違和感を生じ、それを解決しようとする衝動が起きることを指す。つまり社会心理学の範疇《はんちゅう》なのだが、渋柿を判別したのもそれによく似た仕組みによるものだった。

柿という果実に対して持っている知識と、視覚にとらえられる柿の外見を、無意識のうちに照合していた。そこに合致せず、どこか異質に思えるものは、別の成分が混入しているものとして判別した。

いわば、認知的不協和の視覚的応用とでもいおうか。人間なら自発的に生じてもおかしくない本能的な機能だ。しかしながら、ほんのわずかな外見の違いを見てとること自体、ごく一般的な常識においては不可能とされる。どうしてわたしに可能になったのか。

美由紀は理由に気づいていた。選択的注意だ。嵯峨は自己暗示によって理性を鎮め本能を突出させることで、選択的注意集中の能力を向上させるすべを教えてくれた。わたしはそれによって、自然界におけるささいな違和感をも目にとめるようになった。

すべては人として持ちうる能力であり、科学的な裏づけがあるものだ。知識を高めることによって、それらの能力を実践的なものに変えることができる。

人はまだ見ぬ可能性に満ちている。嵯峨の教えは、そのことを示唆していた。

階段を下りてくる足音がした。

食堂に入ってきたのは、涼平だった。夜食のときと同じ、トレーナーにジーパン姿だった。

「あ、涼君」美由紀は小声でいった。「まだ起きてたの？　パジャマに着替えないの？」

「いつも普段着で寝るんだよ。夜中に小さい子が熱をだしたりしたら、自転車に乗ってお医者さん探しにでかけたりするし」

「そうなの……」

涼平は、近くの椅子に腰を下ろした。

暗がりのなかで、美由紀は涼平を見つめた。涼平も美由紀を見つめかえしていた。

鈴虫の声だけが響く。沈黙は長くつづいた。

やがて、涼平がつぶやいた。「あのさ」

「……何？」

「そのう。きょうは、どうもありがとう。あんな楽しい夜食は初めてだった。みんな喜んでたし」

美由紀は微笑んでみせた。「どういたしまして」

「岬先生、料理じょうずだね」

そう。美由紀はささやきながら、内心落胆していた。岬先生、か。ここに来るまでは、涼平はわたしのことを岬さんと呼んでいた。ささいなことかもしれないが、距離を感じる言い方だった。

「あのさ、岬先生」涼平がいった。「なぜ来てくれたの？」

「……きょうあんなことがあったし、事件や事故の被害者がPTSDに陥ることもあるから。臨床心理士としては、その後の経緯も見届けて、必要なら心のケアもしなきゃ。保護者がわりになっている人への説明責任もあるし」

「ふうん……。仕事ってこと？」

「そうばかりじゃないのよ。なんていうか……。涼君のことが気になって」

また胸が高鳴りだした。これ以上、気持ちをあきらかにしていいのだろうか。彼はまだ十四歳だというのに……。

涼平はその大きな瞳《ひとみ》を見開いて、まじまじと美由紀を見つめた。「岬先生。僕のことは、所長さんに聞いたでしょ？」

美由紀は黙って涼平を見つめかえした。

両親の虐待のことは聞かされている。父は傷害罪で刑事告発され懲役刑に服している。母は蒸発してしまった。頼るべき親戚《しんせき》もなく、家庭裁判所の判断で児童養護施設暮らしになった。」里親も見つからず、孤独な生活を余儀なくされている。

学校でも友達が少なく、無口だという。内向的で、心配した担任教師がスクールカウンセラーのもとに連れていった。そこでも涼平は、ひとことも言葉を発しなかったという。

「ええ」美由紀は小さくうなずいた。「ご両親のことなら聞いたわ」

「……涼君は自分でどう思ってるの？　きょう殺されそうになったのに、あんまり気にしてない僕を、おかしいと思う？」

「わからない。でも、小さかったころには、これが普通だったから……」

美由紀は何をいうべきかわからず、口をつぐむしかなかった。

戦場に生まれた子供は、大人になってからも外的要因に恐怖を感じる頻度は少ないといわれる。幼少の頃に刷りこまれた経験が、感性を鈍くさせるのだろう。

わたしは両親を亡くした。でもそれまではごく普通の家庭の娘として、父母の愛を受けて育った。わたしには、彼の気持ちのすべては実感できない。

せつなさだけが募る。涼平の心を、救ってあげたかった。

「岬先生」涼平は真顔で見つめてきた。「真剣に勉強したら、僕も……。岬先生みたいな女の人と、つきあえるのかな」

困惑はいっそう深まった。

わたしみたいな女の人……。涼平が見ているのはわたしじゃなく、将来に出会うであろう女性なのだろうか。

しばし目を逸《そ》らしあう時間が過ぎた。気まずい沈黙。しかし、その静寂を破るのはわたしの返答しかなかった。

「涼君」美由紀はおずおずといった。「あのね……」

そのとき、ふいに耳をつんざく爆発音がした。涼平がびくっとして身体をこわばらせた。突きあげるような衝撃とともに、木造の建物が揺れた。ガラスがびりびりと振動している。

爆発はきわめて小規模と思われた。一回きり、それもかなり近い。厨房《ちゅうぼう》のほうだった。

弾《はじ》かれるように立ちあがり、美由紀は戸口に駆けていった。

厨房に飛びこんですぐ、壁のスイッチをいれる。蛍光灯に明かりが灯《とも》った。

窓に目を向ける。ガラスは割れていない。鍵《かぎ》はかかったままだった。

背後に走ってくる足音がした。振り返ると、涼平とともに所長の鱒沢がガウンをまとって飛びこんできた。鱒沢は叫んだ。「なにがあったんです⁉」

美由紀は厨房を見渡した。食器類や残り物の食材などに被害はない。

ただし、床だけは違っていた。液体が飛び散るなか、そこかしこにペットボトルの破片らしきものが落ちている。

　涼平がつぶやいた。「ペットボトル……。きょう岬先生がやったのと同じ方法？」

「いえ」美由紀は破片を拾いながらいった。「電子レンジで加熱したわけじゃないし、混入物もなさそう。ただの乳性飲料よね」

　鱒沢は目を丸くした。「それが、どうして破裂するんです」

「飲みかけのペットボトルを放置する習慣はありましたか？」

「……まあ、節約はここの義務ですからね。冷蔵庫に入れずに、その辺に置くこともしばしばあります」

「だとしたら、ただの事故かもしれませんね」

「事故？」

「ええ。ペットボトルを口飲みすると、酵母がボトルのなかに混入してしまう。常温で放置すると酵母が増殖して炭酸ガスが発生する。密閉したまま数週間経つと破裂するのよ」

「何もしていないのに爆発するんですか？　怖いですね」

　たしかに怖い。ただし、これが意図的なものでないと結論づけるのは早計だった。

　仮に一一〇番通報して、駆けつけた警官がこの現場を調べても、なんの証拠も見つからないだろう。専門家の意見によって、事故だったと断定されるのが関の山だった。

だがそれだけに、知能犯による仕業の可能性も否定できない。証拠を残さないことを前提でこの方法を選んだのだとしたら……。

美由紀は鱒沢にきいた。「どこにペットボトルが置いてあったのか、知ってますか?」

「いや。厨房はあまり立ち入らないんでね」

鱒沢の顔に、嘘をついているようすはなかった。美由紀は涼平に目を向けた。涼平も、首を横に振った。

彼も隠しごとはしていない。夜食前、わたしは涼平と厨房に長いあいだ一緒にいたが、ペットボトルの存在など気にも留めなかった。

あるいは、そのときには置かれていなかったのだろうか。

食堂には、子供たちが起きだしてきていた。眠そうな目をこすりながら、こちらを眺めている。

美由紀はきいた。「誰か、ここの床にペットボトルを置いた?」

子供たちは一様に首を横に振って否定した。

けれども、美由紀はそのうちのひとりの表情筋に、かすかな緊張を見てとった。

「旬君」美由紀はいった。「なにか知ってるわね」

ぎくりとした顔の旬は、怯《おび》えた顔で後ずさった。

鱒沢が詰め寄った。「旬！　正直にいえ。ペットボトルを置いたのはおまえか」

旬は表情をこわばらせながらつぶやいた。「そうしろって頼まれたから……」

「頼まれた？　誰にだ」

「暗くてよくわかんなかった。夜食が終わったとき、窓の外にペットボトルが置いてあって……。何だろうと思って外にでたら、物陰で小さな人がささやいていて……」

「小さな人ってなんだ。誰のことだ」

「わかんないよ。茂みのなかに隠れてたし」

「なぜそんな奴の言葉に従ったんだ。所内でおかしな大人を見かけたらすぐ教えろと言っておいただろう」

別の男の子が告げ口をした。「旬、デュエル・マスターズのカード持ってた。小遣いなかったくせに」

旬は怒りだした。「ちくるんじゃねえよ、馬鹿」

「こら！」鱒沢は憤りをあらわにした。「旬。おまえ、とんでもないことをしてくれたな。誰かが怪我をしたらどうするつもりだったんだ、え？」

「だって……。こんなふうになるなんて、思わなかったし……」

「ほかにはどんなことを頼まれた」

「それだけだよ。ペットボトルだけ」

「嘘をつく子は信用できん!」

美由紀はいった。「待って!」

大人に対し嘘をついたからといって、必要以上に子供を責めてはいけない。この施設においで、旬を孤立させることになりかねない。

「所長」美由紀は鱒沢に告げた。「旬君はもう嘘をついてません。顔を見ればわかります」

「しかし……」

「問題は、誰がなんのためにこんなことをしたかです。夜食が終わったら厨房も無人になる。わたしたちを負傷させることが目的だったとは考えにくい」

ほかにどんな意図が考えられるだろう。破壊力はさほどでもないし、炭酸ガスは有毒なものではない。それ以外に、破裂によって生じるものといえば……。

「音だわ」美由紀は頭上を見あげた。「この厨房の上の部屋は?」

「ええと」鱒沢はつぶやいた。「結衣の部屋だ。そういえば、結衣はどうした?」

美由紀は子供たちの顔ぶれに目を走らせた。結衣の姿はなかった。

それだけ見れば充分だった。美由紀は身を翻し、食堂から廊下に駆けだした。

破裂の音は侵入のカモフラージュだ。同時にガラスを割るなどして押し入るために違いない。そのためには、音の発生する場所に極めて近いところが侵入経路となる。階段を登り、二階にあがる。階下から、涼平や鱒沢、子供たちが追いかけてくる足音がする。

廊下の突き当たりにまできた。美由紀はノックせず、素早くドアを開け放った。

狭い部屋にいたのは、結衣だけではなかった。

ガラスの割れた窓から差しこむ月明かりのなか、ベッドで上半身を起こした結衣は、恐怖に顔をひきつらせていた。

その喉《のど》もとに、鋭い銀の刃《やいば》が突きつけられている。

ナイフの柄を握っているのは、毛むくじゃらの細い腕だった。その生物は、油断なく結衣の向こうに身を潜めている。人質を盾にして待ち構えていた。すなわち、わたしが駆けつけることを予期していた。

人間と同等の知能を持つ生物。しかしその外見は人とは思えない。

見覚えのあるその姿をまのあたりにして、美由紀は衝撃とともに立ちすくんだ。

ミドリの猿……。

どたばたと駆けてくる足音。涼平、鱒沢、それに子供たちが廊下に殺到した。美由紀は片手をあげて、静止するよう合図した。

猿はぎょろりとした目で、結衣の肩越しににらみつけてきた。

「現れたな」猿は低い声でいった。「よく中国から生きて帰った、岬美由紀」

美由紀は愕然《がくぜん》とした。

喋《しゃべ》った。しかも、その声には聞き覚えがあった。

背後で旬が叫んだ。「こいつだ！　さっき庭にいたのはこいつだよ」

「ふうん」美由紀は油断なくミドリの猿を見据えた。「そういうことだったの。名前はジャムサだっけ？　鍛冶の正体はあなただったのね」

「いまごろ気づいたか。あの日のおまえは道化も同然だったな。俺と会話をしておきながら、いっこうに俺に目を向けなかった」

「鍛冶は喋るたびにペットの猿の顔を自分の胸に押しつけてた、そのわけがようやくわかったわ。鍛冶の表情がまるで読めなかった理由もね。あれはなんの思考も働かせていなかった。前頭葉を切除されて、あなたを抱いて運ぶよう暗示を与えられていただけだったのね」

「そうとも。聴覚が俺の声をとらえたら、それに合わせて顎《あご》の筋肉を動かすようにも暗示してあった。おまえが向き合っていたのは腹話術の人形にすぎなかったわけさ」

鍛冶の自殺死体が見つかったと蒲生はいっていた。だが、本物の鍛冶はここにいる。ペンデュラムを牛耳り、日中両国を戦争に向かわせた張本人。その素性がいまあきらかになった。

美由紀はあえて冷淡にいった。「脳切除手術をしたのは友里佐知子ね？　鬼芭阿諛子といいあなたといい、奇人変人ばかり集めているのね」

ジャムサは怒りのいろを浮かべた。「侮辱する気か！」

「自然の摂理に従えば、そんな姿に生まれるはずもないわね。染色体を操作した？　国連がクローン応用技術の人体実験を禁止しているのに、メフィスト・コンサルティング・グループはおかまいなしのようね。友里に寝返ったのは、自分を産んだメフィストへの腹いせかしら」

歯を剝《む》きだしにしたジャムサの顔には、すべて図星と書いてあるも同然だった。

「おまえに邪魔はさせん」ジャムサはナイフを振りかぶった。「目の前で絶たれていく命の重さを嚙《か》みしめるがいい。すべては教祖の手中にある」

いきなり銀の刃が振り下ろされたとき、美由紀は息を呑《の》んだ。

だが、結衣がとっさに反応し、その手首を握った。ジャムサの手の甲を包みこみ、裏逆の関節技を極めた。

猿もしくは幼児のように小さなジャムサの手は、結衣によってしっかりと保持された。

結衣が捻《ねじ》りあげると、ジャムサは悲鳴をあげた。

その隙を突いて、美由紀は飛びかかった。

美由紀はジャムサの腕に手刀を振り下ろし、ナイフをはたき落とした。ところがジャムサは、すかさず跳躍し、窓ガラスを突き破って外に飛びだしていった。

ガラスの破片は室内にも飛散した。美由紀は結衣を抱きしめて、降り注ぐ破片から守った。

腕のなかの結衣を見て、美由紀はきいた。「怪我はない？」

結衣は泣きそうな顔をしていた。「岬先生。怖かったよ……」

「将来は合気道の先生ね」美由紀は身体を起こし、窓辺に駆け寄った。「所長、警察に通報してください。警視庁捜査一課の蒲生警部補を呼んで。ほかには誰も信用しないで」

それだけいうと、美由紀は窓の外に身を躍らせた。

落下が加速するだけの高さがあったが、月明かりのせいで地面ははっきりと見えていた。首をすぼめ、肩から転がって衝撃を和らげると、美由紀は膝立《ひざだ》ちの姿勢で辺りのようすをうかがった。

ディーゼルのエンジン音が響いている。門のなかに二トントラックが停車していた。

ジャムサがそのトラックに駆けていくのが見える。荷台に乗りこもうとしているようだ。

ところが、ふいにジャムサに飛びかかる黒い影があった。

番犬がジャムサに気づいたらしい。例のマスティフの血が入った雑種だった。しきりに吠《ほ》えながら、小さな猿同然の身体をその場に押し倒し、噛みつきにかかった。

「痛てて！」ジャムサは逃れようと暴れた。「やめろ、この畜生め。俺は人間様だぞ」

まさに犬猿の仲だ。美由紀は駆け寄ろうとしたが、ジャムサは辛くも逃れ、トラックの荷台に転がりこんだ。

鎖につながれているせいで、犬は追うことができずに吠えるばかりだった。ジャムサは犬に中指を立ててみせると、扉を閉めた。すぐさまトラックは発進した。

ドライバーがいる。ジャムサは少なくとも、仲間をひとり連れている。

ガレージに停めたフェラーリ599を振りかえったとき、美由紀は困惑を覚えた。キーはハンドバッグのなかだ。そのハンドバッグは、食堂に置いたままになっていた。

建物に駆け戻ろうとしたとき、玄関から走りでてくる人影があった。

涼平は手にしたハンドバッグを振りかざした。「岬先生！」

美由紀はそれを受けとると、フェラーリに向かって走った。

キーを取りだしてドアを解錠する。運転席に乗りこんだとき、助手席側のドアが開けられた。涼平が車内に入ってきた。

「駄目よ」美由紀は涼平にいった。「降りて。危険よ」

「早稲田《わせだ》通りに抜ける近道があるよ。ナビにはでないって所長がいってた」

「でも……」

「急いで。この辺りは一方通行だらけだから、先まわりできるかもしれない」

瞬時に思考をめぐらせた。ジャムサがここに来たのは、なんらかの方法でフェラーリの足跡《そくせき》を辿《たど》ったからにちがいない。わたしはきょう初めてこの辺りにきた。すなわちトラックのドライバーにも、下調べの余裕はなかったはずだ。

もう迷ってはいられない。美由紀はイグニッションスイッチを押しこみながらいった。

「シートベルトを締めて」

涼平がいわれたとおりにするのを横目で確認すると、美由紀はギアを入れ替えてアクセルを踏みこんだ。

閑静な夜の住宅街に爆音を轟《とどろ》かせながら、フェラーリは一瞬にして加速し門を突破した。トラックのテールランプが見えている。距離はぐんぐん縮まっていった。

「しめた」涼平が身を乗りだした。「あいつら、角を曲がらずにまっすぐ行った。途中で行き止まりだよ」

「進入禁止の標識なんか無視して逆走するかも」

「鍋屋《なべや》横丁のほうからひっきりなしにタクシーが入ってくるから、絶対に立ち往生するよ。そこを左に曲がって」

　ギアを二速に落としてステアリングを切る。歩行者がびくついて立ちどまったが、美由紀はすでに視認していた。わずかに余分に切りこむことで、その歩行者を躱《かわ》し、車幅ぎりぎりの路地を疾走しつづけた。

　行く手に倉庫の明かりが見えてきたとき、涼平がいった。「あれを左。中野ブロードウェイの駐車場に入って」

「営業時間は過ぎてるでしょ？」

「倉庫は開いてるし、バス停から徒歩で帰ってくる人はたいてい突っ切ってくるんだよ。クルマも通れるぐらいのスペースがある」

　不法侵入に躊躇《ちゅうちょ》してはいられない。関係者以外立ち入りを禁ずの看板を無視し、ギアを四速にあげて駐車場に突入した。

　業者のバンや軽トラックが駐車している合間を抜けながら、シャッターの開いた倉庫の入り口をくぐる。漫画専門店まんだらけのバックヤードのようだった。アニメ絵の立て看板をなぎ倒しながら、白色灯に照らしだされた倉庫内通路を駆け抜けていく。台車の上の段ボールを跳ね飛ばしたとき、フロントガラスに無数のフィギュア類が飛び散った。

ガラスに損傷はない。フェラーリの長いボンネットにはいくつかのフィギュアが転がっていたが、蛇行するうちに落下していった。

前方に見えた広い間口に向かおうとしたとき、進入してきたリフト付き車両と衝突しそうになった。減速せずにステアリングをわずかに切って避けると、フェラーリはふたたび外にでた。

そこは早稲田通りに面したスーパーマーケット、サントクの自転車置き場だった。

美由紀はひそかに感心してつぶやいた。「なるほど、ここにでるのね。たしかに早いわ」

涼平は道路の下り方面を指差した。「トラックはこの道沿いにでてくるよ。ほかに抜け道はないんだし……」

指示どおりに右折しながら早稲田通りに出て、下り車線を走りだした。そのとき、二トントラックが路地から飛びだしてくるのが見えた。

トラックは上り車線を猛烈な勢いで突進してくる。すれ違った瞬間、美由紀はトラックの運転席に目を走らせた。

作業着姿、三十代の男。馴染《なじ》みのない顔だった。こちらには視線を向けていない。口もとを固く結んで、ひたすら前方をにらみつけていた。

美由紀はステアリングをいっぱいに切ってUターンを試みた。とたんに唇を嚙んだ。カタログにも説明書にも最小回転半径が記載されていない理由がこれでわかった。小回りが利かなすぎる。まるで大型特殊車両だ。

それでも切り返すつもりはなかった。歩道に乗りあげて、レストランのテラスが無人なのを確認するや、突破にかかった。テーブルと椅子を跳ね飛ばして、ふたたび歩道から車道に復帰する。

スロープの切り下げ角度が急なせいで、フロントバンパーの下をこする音がした。ガヤルドに乗っていたときには充分気をつけていたが、いまはもうかまわなかった。由愛香が五百キロ乗った時点で、バンパー下はかなり削られていた。わたしが丁寧に乗ったところで、クルマの傷は自己治癒することはない。

ギアを三速から四速にあげてアクセルペダルを踏みこむ。中央線をまたぎながら次々とクルマを抜き去っていった。交差点でも減速しなかった。赤信号などは問題ではない。左右から来るクルマの動きに目を光らせ、最小限のステアリング操作で躱して突破するのが課題だった。

涼平が震える声でつぶやいた。「すげえスピード……」

美由紀はちらと涼平の横顔を見た。恐怖は大人ほどではなさそうだった。免許を取得していないからだろう。クルマの運転を覚えた人には、この助手席はまず耐えられまい。

トラックのテールランプを視界にとらえた。交差点を左折して山手通りに入る。美由紀はフェラーリをそのトラックの背後にぴたりとつけた。

もはやトラックは暴走状態だった。横転しそうなほどに蛇行しながら、池袋方面に向けてひたすら疾走する。交差点でクラクションが鳴り響いても、いっこうにブレーキランプは光らない。

前のクルマを抜き去るスペースがないと見るや、トラックは中央分離帯に片輪を乗りあげてまで追い抜きにかかった。あわてた通行車両が続々と減速したせいで、美由紀の行く手は渋滞しつつあった。

中央分離帯の切れ目を見つけると、美由紀はすかさずフェラーリを対向車線に差し向けた。ヘッドライトがまぶしい。クラクションの洪水のなかを逆走し、ふたたびトラックに追いつくと、元の車線に復帰した。

背後からサイレンが響いてきた。ドアミラーに、赤いパトランプが映っている。

涼平がいった。「警察だよ?」

「そうね」と美由紀はつぶやいた。

会話はそれきりだった。減速する気にはなれない。むしろ、このまま応援車両を増やしながら追ってきてくれるとありがたい。

トラックは赤信号にも拘《かか》わらず、熊野町交差点を右折していった。美由紀も引き離されまいとアクセルをふかし、トラックよりも内側のコースを描いて曲がっていった。

その先をトラックは斜め前方の路地に進入した。住宅地ではなく、工事用地のなかを抜ける道路だった。街路灯は皆無に近い。美由紀はハイビームに切り替えた。

とたんに、トラックが急停車した。

美由紀はあわててブレーキを踏みこんだ。追突しそうになり、ステアリングを切りこんで回避する。

二台はひとけのない路地で停車した。

ふいにトラックの荷台後部のドアが開き、ジャムサが姿を見せた。ジャムサは、ゴルフバッグほどの大きさの荷物を転がして、外にだそうとしている。

すぐにそれが、バッグではなく人間だとわかった。覆面を被《かぶ》せられたうえに、身体を縛られた女性だった。それもふたりいる。衣服はなぜかずぶ濡《ぬ》れになっていた。膝《ひざ》の関節が動くのが見えた。意識はあるようだ。

ジャムサはふたりとも荷台から突き落とした。さほどの高さではないが、アスファルトに激突した衝撃はかなりのものらしい。どさりと音がした。

ほとんど反射的に、美由紀はドアを開けて車外にでようとした。

だがそのとき、揮発性のにおいが鼻をついた。

ガソリン。クルマから漏れているわけではない。路上に横たわったふたりに浴びせられた液体のにおいだった。

荷台のジャムサに目を向けたとき、美由紀ははっと息を呑《の》んだ。

その手にはライターが握られている。

走行中に人質を投げ落とさなかった理由はそれか。路上で焼死させることによって、追っ手をここで塞《せ》き止めるつもりだ。人質の身元もすぐには知られたくないと考えているのだろう。黒焦げ死体の検視にはかなりの日数を要する。

それだけ見れば充分だった。美由紀はフェラーリを急発進させてトラックの荷台に接近した。ジャムサがライターに火をつけたとき、美由紀はシートの背後にある消火器を片手で引き抜いた。

バルブを親指で弾《はじ》き飛ばしてから、開いたドアから身を乗りだし、消火器のノズルをジャムサに向ける。ジャムサが火のついたライターを投げた。ライターは放物線を描き、落下していく。

その空中のライターめがけて、美由紀は消火剤を噴出させた。一瞬にして火の消えたライターがジャムサめがけて勢いよく飛んだ。ジャムサはライターを顔面に受け、苦痛によろめいた。

蠅に殺虫剤を浴びせるように、美由紀はジャムサに向かって消火剤を噴射した。ジャムサはまさしく猿のように甲高い悲鳴をあげながら、荷台のなかに転がった。

トラックが発進した。荷台の半開きの扉の向こうに、まだのたうちまわるジャムサの姿が見えている。しかしそれも数秒のことに過ぎなかった。トラックは角を折れて逃走していった。

追跡よりも人質の救護が先だった。美由紀はフェラーリから外にでて、地面に横たわるふたつの身体に駆け寄った。

「しっかりして」ひとりを助け起こし、首の紐《ひも》をほどきにかかる。美由紀は女性の覆面を脱がせた。

四十代ぐらいの女性の顔が現われた。目は泣き腫《は》らして真っ赤になっていて、顔は涙や鼻水、唾液《だえき》にまみれていた。

「昌康さんが」女性は泣きながらいった。「夫が……殺された。背中を……刺されて……」

「落ち着いて。あわてなくてもだいじょうぶ。いま両手を自由にするから」

涼平は、もうひとりの人質の覆面を外していた。そちらは若い女性だった。たぶん娘なのだろう。やはり目には涙が溢《あふ》れ、表情は恐怖にひきつっていた。

美由紀は母親にきいた。「ご主人はどういうご職業？」

「……国土計画局、特殊調整課ってところ。……ソノ……ジュウニ……とかなんとか……」

「え？　いま何て？」

しかし、夫人は言葉にならない声を発するばかりになった。

そのうち、口もとから泡が噴きだした。夫人は白目を剝《む》いて仰向けに倒れた。

娘が悲鳴をあげた。髪を振り乱して泣き叫び、涼平を突き飛ばした。

美由紀はなだめようとしたが、娘は聞く耳を持たないようすだった。恐怖に我を忘れている。瞳孔《どうこう》が開いた目をかっと見開きながら、ひたすら両手で空《くう》をかきむしる。

対話は不可能だった。すぐにでも医師による治療が必要だろう。カウンセリングで心を落ち着かせられる状況ではない。

急に周りが明るく照らしだされた。ヘッドライトの光源が近づいてくる。

パトカーと白バイがフェラーリのすぐ後ろに停車した。交通機動隊の警官が車外にでて、こちらに駆け寄ってくる。

表情を一瞥《いちべつ》して、警官たちは全員本物だとわかった。セルフマインド・プロテクションで感情を隠蔽《いんぺい》していないし、隠しごともしていない。

美由紀は立ちあがり、交機の制服に告げた。「救急車を呼んで、このふたりを搬送して」

交通機動隊員は怪訝《けげん》な顔をした。「なにがあったんです？　あなたは……？」

「説明している暇はないの。とにかく頼むわね」返事も待たずに、美由紀はフェラーリに引き返した。

すでに友里は新たな犠牲者を生んでいる。あのトラックを逃がすわけにはいかない。

待ってください。警官の呼び止める声が響く。しかし美由紀はかまわず運転席に乗りこんだ。

ほぼ同時に、助手席に涼平が飛びこんできた。息をきらしながら涼平はドアを閉め、シートベルトを締めにかかった。

「涼平君」美由紀は当惑した。「ここで降りて。お巡りさんたちと一緒にいたほうが安心よ」

「一緒にいくよ」涼平は真顔でじっと見つめてきた。「お願い。岬先生と離れたくない」

訴えるようなまなざしを眺めながら、美由紀は戸惑いを深めた。

仕組まれた恋愛の衝動だとわかっていても、本能には抗《あらが》えない。わたしも、できることなら別れたくはない。

でも、行く手にどんな危険が待ち受けているかわかったものではない。十四歳の彼に、友里の魔手が及ぶことがあったら……。

警官が怒鳴るのがきこえた。「降りなさい。エンジンを切って、外にでるんだ」

彼らはフェラーリを取り囲もうとしていた。

もはや選択の余地はなかった。美由紀はアクセルペダルを踏んだ。

一気に加速し、警官らの姿はミラーのなかに消えていった。それでもまだ安心はできない。無線で応援を呼ぶはずだ。この一帯に交機の車両が集結してくるだろう。

涼平を説得し、降ろしている時間はなさそうだった。

「岬先生」涼平がつぶやいた。「ごめん。わがままいって……」

美由紀は無言のままフェラーリを走らせた。

彼を降ろせなかったのは、わたしの意志の弱さゆえだ。もし彼の身になにかあったら、すべてはわたしの責任だ。その思いを胸に刻んだ。

タンクローリー

トラックが走り去った路地の行く手は山手通りとふたたび交わっていた。首都高入口の案内表示が見えている。

以前は美女木《びじょぎ》ジャンクション方面に上るポイントだったが、いまや五号池袋線への分岐は熊野町ジャンクションとなり、ここは中央環状線内回りにつながるのみだ。来た方角に戻るとは考えにくいが……。

「見てよ」涼平が指差した。「さっきのトラック。ほら、高速に入ってく」

分離帯にある料金所を抜けていくのは、まぎれもなくジャムサの乗った二トントラックだった。

妙に遅い。とっくに行方をくらましていてもおかしくないのに、わざわざ目につくように徐行している……。

疑念が頭をかすめたが、黙って見過ごす手はなかった。美由紀はフェラーリを首都高入口に差し向けた。ETCレーンを抜けて首都高に入る。

ほどなくトラックは、下りのスロープに消えていった。

山手通りの真下を走るトンネルに入った。ギアを三速にあげて加速し、美由紀は猛然と追いあげていった。

ダッシュボードの時計に目を走らせる。午後十時十七分。

スロープを下り、山手トンネルに突入する。片側二車線ずつ二本のトンネルに分かれた構内、その内回り。クルマの流れはスムーズだった。昼間よりは通行量が少なくなっているとはいえ、都内の環状線だけに往来が途絶えることはない。はるか彼方まで無数のテールランプの河が流れる。

最新のテクノロジーを駆使して建設したとされる山手トンネルは、ほとんどの区間がシールドマシンで掘削されていて、正しく円形の構内だった。道路面はその中心よりも下に位置していて、まさしく横倒しの円柱のなかを駆け抜けているような印象だった。

右に左に車線変更して次々とクルマを追い抜いていく。美由紀はステアリング操作を誤るようなことはなかったが、それでもこのトンネルの視認性は良いとは言いがたかった。

むろん法定速度を守っていれば問題はないのだろう。しかしいまは事情が違った。トンネル内部に沿って設けられた金属製の梁《はり》やパイプの類《たぐ》いがすべて円形であるうえに、道路自体も勾配《こうばい》があるせいで、視界全体が歪《ゆが》んで見える。白色灯に照らしだされた構内は明るいが、気の抜けないコースだった。

ゆくゆくは中央環状品川線も併せて十一キロメートル、日本最長の地下トンネルになる予定だが、いまは西新宿ジャンクションまでの六・七キロが開通しているにすぎない。それでも、長いトンネルであることに変わりはなかった。換気、火災、避難のいずれも万全の対策が講じられているというが、災害の全容を予測することは、いかなるシミュレーションにおいても不可能なはずだ……。

数台のクルマをはさんで、トラックが前方を走っている。そのすぐ後ろにはタンクローリーが走行していた。

美由紀は戸惑いを覚えた。石油会社のロゴが入っている。危険物積載車両の山手トンネルへの乗り入れは禁じられているはずなのに。

西新宿の出口表示が見えてきた。構内は丸いシールド工法の区間から、正方形の開削区間に変わった。二車線がひとつの車線にまとまり、トラックがスロープを上っていく。

この先の西新宿ジャンクションでどの分岐に入るのか、しっかり見届けなければ追跡できなくなる。美由紀は速度をあげた。

タンクローリーの真後ろにまで接近する。そのとき、ふいにタンクローリーは蛇行を開始した。フェラーリの前進を妨げるかのようにタンクを左右に振っている。

いいや、実際に妨害行為であることは明白だった。トラックは難なくスロープを上っていく。タンクは二車線にまたがり、執拗《しつよう》にテールを振りつづける。美由紀はブレーキペダルを踏まざるをえなかった。

やがてスロープの手前で、タンクローリーはついにスピンし、完全に横向きになって行く手を塞《ふさ》いだ。

後続のクルマがクラクションを鳴らすなか、美由紀はタンクローリーの運転手を見てぎょっとした。

無表情にステアリングを切る運転手のこめかみ。あのおぞましい手術痕《こん》が、かさぶた状に浮きあがっていた……。

それを目にしたのも一瞬のことだった。直後、視界はホワイトアウトした。

タンクが異常なほど膨れあがり、閃光《せんこう》を放ったのを見た。それから轟音《ごうおん》とともに火柱が立ち昇って、構内は地震のように激しく震動した。爆発音が辺りを揺るがす。美由紀はテールを滑らせて、ドリフトの要領でターンしながら停車した。側面から爆風が押し寄せ、フェラーリの車体は浮きあがって斜めになった。

構内ではクルマが次々と追突事故を起こしている。直後、フェラーリのフロントガラスめがけて火球がぶつかってきた。マグマに呑《の》まれたかのような灼熱《しゃくねつ》地獄、涼平が叫び声をあげたのが耳に届いた。

トンネルの屋根が崩れだす。大小の岩が落下するたびに、突きあげるような地響きがあった。黒煙が辺りを包んだとき、前方から軽自動車が吹き飛ばされてくるのが見えた。その車体がフェラーリのボンネットを直撃し、開いたエアバッグが美由紀の視界を覆った。

意識があったのはそこまでだった。美由紀は気を失った。

蒲生は警視庁七階の捜査一課の刑事部屋にいた。

突きあげる衝撃を感じて、びくっとして背もたれから身を起こす。

轟音はそこから遅れて聞こえてきた。つづいて震動。始めは小刻みに揺れ、すぐにフロア全体が大きく揺れだした。

デスクに山積みになったファイルが崩れ、床に散らばる。どよめきが辺りにひろがった。

地震か。あわてて立ちあがったとき、窓になにかが叩《たた》きつけられた。縦横にひびが走る。

天井の蛍光灯が明滅した。

物体がガラスに衝突したわけではない。衝撃波か。いったい何が起きた……。

儀式

ぼんやりと目が開く。頭痛とともに、意識は戻ってきた。

美由紀ははっとして、身体を起こそうとした。

背筋に激痛が走る。なぜか身体の自由もきかなかった。

すぐに、動けないのはシートベルトのせいだとわかった。暗闇のなか、おぼろげに見えるベルトのコネクタの赤いボタンを押す。

助手席に目を向けた。涼平はシートにおさまったまま、ぐったりとしている。額からは血が流れだしていた。

あわてて美由紀は声をかけた。「涼君」

「う……」涼平は呻《うめ》いて、目を開けた。

その視線が虚空をさまよい、やがて美由紀をとらえた。「岬先生……」

「だいじょうぶ？　痛いところはない？」

「身体じゅうが痛いよ……。でも、我慢できそうかも」

美由紀は思わず微笑した。骨折はないようだ。ダッシュボードには、空気の抜けたエアバッグが広がっていた。

衝撃は最小限に留《とど》められたようだ。それでも失神を余儀なくされるほどではあったが……。

「待ってて」美由紀はドアを開けた。車体は変形し、屋根は凹《へこ》んでいたが、さいわいにもドアの開閉に支障はなかった。

口のなかに血の味を感じながら、外に降り立つ。コンクリートの路面を踏みしめる足に痺《しび》れが走る。感覚が戻るまで、少し時間がかかるかもしれない。

ふらつきながらも、車体に寄りかかるようにして立つ。と同時に、美由紀は信じられない光景をまのあたりにした。

トンネル構内の惨状は想像を絶していた。西新宿の出口は落盤によって塞《ふさ》がれ、瓦礫《がれき》の山と化している。崩落した天井の下敷きになったバンや、突如できた壁を避けきれずに衝突したセダン、さらにそこに追突し横倒しになったワゴン。まるで戦場のような地獄絵図だった。

美由紀はセダンに歩み寄ったが、フロントガラスにひびが入ったうえに、赤い血がひろがっていた。ドライバーはガラスに頭を打ちつけていた。側面のガラスも割れている。美由紀は窓から手を差しいれて、ドライバーの首すじに触れた。脈はなかった。

横転したワゴンのサンルーフからも、車内のようすが見えた。運転席の女性は目を見開いたまま絶命している。額にアルミの破片が刺さっていた。後部座席の子供たちは、折り重なるように倒れている。シートベルトを締めていなかったらしい。車内に飛びだしたフレームに串刺《くしざ》しになっていた。おびただしい量の血が車両の周りにあふれでている。

目を覆いたくなるような惨状。けれども、悲劇はこれに留まらないかもしれない。

事故車両の数台から火の手があがっている。煙が辺りに充満しつつあるようだ。黒い霧が視界を覆っていく。涙のにじみでるような痛みが目のなかに走った。

排気はおこなわれていないのか。美由紀は構内を振りかえった。

黄色い非常灯だけが点灯した構内で、大勢の人影がうごめいている。叫び声やすすり泣く声、悲鳴に似た絶叫があがっている。鳴りっぱなしのクラクションも響いていた。

出口付近の開削区間でクルマから這《は》いだした人々は、シールド区間に駆け戻っていく。誰かが避難経路について呼びかけたのだろう。

美由紀はポケットから携帯電話を取りだした。圏外になっている。トンネル内部の基地局も機能していないようだ。

麻痺《まひ》状態の片足をひきずりながらフェラーリに近づき、助手席のドアを開けた。「涼君。立てる？　すぐ外にでて」

涼平はシートベルトを外して起きあがった。苦痛のいろを浮かべつつも、ゆっくりと車外にでてきた。

「どうなったの？」涼平がきいた。

「さあ。まだわからないわ」美由紀は涼平を支えながら、シールド区間へと歩きだした。

山手トンネルには給気と排気のダクトがトンネルと並行して設けられているはずだった。排気口は十メートル間隔で天井に設置され、地上の山手通りの中央分離帯にある白い排気塔から煙が排出される構造だった。

その最新のシステムの効力もこの程度なのだろうか。煙はどんどん濃くなっている気がする。もう目も開けていられないほどだ。

シールド区間に差しかかったとき、スーツ姿の小太りの中年男が、路側帯で声を張りあげていた。非常電話の受話器をつかんで怒鳴っている。「誰かいないのか！　おい。さっきから呼んでるだろ。私は弁護士なんだ。すぐ行かないとまずいんだよ。返事してくれ！」

美由紀は近くに立ちどまり、男に声をかけた。「無理ですね。非常電話のランプが消えてます。電源が落ちてる」

男は振りかえった。黒縁の眼鏡をかけた丸顔の男は、額から汗を滴らせながら美由紀をじっと見つめた。

次の瞬間、男は美由紀にすがりついてきた。「出口は？　どこから出られるんだね。私は弁護士なんだよ。重要な案件を抱えてる」

スーツの襟に弁護士のバッジが光っている。よほど仕事熱心なのか、この非常時にアタッシェケースを携えていた。

「落ち着いて、先生」美由紀はいった。「非常口はシールド区間に三百五十メートルごとに設けられているはずです。行きましょう」

「……そうか。じゃあ、急ごう」

男が歩きだす。美由紀は涼平とともに歩調をあわせた。

美由紀は弁護士に告げた。「お怪我はないようですね。あ、わたしは岬といいます。こちらは日向涼平君。先生は……？」

「川添雄次《かわぞえゆうじ》」

「こんな夜中にお仕事ですか？」

「ああ。クライアントの都合でどうしても、いまの時間じゃないと駄目でね」川添は咳《せ》きこんだ。「ひどい煙だ。窒息するぞ」

「まだ平気ですよ、酸素は充分に残ってます。有毒ガスも発生してないようですし」

「あちこちでクルマが燃えてる。私のクラウンも煙を吐いてた。スプリンクラーはないのか。どうして作動しない」

同じ疑問を美由紀も抱いていた。歩を進めながら天井を見あげる。

二十五メートル間隔で赤外線センサーと消火用水噴霧器が設けられているのに、まるで作動しないのはどういうことだろう。非常灯に切り替わっているからには、災害時用の電力も供給されているはずなのに。

壁に激突した日産GTRが炎に包まれていく。髪を明るく染めた若い男ふたりが、愛車を救おうと消火栓のホースを取りだし、バルブを開こうとハンドルを回している。

ところが、ホースにはいっこうに水が供給されない。若者はホースを地面に叩《たた》きつけた。

畜生。買ったばかりなのに。ローン山ほど残ってんだよ。

もうひとりの若者は泣きそうな顔で火災報知機のボタンを連打している。警報は鳴らない。五十メートルおきにある手動の消火設備すらも役に立たなくなっている。

美由紀は悲痛な気持ちとともに歩きつづけた。衝突事故は構内のいたるところで起きている。血染めのガラスのなかに横たわる人の姿がある。生存者がいるのではと目を凝らしたが、絶望的であることは一目瞭然《りょうぜん》だった。動かない人々のほとんどは、身体がふたつ以上にちぎれていた。割れたガラスから、腕や脚だけが放りだされていることもめずらしくなかった。

涼平が口もとを押さえた。嘔吐《おうと》の衝動を堪《こら》えているらしい。実際、美由紀も吐き気がこみあげてくるのを感じていた。酸性のにおいが辺りに充満している。人体から流出したさまざまなものが混ざりあって放つ異臭に相違なかった。

やっとのことで非常口に着いた。避難する人々が列をつくっている。腕が捻《ね》じ曲がっている男性や、脚をひきずる女性もいた。

こうして見ると、三百五十メートルという非常口の間隔は広すぎるように思える。夜間の比較的少ない交通量でもこの混雑ぶりだ、昼間ならパニックになる可能性がある。

列はどんどん消化されていき、非常口はすぐ間近に迫った。美由紀は年少者の涼平を先に行かそうとしたが、川添がさっさと非常口に向かってしまった。

その川添は、なかを覗《のぞ》きこんで声をあげた。「なんだ!? 滑り台じゃないか。下に降りるのか？ 地上に出られるんじゃないのか」

美由紀は穏やかにいった。「避難通路は給気ダクトと兼用で、車道の下にあるのよ。シールド工法で丸く掘られた穴の、中央より下に道路面があるでしょ？ そこより下のスペースが通路になってるの」

「ああ、そうか。とにかく、これで外に出られるんだな」川添はアタッシェケースを胸に抱えて、恐る恐る滑り台に身を沈めた。

太った身体が螺旋《らせん》状の坂を滑り落ちていく。

涼平がそのあとにつづいた。美由紀も滑り台に身を躍らせた。

かなりの距離を滑り下りた気がした。着いたところは、大勢の人々がひしめきあう空間だった。

シールド工法のトンネルの底部、床は曲面になっていて、通路の中央部分が最も深い。天井は低くて閉塞《へいそく》感があった。道幅は広くても、これだけの群衆が押しこめられていたのではゆとりは感じられない。あたかも軍事基地の地下シェルターのような様相を呈していた。

ここも非常灯によって照らされているが、やはり薄暗かった。煙も漂っている。本来は給気ダクトだというのに、風の流れも感じない。

美由紀は戸惑いがちにいった。「どうして避難しないの？　西新宿の出口はすぐ近くのはずでしょ」

三十代ぐらいの男が疲れた顔で首を振った。「でられないんだよ。見えるだろ、あれ」

男が指差したほうを美由紀は見つめた。

通路の行く手に防火シャッターが下りている。

呆然《ぼうぜん》としながら美由紀はつぶやいた。「まさか……。閉鎖されているなんて」

「そのまさかだよ。手近な逃げ場が見当たらないんだ」

人々は途方に暮れていた。口論しあう若いカップルの声が辺りに響き渡っている。おめえがドライブ行きてえっていったんだろうが。なによそれ。ボウリングやりたいっていったの、あんたでしょ。

一方で、ただ静かに身を寄せ合うカップルもいる。赤ん坊を抱いた母親もいた。母親がいくらあやそうとしても、乳児は甲高い声で泣き叫びつづける。

美由紀は困惑とともに辺りを見渡した。

臨床心理士としては、一人ひとりに安心を与えてまわりたい。ここが派遣先の被災地だったら、当然そうするだろう。でもいまは、避難が優先する。これは事故ではない。友里佐知子による人為的なテロにほかならない。

涼平がきいてきた。「どうする?」

「行きましょ」美由紀は、鉄格子に覆われた端に背を向けて歩きだした。

「おい」川添があわてたようすで追いかけてきた。「行くって、どこまで行くんだ?」

「一方が塞《ふさ》がれているのなら、逆方向の端を目指すしかないわ」

「冗談だろ？　六キロもあるトンネルをてくてくと歩いていく気か？」

「途中にも階段はあるはずよ。山手通りの中央分離帯に登る出口が」

その声をきいて、周りも動きだした。通路にへたりこんでいた人々も起きあがり、重い足をひきずって歩きだす。

川添は大仰に顔をしかめていたが、ほかにどうしようもないと悟ったらしく、皆と一緒に歩を進めだした。

美由紀はできるだけゆっくりと歩いた。負傷者が多い。もし体力の消耗の著しい人がいたら、助けてあげねばならない。

「まったく」川添が悪態をついた。「道路公団は何をやっとるんだ。私たちの姿ぐらい、監視カメラで確認できんのか」

ため息とともに美由紀は答えた。「民営化されたから、いまの管理者は首都高速道路株式会社よ。上のトンネルには百メートルおきにカメラがあるけど、この避難通路はもともとダクトだから、サーモグラフィーのセンサーしかないの。それも作動してるかどうか怪しいけど……」

「大勢が避難していることぐらいわかるだろう。許せん話だ、訴えてやる。私は原告団の代表として、みずからここで経験したことをもとに訴状を……」

ふいに通路にチャイムが鳴った。川添は口をつぐんだ。

なんらかのアナウンスだろうか。人々は足をとめた。静寂が通路に広がる。

ところがスピーカーから聞こえてきたのは、きわめて愛想のない女の声だった。「午後十一時です。皆様、いかがお過ごしでしょうか。恒星天球教がお送りするイリミネーションの儀式、ここ山手トンネル避難通路にて、間もなく開始されます」

パニック

鳥肌が立つどころか、髪が逆立つような気さえした。

美由紀は固唾《かたず》を飲んで立ち尽くした。スピーカーの声には聞き覚えがある。

恒星天球教最高統括幹部、鬼芭阿諛子。旅客機のコックピットでそう名乗りをあげた女の声と、まぎれもなく一致していた。

通路内の人々は立ちすくみ、ざわつきだした。どの顔にも恐怖のいろが浮かんでいる。恒星天球教の名は報道を通じ、誰もが耳にしている。戦慄《せんりつ》を覚えない者は皆無にちがいない。

阿諛子の声はつづいた。「イリミネーションの儀式に選抜されましたこと、まずはお喜び申しあげます。皆様は、崇高なる教祖阿吽拿の築く新しい日本の礎となります。どうか最大限の勇気と知恵、生存本能を発揮していただき、教祖阿吽拿の期待に応《こた》えていただきますよう、お願い申しあげます」

生存本能。嫌な予感がしてきた。少なくとも地上に出る手段は、閉ざされたものと思って間違いない。

「では」阿諛子の声が告げた。「ルールを申しあげます。まず、皆様がおいでになる通路は閉鎖されており、地上にでる手段はございません」

なんだって、と声を張りあげる男がいた。しっ、とそれを諌める声もする。

阿諛子の声は淡々といった。「皆様のおられる通路を、ステージと呼ばせていただきます。これから明朝にかけて、ステージにはイリミネーターが送りこまれます。イリミネーターはプロレタリアート、ブルジョワ、ジェントリの三種に分かれていて、最弱のプロレタリアートの数が最も多く、最強のジェントリはごく一部です。プロレタリアートに限っては、ピンチ・ア・チャンスですが、残るブルジョワとジェントリの攻略法はご自身でお考え下さい。それでは皆様、ご健闘を心よりお祈りしております。朝陽が昇るまで、ご存命されますことを」

かちりと耳に残る音とともに、スピーカーの音声は途絶えた。

沈黙が通路に漂った。

「……ご存命って？」ひとりの女性がつぶやいた。「わたしたち、どうなるの？」

別の男も不安げにこぼす。「イリミネーターって何だ？　イリミネーションって？」

すると、眼鏡をかけた生真面目そうな男がぼそりと告げた。「排除とか、削除とか……。抹殺って意味だよ」

人々はにわかに動揺し、狼狽《ろうばい》をあらわにした。うろたえ、取り乱し、悲鳴に近い声をあげた。泣き崩れる女もいる。出口を求めて通路を駆けだした男たちもいた。

弁護士の川添もアタッシェケースを抱きかかえ、おろおろと辺りを見まわしている。

涼平は青ざめた顔で美由紀を見つめてきた。「なんだろ……。さっきの、いったい誰の声？」

「……鬼芭阿諛子よ」

「え？　知ってる人？」

「戦闘機に乗れて、スカイダイビングの腕があって、地獄耳で、ペンの音から何を書いたかわかる女。でも完璧《かんぺき》じゃなくてSとYは間違えた。それぐらいしか知らないわ」

美由紀は押し黙って熟考した。

事前に準備されていた罠《わな》だったのか。それにしては、タンクローリーの爆発によって出口を塞ぐなど手荒すぎる。目的はなんだろう。わたしの命を奪うことは容易だったはずなのに。

そのとき、ポケットのなかに振動を感じた。

携帯が着信している。さっきまで圏外だったはずなのに……。

周りの人々が騒いでいるせいで、着信音はほとんど聞こえなかった。

壁ぎわで人々に背を向け、美由紀は電話にでた。「誰？」

「久しぶりね」落ち着き払った女の声がいった。「中国はどうだった？　存分に旅を満喫できたかしら」

友里佐知子……。

動揺に声がうわずりそうになるのを、かろうじて抑えながら美由紀は告げた。「そんなに久しぶりでもない気がするけど。香港でそっくりさんに会ったせいかもね」

「杓子《しゃくし》定規な日本の官憲がわたしの死を認めてくれたおかげで、動きやすくなったわ」

「ふざけないで。大勢の人の命を奪ってまで、なにを企《たくら》んでるの」

「阿諛子のアナウンスを聞いたでしょ？　儀式よ。イリミネーションのね」

「ありえないわ。恒星天球教はカルト教団を装っているけど、それはメンバーシップのある組織と世間に信じさせるための演出よ。実際には信者もいなければ幹部もいない」

「幹部なら大勢いるわよ。数千人もね」

「前頭葉を切除された気の毒な人たちでしかないわ。教義など持たない以上、宗教的儀式が存在するはずがない」

「あいかわらず偏ったものの見方をするのね。まだ気づかないの？　あなたはみずから成長の機会を失っているのよ、美由紀」

友里のペースに飲まれてはいけない。いまは少しでも現状打開のための手がかりを得なければ……。

美由紀は、電話の向こうにかすかな物音が聞こえていることに気づいた。甲高く、一定のリズムで繰り返される音。鈴虫の声だった。

「いまどこにいるの？」と美由紀はきいた。

「教祖が儀式に不参加を決めこむことはできなくてよ」

「トンネル内にいるっていうの？」

「さあ。自分で判断したら？　美由紀。あなた最近、千里眼って呼ばれるようになったのね。どう？　わたしの居場所も見通せる？」

「話をはぐらかさないで。友里、恐怖による支配は絶対的なものじゃないわよ」

「なんの話？」

「実際には教団の体をなしていないのに恒星天球教の名を持ちだしたのは、それが人々に及ぼす効果を狙ってのことでしょ？　なにをしでかすかわからない凶悪なテロ集団に囚《とら》われたことを自覚させて、抵抗の意思を奪い、ルールに服従することが生存への道だと信じさせた」

「へえ。驚いたわ。予想してたより頭の回転が速いわね。ペンデュラムの特殊事業を妨害できたのも、あながちまぐれだったわけではなさそうね」

「あなたのほうこそ、古巣のメフィスト・コンサルティングで培ったやり方から抜けだせないのね。集団を操作しようとしても徒労に終わるだけよ」

「……自惚《うぬぼ》れの心理も育ったものね。若気の至りってことで、聞き流してあげるわ」

「プロレタリアートとかブルジョワって何のことよ」

「イリミネーターが三階層に分かれているって、阿諛子がいましがた説明したんだけどね。聞いてなかったようね。千里眼なのに耳は遠いの、美由紀?」

「飴耳《あめみみ》のあなたと違って、よく聞こえるわよ。ピンチ・ア・チャンスとか言ってたわね。ピンチはチャンスと聞き間違える人が多いことを予想したうえで、わざとまぎらわしい言い方を選んだのね。いったいどういう意味?」

「ふうん……。目だけじゃなくて耳もいいのね。感心したわ」

「鈴虫の鳴き声もよく聞こえるわよ。トンネルのなかにはいないのね」

しばし友里の声は沈黙した。

やがて、友里の冷淡な物言いが耳に届いてきた。「儀式に参加なさい、美由紀。〝招かれざる客〟を排除することね。それがあなたに課せられた使命よ」

ふいに電話は切れた。

液晶を見やると、良好な受信状態をしめす三本のアンテナが立っていた。ところがその直後に表示は消えて、圏外の文字があらわれた。

美由紀は辺りを見まわした。なんとか携帯の電波を拾おうと、端末を振りかざしている人々の姿がある。

わたしの携帯電話のICタグの個別ナンバーを解析して、ただ一個の端末だけが通話できるように構内の基地局を操作したのだろう。中野慈恵園に赴いたことを察知されたのも、そのせいか。携帯の電波で追跡されたのだ。

涼平が不安そうな顔で歩み寄ってきた。「どうしたの？　電話が通じたの？」

「さっきまではね。いまはもう無理」

「誰と話してたの？」

「友里佐知子」

「え……？　友里ってたしか、恒星天球教の……」

「教祖を名乗ってる女。油断しないで。このトンネル内にいるかもしれない」

「ほんと？　でもいま、トンネルのなかにはいないって……」

「鈴虫の声が聞こえてたからね。でも、じつはあれも友里の偽装よ。録音にすぎないわ」

「どうしてわかるの？」

「電話を通じて聞こえる音は三千四百ヘルツが上限よ。四千ヘルツの鈴虫の音が聞こえるはずがない」

「ええっ？　わざわざ効果音を聞かせて、岬さんに外にいると見破らせて、でもじつはやっぱりなかにいるってこと？」

「ええ。わたしを欺くためにね」

「で、岬さんは騙《だま》されたふりをしたんだね」

「そうよ。わたしの本心が友里に見抜かれていなければいいけど……」

不安はそればかりではなかった。なにかが胸にひっかかる。

プロレタリアートに限ってはピンチ・ア・チャンス。阿諛子の声はそう告げた。〝ア〟は、日本語の母音のアではなく、名古屋弁などにみられるアとエの中間の発音だった。つまり冠詞だ。

英語に親しんでいれば誰でも気づいたであろう発音。本当にわたしの聴力を試したにすぎないのだろうか。英文としては意味不明だが……。

熟考に浸っていたそのとき、トンネルの奥深くで短く悲鳴があがった。

なんだろう。固唾《かたず》を飲んで立ち尽くすと、こすれるような音が複数重なりあって構内に響きわたった。

滑り台を降下してくる者たちがいる。それも一斉にだ。

新たな集団が、避難通路に続々と姿を現してきた。その容姿も挙動も一見して異質だった。美由紀は最も近い滑り台の降り口からでてきた中年男を目にしたが、スーツはぼろぼろで、襟もとははだけられ、げっそりと痩《や》せ細っている。青白い顔には頬骨が浮かびあがり、うつろなまなざしで立ちあがると、ふらふらと歩きだした。

美由紀は衝撃を受けた。

焦点の合わない目。肝機能がほとんど失われているらしく、眼球に結膜の黄疸《おうだん》が濃厚に刻みこまれている。そのかろうじて命だけをつなぎとめ、意思や思考の働きをまるで感じさせない表情と足どり。

男の額からこめかみにかけて、粘土状の物体が盛ってあり、その上から網状のキャップを被《かぶ》っている。

間違いなかった。前頭葉切除手術を受けた友里の配下だ。通常、催眠誘導暗示は死の危険が伴うことに効力は持たないが、前頭葉を失ってしまえば人間としての精神的な高次機能を失い、どんな暗示でもそのまま受けいれ行動するロボットと化してしまう。友里が恒星天球教の幹部とうそぶく人々は、すべてこの手術と催眠暗示によって意志力を奪われた被害者にほかならない。

だが、手術痕《こん》にこびりつく物体はなんだろう。以前に会った幹部たちは、誰もがこめかみの傷跡をさらしていた。これはいったい……。

構内のあちこちで絶叫がこだました。

老若男女問わず、友里の操り人形となった不特定多数の人々。着のみ着のままといった印象の服装で、重い身体をひきずりながら、避難した被災者たちに近づいていく。

けれども悲鳴は、そのぶきみな行動に対してあがったものではない。幹部たちの右腕には、大きな刃を持つ斧《おの》が握られていた。

中年男の前から、怯《おび》えきった顔の茶髪の若い男が逃げだそうとした。

すると中年男は重そうな斧を難なく持ちあげ、頭上にかざすと、茶髪の背に振り下ろした。

肉が裂ける音と、濁った叫びはほぼ同時だった。茶髪は背骨を砕かれたのか、不自然に身体を歪《ゆが》めながら、真っ赤な血を大量に噴きだして前のめりにつんのめった。

戦慄《せんりつ》の光景。美由紀が愕然《がくぜん》としたとき、構内は阿鼻叫喚《あびきょうかん》の地獄と化した。

幹部たちは無表情のまま斧を縦横にふるい、手当たりしだいに人々を切りつけていた。

トンネルでの車両事故で負傷し、身動きがとれなくなっていた男女が逃げ遅れ、まず犠牲になった。地面に座りこんだまま切り裂かれ、辺りに血を撒《ま》き散らしている。つづいて、脚をひきずりながら逃げようとする女が切りつけられた。ＯＬ風のその女は目を剝《む》いて、絶叫とともに崩れ落ちた。

「うわ」涼平は尻餅《しりもち》をついて後ずさった。「こんなのって……ないよ。ひどい……」

美由紀はあまりの衝撃に、一瞬だけ駆けだすのが遅れた。いや、どこに向かうべきかわからなかった。惨劇は構内の至るところで発生し、秒刻みで人命が失われていく。ひとりでも凶行を阻止せねばならない。美由紀は斧をふるう中年男にまっすぐに向かっていった。「やめて！」

ところが男は振りむきざま、斧を空中で静止させると、そこから垂直方向にスイングして美由紀の顔面を狙ってきた。

危ない。美由紀は踏みとどまろうとしたが、床は被害者の血のほか、内臓らしきものが飛び散っていて滑りやすくなっていた。転倒しそうになったところを、蝦反《えびぞ》りになってかろうじてバランスを保ち、身体をのけぞらせて刃を避けた。

風圧が顎《あご》をかすめた。紙一重でなんとかかわしたようだ。その体勢のままバク転して、まだ乾いている床に降り立ち、姿勢を低くして身構えた。

男は信じられない瞬発力で距離を詰めてきていた。斧が縦横に連続して振られるさまは、まるで機械のようだった。美由紀の左の上腕に痛みが走り、赤いものが宙に舞った。右の頬も切りつけられた。傷は浅いが、凶器の斧はなおも迫り来る。わずかでも油断すれば致命傷を負うことになる。

美由紀は振りあげられた斧を持つ男の手首に、内側から手刀をあてたうえで、そのてのひらの指先をもう一方の手で握り保持した。外に折り曲げて関節技を極《き》める。常人ならこれで痛みに耐えかねて、武器を取り落とすはずだ。

しかし男は苦痛の呻《うめ》きひとつ発しなかった。いっさいの表情を浮かべないまま、渾身《こんしん》の力をこめて斧の刃を美由紀の首すじに近づけてきた。

歯を食いしばりながら美由紀は男の手首を握りしめた。痛覚が遮断されている。この男はいっさいの痛みを感じない。のみならず、機敏で腕力も想像を絶していた。東京湾観音事件で出会った幹部とは雲泥の差だった。

目の前に、青く染まった死人同然の顔がある。目は美由紀を見つめてはいない。地獄にひきずりこもうとする死神のようなまなざしが、ただその対象に向けられているだけだった。

地の底から無限に湧いてくるような男の体力。対して、美由紀のスタミナは限界に近づいていた。つかみあっているだけでも消耗が激しい。この男ひとりだけにかまっている場合じゃないのに……。

そのとき美由紀は、男の露出した肩に、四ケタの数字が小さく刻まれていることに気づいた。

P2256。刺青《いれずみ》のようだった。友里が幹部たちに与えた番号だろうか。Pとはもしや、プロレタリアート……。

近くで女の断末魔の悲鳴があがった。

白いブラウスを血に染めながら逃げ惑う女を、斧を手にした老婦が追いすがっていく。「助けて!」女は必死の形相で叫んでいた。「シュウちゃん! お願いよ、助けてってば!」

シュウと呼ばれた男はすぐ判別がついた。表情がひきつったからだ。だがシュウはひたすら恐怖のいろを浮かべながら、ほかの人々とともに逃げまわるばかりだった。

美由紀は唇を噛《か》んだ。すぐに助けないと。でも、わたしはいまこの男に動きを封じられている……。

遠くから怒鳴り声が近づいてきた。警笛の音が鳴り響く。

制服警官がふたり駆けてきた。交通警らではなく、パトロール隊らしい。おそらくパトカーで移動中、トンネルのなかに閉じこめられたのだろう。

年配のほうの警官は、すでに拳銃《けんじゅう》を引き抜いていた。斧を手にした老婦に向かい、毅然《きぜん》たる態度でいった。「武器を捨てろ。さもないと発砲するぞ」

老婦の態度は、ほかの幹部たちと同様だった。臆《おく》するようすもなく、ひたすら斧を振りつづけ、威嚇《いかく》してくる対象を排除しようと距離を詰めていく。

警官は肩を切りつけられた。叫びとともに後ずさった直後、もうひとりの若い警官が躍りでた。「みんな！　こいつらも無敵じゃないはずだ。ピンチはチャンスだとか、聞いただろう。攻略法があるんだ。大勢でいっせいにかかれば倒せないはずがない」

けれども、武器を持たない人々はその呼びかけには応じようとしなかった。

ひとりの女が泣きじゃくりながらいった。「早く撃ってよ。そのババアを撃ち殺して！」

同意をしめす声が辺りにひろがっていく。

若い警官は躊躇《ちゅうちょ》のそぶりを見せたが、老婦が斧を振りあげて向かってきた瞬間、意を決したように銃口をそちらに向けた。

銃声。ナンブ三十八口径、その軽く弾《はじ》けるような発砲音が構内に響いた。

老婦は動きをとめた。

痛みを感じないからだろう、どこか呆然《ぼうぜん》としたようすで立ちすくんでいる。

銃弾は腹部に命中していた。その服が赤く染まっていく。口からも血が流れだした。だが、老婦はなんの表情も浮かべなかった。瞳孔《どうこう》の開ききった目で、警官を眺めるばかりだった。

しばらく静止したのち、老婦は斧の柄を両手で握り、みずからの額からこめかみにかけての手術痕を覆う粘土状の物質を、その先端で勢いよく突いた。

直後、老婦の頭部は青白い炎とともに小爆発を起こして弾け飛んだ。無数の肉片と骨片が辺りに飛散した。

おびただしい血を噴出しながら老婦が突っ伏すと、また女の悲鳴があがった。

美由紀は、なおも中年男とのつかみあいがつづくなか、その信じがたい光景をまのあたりにした。

粘土状の物質は、プラスチック爆薬だ。絶命必至の致命傷を負うと、みずからそれを突いて、衝撃によって内部の信管を発火させる。

前頭葉が切除された部位が、手術痕ごと吹き飛んでしまえば、例によって脳手術の物証はなくなる。友里が操り人形たちに課す使命だった。

「倒せる！」若い警官は大声で告げた。「見たろ、倒せるぞ。額を思いっきりぶっ叩けばいいんだ」

「駄目よ」美由紀は呼びかけた。「いまの爆薬の威力を見たでしょ？　直接そこを殴ったりしたら、攻撃した側も負傷することになる」

警官は戸惑いがちにこちらを眺めたが、美由紀が中年男の力に屈しそうになっているのを目にとめると、あわてたようすで駆け寄ってきた。

「なら」警官は走りながらきいた。「どうすればいいってんだ？」

「銃撃して！　拳銃で撃つしかないわ」

拳銃をかまえた警官が、ためらいがちにつぶやいた。「そんなことをいっても……」

わかっている。いまここで中年男の額を撃てば、わたしに被害が及ぶ。

でも、そんなことは言っていられない。警官ふたりの持つ銃の弾に限りはあるだろうが、現状ではひとりでも多くの幹部を倒さねば……。

腕に痛みが走った。力の均衡が崩れ、男が美由紀を圧倒した。美由紀は足を滑らせて仰向けに転倒し、男はその上に馬乗りになった。

「危ない！」警官が叫んだ。

男が斧《おの》を振り下ろそうとする瞬間が、美由紀の視界にあった。警官の銃撃も、もう間に合わない。

だがそのとき、美由紀の目にまたしても、気になるものが飛びこんできた。肩に刻まれた刺青、四ケタの数字……。

数字。

美由紀のなかに閃《ひらめ》くものがあった。

とっさに美由紀は男の肩に手を伸ばし、その刺青の彫られた部分の皮膚をつねった。

斧が垂直に振りおろされる。刃が目の前に迫った。美由紀は目を閉じた。

……痛みはなかった。衝撃もない。

うっすらと目を開ける。

斧はぴたりと静止していた。

男はのけぞった。跪《ひざまず》いた姿勢で、さっき老婦がそうしたように、斧の柄を両手でつかんだ。

美由紀が転がって逃れた瞬間、男は斧の先端で額を突いた。

青白い閃光《せんこう》と、花火のような音。男の額はぱっくりと割れて、脳の残骸《ざんがい》が露出した。男は床に大の字に転がり、ぴくりとも動かなくなった。

警官が呆気《あっけ》にとられたようすで、こちらを眺めている。

「数字よ」美由紀は起きあがって、腹の底から声を振りしぼった。「数字の刺青を探して！　この男は肩にあったけど、ほかの場所かもしれない。数字をつねれば、そいつらは自滅するわ！」

「な、なんだって？」ひとりの男が目を瞠《みは》った。「なんでそんなことが……」

「ピンチはチャンスじゃないのよ！　ア・チャンスは俗語で番号って意味になるの。Pinch a chance つまり『番号を摘《つま》め』よ」

男たちは啞然《あぜん》としていたが、次の瞬間、近くで引き倒された幹部のひとりにいっせいに駆け寄った。その幹部は二十代の男だったが、逃れようと暴れている。腕と脚を大勢の男たちによって押さえつけられていた。

「番号だ」ひとりの男が怒鳴った。「こいつの番号を探せ！」

やはり番号の位置はまちまちらしい。その幹部の番号は左頰にあるようだった。あったぞ、と声が飛ぶ。すかさずひとりの手が伸びて、頰をつねる。

幹部は男たちの手を振りほどくと、間髪をいれずに斧の先端で額を突いた。また小爆発が起き、その額は砕かれた。幹部は絶命した。

凄惨《せいさん》な現場のなかで、情報は瞬く間に構内の奥深くへと語り継がれていった。声が飛び交う。番号をつねるんだ。番号を探しだして指先でつまめ。そうすれば勝手に死ぬ。

いまや構内にいる誰もの服が血に染まっていた。酸性のにおいはどんどん強烈になる。怒号と叫びがこだまする。そして、硝煙のにおい。薄暗い構内のあちこちで小爆発が起き、閃光が狭い通路を浮かびあがらせる。

戦争のような集団殺戮《さつりく》、殺し合いの現場。なおも幹部の斧の犠牲になった人も少なくないようだった。

けれども、淘汰《とうた》は進んでいった。小爆発が閃くたびに静かになっていく。

やがて、叫び声や悲鳴は途絶えていった。山手トンネルの避難通路は、静寂に包まれだした。

泣き声はあちこちで聞こえる。小さな子供の声も混じっていた。それから、嘔吐《おうと》。美由紀も吐き気をもよおしていたが、なんとか堪《こら》えていた。しかし、耐えられない人もいる。

地獄……。

曲線を描いて凹《へこ》んだ床に溜《た》まる、どす黒い血の海。無数に横たわった死体。

正確を期せば、決して地上に存在しない光景ではない。いまも世界の紛争地帯では、こんな虐殺現場が半ば唐突に目の前に広がる。

それでもこの国に身を置く限りは、こんな事態は絵空事に等しかった。防衛大でも自衛隊でも、侵略による惨事は想定こそすれ、現実性は低いものとされていた。増して、これは他国による侵略行為ではない。

テロ。あの忌まわしい９・１１に匹敵する規模のテロ。

わたしは、防ぎきれなかった。友里佐知子の凶行を。

美由紀の目の前に、呆然《ぼうぜん》とたたずむ涼平の顔があった。

涼平の鼻の頭と頰に、赤いものがついていた。美由紀はあわてて手を伸ばし、指先でそっとぬぐった。

「だいじょうぶだよ」涼平はこわばった顔のままつぶやいた。「怪我したわけじゃない……」

怯《おび》えている。涼平の大きく見開かれた目に、涙が溜まっていた。

震える声で、美由紀はささやきかけた。「ごめんね……」

「……謝らないでよ。僕が勝手についてきたんだ……」

そうはいっても、彼の同行を許したのはわたしだ。予想できなかったこととはいえ、すべての責任はわたしにある。

重苦しい沈黙だけがあった。それも、わたしの責任は涼平に対するだけに留《とど》まらない。

ふたりの警官がゆっくりと歩み寄ってきた。

年配のほうの警官は帽子をなくしたらしい。刈りあげた白髪と額のしわがのぞいている。負傷した腕にハンカチを巻いて、もう一方の手で押さえながら美由紀に近づいてきた。

「私は竹之下広昭《たけのしたひろあき》巡査長」年配の警官は、もうひとりの若い警官に顎《あご》をしゃくった。「彼は志摩博文《しまひろふみ》巡査。あなたは？」

「岬美由紀」

竹之下が鋭い目を向けてきた。「岬……？　すると、自衛官から臨床心理士に転職なさった……」

ざわっとした反応が辺りにひろがる。弁護士の川添雄次も、面食らった顔をしていた。

本当は名乗りたくない。でも、仕方がなかった。

「そうか」竹之下巡査長はつぶやいた。「私たちは所轄に帰るところでね。なんの無線連絡も入っていなかったが、テロの兆候でも？」

「……いいえ。爆発と崩落は極めて唐突なもので、予期できなかったわ。いまも無線は生きてるの？」

「残念ながら通じない。携帯電話もだ。都心の事故だから本部もすぐに気づいたと思うが、救急車が来てもなかには入れない」

「一刻も早く搬出しなきゃならない人も大勢いるのに……」

「ああ。信じたくない事態だよ」竹之下は、足もとに横たわる幹部の死体を眺めた。「こいつらは、恒星天球教の？」

「ええ。行方をくらましていた教団幹部とされる一万人のなかの一部でしょう。幹部とい

って も実態は操り人形で、ここではイリミネーターと呼ばれてるみたいだけど……」

志摩巡査がきいてきた。「イリミネーションってなんのことです？　どういう儀式ですか」

「でっちあげよ。儀式なんかじゃないわ。どういう意図があるかわからないけど、能力によって三段階に分類した兵隊を、弱い順に送りこんでくるつもりみたい」

「弱い順……。こいつらは、さっきの声がいってた……」

「プロレタリアートよ。カール・マルクスは生産手段を持たない層と定義した。のちに労働者階級を指す言葉として使われてる。あくまで喩《たと》えでしかないけどね。番号の刺青《いれずみ》にPと入ってたし、番号をつねることで自滅させられたし、いままで現れたのはぜんぶプロレタリアートね」

「残るブルジョワとジェントリってのは……」

「攻略法は自分で見つけろとかいってたわね。ここに閉じこめたわたしたちの命を弄《もてあそ》んで、ゲームのように楽しんでいるのよ」

竹之下が天井を見あげた。「畜生。奴ら、どれだけ残ってるんだろうな。上のトンネルにどうやって潜んだんだろう」

美由紀はいった。「おそらくバスとか、トラックとか、大勢を輸送できる車両を乗りいれてたのね。上で待機してるにちがいないわ」

近くで、呻《うめ》き声がした。腹部を切りつけられた女が苦しそうな顔で、上半身を起きあがらせている。

すぐさま竹之下が駆け寄った。女の背を支えながら、周りに呼びかける。「どなたか、お医者さんはおられませんか」

すると、遠くで立ちあがった初老で小柄の男が片手をあげた。男はスーツ姿だったが、医師カバンを下げていた。

「専門は整形外科だがね」男はしかめっ面で近づいてきた。「片平英一郎《かたひらえいいちろう》といいます。名誉院長に退こうとしてた矢先に、こんなことになるとは」

竹之下はほっとした顔をした。「そうすると、西池袋の片平医院の？」

「そうとも」片平は、負傷した女のわきにひざまずいた。「医者の不養生が祟《たた》ってコレステロール過多だったところを、ようやく四十二キロまで落として、あとはリハビリしながら悠々自適な余生を送るはずだったんだがね。こんなことになるとは。さて、お嬢さん。ゆっくり仰向けになってください。痛みますか？」

「先生」竹之下がいった。「怪我人は大勢いるようですが……」

「いわれるまでもなく、もう手は打ってある。あっちに医大生がふたりいたんでな、包帯とモルヒネを分けてやった。出血のひどい患者から対処するようにいってある」

「助かります」

「もっとも……。ここでできることなど限られてる。見える範囲でも、重体の者もかなりいる。少し向こうになると、死体とほとんど区別がつかんがね。奥のほうの被害状況もわからん。一刻も早く病院に連れて行きたい……」

沈黙とともに重い空気が充満していった。

最前線の野戦病院さながらの悪夢、いやもっと酷《ひど》い。いつまたイリミネーターが送りこまれてくるかも知れない。ここにいる全員が生存の権利を剝奪《はくだつ》されたも同然だった。

「いやだ！」三十代半ばの太った男が立ちあがり、唐突にわめきだした。「出してくれ！　こんなところにはもういたくない！」

「静かに！」片平医師が怒鳴った。「勝手をいうな。暇をしてるんなら患者を助けるのを手伝え」

辺りはしんと静まりかえった。太った男も言葉を飲みこんだ。

だが、ここにいる大多数が、太った男と同意見であることはあきらかだった。

そのとき、弁護士の川添が神妙な顔で近づいてきた。「ねえ、あんたは……本当に岬美由紀さんかい？　東京湾観音事件で有名になった……」

美由紀は困惑しながらうなずいた。「ええ、そうよ」

「なんてこった。じゃあつまり、俺たちはあんたのせいでテロに巻きこまれたってわけか」

周りが反応した。鋭い視線が無数に美由紀に突き刺さってくる。

川添は構内に声を響かせた。「みんなも知ってるだろ？　岬さんといえば、友里佐知子の病院に職員として働いていた人だ。友里の正体は知らなかったらしいが、以後は敵対関係になったと報じられてる。友里は香港で死んだが、残党が岬さんを付け狙い、この事故を起こした。俺たちゃ犠牲者だ」

ざわつきだした避難通路で、涼平が声を張りあげた。「違うよ！　岬さんにもわからなかったんだよ。こんなことになるなんて……」

「そりゃ結構だな、坊や」と川添は皮肉めいた口調でいった。「危険人物なだけでなく、無能でもあったわけだ」

喧騒《けんそう》が広がるなか、ふたりの警官が戸惑いがちにそれを制する。混乱がしだいに大きくなっていった。

しかし、医師の片平がまた一喝した。「黙れ！」

人々の声はフェードアウトしていった。

片平は立ちあがると、川添に詰め寄った。その胸もとのバッジを見やってから、片平は告げた。「弁護士の先生、状況をしっかり把握したまえ。岬さんに限らず、私たちは全員がクルマでここを通りがかっただけだ。だが恒星天球教とやらは、このテロに充分な準備を費やしているみたいじゃないか。ここで起きたことは、私たち全員にとっての偶発的な悪夢だ。それ以外にはない。根拠もなく、無闇に人を疑わんことだ。肩書きが泣くぞ」

川添はむっとしたようすだったが、反論の声はいささか勢いを弱めていた。「私は、疑わしく思えた事実を述べたにすぎない」

ふんと鼻を鳴らしてから、片平は美由紀を見た。「きみがここにいるのは偶然だ。私は、そう信じることにする」

「どうも……」美由紀は複雑な思いでつぶやきながら、片平が歩き去るのを見送った。

実際には、川添の物言いのほうが正しいかもしれなかった。わたしはジャムサを追って山手トンネルに入った。すなわち、友里の罠《わな》に誘いだされた。あのタンクローリーの爆発が意図されたものだったとしたなら、このイリミネーションの儀式はわたしを標的にした暗殺計画なのかもしれない。

けれども、腑《ふ》に落ちないことも多い。トンネルを崩落させることができるのなら、わたしの命を奪うことも可能だったはずだ。どうして生き残らせ、大勢の人々と一緒に避難通路に閉じこめて、操り人形たちに襲わせようとするのだろう。プロレタリアートに関し、番号の刺青を摘まれたら自殺するという暗示を与えてあったことや、あらかじめそのヒントを明かしたことも釈然としない。

悪趣味なゲームにすぎないのだろうか。監視カメラのない地下避難通路の出来事では、事態を眺めることもできないはずだが……。

ふいに、ノイズが聞こえた。

人々の目がいっせいにそちらに注がれる。渋谷系の少年が、小型のラジオを手にしていた。

「入った」少年がいった。「なにか聞こえるぞ」

少年はラジオのボリュームをあげた。誰もが固唾《かたず》を飲んで耳を澄ますなか、雑音にまみれたニュースキャスターの声が響き渡った。

「……ので、注意が必要です。現在の日本列島は東高西低の気圧配置のため、南寄りの季節風が吹いています。よって都心の放射能はこれから北関東から東北方面に広がる可能性があり……」

放射能⁉　しっ、静かにしろ。ざわつく声が飛び交い、また静寂が戻る。

キャスターの声はつづいた。「お伝えしておりますように、本日午後十時五十分ごろ、日本列島各地の大都市を中心に大規模な爆発が発生、防衛省がその直前に朝鮮半島から飛来する中距離弾道ミサイルを複数確認していることから、核爆発の可能性が高いものとみられています。目下、都心に位置していた省庁は壊滅状況にあるものとみられ、地方の省庁所管の施設と残存する県庁などが政府機能を引き継いでいます。気象庁の発表によりますと、核爆発が起きたとされるのは、東京千代田区を中心とする半径二十五キロ地帯、茨城県小美玉《おみたま》市百里を中心とする半径十キロ地帯、名古屋市中区を中心とする……」

「核爆発だって!」ひとりの男が大声を張りあげた。「核戦争だ。外は壊滅しちまったんだよ!」

人々のパニックは、イリミネーターが出現した瞬間に匹敵するものだった。誰もがうろたえ、閉鎖空間のなかを逃げ惑い、泣き崩れ、悲鳴をあげた。

「お母さーん!」十代とおぼしき少女が叫んだ。「うちにいる家族……みんな死んじゃった。うわーん!」

理性を働かせている者は、ほとんど皆無に等しかった。

おそらく生まれて初めて惨殺死体をまのあたりにした人々が大半だろう。そしていま、自分たちが都心での数少ない生存者だと聞かされた。身内も知人も死に絶えた。そう聞かされて、冷静でいられるわけがない。

涼平も涙を浮かべていた。「岬さん……」

だが美由紀は、ひとり唇を噛《か》んだ。

あの崩落はタンクローリーの爆発で起きた。断じて核攻撃などではない。

プロレタリアート

パトカーの後部座席から降り立った蒲生は、思わずわが目を疑った。

夜間にも山手通りはよく往来する。中野坂上の交差点にほど近い、この山手トンネルの西新宿出入り口を利用することも多かった。池袋方面から渋谷に戻るのに重宝する。実際、渋滞も減って、これからは緊急車両の走行もスムーズになる、そういっていた矢先だった。

首都高山手トンネルの内回り、西新宿出口は、跡形もなく消滅していた。

いや、厳密にいえば、看板とETCゲートだけは残っている。地中から登ってくるスロープも存在している。しかし、そこから先は何もない。ただの瓦礫《がれき》の山だった。

山手通りはいまや大渋滞していた。中央分離帯の工事がまだつづいていて、そこを突っ切ってきたとはいえ、かなりの時間を要した。もはや周辺の幹線道路は機能を失ったも同然だろう。

西新宿出口のあった付近には無数のパトカー、救急車、消防車が乗りいれているうえ、テレビ局の中継車や野次馬の車両も混在していて収拾がつかなくなっていた。カメラマンたちが許可なくスロープを下っていっては、フラッシュを閃《ひらめ》かせる。クルマを降りて記念撮影に興じている若者たちまでいた。

管理官の石木《いしき》が駆けてきた。「蒲生！　こっちに来て立ち入り禁止区域を作るのを手伝え」

本来なら巡査か機動捜査隊、あるいは消防署のレスキュー隊の仕事だろうが、この際手間など惜しんではいられなかった。蒲生は上着を脱いでクルマに放りこむと、腕まくりをしながら走りだした。

「どうなってるんですか」蒲生は石木にきいた。「何が起きたんです」

「わからん。ここだけじゃなく、内回りのすべての出入り口が崩落してる。通行していた車両は構内に閉じこめられてるらしい」

「複数の出入り口が同時に潰《つぶ》れたんですか？　人為的な工作ってことですか」

「そうとは言い切れんらしい。最も被害の大きいこの西新宿出口の崩落が、直下型大地震にも似た衝撃を走らせて、シールド工法でない出入り口のコンクリ屋根を破壊した可能性もあるってことだ」

「なら、ここでの最初の崩落はどうして？」

「寸前にトンネルを抜けだした目撃者の証言によると、タンクローリーが爆発したようだ」

「爆発……。事件とも事故ともとれますね」

石木は足をとめ、じれったそうに蒲生に指先を突きつけた。「いいか。首都高株式会社も消防署も、内部の状況を把握できんらしい。つまり何もかもが不明ってことだ。事件性の有無が確認できない以上、事故として片付けられる可能性も高い。俺たち捜査一課がここに来てるのは、万一の事態に備えてだ。テロと決まったわけじゃない」

まるで、事故であるほうが好ましいとでも主張したげな言い草だった。

わからないでもない、と蒲生は思った。友里の死を鵜呑《うの》みにしたがる連中だ。東京湾観音事件での初動捜査の遅れを指摘されつづけている昨今、悪夢の再来は是が非でも避けたい、幹部どもはそう願っているのだろう。

「救出活動は?」と蒲生はきいた。

「渋滞で重機の到着が遅れてる。夜明けまでには間に合わんといわれてる。どっちにしても、本格的な救出は朝にならんと無理だ」

「どういうことです? 山奥ならいざ知らず、こんな街中で……」

「政治的な理由だ。こういう大規模災害の復旧工事はどこの建設会社が受け持つかでモメる。明朝早くに、国土交通省で入札がおこなわれるそうだ」

「入札ですって⁉」

「瀬名《せな》建設か外資系のイオン建設。どっちも国からの道路事業の発注を受けたがっていた大手だ。首都高も民間に委託され、すべては金の問題になった」

「冗談でしょう？　競《せ》りの結果待ちだなんて。人命がかかってるんですよ」

「文句は国にいえ。トンネル内部の状況もまだわからん。俺たちは与えられた仕事をこなすだけだ」

つきあいきれない話だ。俺はこの目で現場を確かめる。蒲生は踵《きびす》をかえし、石木から離れた。

そのとき、制服警官が駆けてきた。「蒲生警部補！」

「どうした？」

「至急、お伝えしたいことがあるそうです」警官は息を弾ませていった。「国土交通省職員のご家族……というより、ご遺族の方々から……」

山手トンネルの避難通路にひしめきあう人々は、ひとしきりパニックを起こしたあと沈静化していった。落ち着いたわけではない。絶望が足音をたてて忍び寄ってくる。その耐え難い恐怖と緊張に、言葉少なになりつつあるだけのようだった。

美由紀は発作を起こした怪我人を中心に構内をまわり、わずかでも安心を与えようと声をかけていった。医師の片平から渡された包帯で、手当てもした。

トンネルの奥のほうを見に行った涼平の身が心配だ。でも、いまはできることに専念せねばならない。

静寂が戻ってくるとともに、あちこちで咳《せき》が響くようになってきた。

美由紀も軽く咳《せ》きこんだ。目が痛い。煙のせいばかりではない、酸素が薄くなっている。誰かの声がいった。おい、空気が薄いぞ。別の声がささやく。奥へ行こうよ、あっちなら出口が開いているかも。

「馬鹿」ひときわ高い声がそれを制した。「開いてるわけねえだろ。核爆発があったんだぞ。俺たちが生きてられるのは出口が塞《ふさ》がってるせいだ」

巡査の志摩が額の汗をぬぐいながらいった。「そうはいっても、この息苦しさじゃいつまで持つか……」

温度も高くなっていた。密閉空間に大勢が詰まっていれば、蒸し暑くなるのは当然だった。二酸化炭素の濃度も上昇する。

納得しがたい事態だと美由紀は思った。災害時にも空気は送りこまれるはずなのに。

しばらく耳を澄ましてから、美由紀はいった。「ファンの音がしない。非常灯は点《つ》いているのに、それ以外の電源が落ちてる。ファンを動かさないと、空気は送りこまれないわ」

巡査長の竹之下がきいてきた。「そのファンってのはどこに？」

「詳しいことはわからないけど……地上に排気塔が立っているところが換気設備だから、そこへ行ってみないと」

弁護士の川添が甲高い声をあげた。「気は確かか？　地上には放射能が充満してるんだぞ。ファンを動かして空気を取りこんだりしたら、こっちまで汚染されちまう」

「そう決まったわけじゃないわ。っていうより、核爆発があったとは思えないのよ」

川添は焦りを募らせたらしく、大声で周りに呼びかけた。「やっぱりこの女はどうかしてる。放射能を送りこんで、俺たち全員を見殺しにする気だ」

竹之下がうんざりした顔でいった。「落ち着け。岬さんがそういうには、なにか根拠があってのこと……」

しかし川添は聞く耳を持たないようすで、渋谷系の少年のもとに駆けていき、ラジオを取りあげた。

ボリュームのつまみをひねって音量をあげると、川添は怒鳴った。「みんな聴け、これを！」

キャスターの声が告げている。ＮＨＫラジオより、緊急放送をお送りしております。防衛省および暫定政府の発表では、夜間ということもあり外出している人の数は少なかったが、爆発から逃れている地域の住民は引き続き家のなかに留《とど》まってほしいとのことです。放射能は広範囲に拡散しつつありますが、群馬県で最も大きな駅である高崎駅には周辺の住民が遠方への避難を求めて集まり、ゴールデンウィークの四倍の人出で混雑しています。ＪＲによりますと、現在は列車も動いておらず、住民は政府の指示に従って家屋のなかに……。

「聴いたろ」川添はいった。「首都は吹き飛んじまって、ようやく入ってきたのは群馬の情報だ。この状況でファンを動かすことを主張するなんて、どう考えてもおかしい。岬美由紀はやはり危険分子である可能性を否定できない。恒星天球教と関わりのあった女を自由にさせておくのは、極めて危険なことだ。いますぐ拘束すべきだ！」

群衆の反応は、かつて中国で見た異常な集団心理に酷似していた。

何人かの男たちが立ちあがって、美由紀につかみかかろうと向かってきた。その表情に、恐怖に後押しされた攻撃性が溢《あふ》れていた。

「つかまえろ」怒鳴り声が響いた。「その女を野放しにするな」

「待ってよ」美由紀はあわてていった。「わたしは友里の仲間なんかじゃないわ。空気が入ってこなければみんなが死ぬのよ。地上では核爆発なんか……」

「女をだまらせろ！」男たちは怒りの形相で飛びかかってきた。「こんな目に遭ったのは、こいつのせいだ」

「違うわ！　お願いだから聞いて。地下シェルターでもないのに核爆発から逃れられるわけはないわ。爆発自体、起きた形跡は……」

けれども、美由紀のその声は男たちの怒号によって掻《か》き消された。男たちは美由紀の腕や脚をつかみ、高々と持ちあげた。

構内に反響する罵声《ばせい》やわめき声。周囲の混乱は絶頂に達した。

そのとき、拳銃《けんじゅう》の発砲音がした。

ひっ。怯《おび》えた声がいっせいに響き、男たちの握力が緩んだ。

美由紀の身体はふいに落下しだした。空中で美由紀は身体を丸め、かろうじて足で着地した。

銃を発砲したのは竹之下巡査長だった。

「静まれ！」竹之下は大声で告げた。「ここは法治国家だ。暴力は許さん」

辺りはしんと静まりかえった。

「でもよ」痩《や》せた男がおずおずといった。「生き延びるためには、危険分子は排除しなきゃ……」

「誰が危険分子だ？　え？」竹之下はため息をつき、銃をホルスターに戻した。「動揺するのはわかる。俺も長年警官をやってきたが、人がこんなに死ぬのを見たのは初めてだ。死体がごろごろしてるなかにいて、冷静になれってほうが無理な相談だ。だが仕方ないだろ。生き延びるためとおまえはいったな。そのためには話し合うことだ。人の意見に耳を傾けろ」

戸惑いに満ちた無数の視線が、美由紀に向けられた。

張り詰めた空気に漂う静寂。不信感が渦巻いている。このままでは理性は集団から完全に駆逐されてしまう。

静けさのなかで、ラジオの声だけが厳かに響いた。放射能汚染区域より北にお住まいの方で、地元自治体の避難命令に従われる方は、以下の注意事項に留意してください。手荷物はひとり、ひとつまで。バッグは布製のものに限り、アタッシュケースなど硬い素材のものは不可……。

アタッシュケース。美由紀は唸《うな》った。やはりこの放送は……。

「聞いてください」美由紀は周囲を眺めわたした。「これは偽の放送よ。ＮＨＫラジオっていってたけど、それならアタッシェケースと発言するはず。さっきもゴールデンウィークと言ってたけど、これもNHKが使わない用語なの」

人々の表情が変化した。ざわめきが広がりだした。

美由紀は歩きだし、川添に近づいていった。

川添はラジオを手にしたまま、腰が引けたようすで美由紀を見つめている。

その手から、美由紀はラジオを受けとった。周波数の表示を眺めたとき、美由紀は思わずため息をついた。

「一七一七ヘルツだなんて。アメリカ大陸以外の中波放送は、九の倍数って定められてる。日本のラジオ局の周波数はぜんぶ九で割り切れるはずなのよ」

片平医師が眉間《みけん》に皺《しわ》を寄せた。「すると、それも奴らの仕組んだことかね」

「ええ。おそらくトンネル構内用の短波放送を利用したのね。一キロワット以下の電波で構内にのみ偽の情報を流し、わたしたちが外にでる意思を持たないよう画策したんだわ」

すかさず川添が食ってかかった。「わからんだろ。インフラが全滅して、残る設備を利用しているのかもしれない。公共の電波でないと決めつけるのは早計で……」

「川添さん。いま何時？」

面食らいながら、川添は腕時計を見た。「いまは午前零時十二分……」

「千代田区に核ミサイルが落ちたのなら、時計はその時刻で止まっているはずよ。爆発に伴う電磁パルス波の影響でね。そもそもラジオ自体、受信できないわ」

ざわめきが収束していき、沈黙が戻ってきた。今度の沈黙はさっきまでとは趣を異にしていた。美由紀に敵愾心《てきがい》を向ける目はなかった。

川添は当惑したようすで目を泳がせ、ばつが悪そうに視線を落としながら、すごすごと退散していった。

美由紀はラジオのつまみをひねって、受信できる周波数を探した。だが、偽のNHKニュースの周波数以外は、ただ雑音が響くだけだった。

駄目か。美由紀は電源を切った。構内用の中継局が機能していない以上、こんな地中深くでAM波を拾うのは不可能だった。

そのラジオを少年に返したとき、涼平の声が呼びかけた。「岬さん」

顔をあげると、涼平が駆け戻ってくるところだった。

涼平は息を弾ませながらいった。「途中で引き返してきたけど、トンネルの奥までびっしりと人で埋まってる。何千人もいるよ。半分は死体みたいだけど……」

竹之下巡査長がきいた。「出口はどうだ？　希望はありそうか？」

「それが……。非常口はぜんぶ塞《ふさ》がってる。大人たちが何人も力を合わせて扉を押したんだけど、びくともしなくて」

　群衆の顔に失意のいろが広がっていった。

　美由紀は落胆と同時に、心を痛めていた。涼平は死体を見ても、なにも感じなくなっている。戦場では誰もがそうなる。ここでの正常は、世間で異常と見なされる感覚にほかならない……。

「とにかく」竹之下がつぶやいた。「いくつかのことが明白になったな。核爆発なんか起きていない。岬さんは恒星天球教の協力者ではなく、われわれの味方だ。彼女がここにいるとわかっているなら、奴らもあんな放送でだませるとは思わんだろう」

　志摩巡査もうなずいた。「もしくは、別の意図があったのかもしれません。暴動を起こした人々に岬さんを殺させようとしたのかも。彼女はみんなのために空気を採りこまねばと主張したのに、動揺した連中が彼女に襲いかかる、そこまで予期していたのかもしれません」

　川添は聞こえないようなそぶりをしながら、群衆のなかで身を隠そうとしていた。

　しかし、誰も川添の挙動に苦言を呈さなかった。理由はあきらかだった。思考が鈍っている。酸素が不足しつつあった。美由紀も意識が遠のきかけているのを感じていた。事実、卒倒する人の姿も見かける。その場合も周囲は無反応に近かった。静寂のなか、ただ人だけが倒れていく。

竹之下は、顔の煤《すす》を袖《そで》でぬぐいながらいった。「このままじゃ窒息だ。給気ファンを動かす方法を探すしかない」

美由紀は同意した。「行きましょ。設備を探すしかないわ」

先に立って歩きだすと、涼平が横に並んだ。

ふたりの警官が周囲に声をかけながら歩を進める。ファンを動かします、健康な方は同行してください。

片平医師が立ちあがった。「私もいくよ。この辺りの怪我人の応急措置はあらかた終わった。奥のほうも見てみたい」

「どうぞ」志摩は人ごみのなかにうずくまる男に告げた。「川添……先生でしたね。あなたもついてきてください」

川添はびくついたようすで志摩を見返した。「私は……残るよ」

「いまは人手がひとりでも多いほうがいいんです。弁護士資格をおとりになるほどの頭脳なら、ぜひ知恵を貸してください」

周りの人々が、そうすべきだと主張するような視線を川添に投げかける。川添は居心地の悪さを感じたようすで立ちあがり、歩きだした。やや卑屈に見える上目づかいで、美由紀のほうを見やる。

美由紀は気づかないふりをした。彼も彼なりに正しいと思うことを実践したのだろう。ここには、嘘をついていると表情から読みとれる人間はいない。どの顔にも恐怖があるだけだ。皆が平等である以上、誰かを責め立てるべきではない。

累々《るいるい》と横たわる無残な死骸《しがい》。かろうじて命をつなぎとめながらも、身動きできなくなっている者も多い。片平はそのひとりずつに接していった。泣きじゃくる子供を抱きあげ、母の代わりにあやした。その子がもはや孤児であることはあきらかだった。母親らしき女は、すぐ近くで喉《のど》もとを切り裂かれ息絶えていた。

美由紀も臨床心理士として声をかけねばならない立場だったが、なにもいえなかった。言葉がでない。かねてからの基準で考えれば、ここにいる全員がＰＴＳＤを発症しうる対象となる。カウンセリングで予防措置を施すには、人数が多すぎる。どこから手をつけていいのかわからない。

竹之下が美由紀に歩調をあわせ、ささやいてきた。「なあ。あんたは、以前は幹部自衛官だったんだろう？」

「ええ……」

「人を撃つ訓練はしたか？　というより、殺す訓練は？」

「……なぜそんなことを？」

「俺は一般公募で警察官になって、長年交番勤務だった。拳銃《けんじゅう》の訓練は半年に一度の義務だったが、よくさぼったよ。身分証を知人に渡して、代わりに行ってもらったりした。拳銃は嫌いでね。人を殺したいなんて、誰も思わない」

「じゃあ、いまは辛《つら》いでしょうね」

「ああ。こんな忌まわしいもんは投げ捨てたいよ。あんたはどうだ？　自衛隊での幹部の教育がどんなものかは知らないが、こういう現場をまのあたりにする覚悟はできてたか？」

「……いいえ」と美由紀はつぶやいた。「平時には自衛隊は、遭難した登山者ひとりのためにもヘリをだす。でも戦争になれば状況も変わる。隊員か市民かを問わず、初期の戦闘での死亡者数の四倍にあたる人数が、その後の戦闘でさらに失われると考える。四倍を超えないようにするのが自衛官の役割だって……」

「初耳だな。そんな基準があったのか」

「公にしてはならない事項に含まれているから……。でも防衛大の授業ではそう教えている。幹部は誰もが認識してることよ」

「ここでの死体の数は、もう百は超えてるだろう。このさき四百人の犠牲まではやむなしってことか」

美由紀は苛立《いらだ》ちを覚えた。「だから、そんなふうには思いたくないのよ。ついさっきまで、山手トンネルに入る前までは、一人ひとりの人命の重さを尊重していたのに……。変わりたくない」

「気持ちはわかるよ。俺ももうすぐ定年だ。孫も生まれたばかりだし、埼玉にできあがる新居を楽しみにしてた。気に病むのは年金の受け取りぐらいにしておきたかった。人を撃たずに退職したかったよ。でももう、そんなことは言ってられなくなった。あんたも変わりなよ。ここから無事に抜けだすまでは」

「……そうね」

同意したことで、なにかを失った気がした。自衛隊を辞めてから取り戻しつつあると感じていた何かを。

そのとき、身の毛もよだつような音を聞きつけた。滑り台の音。それも複数だった。悲鳴があがった。あちこちでまた、ゾンビのようにふらつきながら斧《おの》をふるうイリミネーターが姿を現した。男もいれば女もいる。さっきは着ている服の汚れが目についたが、いまは生存者たちと判別がつかなくなっていた。

随所で血しぶきがあがり、断末魔の悲鳴が響く。遠くで切断された誰かの頭部が宙を舞い、血が間欠泉のように激しく噴出しているのが見えた。

「畜生」竹之下が銃の撃鉄を起こして、駆けだした。「またきやがったか」

美由紀も近場の惨劇に向かって走りだしていた。筋肉質、薄汚いランニングシャツ姿の男が、右に左に斧をふるっている。切りつけられた人々がばたばたと倒れ、赤い霧が辺りを覆いつくした。

生存者たちは敵に背後から襲いかかり、喉仏のわきにある番号の刺青《いれずみ》を抓《つね》ろうとしていたが、イリミネーターの反応は早かった。身を翻して斧をスイングし、並み居る男たちの胸もとを横一文字に切り裂いた。

怒りに涙がにじむ。美由紀は自分の叫びを聞いた。イリミネーターに向かって突進すると、跳躍し、空中で身体をねじって後旋腿《こうせんたい》の蹴《け》りを放った。

斧が足首を狙って振り下ろされる。美由紀はそれを予期していた。膝《ひざ》を曲げて斧をかわすと、逆の脚を繰りだして敵の腹部を蹴る。敵が前につんのめったところを、片手の指先を鷹爪手《ようそうしゅ》の構えに変え、喉仏めがけて攻撃した。

刺青をつまんだ瞬間、敵の反応は、コンピュータ映像のように正確に表れた。無表情のまま、斧でみずからの額を突く。小規模爆発が起き、頭骨を砕きながら、イリミネーターはその場に崩れ落ちた。

殺戮《さつりく》と死闘は辺りに広がっていた。ふたりの警官は、駆けめぐりながら拳銃を撃ちつづけている。彼らが仕留め切れなかった敵を、生存者たちが複数で力をあわせて床にひきずり倒し、必死で押さえこむ。女も、年端もいかない若者も加わっていた。なおも斧が振られ、絶叫とともに血しぶきをあげる者が続出するなか、生存者たちは刺青を摘《つま》もうと無数の手を伸ばす。

弾《はじ》けるような爆発音はそこかしこで響いた。イリミネーターは次々に脳の前部を破壊し、息絶えていった。

構内が静かになっていく。二度目の戦闘が収まりつつある。犠牲者は目に見えて増えていた。どこを見ても血の海だった。負傷していない人々の顔も、返り血で真っ赤に染まっている。

戦場には、悪臭がたちこめていた。幼児の泣き声もひときわ甲高く響いた。血まみれの若い女が、足をひきずって歩く。額に粘土状の爆薬がない以上、彼女はイリミネーターではない。しかし、表情ひとつ変えないさまは、脳切除手術を受けた者たちにうりふたつだった。

涼平は負傷者を助け起こしていた。彼が無事でいるという事実だけが幸いだった。けれども、安堵《あんど》など覚えられない。ここでは誰もが唐突に死の宣告を受ける可能性を秘めている。

静寂が戻った。奥のほうではまだ叫び声が聞こえていたが、やがて聞こえなくなった。イリミネーターたちは排除されたらしい。すなわち、今回もすべての敵がプロレタリアートだったのだろう。

もの音がした。片平医師はひざまずき、仰向けに倒れた若い男の頬を、何度か軽く叩《たた》いていた。生きているか、あるいは意識を保っているかをたしかめているのだろう。早くも負傷者の救済に入っている。

川添弁護士も無事のようだった。ほかの人々と違い、ほとんど返り血を浴びていない。ひたすら逃げまわっていたのだろう。

でもそんな彼を、誰が責められるだろう。美由紀は思った。サバイバルを優先することは罪悪ではない。彼は兵士ではないのだから。

ふたりの警官が美由紀に歩み寄ってきた。竹之下が疲れきった顔でいった。「なんとかやっつけたみたいだが、遠くで犠牲者が多くでたようだ。まだ情報が伝わりきってない。刺青を狙わずに挑んでいって、やられた連中もいるらしい」

美由紀はうなずいてみせた。「情報の徹底が必要ね。歩きながら周りに声をかけていきましょう。番号の刺青だけを狙うことと、Pの刻印がなかったら手をださないこと」

志摩は戸惑ったように美由紀を見つめてきた。「その場合はどうする？　ブルジョワかジェントリが現れたときには？」

「……まだわからないわ。倒せるのはあなたたちだけよ。弾は残ってる？」

「巡査長の残弾は二発。僕のは撃ちつくした」

竹之下がいった。「一発、志摩に提供すべきかな？」

なんともいえない。というより、どうあろうが明らかに武器として不足している。ブルジョワとジェントリなる勢力が、それぞれひとりずつしか出現しないとは考えにくい。

ふいに、またしても悲鳴があがった。近い。今度は滑り台から離れた場所だった。

美由紀は、警官たちとともに駆けだした。人ごみを掻《か》き分け、床に横たわった負傷者や死者の身体を飛び越えて、暴動の起きている場所に向かう。

そこで武器をふるっていたのはイリミネーターではなかった。

栗色の髪を長く伸ばした巨漢の白人男が、英語で罵声《ばせい》を発しながらサバイバルナイフを振りまわしている。逃げ惑う日本人を背中から突き刺しては、また次の獲物に向かう。彼の足もとには折り重なって倒れる死体の山が築かれていた。

「死ね《ダイ》！」と男は怒鳴り散らした。「人が減ればそれだけ《イフ・ザ・ナンバー・オブ・ピープル・ディクリーシズ》酸素は多く残る《ジ・オキシジエン・コンサンプション・ディ》んだ《クリーシズ》。死に絶えろ《エクスターミネイト》！」

その白人男の周りには、同じく白人の男女がいて、彼を制止しようと必死で呼びかけている。金髪を刈り上げた、Tシャツにデニム姿の若い男が、ナイフを持った男に飛びかかろうとした。

だが銀の刃は素早く反応した。Tシャツの男は二の腕を切られ、苦痛の叫びをあげた。

美由紀は助けに入ろうとしたが、逃げようとする人々がこちらに向かってきて行く手を阻んだ。

「やめろ!」竹之下巡査長が率先して混乱の渦中に飛びこんでいった。「殺傷行為は許さん。すぐに武器を捨てなさい」

竹之下は、拳銃《けんじゅう》をホルスターにおさめていた。手はそのグリップにかけていたが、白人男に接近しても、まだ銃は抜いていなかった。

その判断は、警官としては正しいものだったかもしれない。相手は友里の作りだしたイリミネーターではない。国籍は違っても一般市民が相手ならば、たとえ武器を手にしていても最初から銃口で威嚇《いかく》すべきではない。

しかしいまは、特殊な状況下だった。規則を遵守することは、なんの意味も持たなかった。

長髪の白人男はためらうようすもなく、竹之下の胸にナイフを突き立てた。

叫びは竹之下だけでなく、もうひとりの警官もあげていた。志摩は目を大きく見開き、拳銃を引き抜いて白人男に向けた。「何をしてる！　この外人め！」

志摩の拳銃に弾がないことを知らない白人男は、一瞬ひるんだ素振りを見せた。と同時に、白人の女が倒れた竹之下のホルスターから拳銃を抜いた。聞き取れない言葉でわめきちらしながら、白人女はナイフ男に向けて発砲した。銃声は二発。その後は、撃鉄の打ちつける虚《むな》しい音が響くだけだった。

だが、ナイフは男の手から落下した。

長い髪のその男は、胸部を手で押さえながら、がっくりと膝をついた。口もとから、血が溢《あふ》れた。

前のめりにつんのめって、白人男は静止した。目を剝《む》き、瞳孔《どうこう》が開ききったまま、ぴくりとも動かなくなった。

志摩は、床に横たわった竹之下に駆け寄り、すがりついた。「巡査長！　しっかりしてください！　巡査長……」

しかし、仰向けになった竹之下の胸は真っ赤に染まっていた。ナイフは、心臓の位置を貫いていた。

片平医師が人を掻き分けながら近づき、竹之下の首に手を伸ばした。脈を求めて、その指先が首すじを這《は》いまわる。

美由紀は人垣から抜けだし、竹之下に走り寄った。その手首に指をあてる。

やがて、美由紀は片平を見た。片平も、神妙な顔で見返した。

「ご臨終だ」と片平が告げた。

竹之下巡査長は、殉職した。苦痛に歪《ゆが》んでいた表情筋も弛緩《しかん》し、眠るように息をひきとっていた。

「巡査長……」志摩の震える声がきこえた。「そんな……」

事態を見下ろす誰もが無言だった。

美由紀も、言葉ひとつ見つけられなかった。

彼になにを告げればいいというのだろう。突如として途切れてしまった人生に、哀悼の意などなんの意味を持つだろう……。

虚しさを噛《か》み締めるしかなかった。気づいたときには、視界が揺らいでいた。頰を流れ落ちる涙を、美由紀は感じた。

ナイフで切りつけられて負傷した白人、刈り上げた金髪の男が、腕をかばいながら立ちあがろうとしていた。

何かをせずにはいられない心境だった。美由紀はその男に手を貸した。

「ありがとう」男は痛みを堪《こら》えるように、歯を食いしばりながらいった。訛《なま》りのある日本語だった。「それに、すまない……。俺の連れが、多くの人を刺した。警官の彼も……」

アクセントの特徴からアメリカ人だとわかる。美由紀はつぶやいた。「あなたのせいじゃないわ」

「……きみ、どこかで会ったかい？　見た顔だ」

「よくいわれるわ。わたしは岬美由紀。報道でよく顔写真がでたから」

「ああ、そうか……。軍の機関紙でも見たよ。僕はマイケル・ローレンソン、横須賀基地に勤めてる」

軍人らしい二の腕ではあった。だが美由紀は嫌悪を感じ、すぐに手を離した。

青い目が困惑したように見つめてきた。「どうかしたのか？」

「いえ」と美由紀はいった。

彼に罪がないことはわかっている。それでも、在日米軍の人間を仲間と見なすことに抵抗がある。須田《すだ》知美をあんな目に遭わせ、いままた竹之下の命を奪った米軍兵士には……。

床に投げだされた拳銃。まだ銃口からうっすらと煙の立ちのぼるその銃を、志摩が拾いあげた。

志摩は目を真っ赤にしてささやいた。「これが忘れ形見でしかないなんて……」

忘れ形見でしかない。志摩がいわんとした言葉の意味に気づき、美由紀は重苦しい気分になった。

たしかにそれは、もうただの遺品でしかない。武器としては使えない。残っていた弾はすべて撃ちつくされた。

ブルジョワ、そしてジェントリを倒す手段はない。望みは絶たれた。現時点では、生きてここから出られる可能性はない。

指導者

ほんの六十数年前、東京は火の海に包まれた。焼夷弾《しょういだん》による爆撃で十万人が犠牲になったとされる。驚異的な復興と平和によって、現代人にとって戦場は歴史の一ページにすぎなくなっていた。

いまその悪夢は蘇《よみがえ》った。数千人が地獄に投げこまれた。死者で溢れかえる一帯に、わずかな隙間を見いだして腰を下ろし、ぼんやりと虚空を見つめる人々。死臭はもはや環境と化しつつある。泣き声と負傷者の呻《うめ》き声のほかには、構内に響く音もない。

美由紀は志摩巡査とともに、その惨状のなかを歩いた。涼平も黙って歩調を合わせている。片平医師は十メートルごとに、その地域の医療班長を指名していった。重傷者は優先して救済にあたること。ただし、包帯もモルヒネももう底をついている。できることといえば、ボロ布で傷口を押さえ、とめどなく額に湧きでる汗をぬぐってやることしかない……。

ふいに弁護士の川添が駆けだした。

行く手の壁にある黄色のボックスに、ランプが点灯していたからだった。

川添は目のいろを変えてボックスの扉を掻《か》き毟《むし》るように開けた。なかから、コイル状のコードで連結されたリモコンのような物体をつかみだす。

それをいじっていると、構内にノイズが響いた。川添は眉《まゆ》をひそめて、物体に口を近づけ、息を吹きかけた。

籠《こ》もったような音が辺りに轟く。

「なんだ」川添は吐き捨てた。「ただのマイクかよ」

だがそれは、人々に情報を伝えるには最適なツールだった。美由紀が足を速めたとき、志摩はもう駆けだしていた。

「貸してくれ」と志摩は川添からマイクを受け取った。スイッチを入れて、志摩はマイクに告げた。「中野警察署の志摩といいます。みなさん、どうかお聞きください」

その声は辺りに反響した。スピーカーは機能している。この長く延びる避難通路の全域に、声は届いているに違いない。

志摩は咳《せ》きこみながらいった。「まず重要なことをお知らせします。核戦争は起きていません。目的は不明ですが、私たちは全員、恒星天球教というカルト集団のテロに巻きこまれたのです」

群衆は静まりかえった。表情を凍りつかせてこちらを見やる、無数の疲弊しきった顔があった。

「次に」志摩はつづけた。「滑り台を降下して侵入してくる殺戮《さつりく》者たちについてですが、彼らは脳の切除手術を受けた恒星天球教の幹部で、イリミネーターと呼ばれています。身体のどこかに四ケタの数列が刺青《いれずみ》で彫ってあるはずです。その冒頭にPの表記があったら、これはプロレタリアートのイリミネーターと判断し、刺青の部分をつまんでください。すると彼らは額の手術痕《こん》に貼りつけた爆薬を点火させ、みずから命を絶ちます。くれぐれも爆薬を直接いじらないでください、危険です。そして、Pの表記がなければ、そのイリミネーターはブルジョワもしくはジェントリという部類であり、いま申しあげたような撃退法は通用しません。どうすればやっつけられるのか、まだ判明してません」

恐れおののく人々のなかから、ひとりのうわずった声が響いてきた。「確かな話なのか？　誰の情報だ？」

「……いまここに、岬美由紀さんがおられます。ご存知のように、元航空自衛隊のパイロットであり、友里佐知子の東京湾観音事件を解決に導いた、勇気ある民間人です」

どよめきが辺りにひろがった。美由紀も、緊張に全身をこわばらせた。

間髪をいれず、志摩は告げた。「あらかじめ申しあげておきますが、彼女がここにいるのは偶然にすぎません。恒星天球教は彼女を狙っているわけではなく、私たち全員に対し無差別な殺人をおこなおうと画策しています。岬さんの存在は、私たちにとって歓迎すべきことです。無事にここから出られる可能性はきわめて高いのです。決してあきらめてはなりません。では、岬さんに交代します」

困惑する美由紀に、志摩はマイクを差しだした。

それを受けとろうとすると、志摩はそっとささやいてきた。「絶対に謝らないでください」

「え？」と美由紀は小声できいた。

「人々に対し、ごめんなさいとか、申しわけないとか謝罪の意を表さないでください。ここで起きているすべてが、あなたのせいじゃないってことをわからせねばならない」

「でも、わたしは……」

「いいですか、岬さん。私は警察官としての職務に背いている。恒星天球教についてあなたが何を知っているのか尋ねていないし、あなたがなぜここにいるのかも知らない。聞いている場合じゃなかったってこともありますが、竹之下巡査長があなたは味方だといった。

だから私もそう信じます」

「……わたしがターゲットにされた可能性を否定しきれないのに？」

「そのようなことは口にしないでください。人々がこんな目に遭っているのがあなたのせいだという解釈が広まったら、やがて暴動が起きるかもしれない。乱暴な連中があなたを生贄《いけにえ》にすることで、ここから逃れられると考えるかもしれない。いまは何を優先すべきか、しっかりと胸に刻んでください。犠牲者を最小限に留《とど》め、生存の道を探すこと。私たちの果たすべき使命はそれだけです。違いますか？」

志摩の目に鋭い光が宿っていた。いかなる手段をもってしても曲げられることのない意志の強さ。上司を失い、表情も言葉づかいも別人のようになっていた。

重い責務を背負った。彼はそう自覚している。わたしも、動揺をひきずっている場合ではない。美由紀はそう思った。わたしは人々を導かねばならない。

マイクを受け取り、美由紀は群衆の前に立った。

遠巻きにこちらを眺める人々のなかには、赤ん坊を抱いた母親もいた。いま、その赤ん坊は泣きじゃくっている。カラフルなファッションの十代の少女もいる。誰もが怯《おび》えきっていた。恐怖が絶頂に達し、一見無表情にみえる。けれども、その奥に潜む張り裂けんばかりの緊張と絶望を、美由紀の目は見通していた。

「岬です」美由紀は喉《のど》にからむ自分の声が、構内に響くのをきいた。「公に発表されていることとは食い違う、真実をお伝えせねばなりません。友里佐知子は生きています。ここでの出来事は、友里のしわざです」

群衆はどよめいた。

あわてたようすで志摩がきいた。「確かなことですか？　香港で死んだはずじゃ……」

美由紀は首を横に振り、マイクに告げた。「さっきわたしの携帯電話が一時的に通話可能になり、友里が語りかけてきました。紛れもなく、彼女本人の声でした」

人々のあいだから嗚咽《おえつ》が漏れだした。もう駄目だ、そんなつぶやきが聞こえてくる。両手で頭を抱えて座りこむ男の姿もあった。

凶悪犯が生存していて、この場の主犯格だと聞かされ、わずかな希望さえも潰《つい》えたと感じるに至った。群衆の反応はやむをえないものだった。

美由紀はためらいを覚えた。東京湾上空で友里を仕留めきれず、逃がしてしまったのはわたしだ。あのとき決着をつけていれば、大勢の人が死なずに済んだ……。

志摩の憂いを帯びた目を、視界の端にとらえた。謝ってはいけないと彼はいった。謝罪は口にできない。さらなる混乱を誘発する恐れがある。実際、口先だけの詫《わ》びなど、人々にとってなんの意味も持たないだろう。行動こそがすべてだ。それしかない。

「けれども」美由紀はマイクを通じ、人々に呼びかけた。「友里の目的がなんであるにせよ、その計画は頓挫《とんざ》しつつあります。地上で核爆発があったという偽の情報でわたしたちの希望を絶とうとしましたが、これは事実に反しているとあきらかになっています。いまごろ外では、警察や消防がわたしたちを救出しようと全力を挙げているでしょう。最後まであきらめないでください。わたしたちはみんな、生きて地上に戻るんです。そのためにも、助けあわなきゃいけません。身体の動く人は、一致団結してイリミネーターの襲来に備えてください。それと……構内の酸素の残量もわずかです。給気ファンを動かして、空気をいれなければなりません。山手トンネルの構造に詳しい方はおられませんか？　設計に関わったとか、お勤めの会社か工場が装置の一部を手がけたとか……」

人々から返ってきたのは静寂だけだった。

トンネルの詳細がわからなければ、事態を打開することはできない。わたしは山手トンネルについて、新聞記事に書かれていたことぐらいしか知らない。給気ファンが停止している原因の究明には、専門家の知識がないと……。

そのとき、トンネルの奥のほうでなにか声がした。

別の男の声が反響する。さっきの男よりは大きな声だった。どうやら、聞こえる範囲にいた別の人が、発言を反復して伝えてきているらしい。

美由紀から見える距離にいる男が、こちらに怒鳴ってきた。「そんなに詳しいわけじゃないが、工事の下請けしてた会社に勤めてたってよ」

「じゃあ」美由紀はマイクにいった。「こちらに来て助言していただけませんか？　どうかお願いします、一刻を争うんです」

しばらくのあいだ、沈黙だけが辺りに漂っていた。

やがて、遠方がざわつきだした。うごめく人影がある。こちらに向かう誰かのために道をあけているらしい。

人垣を掻《か》き分けて現れたのは、作業着姿の背の低い男だった。年齢は五十代後半から六十歳といったところか。皺《しわ》だらけの顔、顎《あご》には無精ひげを生やしている。

男は、少しばかり距離をおいて立ちどまった。やぶにらみの目でこちらを眺めるさまは、こちらを信用しきれないという猜疑《さいぎ》心に満ちていた。

川添弁護士がつぶやいた。「なんだか卑屈さをのぞかせた男だな。本当に工事の下請けに勤務してたのか？」

「真実よ。顔をみればわかるわ」美由紀はそういって、作業着の男にきいた。「お名前は？」

「笠松《かさまつ》。……笠松章平《しょうへい》。犬塚《いぬづか》工務店ってとこに勤めてた」

「犬塚工務店?」

「三菱地所とか、竹中工務店から仕事を貰《もら》ってて……。足場関係だけ組ませてもらってるところだけど」

「足場」川添が吐き捨てた。「話にならん」

美由紀は片手をあげて川添の小言を制すと、笠松にたずねた。「このトンネルの掘削現場でも働いた?」

「まあ、全部じゃないけどね……。二年前にシールド区間を掘ってるときに、足場の建設とバラシをやったんで」

「給気ファンについて知ってることは?」

「直接見たことはねえけど、図面で位置は教えてもらった。要町《かなめちょう》に中落合、上落合、東中野、本町、西新宿。どれも排気塔から七十メートルぐらい離れた場所にあって、この避難通路っていうか、通常は給気ダクトなわけだけど、ここへ風を吹きこませる。で、上のトンネルに横流方式で新鮮な空気を送りこむ」

「給気がおこなわれていない理由はわかる?」

「ひとつもファンがまわってねえし、電気集塵機《しゆうじんき》も動いてるようすがねえからな。電源が落ちてるんじゃねえのか。非常灯と自販機とマイクとスピーカーは同じ系統だけど、あとは別個だからな。その一系統を残して全部ダウンしちまってるんだ」

「ってことは、配電系統図を見たことがあるのね？」

「ああ。電源を一括管理してる場所がある。上落合のあたりだったかな」

それだけ知っていれば、このトンネルについて少なくともわたしたちよりは造詣《ぞうけい》が深いことになる。

美由紀は笠松にいった。「こちらに来て。これからその上落合にある設備に行かなきゃ。あなたも同行してほしいの」

笠松はぶつぶついいながら歩み寄ってきた。なんでえ。あっちに行くのなら、こっちに走ってくる必要なかったじゃねえか。

志摩巡査や片平医師らは、一様に眉《まゆ》をひそめた。涼平も不審そうなまなざしを笠松に向けている。

だが、美由紀は笠松に疑わしい点はないと気づいていた。態度の悪さは、性格の良し悪しにはさほど帰結しない。眼輪筋が収縮していても頬筋が左右対称なのは、人の役に立てる喜びを感じている証《あかし》だった。

薄い酸素濃度のなかで、鈍りがちになる思考を必死で働かせながら、美由紀はほかに必要なことは何かを考えた。

危機的状況に対応するためのチームは編成されつつある。その一方で、友里佐知子の目的が何だったのか、動機面も推測せねばならない。

友里たちは国土計画局の特殊調整課に勤務する人物を殺し、その妻と娘も殺害しようとした。国土計画局といえば、当然ながら国土交通省の内局だ。

しかし、特殊調整課とは何を受け持つ部署なのだろう。

美由紀はマイクに告げた。「もうひとつだけお願いがあります。国土交通省に勤務しておられる方、もしくは出入りしておられる方。おられませんでしょうか。知恵をお借りしたいんですが」

相山清人《あいやまきよと》はびくっとして、前に立っていた人の陰に隠れた。

岬美由紀という女は、ここから小さく見えているにすぎない。距離にしても五十メートルはあるだろう。彼女が俺の存在に目をとめる可能性はごくわずかだ。

けれども、千里眼とさえ呼ばれるほどの女だ。俺の本心、そして素性に気づかないとどうしていえるだろう。

五十一歳になる相山は、その人生を国家公務員ひと筋に捧《ささ》げてきた。バブルの蜜《みつ》こそ吸いそこなかったが、国土交通省勤務となってからは港湾局船員政策課雇用対策室長という肩書きも得て、それなりに順調な暮らしを送ってきた。結婚をして子供もできて、家のローンも定年前に完済できる見込みがついた。同じ国土交通省でも、道路特定財源に関してなにかと叩《たた》かれることの多い道路局とは違って、経費の締め付けもさほどない。

こんなところに閉じこめられること自体がなにかの間違いだ。そう信じて、ただ無事に出られることだけを念頭に置きおとなしくしてきた。ところが、いまになって岬美由紀は、国土交通省の人間に用があるという。

彼女が何を望んでいるのかはわからない。山手トンネルの工事や管理に港湾局は関わっていないし、中央省庁再編よりも前の運輸省時代に計画された工事だけに、当初の責任者のほとんどは定年退職して天下り先の企業で甘い汁を吸っている。

いわば、絶対的な責任者もしくは部署はもう存在しない。この事件についても、国土交通省は保安の不備を指摘されるだろうが、だからといって処分を受ける人間など皆無のはずだ。

そのようなときに、わざわざ名乗りをあげて人前にでて、致命的なミスでもしでかしたらどうする。このトンネルで発生したすべては、俺のあずかり知らないことばかりだ。悪いが、関わりたくない。協力を買ってでねばならない謂《いわ》れはないはずだ。

相山は姿勢を低くして、こそこそと岬美由紀から遠ざかっていった。

足もとの死体に蹴躓《けつまず》いて、転びそうになった。なるべく見ないようにしていた死体を直視してしまい、思わず吐き気がこみあげる。

こんなふうにはなりたくない。誰とも関わらず、隅でおとなしくしていよう。救出された後にはうまく説明して、怪我人の手当てに尽力したことにすればいい。うまくすれば、出世にすら繋《つな》がるかもしれない。

パーティー

柏葉絹子《かしわばきぬこ》は二十二歳の誕生日、池袋のカラオケボックスで友人の真奈美《まなみ》が催してくれたパーティーに出席した帰り、唐突にこの地獄に突き落とされた。

卒業論文を早々と書きあげたことや、内定済みの就職先に一転不採用を通知されたこと、日々の生活に一喜一憂していた。それらはすべて過去となった。あるいは、寝ているあいだに見た夢か幻のようだった。

反面、ここで起きていることは現実にほかならない。そう感じている自分がいる。近くに、絹子と同じようにしゃがんでいる男の姿があった。

彼とは今夜、初めて会った。ほんの数時間前、パーティーで真奈美に紹介されたばかりだった。

サッカーの話はついていけなかったが、控えめな喋《しゃべ》り方は好感が持てたし、つきあってみるのも悪くないかな、と思った。

彼は、送っていくよ、といった。絹子はいいと断ったが、同じ新宿方面だったし、彼はスムーズにタクシーをつかまえてくれた。慣れないハイヒールのせいで爪さきが痛くなり、駅まで歩かずに済むのなら、そうしたいという思いがよぎった。

いま、そのタクシーに同乗した彼は、うつむいたままぴくりともしない。さっき覗《のぞ》きこんだときには、目は開いたままだった。瞬きもしないその目は、まるで死んだ魚とうりふたつだった。

怖くなって、それ以来、彼の顔を見ていない。わざわざ覗く気はしない。変化があるはずもなかろう。彼は死んでいるのだから。

斧《おの》を持った無表情な女に、彼は殺された。その女は、周りにいた男たちに番号の刺青《いれずみ》をつままれて、自決した。頭が割れた女の死体は、彼の足もとに横たわっている。

なぜか醒《さ》めきった気分だけがあった。声が嗄《か》れるほど叫び、涙も涸《か》れるほど流した気がする。その後、けだるさと虚無感だけが残った。

人はいつか死ぬ。けれどもその事実を、今晩突きつけられるとは思わなかった。

顔を上げると、近くでふたりの男が言い争っている。ひとりは避難時に偶然、クルマからブレークハンマーを持ちだしていた。こんな事態に陥るとわかっていたら、誰でも武器になる物を手にせねばと思うだろう。

この一帯で、ブレークハンマーを持った男は周りの羨望《せんぼう》の対象だった。もうひとりの男は、その武器を金で買うと申しでたらしい。

「冗談いえ」ハンマーを手にした男が息巻いた。「こんな状況で金なんか何の役に立つかよ」

「生きて外にでられりゃ意味があるだろ。くれよ」

「一万じゃ手は打てねえな」

「このやろう。どこまで足もとを見りゃ気が済むんだ」

小競り合いに周りはなんの反応もしめさない。誰もが生きているのか死んでいるのか、判然としない気分なのだろう。わたしもそうだと絹子は思った。

息が詰まる。実際、酸素が薄くなっているらしい。去年の夏に友達のつきあいで富士山に登らされた日のことを思いだす。あのときもこんなふうに意識が朦朧《もうろう》とした。軽度の高山病だったようだが、再発しているらしい。

しばらく沈黙していたスピーカーから声が流れてきた。今度は岬美由紀の声ではなかった。しわがれた中年のだみ声だった。

「ええと、あのう……。笠松っていいます。トンネルの下請け工事に関わったんで、助言を仰せつかってて……。とりあえず、五十メートルおきにある緑の扉、開けてもらえますか」

マイクで話す笠松という男の姿は、ここからは見えない。岬美由紀も視界に入らなかった。ここは上りのトンネルに入ってさほど距離がない、要町か中落合の地下らしい。岬美由紀たちはトンネルの反対側の出口付近、本町と西新宿の中間あたりにいるという噂だった。見えるはずもない。

しかし、緑の扉は見える。すぐ近くの壁にあった。

何人かの男たちがその扉と格闘していた。開かないぞ、そう叫んで扉を蹴りだしている。

「ええっと」笠松の声はひどくのんびりしていた。「電子ロックなんですけど、その扉だけは、電源が落ちてても手動で開く……はずなんだよな。どうだったかな。ああ、そうだ。ふたつの蝶番《ちょうつがい》のあいだにプラスチックのカバーがあるから、それ外して、小さいスイッチのつまみをNからOにする。で、開くってわけよ」

しばらく男たちは扉に群がり、ごそごそとやっていたが、やがてノブをひねると、扉は静かに開いた。

ざわめきとともに、群衆は立ちあがりだした。

だが、望んでいたものは、その先にはなかった。

通路はない。戸口を塞《ふさ》ぐようにして、飲料水の自販機がおさまっていた。

人々に失望感がひろがったのがわかる。男たちも呆然《ぼうぜん》と立ちつくしていた。

「あ、おい」笠松の声がいった。「そこ。自販機を叩くな。引き倒そうとしても駄目だぜ、自販機の向こうはコンクリートの壁だ。出口じゃねえ。でもマイクと同系統だから電源は入ってるはずでな。サービスエリアにあるのと同じで、こんな状況なら発令所がリモート操作してくれてるだろうよ。無料で飲み物がでてくるはずだ。……あん？　出てこない？　おかしいな。ってことは、発令所は俺たちが閉じこめられてるのに気づいてないってのか？」

とぼけた男だった。けれども、発言はまるで信用ならないというわけではなさそうだった。自販機には明かりが灯《とも》っている。少なくとも、金をいれれば買うことはできるのだろう。

そう思ったとたん、絹子は喉《のど》の渇きを感じた。暑さのせいで流した汗の量は半端ではない。パーティードレスに黒いしみができるほどだった。ほとんど脱水症状だ。

ほかにも同じ欲求に駆られた人たちがいるようだ。ふらふらと自販機に向かって歩きだす者がいる。女が多かった。

さきほど、ハンマーを売るのを拒んだ男は困惑のいろを浮かべている。

「売ってやってもいいぞ」と男は、もうひとりにいった。

「じゃあ、ほら」と相手は一万円札をだした。

「細かいのじゃなきゃ駄目だ。喉が渇いてんだ。硬貨はねえのか」

「俺が飲み物買うのに残しておくさ。ほらよ、一万」

硬貨を寄越せ、と男が財布を奪おうとする。相手は逆にハンマーを持ち去ろうとして、またも両者はもみ合いだした。何すんだ、人間のクズめ。うるせえ、カス。

つきあいきれない。絹子はふたりに背を向け、立ちあがった。自販機の前にできた列の最後尾に並ぶ。

するとそのとき、自販機のわきにある滑り台の周りで、叫び声があがった。

まさか、また……。

その予想は的中した。額に粘土を張りつけたイリミネーターたちが、三人ほどわらわらと散開していく。人に近づくと、斧をふるいだした。

悲鳴をあげて、女たちが逃げ惑う。絹子の前の列はたちまち消滅した。

背後で男の叫びが響いた。

絹子が振りかえると、ハンマーで立ち向かおうとした男が、斧で切り裂かれる瞬間だった。

一万円で買うと申し出ていたほうの男は、四つんばいになって床を這《は》いまわり、必死に逃げまわっている。

しばらくぼうっとそのようすを眺めていると、ふいに絹子の前に、別のイリミネーターが現れた。

鼻の頭にP5328とある。プロレタリアート……。

斧が頭上に振りかざされたとき、絹子のなかに戦慄《せんりつ》が走った。

とっさに飛びのくこともできない。膝《ひざ》が震えて身動きができない。

その瞬間、横から男たちが飛びかかってイリミネーターを突き飛ばした。

仰向けに倒れたイリミネーターの腕を、ひとりが捻《ね》じあげる。もうひとりが鼻の頭をつねった。

数秒が経った。カメラのフラッシュのような閃《ひらめ》きとともに、弾《はじ》ける音がして、イリミネーターの額が砕け散った。

周りでも、続々とイリミネーターが倒されていた。

生存者の男たちは、たくましい二の腕をのぞかせながら、無表情に立ちあがった。浮かない気分ながらも、ひと仕事終わったとでも言いたげなその顔は、返り血に染まっていた。

殺し合いはもう、ごく当たり前の日常と化している……。

絹子はしばし呆然とたたずんでいたが、ふと我にかえり、財布を手に歩きだした。

自販機。ジュースを買わないと……。

すると、男の手がいきなり、絹子の財布を奪った。

なにを……。

抗議する間もなく、ほかの男たちが財布の争奪戦に加わり、自販機前で格闘が始まった。財布から小銭が飛び散った。辺りに転がる無数の硬貨。それを拾おうと、大勢の人々が這いまわっていた。

啞然《あぜん》としながらそれを眺める絹子の耳に、スピーカーの声が聞こえてきた。

「中野警察署の志摩です。自販機で飲み物を買おうとしているみなさんは、順序よくお並びください。極めて深刻な状況下ではありますが、治安を乱してはいけません。他人のお金を奪うことは、犯罪です。水分を必要としている人を優先してください。おひとりさま一本に限ります。例外として、怪我で動けない人には、近くの人がもう一本を……」

聞く耳を持つ者は、少なくともこの区域にはいないようだった。

新たにハンマーを手にした見知らぬ男が、その武器にものをいわせて、次々と硬貨をせしめている。

犠牲者が増えていく。イリミネーターなど現れずとも、殺戮《さつりく》は生存のためのルールとなっていく。

弱者は滅んでいくしかない。動物への回帰。理性は不要なものとなりつつある。

絹子は、パーティーで出会った彼を振り返った。

うずくまるようにしゃがんで、身動きひとつしない彼。さっきと変わらず、ずっとそこにいた。

スカウト

志摩博文巡査はいったん本隊を離れて、壁に備え付けられていた懐中電灯を手にしてトンネルの奥を視察しにでかけていた。

通路はまるで防空壕《ぼうくうごう》のようなありさまだった。どこまで行っても負傷者と死体がひしめきあう空間がつづく。聞こえてくるのは咳《せき》と呻《うめ》き声、ほかにもの音はない。

床にうずくまる人々を照らしながら歩を進めていくと、白衣にヘルメット姿の痩《や》せた男が目に入った。

救急隊員だった。すぐ近くにもうひとりの隊員がいる。彼らは担架を床に置き、その上に患者をひとり寝かせていた。

患者は若い女。大きく膨らんだ腹部を両手で抱え、さも辛《つら》そうな表情を浮かべている。

「彼女は？」と志摩はきいた。

隊員のひとりが告げた。「長瀬寿美子さん。妊娠三十週目で、一一九番通報で産婦人科に搬送中だったんです」

「だいじょうぶなんですか」

応じたのは妊婦の寿美子だった。「ええ。横になってればなんとか……。周りはひどい状況みたいだけど、どうしたの？　戦争でも始まった？」

ため息とともに隊員が志摩にささやいた。「詳しくは知らせていないんです。私たちがなんとか守ってあげてる状況ですが……」

「あなたの名は？」と志摩は隊員にきいた。

「私は龍田祐樹《たつたゆうき》。彼は翠原広茂《みどりはらひろしげ》。豊島消防署勤務で、救急救命士です」

「よし、龍田さん。なにか手助けしてほしいことがあるなら……」

「山ほどある、といいたいところですが、この状況ではね。救急車が山手トンネルに入って、あとしばらくで西新宿だと思った瞬間、崩落が起きた。避難用エレベーターも動かなかったし、ストレッチャーじゃ滑り台も通れないから、なんとか担架と患者、現場携行資機材を詰めこんだバッグだけ持ちだしました。ここで打てる手はすべて打ってますよ」

志摩は龍田の足もとを照らした。反射材のバッグの口が開いて、聴診器や血圧計、チューブ、人工呼吸用マスクなどが覗《のぞ》いている。

「薬や包帯はありますか？」と志摩はたずねた。

龍田は首を横に振った。「怪我人に使えるものはすべて周りに提供して、とっくに底をついてます。高規格救急車にはいろんな設備が整ってて、三角巾《きん》や毛布もいくらか積んであったんですが……。上に取りに行けませんかね？」

「あのイリミネーターの類《たぐ》いがうようよしてるトンネルに？　論外ですよ。第一、滑り台を這《は》いあがりでもしない限り、この避難通路からは戻れない構造になっているんです。避難中に貴重品を取りに戻る人が出ないようにするためだとか」

「……そうか。仕方ないですね」

志摩は寿美子に目を向けた。「お子さんの具合は？」

「さかんに動いてるわ」寿美子は力なくつぶやいた。「すぐにでも外に出たがってるみたい」

翠原が寿美子に穏やかに語りかけた。「決して焦らないでください。出産のときを迎えたら、私たちが全力でサポートします」

「ええ……。そのときはお願い」

心苦しさを抱きながら、志摩は龍田に小声でいった。「彼女とお腹の子も大事ですが、いまはほかの大勢の命も危険に晒《さら》されてます。給気ファンを動かすために力を貸してほしい」

龍田は険しい顔になった。「ここを離れるわけには……」

「わかってます。でもしばらくのあいだなら、ひとりが彼女についていれば安心でしょう。救急救命士の方がひとり加わってくだされば助かります。それに、こちらには医師もいます。あとで彼女を診てもらうこともできると思います」

「産婦人科の先生ですか？」

「整形外科とかいってました」専門外だとは思いますが……」

しばし黙りこくっていた龍田は、ゆっくりと立ちあがった。

「わかりました」と龍田はうなずいた。「私が同行します。でも、ファンが動きだしたら、それ以上のお手伝いはできませんよ」

「ありがとう。よろしくお願いします」

「翠原」龍田はもうひとりの隊員に告げた。「彼女を頼むよ」

「どこに行くんだ？」

「新鮮な空気を送りこむんだよ。寿美子さん、正しい呼吸法を忘れないでくださいね。このにおいもやがて消えるでしょうから、落ち着いて休んでいてください」

「ええ……」寿美子はつぶやいて両目を閉じた。

行きましょう、と龍田が歩きだした。

志摩は後に残された妊婦と隊員をちらと振り返り、かすかな罪悪感を覚えた。本来ならここにいる全員が、新たな生命の誕生のために力を貸すべきだ。しかし俺は、その場からひとつの力を奪ってしまった。

フェアプレー

美由紀は山手トンネルの下にある避難通路を、西新宿から三キロほど戻った上落合の辺りにいた。一緒に寄り集まっているのは、給気ファンを作動させるために組織された男たちだ。

警官の志摩と彼が連れてきた救命士の龍田。医師の片平。それに日向涼平。そこまでは頼りにできる。けれども、弁護士の川添と在日米軍兵士のマイケル・ローレンソンのふたりへの信用度は低かった。川添は悪い人間ではないと思われるが、非協力的だった。ローレンソンのほうは積極的な協力の意志をしめしてはいるが、美由紀の嫌いな職業に就いている。

「職業差別かい?」とローレンソンは口をとがらせた。「基地の人間は国民に嫌われる運命にあるけど、あの岬美由紀さんもご同様とはね」

「差別はしてないわ」美由紀は陰鬱《いんうつ》な気分でいった。「あなたの階級は?」

「少尉だよ。キャンプ座間《ワン・オー・ワン》への出向がほとんどだけどね」

「デスクワークが主体でも、いざとなったら人を殺す訓練は受けてるでしょ？」

「……それは自衛官も同じだろ、ミユキ？」

ファーストネームで呼び捨てにするのが彼らの習慣と知っていても、そう呼ばれることに若干の抵抗がある。わたしは彼と、馴《な》れ合いたいとは思わない。

作業着姿の笠松が咳払《せきばら》いした。「おふたりさん。俺の説明を聞く気があるんかね？」

美由紀はあわてて笠松に告げた。「ええ。もちろん。つづけて」

一行を前に、トンネル内の配電の仕組みについて解説する役割を負っていた笠松は、自分が無視されたことを快く思っていないようだった。「嫌なら辞めるぜ？　あとは勝手にやんな」

「ごめんなさい、笠松さん。わたしたちは、あなたを信頼してるわ。それで、メンテナンス用通路はここからでもいけるのね？」

ちっと笠松は舌を鳴らした。「あんたみたいな美人に聞かれちゃ、答えないわけにもいかないな。さっきも言ったように、ここ上落合の自販機スペースだけは背面にハシゴが設けられてる。外には出られねえが、換気所のメンテナンス用オフィスに通じてて、そこから人がひとり潜りこんで進めるだけの太さのチューブが二本伸びてる」

「ここより地下に潜るの？」

「いや。トンネルの外部を走るチューブを上るだけだ。このトンネルはシールド工法で掘られてるから、文字通りここ避難通路が最も深いところってわけでな」

「でも下を走ってる地下鉄もあるのよね？」

「よく知ってるな。東西線と丸ノ内線、京王新線、それに東急田園都市線はここより上を走ってるが、大江戸線と有楽町線は下にある。でも一部の区間にすぎねえし、トンネルのほとんどにおいて避難通路こそが最下層だ。だから上るんだよ、上へな」

川添が口をはさんだ。「そこからほかの場所へは行けないのか。外は無理でも、下り方面のトンネルに出られるとか、排気塔に登れるとか……」

「弁護士さんよ。冗談いっちゃいけねえよ。排気塔ってのはな、電気集塵機《しゅうじんき》で浮遊粒子状物質《SPM》を八割カットして、低濃度脱硝装置で二酸化炭素を九割減らしたうえで、排気塔から上空百メートルまで一気に噴きあげる装置だぜ？　辺りの空気が汚染されないように、空高く舞いあげるんだよ。あんた、鳥になって飛ぶつもりかよ？」

ローレンソンが苦笑ぎみに吹きだすと、川添はむっとした顔で視線を逸《そ》らした。

「でも」美由紀は笠松にきいた。「いまはそこも停止してるんでしょ？」

「排気ファンが動いていないからって、塔の内部を登ることはできねえな。高さは四十五メートルもあるし、ハシゴの類《たぐ》いもねえからな。だいいち、こっちからは電気集塵機の向こうへは行けねえんだ」

「そうなの……」

「悪いことはいわねえ、欲をかかないで給気ファンを動かすことに専念しなって」

「わかったわ。それで、さっきあなたは大本の電源がおちてるって言ってたけど……」

「電力管理室はここの排気システムに近くて、そっち方向へのチューブから行ける。ただし、もし主電源が切れてるだけだったとしても、それを戻したからってすべての機能はオンにはならねえ。個別にスイッチをいれてやる必要がある」

「給気ファンのほうにも電源があって、それをオンにしなきゃいけないってことね」

片平医師がいった。「足場を組んだり解体したりの業者だったわりには、やけに詳しいね」

「理由を知りたいか？」笠松は片平を見つめた。「俺たちだけじゃなく、アスファルトを搬入する連中や清掃業者までも、排気ファンと電源の因果関係についちゃしっかり知らされてた。なぜなら、ファンの近くにいるときに電源が入ったら、たちまち吸いこまれて集塵機と脱硝機でズタズタにされちまうからだ。悲鳴をあげたところで消音装置のせいで誰にも聞こえない。塵《ちり》になって排気塔から噴き上げられて……」

「千の風になるわけだ」聞きなれない男の声がいった。

美由紀は振りかえった。円陣のすぐ外、床にしゃがみこんでノートパソコンを操作する、三十代の男の姿があった。

ラフな服装、眼鏡をかけたその男は、一見して秋葉原で見かけるようなタイプだとわかった。異質なのは、その態度だ。怯《おび》えきった人々のなかで、彼ひとりは飄々《ひょうひょう》とした態度を貫いている。

男は鼻歌を口ずさみだした。千の風に。千の風になって……。

「おい」救命士の龍田がいった。「不謹慎だろ」

「はあ?」男は顔をあげた。「この期に及んで言葉狩りかい?」

美由紀は男にたずねた。「なぜわたしたちの近くにいるの?」

「さあね。さっきそこにいるお巡りさんが、建築あるいは電気関係のエキスパートか医療の専門家を求めてますって周囲に呼びかけてただろ? だから来てみただけだよ」

「どんな専門職なの?」

「工学部を出てるってだけなんだよ。いまは特に職には就いてない」

「ふん」川添が鼻を鳴らした。「ニートがなんの役に立つんだね」

すると男は顔をあげた。「ここじゃ誰もが外にでられない引き籠《こも》りだろ? 平等ってことだ」

美由紀は男の表情を観察した。ぼさぼさの髪と眼鏡のせいで冴《さ》えない風体に見えるが、じつは整った顔だちをしている。目つきも鋭かった。視線が泳いでいるようにも思えたが、そうではない。眼球の運動ひとつにすら無駄を嫌い、常にパソコンのモニターを視界の端に留めているらしい。

鼻歌をつづける男に対し、美由紀はいった。「力を貸してくれるのなら歓迎するわ。あなたの名前は?」

「石鍋良一。ちょっと待っててよ、いま計算してるところだから」

「なにを計算してるの?」

「人が殺される頻度。何分にどれだけの割合で、どんなふうに死んでるか。見える範囲のデータを打ちこんで、時間軸に照らし合わせて確率や密度を調べてる。これほど興味を惹《ひ》かれる分析テーマはないよ、自分の生き残る可能性がどのていどあるのかが算出されるわけだからね」

「……冗談でしょ?」と美由紀はモニターを覗《のぞ》きこんだ。

だが、解析ソフトに表示されたグラフィックは、石鍋の説明を裏付けるものだった。時間の経過とともに避難通路をしめす図に増えていく点滅。死体を意味しているに違いなかった。時間の経過とともに点滅は画面を埋め尽くしていく。びっしりと隙間もないほどに……。

「わかる?」石鍋はにやにやしながらきいた。「ひとりの人間の心臓が一日に送りだす血液の量はのべ八トン。体重四十キロの人の血液は三リットル。全員が殺害されたら、四キロに及ぶこの避難通路には最深部で二十センチの深さの小川ができるね。血の川だけど。ああ、そうか。今後も出てくるイリミネーターの死体から流れる血も加わるわけだ。そうすると、もうちょっと増えるわけか。どう算出しよう。イリミネーター出現の頻度に成人男性の血液量を加えて……でも彼らは切り裂かれるわけじゃなく頭を破裂させるだけだからね。ひとりあたり、どれくらいの流出量になるかな」

「やめんか」片平が一喝した。「周りを見ろ。自分がどれだけ非常識なことを言っているのか、理解できんのか」

「はて」石鍋は辺りを見まわした。「なにかまだ見落としているかな。おおよその数値に換算できそうなデータは、すべて拾ったと思うけど」

「石鍋さん」美由紀は複雑な思いとともにいった。「研究は自由だけど、いまはほかの人にも配慮してほしいの……。人々のために役に立つことはできない? そのパソコン、ネットにつなげられない?」

「あいにく、モバイル用の周辺機器は持ち合わせがなくてね。無線LANには対応してても、ここには電波もきてないし」

「それなら、わたしたちが全滅してしまったときのために、ワープロに記録を残しておくとか……」

「岬さん。これは僕のパソコンだよ？　バッテリーの残量をどう使うか、僕がきめる」

「……わかったわ。どうぞごゆっくり」美由紀は石鍋に背を向け、円陣に戻った。「主電源を入れたあと、排気と給気のスイッチに向かう段取りね」

笠松がいった。「いくつか問題がある。まずスイッチをいれるタイミングだ。給気を先にいれて、正確に三十秒後に排気をオンにする。どちらか一方しか入らなかったら、安全装置が働いて停止しちまう。これはトンネル内の気圧を維持するために必要なことらしくてな。ふたつのスイッチは離れた場所にあるから……」

「最低ふたり必要なわけね」

「問題はそれだけじゃねえんだよ。たしか上りトンネルからはメンテ用オフィスに繋《つな》がる、一方通行の通路がある。扉の把《と》っ手《て》がオフィス側にはなくて、トンネル方向には出られないが、向こうからは入れるんだ」

「え!?　ってことは……」

「あのイリミネーターだっけ？　額に妙な塊をつけたゾンビどもが侵入し放題ってわけだ

な」

一同の表情が曇った。

川添があわてたようすで告げた。「私は行かないぞ。そんなところに出向く必要がどこにある」

米軍兵士のローレンソンが顔をしかめた。「いまさらそんなことを……」

「行くか行かないかは任意のはずだ。死の危険がつきまとう以上、どう行動するかは個人の自由だ」

「先生」志摩巡査がぼそりといった。「二箇所あるスイッチをいれるために、私たちは二手に分かれねばなりません。現状で、私たちは八人です……」

誰もが沈黙するなか、川添も困惑ぎみに口を閉ざした。

ひとり減って七人になったのでは、誰もが四人のグループに属することを希望するだろう。三人のほうに加わりたがる者は皆無のはずだ。悪くすればボイコットにつながるかもしれない。かといって偶数にこだわり、ふたりを削減して三人のグループをふたつ作るのでは、戦力の低下は否めない。

死地に赴くことを恐れない者はいない。それぞれの表情に、恐怖を必死で抑制しようとする葛藤《かっとう》の片鱗《へんりん》が浮かびあがっている。美由紀は辛《つら》い気分になった。

でも、彼らの助けなくして目的を果たすことはできない。

川添はふいに、美由紀を見つめてきた。「それなら、あんたと一緒のグループに入りたい」

「え……？」

「あんたと一緒じゃなきゃ行かん」

「先生」涼平がつぶやいた。「そんな我儘《わがまま》は通らないよ？」

「何をいうんだ。四人ずつに分かれるというのなら、せめてそれぐらい……」

涼平は真顔で声を荒らげた。「僕たちは全員が岬さんのいるほうのグループになりたいと願ってる。それじゃあ永遠にメンバーを決定できないじゃないか」

美由紀は困惑とともに、涼平の横顔を見つめた。

瞳《ひとみ》が潤んでいる。わたしと離れたくない、そう願っていることが表情から読み取れる。

もちろん、わたしだって彼とは……。

男たちが口論を開始したとき、ふいに笑い声をあげる者がいた。

石鍋だった。

「わかりますよ」と石鍋はにやつきながらいった。「分析するまでもなく、岬美由紀さんのおられるグループのほうが生きて帰る確率が高いでしょうからね。それがこの世界のセオリーってもんです」

「貴様」川添は怒りのいろを漂わせた。「傍観者を気取ってないで、なんらかの貢献を果たしたらどうだ。なんなら替わってやる」

「貢献……?」石鍋はふいに真顔になった。「なるほど、貢献ね」

胸ポケットから手帳を取りだすと、石鍋は白紙のページを次々と破りとった。

「なら」石鍋はつぶやいた。「僕がクジを作ってあげます」

全員がしんと静まりかえった。

クジ。きわめて公平な判断。

異議を申し立てることなど、もうできない。ドロップアウトも許されない。そんな張り詰めた空気が漂っていた。

二班体制

ほどなく八人のグループ分けは決定した。

便宜上、主電源と排気スイッチの担当をA班、給気スイッチの担当をB班と呼ぶことになった。

A班は笠松、志摩、片平、ローレンソン。B班は美由紀、川添、龍田、そして涼平だった。

川添のこわばった顔には、かすかに安堵《あんど》のいろが浮かんでいた。A班に見下すような目を向ける。志摩や片平たちは、苦々しげに川添を見返していた。

美由紀にしてみれば、涼平と別れずに済んだことに、ほっと胸を撫《な》でおろさざるをえなかった。

彼は黙々とサバイバルのために戦っている。わたしはそんな彼を、これ以上傷つけたくない。肉体的にも、精神的にも。

イリミネーターの襲撃は、しばらくのあいだ途絶えている。行動を起こすには、いまが最後のチャンスかもしれなかった。

午前一時七分。AB両班のメンバーで、上落合区域の自販機を除去にかかった。戸口のなかにぴったりおさまった機械を、力をあわせて手前に引っ張りだす。

「あ」美由紀はローレンソンにいった。「待ってよ。床板は触らないほうがいいわ。感電注意って書いてあるでしょ」

「どこに?」とローレンソンは眉《まゆ》をひそめた。

「ほら。そこ。目の前に」

「ああ、これかい? あいにく日本語はきちんと勉強したわけじゃないから、読み書きは全然できなくて」

片平が口をはさんだ。「それじゃ車道から避難するときも難儀したろ?」

「さいわい、EXITを意味する漢字だけは、形で覚えていたんだよ。六本足の虫みたいなやつに、三本足でバンザイして走る人、それから真四角」

「なんのことだ?」

美由紀はいった。「〝非常口〟のことでしょ」

「そう」ローレンソンは目を輝かせた。「それだよ。非常口。子供のころから図柄を記憶するのは得意でね。アラビア語も、意味はわからないが文字の形だけ記憶している単語がいくつかある」

疑わしそうに片平は首を振った。「本当かねぇ」

すぐさま美由紀はローレンソンの顔を一瞥《いちべつ》し、片平にいった。「本当よ。嘘はついてない。顔を見ればわかるわ」

大勢の負傷者らがしゃがみこんで見守るなか、作業はつづいた。笠松の説明どおり、自販機は固定されてはいなかった。錆《さ》びついたキャスターのきしむ音とともに、自販機は徐々に前にでてきた。

戸口の上部は自販機の高さとほぼ同じだったが、若干の余裕があった。すなわち、あるていど前にだせば、そこからは機械を前方に倒すことで手っ取り早く侵入口を確保することができる。

自販機のわきを支えながら、志摩がいった。「ここから前倒しにするぞ。片平さん、下敷きにならないよう気をつけてください」

「ああ」片平は正面から両手を伸ばし、機械の上板をつかんでいた。「心配するな、すぐ飛《と》び退《の》く」

「いくわよ」美由紀は告げた。「三つ数えるわ。三、二、一」

満身の力を両手にこめる。体重のすべてをそこにかけた。

ぐらついた自販機は前に傾き、ある一定の角度を超えてからは、みずからの重さで倒れていった。

床にぶつかった自販機が騒々しい音を立てる。

やった、と涼平がつぶやきを漏らした。

けれども、喜びを感じている暇はなかった。

自販機の裏側にふたりの男たちがいた。ひとりは若く、もうひとりは年配だった。額に爆薬をあてていて、手には斧《おの》をぶらさげている。

川添が悲鳴をあげた。「ひいっ！」

イリミネーターが斧を振りかざして行動を開始する。男たちが待避するなか、美由紀は動揺することなくその場にたたずんだ。

美由紀の動体視力は、すでにふたりの刺青《いれずみ》の位置をとらえていた。小さなPの文字も読みとれる。

プロレタリアートとわかれば、尻込《しりご》みする必要などない。

倒れた自販機に足をかけて、勢いよく跳躍すると、美由紀はイリミネーターたちに正面から挑んでいった。ひとりの斧をのけぞってかわし、もうひとりの斧を握った手首を手刀でしたたかに打って防ぐ。

すかさず身を翻しながら、両手の親指と人差し指で中国拳法の月牙《げつが》叉手《さいしゅ》に構えて、左右のイリミネーターの刺青に同時に繰りだした。ひとりは鼻、もうひとりは首すじ。

つねった両手の指を放すと、ほんの数秒静止したイリミネーターたちは、斧で額を小突いて爆薬を破裂させた。弾《はじ》ける音とともに肉片を撒《ま》き散らし、ふたりのイリミネーターはその場に崩れ落ちた。

水を打ったような静寂が、辺りを包んだ。

美由紀はイリミネーターの死体を踏みこえて、戸口を入った。

その狭いスペースはコンクリートの壁に囲まれ、扉はない。けれども、上に伸びる鉄製のハシゴがある。

頭上を見あげると、ハシゴはトンネルの外側に沿って湾曲しながら伸びる狭い通路のなかへと、果てしなくつづいていた。非常灯は一定の高さごとに設置してあったが、目を凝らしてもその先は判然としない。

咳《せ》きこみながら、美由紀は思った。酸素はさらに薄くなっている。もう一刻の猶予も許されない。

「出発ね」と美由紀はいった。

するると、すっかり怖気《おじけ》づいたようすの川添が叫んだ。「お、俺は行かないぞ！　誰がなんといおうと、そんなところを登るものか」

マイケル・ローレンソンが川添の襟首をつかんで、戸口にひきずってきた。「さっさといきな。あんたが二番目だ。文句はないだろ、美由紀と一緒になれたんだからな？」

川添は抵抗のそぶりをしめしたが、相手が巨漢のアメリカ人、それも軍人とあっては歯が立たないと思ったのだろう。すごすごと連れられてきた。

腰の引けている川添をうながしただけでも、ローレンソンがここにいた意義はある。そう思いたい。

美由紀はハシゴに手をかけ、先陣を切って登りだした。行く手に何が待っていようと、わたしはあきらめない。命を落とした人々に報いるためにも、生存者たちを救出する。四倍もの犠牲者などださない。やむなきものと片付けて、希望を見失ったりはしない。

暗闇

結露のせいかハシゴは濡《ぬ》れていて、滑りやすくなっていた。それでも、ゆっくりと登っている暇はない。酸素の薄さは標高四千メートル級の山岳の頂上といったところだった。そろそろ限界だろう。

けれどもそれは、イリミネーターたちにとっても同様のはずだった。彼らも人間だ。酸素濃度の低い場所での活動は、おのずから鈍るはずだった。

トンネルの円周の四分の一ほどを登り、通路はほぼ垂直になった。ハシゴのわきに鉄製の扉で覆われた戸口がある。

ドアノブをひねってみた。鍵《かぎ》はかかっていない。重苦しい音を立てて、扉は開いた。

美由紀は慎重にその戸口へと乗り移った。

扉の向こうは、十畳ほどの広さを持つ部屋状の空間で、明かりは例によって非常灯のみで薄暗かった。窓はなく、モニター設備もない。事務デスクや棚が放置してあった。ごく最近も人が入っていたらしく、口を縛ったゴミ袋がいくつか溜《た》めこまれている。

壁面はコンクリートで、配管や配線が縦横に張りめぐらされている。そして、南と北の壁に、人がひとり潜りこめそうな円柱形のダクトの入り口がある。

部屋の隅にはミニキッチンがあった。蛇口をひねったが、水はでなかった。IHヒーターは、通電すれば使えるかもしれない。あとは大小の鍋《なべ》とヤカン、封の切られた調味料の数々。どれも放置されて久しいらしく埃《ほこり》をかぶっている。

ハシゴを這《は》いあがった男たちが、戸口から続々と転がりこんできた。川添は早速悪態をついていた。スーツが台無しだ、膝《ひざ》がすりむけちまった。

八人がひしめくと、この場所の空気もたちまち不足して感じられる。咳きこみながら、美由紀はデスクに近づいた。

引き出しを開けると、懐中電灯がいくつか見つかった。しかし、スイッチをいれても点灯しない。電池が切れているようだった。

ほかの引き出しを開けてみたが、予備の電池はなかった。

デスクの傍らにあるゴミ袋のうちのひとつは、埋め立てゴミ専用のものだった。それを破って開けてみると、使い捨てられた単一と単二の電池が無数におさまっていた。

美由紀はそれらのいくつかを拾いあげた。

涼平が近づいていった。「どうしたの？」

「せっかく懐中電灯があるんだから、使わない手はないわ」

「その電池はゴミだよ。もう使えないよ」

「どうかしら」美由紀は懐中電灯の蓋《ふた》を開けて、ゴミ袋から拾った電池と交換した。スイッチを入れると、懐中電灯は鮮やかに光った。室内が明るくなると、一同が驚きの声をあげた。

志摩が目を丸くした。「捨ててあった電池が切れてなかったのか？」

美由紀はうなずいた。「正確には、切れて捨てたけど、また復活したってことね。アルカリ電池は無理だけど、マンガン電池のほうはしばらく休ませると回復するの」

すかさず涼平がゴミ袋をデスクの上に載せた。「マンガンだけを仕分けして取りだせばいいんだね？」

「ええ、お願い。たぶん電池一個につき十分か二十分は持つわ」

笠松は棚をあさっていた。幅の広い引き出しには図面がおさまっているらしい。そのなかの一枚を取りだしながら、笠松はいった。「あったぞ、これだ」

そのとき、川添も声をあげた。「こっちもあったぞ」

別の棚を物色していた川添が喜々として獲得したのは、サービスエリアで見かけるような幕の内弁当の箱だった。

片平がため息をついた。「あきれた人だな。こんな状況で飯が喉《のど》を通るのか」

ふんと川添は鼻を鳴らした。「食料を確保したといってほしいね。サバイバルにおける鉄則のひとつだろ。賞味期限を三日ほどすぎてるが、まあ食えるだろ」

龍田が棚に近づいた。「ほかにも残ってるか?」

「あいにくだな」川添は勝ち誇ったようにいった。「この一個しかないんだ。そして、所有者は俺だ」

ローレンソンの目が鋭く光った。「寄越せ」

「馬鹿いえ。こいつは和食だぞ。おまえらメリケンの口には合わん」

ふたりはたちまち争いだした。いいから俺にも分けろ。ふざけるな、地位協定がここで通じると思ったら大間違いだぞ。

美由紀はうんざりしていった。「やめてよ、ふたりとも。仲間割れしないで」

周囲の咎《とが》めるような目つきに気づいたらしく、ふたりは不服そうな顔をしながらも距離を置いた。弁当は川添の両手に抱きかかえられていた。

涼平が美由紀に、十数本のマンガン電池をしめしながら告げた。「これぐらいかな。ほとんどがアルカリ電池だったよ」

「ありがとう。それらを懐中電灯におさめておいて。点灯するのを確認したら、いったんスイッチは切っておいてね」

ゴミ袋が床に下ろされると、すぐさま笠松が図面をデスクの上に広げた。

「見ろよ」笠松が図面を指し示した。「ダクトはトンネルに並行して南北に走ってる。南が給気、北が排気。排気システムに隣りあう場所に主電源を入れられる管理室がある」

美由紀は図面に目を走らせた。「給気へのダクトは三十二メートル、排気のほうへは四十一メートルか……」

「這って進めねえ距離じゃねえよ。もともとメンテに人が潜りこむための空間だからな」

腕時計に目をやって、美由紀はつぶやいた。「十五分後ぐらいにファンを稼動させましょ。一時三十分に、わたしたちB班が給気をオンにするわ」

「じゃ、俺たちA班は、それより早く主電源を入れて、一時三十分三十秒に排気スイッチをオンにする。それでいいわけだな」

「ええ。ところで、給気と排気が復活するのはこの上落合の換気所だけ？」

「いや。スイッチはほかの換気所とも共通だ。給気と排気、それぞれどこか一箇所でスイッチをいれれば、ほかも動きだす」

「よかった」美由紀は声を張りあげた。「みんな聞いて。腕時計を合わせるわよ。一時十四分……。三秒前、二、一」

全員が腕時計をいじった。彼らが一様にうなずくと、美由紀は懐中電灯を涼平から受け取った。いよいよ出発だ。

「じゃ」笠松も懐中電灯を片手に北側の壁に向かった。「達者でな。俺たちのほうがダクトが長いから、さっさと出発するぜ」

「気をつけて」

「あんたらもな」笠松がそういったとき、すでに志摩がダクトに潜りこんでいた。つづいてローレンソン、そして片平。A班は黙々と出発していった。最後に笠松がダクトのなかに消えていく。

しばらくは、ダクトのなかを進む男たちの息づかいや呻《うめ》き声が、事務室のなかにまで反響して聞こえてきた。その音が小さくなっていく。

救命士の龍田が美由紀にささやいた。「僕らも急ぎましょう」

「待てよ」川添が、トンネル側の壁へとふらふらと歩み寄った。「この扉はなんだ?」

入ってきた扉のわきに、もうひとつの扉がある。ドアノブもなく、手をかけることもできない。川添がぐいと押したが、びくともしないようだった。

涼平がうんざりした顔でいった。「川添先生。そいつはさ、さっき笠松さんがいってた

「……」

だがその答えは、言葉のみならず実証されることになった。

扉はいきなり向こうから押し開けられた。額に爆薬を貼り付けた屈強そうな男たちが、室内に踏みいってきた。男たちの服装はまちまちだが、手には共通してエンジン式のチェーンソーが持たれている。けたたましいエンジン音が鳴り響いた。

「ひえ!」と川添が両手で頭を抱えながら逃げだした。

なにかがおかしい、と美由紀は直感した。このイリミネーターたちの歩幅は広く、前進するのも速い。武器も斧《おの》ではないし、視線もうつろではなく、絶えず室内を眺めまわしている。

涼平はイリミネーターのひとりに背後から飛びかかった。うなじに番号の刺青《いれずみ》を見つけたらしい。すかさず指先でその部分をつねった。

ところが、イリミネーターは静止しなかった。

素早く振り向くと、あるていどの重量があるはずのチェーンソーを高々と振りあげ、涼平の頭めがけて振り下ろした。

美由紀はとっさに涼平に飛びついて、転がりながらチェーンソーの攻撃から逃れた。

高速で稼動する刃が耳もとをかすめ、エンジンの放つ異臭を感じる。風圧とともに、切断された何本かの髪が目の前を舞った。

床に突っ伏した涼平をひきずってデスクの陰に逃げこんでから、美由紀は立ちあがった。

進入してきたイリミネーターは三人、全員が男で、チェーンソーを武器にしている。彼らの入ってきた扉はすでに閉まっていた。

三人は抜け目なく、避難通路につづく戸口を背にした。これで退路は断たれたことになる。

川添は弁当を抱えたまま室内を逃げまわり、結局は美由紀の背後に駆けこんだ。

じりじりと間合いを詰めてくる三人の動きは、これまでのどのイリミネーターとも違っていた。知性が感じられる。重さゆえに遠心力のかかる武器に特有の死角を、互いにおぎないながら獲物を包囲する。

本能だけの行動ではない。意思を失って操られていることに変わりはないが、これが暗示によるものだとすれば、より高度な意識を醸成していることになる。

美由紀はひとりの額に刻まれた刺青に気づき、愕然《がくぜん》とした。

B6032……。Bは、ブルジョワのBに違いなかった。

弱点が明らかでないイリミネーターが、ついにその姿を現した。

無

志摩巡査はダクトのなかを這《は》いながら、現実と非現実の違いについて考えていた。いま、ここで起きていることはすべて現実だ。それなのに、受けいれようとしない自分がいる。ともすれば悪夢か幻、悪い想像にすぎないと思いたがる衝動が湧き起こる。

理由は熟考するまでもない。竹之下巡査長が死んだ。俺が高卒で警察官に採用され、署の地域課に配属された当初から面倒をみてくれた上司。以降、同じ部署に転属することも多かった。

経験豊富な竹之下を、志摩は心底尊敬していた。ゆえに、上司と部下の関係がつづくことに喜びも感じていた。竹之下が人事について働きかけてくれていたのかもしれない。同期のほかの警察官に比べて欠点の多い俺を気遣ってくれたのだろう、志摩はそう思った。

機動隊とは異なり、危険の少ない部署ばかりを転々とした。ラッキーだな、と竹之下が笑っていたのを思いだす。

それらすべては、もはや過去でしかない。巡査長はこの地獄で殉職した……。

「おい」背後から、ローレンソンが訛《なま》りのある日本語でいった。「どうかしたのか。さっさと行けよ」

無意識のうちに、前進が滞っていた。先行した笠松と片平は、もうダクトの出口から抜けだしている。

すまん。志摩はつぶやいて、匍匐《ほふく》前進を再開した。

ダクトから這いでると、そこはコンクリート壁に囲まれた通路だった。前方と左手に鉄製の扉がある。照明は例によって非常灯のみだった。

片平は額の汗をハンカチでぬぐっていた。このなかでは高齢の医師にとっては、過酷な運動だったに違いない。

志摩は片平にきいた。「だいじょうぶですか」

「ああ、心配ない」片平は疲れきった顔でいった。「自分の脈と血圧なら承知してるよ。限界はまだ遠い」

ローレンソンがにやりとする。「心強いですね。ドクターがいてくれるのは助かる。俺にとっちゃ職場より安心できる状況です」

「きみらの基地にも軍医はいるだろう?」

「いることはいるんですが、不必要な手術に踏みきったり投薬ミスを繰りかえしたりで、まるで信用がおけないんです。士官たちはみんな、基地をでて日本の病院に通院してますよ」

「それはいいことを聞いた。横須賀に開業すれば儲《もう》かるかな」

ふたりは控えめに笑いあった。おかしさなど感じていないのは明白だったが、志摩も表情が緩んだことを自覚していた。

現実を忘れさせてくれることなら、ジョークでもなんでも歓迎したい気分だった。ここで起きていることのすべてが冗談のように過剰すぎる。

「さてと」笠松は懐から折りたたんだ図面を取りだすと、それを広げて眺めた。「こっちの扉が主電源のある管理室だな。そしてもう一方が、排気ファンのある……」

笠松はぶつぶつとつぶやきながら、奥の扉に歩を進めた。それを押し開けて、向こう側の空間に踏みいっていく。

そこはドーム型の天井を持った円形の部屋で、かなりの広さがあった。直径は十メートル近くもある。窓はないが、壁面には計器類が埋めこまれていた。そして、奥の壁には数メートルにわたり、間隔の狭い鉄格子が設置されている。

鉄格子の隙間から、巨大なプロペラがうっすらとのぞいていた。黒光りする羽根は静止している。風は感じられなかった。酸素もいっそう薄くなっているようだ。

咳《せ》きこみながら、志摩は笠松にきいた。「これが排気ファンか？」

「ああ、そうなんだが……」笠松は壁に歩み寄り、舌打ちをした。「なんてこった」

「どうかしたのか」

「みなよ、このありさまをよ」

笠松が指し示したのは、壁面のパネルだった。クルマの速度計に酷似した計器が無数に並んでいる。いずれの針も動いていなかった。ランプも消灯し、通電していないとわかる。しかしよく見ると、それらの計器は表面のアクリル製カバーが破壊されていた。鉄製のパネルには縦横に切断された跡があり、スイッチ類は根こそぎもぎ取られている。切断面のなかに目を凝らすと、リード線や銅線、基板も断ち切られているのが見てとれた。

志摩はつぶやいた。「壊されちまってるのか……」

「くそ！」笠松は吐き捨てた。「あの斧を持った馬鹿ども、スイッチの切り方も知らなかったのかよ。ぶっ壊していったんじゃどうしようもねえ」

そのとき、片平が硬い顔をしてささやいた。「斧ではない……」

「あん？　なんだって？」

片平はパネルにそっと指先を這わせた。「斧で金属の板をこんなふうに切断できるか？しかも断面が黒くなってる。焦げてるんだ」

ローレンソンも険しい顔になった。「熱を帯びてたってことか？」

笠松はパネルを見つめていたが、やがて神妙にうなずいた。「そうに違いねえな。電動式の工具を使ったんだ」

パネルは扉状になっていて、スライド式の閂《かんぬき》をずらすことによって開けられた。笠松はパネルを開け放ち、なかを覗《のぞ》きこんだ。

「懐中電灯、あるか？」と笠松が志摩を振りかえった、その瞬間だった。

ふいにバイクのエンジンをふかしたような、エキゾーストノイズに似た音が辺りに響いた。その音を奏でる物体が、パネルのなかの暗闇から瞬時に突きだされ、笠松の胸部を貫いた。

貫通したチェーンソーの刃は、笠松の背中にその先端を現していた。回転する刃が血液を周囲に撒《ま》き散らす。

笠松はなにが起きたのか理解できないのか、呆然《ぼうぜん》とした表情を浮かべていた。その口からも血が溢《あふ》れる。

チェーンソーの刃は笠松の身体から引き抜かれ、いったん暗闇に引っこんだ。笠松はその場に崩れ落ちた。

開いたままの目が虚空を見つめている。片平の診断を待つまでもなく、笠松が絶命したことはあきらかだった。

なおもチェーンソーの騒音は轟《とどろ》きつづける。機械の奥の暗闇から、それを手にした男がゆっくりとした歩調で前進してくる。

額に粘土のような爆薬を貼りつけている。イリミネーターであることは疑いの余地はない。けれども、どこか異質だった。パネルの向こうに潜んで待ち伏せるなど、従来のイリミネーターたちが見せなかった戦術だ。

まさか、こいつがブルジョワと呼ばれる奴らなのか……?

イリミネーターは排気ファンの部屋に踏みだそうとしていた。

パネルを閉めなければ。この男を機械から外に出してはいけない。

駆け寄ろうとして、一瞬のためらいがよぎった。チェーンソーがうなりをあげている。その武器はパネルをも突き破る……。

躊躇《ちゆうちよ》はそこまでだった。いま手を打たなくてどうする。こんな凶悪な存在を野放しにできるものか。

志摩は叫びながら走りだした。チェーンソーの男が外にでる寸前、パネルをつかんで叩《たた》きつけるように閉めた。

男はパネルの向こうから体当たりし、進路を開こうとしている。志摩は満身の力をこめてパネルを押さえながら、閂をスライドしにかかった。

穴が重なり、閂による施錠は完了した。そう思ったとき、腹部に激痛が走った。

チェーンソーによって胴体を切り裂かれるのは、奇妙な感覚だった。体内のあらゆる筋肉、血管、神経が、引っ張られていると感じる。刃の振動も伝わってきたし、骨が切断された感覚もあった。

直後に襲ってきたのは、嘔吐《おうと》感だった。自分の吐いた霧状の血を、志摩は見た。そしてバランスを崩し、信じがたい方向に転がっている自分の下半身をまのあたりにした。

物体と化して崩れ落ちる志摩の視界に、パネルの切断面から突きだしたチェーンソーの刃があった。

片平とローレンソンの叫び声が耳に届く。

イリミネーターはパネルのなかに閉じこめた。少しは時間が稼げるはずだ。

あとはふたりにまかせた……。

志摩は、急速に意識が薄らいでいくのを感じた。現実と非現実、その境界が消滅していく。両者が渾然《こんぜん》一体となったとき、無だけが志摩を包んでいった。

安全地帯

茅ヶ崎《ちがさき》雪菜《ゆきな》は、来年度の都内私立高校への推薦入学が早々ときまったため、両親とともに埼玉にある母方の実家に報告に行った帰り、この惨劇に巻きこまれた。

雪菜は両親とともに避難通路の壁ぎわに腰をおろし、膝《ひざ》を抱えていた。父が上着を羽織らせてくれている。その父は絶えず辺りに視線を配っていた。母は嗚咽《おえつ》を漏らしながら、しきりに雪菜に頬を寄せてくる。

わたしだって泣きたい、と雪菜は思った。けれども、もう涙はでなかった。枯れてしまったのかもしれない。どうにもならない恐怖がつづくうちに、感覚が麻痺《まひ》しだしていた。騒ぎが起きたら、逃げるしかない。また何十人かが死ぬのだろうが、自分と両親がそのなかに含まれないようにしたい。それしか考えられない。希望をみいだそうと考えあぐねることなんて、とっくに断念している。

同級生の友達はいまごろ、どうしているだろうか。愛華《あいか》や聡美《さとみ》は……。

できることなら、平和を満喫しているであろう彼女たちの暮らしと、不安の極致にいるわたしを立場ごと入れ替えてしまいたい。そう望むだけの謂《いわ》れがわたしにはある。わたしは、いままで耐えた。死の不安に怯《おび》えながらも正気を保った。もう充分なはずだ。

けれども、雪菜の願いは受けいれられなかった。

しばし静寂を保っていた避難通路に、また喧騒《けんそう》が沸きおこった。

滑り台から姿を現した男たちに、人々は激しく動揺し、叫びをあげて逃げまどった。耳をつんざくような騒音がその絶叫を掻《か》き消す。金切り音の正体は、襲撃者たちの手にするチェーンソーだった。男たちがチェーンソーを振りまわすたび、悲鳴とともに血しぶきがあがる。切断された腕や脚が、天井高く舞いあがっているのが見えた。

雪菜は恐怖に凍りつき、身じろぎひとつできなかった。

さっきまでの斧《おの》を持った男たちとは違い、チェーンソーの集団の動きは素早かった。まるで草木でも刈りこむように右に左にとチェーンソーを振りながら、辺りに散開していく。

「くそ」雪菜の父が立ちあがった。「あいつら、プロレタリアートって連中じゃないな」

母が悲痛な声で訴えた。「待ってよ、どこに行くの」

「こっちに向かってきてる。止めるんだよ」

「やめてよ。そんなの無理……」

「黙ってろ。やるしかないんだ」父は母にそういうと、雪菜の顔を覗きこんできた。「雪菜。合格したからって気を抜くなよ。一般受験で入ってくるクラスメートに差をつけられないように、春先には勉強しとけ。おかしな男とはつきあうなよ」

「お父さん……」

見慣れているはずのそのまなざし。目尻《めじり》に寄った皺《しわ》は、ずいぶん老けていた。それはすなわち、長いこと父の顔を見ているようで見ていなかったことを意味する。

父はまた母に目を移した。「生命保険会社が破産を理由に支払いを拒んだら、ためらわずに集団訴訟に踏みきれよ。家のローンはそれで払えるだろう。雪菜をよろしく頼む。嫁ぐ日まで、しっかり育ててくれ」

「駄目よ」母は泣きじゃくりながら、父の身体にすがりついた。「どこにも行かないで」

だが、チェーンソーの音はどんどん大きくなっている。行く手を阻もうと果敢に向かっていった人々を切り裂きながら、ひとりがこちらに猛進してくる。

背後を振り返った父は、接近するチェーンソーの男をじっと見つめた。それから母の手を振りほどき、駆けだしていった。

それは、ブレーキを踏むことなく突進してくるトラックの前に飛びだすのも同然だった。イリミネーターにつかみかかろうとした父は、その手が敵に届くよりも前に、腹部を横一文字に切り裂かれた。

母の絶叫が耳もとでこだました。いや、雪菜自身の声かもしれなかった。

チェーンソーは執拗《しつよう》に縦横にスイングし、雪菜の父の身体はいくつかの塊に分解し、ほかの犠牲者の死体と同様に、ばらばらになって床に散乱した。

雪菜は信じがたい光景に見いっていた。一瞬の間をおいて、その状況が意味するものを悟り、雪菜は叫び声をあげた。

そのとき、母がふいに立ちあがり、ふらふらと前方に歩いていった。

なにをするの、お母さん。いまそんなところに出たら……。

しかし、母は無防備のまま、チェーンソーの男の前に躍りでていった。

正視に堪えない壮絶な最期が母を襲った。

自分の悲鳴とチェーンソーの騒音が織り交ざって辺りに響く。

こんなことって……。あまりに酷《ひど》い。酷すぎる。

悲しみに浸っている場合ではなかった。恐怖が全身を支配していく。チェーンソーを武器にしたイリミネーターは、なおも殺戮《さつりく》を繰り返しながら、こちらにまっすぐ向かってくる。

動けない。立つこともできない。もうどうしようもない……。

ところがふいに、雪菜は誰かに腕をつかまれ、強引に引き立たされた。

「こっちだ」男が怒鳴った。

雪菜の手首を握りしめた男は、イリミネーターの進路から外れて通路の反対側の壁に駆けていった。

その行く手は血の海、死体の山が積みあげられていた。雪菜は恐怖と激しい嫌悪感を覚え、立ちどまった。

男はなおも雪菜の手を引いた。「いいから来るんだ、立ちどまっちゃ駄目だ」

「いや……よ」雪菜はかろうじて声を絞りだした。「そんなところへ行くなんて……」

じれったそうな顔をした男が、行く手に呼びかけた。「石鍋さん！　石鍋良一さん」

すると、見るも無残な死体が数多く横たわるなか、なぜか寄り集まってしゃがみこむ生存者たちのなかから、ひとりが立ちあがってこちらを見た。

ひょろりと痩《や》せた身体に眼鏡、一見してオタク風の男だった。脇にはノートパソコンを抱えている。こういう場で頼りにできそうにないタイプに見えたが、どういうわけかリーダー格のようだった。

「早く」石鍋はいった。「こっちに来るんだ」

雪菜は思わず首を横に振った。

乾いている床がそこかしこにあるのに、血だらけになった一帯、しかも死体のすぐ近くに身を潜めるなんて。

石鍋は駆け寄ってきて、雪菜の腕を引っ張った。「急ぐんだよ。そんなところにいたんじゃ殺される」

「だけど……そんなところにいたって……」

「分析の結果なんだよ。数学を信じなよ。なんの根拠もなく逃げまわっているより安全だろ？」

意味はよくわからない。深く考えることもできなかった。抗《あらが》う理由もない。避難通路の全域が殺戮の現場と化している。どこにいても同じだ。

連れて行かれた先はまるで沼のようだった。靴が完全に没するほど血が溜《た》まっていた。

そこにうずくまる人々の近くに、雪菜はしゃがみこんだ。

疲れきった顔をした大人の女が、ぼうっとした目つきで話しかけてきた。「高校生？」

「……中学三年」と雪菜は答えた。どうしても人に訴えたくなり、雪菜は告げた。「たったいま、親が死んだ。お母さんもお父さんも」

「そう」と女はつぶやいた。「わたしも、子供を亡くしたわ」

雪菜は呆然《ぼうぜん》と、その女の顔を見つめ返した。

チェーンソーの音が接近する。周りの人々が怯えたように、背を丸くしてうつむく。するとイリミネーターはこちらに目もくれずに素通りし、また別の場所で人を襲いだした。

信じられない……。

ここは、安全地帯なのか？

いまも命を落としていく人々がいる。みんなをここに誘導しなきゃ……。

腰を浮かせかけた雪菜に、石鍋がいった。「なにをするんだい？」

「ほかの人たちもここにくれば安全なんでしょ？」

「駄目だって。何十人も集まったら、さすがにイリミネーターもこっちに向かってくるよ」

「どうして？」

「さあね。なぜかはわからない。けど、確かなことなんだ。ここを安全地帯とするなら、いまの僕たちぐらいの人数が限界だよ。面積と密度を照らし合わせた結果を見てもあきらかだ」

雪菜は啞然《あぜん》としながら石鍋を見つめた。

死にゆく人たちがいる。彼らを思いやるのなら、わたしがこの場所を譲るべきだろう。

両親がわたしにそうしてくれたように。
けれども、そんなことはできなかった。わたしは死にたくない……。
どうしようもない馬鹿だ。臆病《おくびよう》者だ。
うつむきながら、雪菜は耳をふさいだ。
もう何も見たくない。聞きたくない……。

ダクト

美由紀は、狭い室内で三人のイリミネーターが繰りだすチェーンソーの刃を避けつづけるのが精一杯だった。

敵を惹《ひ》きつけておいて、その隙に涼平や川添、龍田をダクトのなかに逃げこませたいが、それだけの時間が稼げない。ダクトに入ろうとすると、どうしても身をかがめざるをえず、数秒は動作が緩慢になる。ブルジョワのイリミネーターたちがそんな猶予を与えてくれるとは、到底思えない。

床に転がったとき、美由紀の聴覚はなにかをとらえた。チェーンソーの激しい作動音のなかに、人々の悲鳴らしき声がきこえる。

避難通路につづく戸口から響いてくる。信じがたいほどの絶叫に違いなかった。

まさか、人々のもとにも現れたのか。ブルジョワのイリミネーターたちが。

こうしてはいられない。美由紀は戸口に突進を試みた。

ところがイリミネーターは、室内に残った涼平たちにいっせいに襲いかかりだした。龍田が腕を切りつけられ、苦痛の叫びをあげた。涼平が捨て身の攻撃でイリミネーターを突き飛ばす。

美由紀は踏みとどまり、身を翻してイリミネーターの背後にまわりこむと、膝《ひざ》の裏側を蹴《け》って床に仰向けに転がした。いまにも殺されそうになっていた川添は難をのがれ、ひきつった声をあげながら四つん這《ば》いで逃げまわった。

別のイリミネーターのチェーンソーは、涼平を部屋の隅に追い詰めていた。けたたましくエンジンが騒音を奏でるなか、高速に回転する刃が涼平の顔面にあてがわれようとしている。涼平は両手でイリミネーターの腕をつかみ、必死で刃の接近を阻んでいる。

美由紀は怒りとともに跳躍し、イリミネーターを横方向に蹴り飛ばした。

イリミネーターは床に転がったものの、すぐに膝のバネを使って起きあがり、体勢を立て直した。

息を弾ませながら美由紀は思った。体力はもう限界だ。酸素の消費量があがったせいで、ひどく息苦しい。視界すらぼやけだしている。

ブルジョワの弱点はどこだろう。いや、そんなものは存在しないのかもしれない。プロレタリアートの攻略法自体、友里がわざわざ暗示で用意したものだった。

なぜ自滅の暗示など与えてあったのだろう。理由は判然としない。そして、同種の暗示がブルジョワにも与えられているという保証はどこにもない。

それなら、力で挑むだけだった。圧倒的不利は承知している。もとより、友里との戦いに圧勝などありえない。

スイングされたチェーンソーの上方に飛びこんでかわし、床に前転しながらその向こうのイリミネーターの膝を蹴る。前かがみになったイリミネーターに対し、立ちあがりながら片脚を振りあげ、連続して蹴りを繰りだした。中国式の連環腿法《れんかんたいほう》とムエタイの技を思いつくまま組みあわせて、決して足を地につけることなく敵を蹴りつづけた。

ふたりめのイリミネーターが転がると、三人めが襲いかかってきた。美由紀はチェーンソーを握った腕を左陰掌という動作で上から打ち下ろし、さらに敵の顎《あご》を突きあげた。

そこからは技とスピードが勝負の打ち合いになった。筋力の勝る敵に立ち向かうためのあらゆる手段を、美由紀は駆使した。攻撃は極力、片手ではなく両手で受け、阻止するのではなくわきへと流す。そのときには次の攻撃の動作に入っていなければならない。交叉《こうさ》法で組み合って敵に打撃を加え、かわし、また打ちにでて、受け流す。それも、あとのふたりのイリミネーターが立ちあがるまでのあいだに、一定の勝負をつけねばならない。目の前に立つ敵を床に這わせて数秒を稼ぎ、代わりに起きあがってきた別の敵と打ち合う。

一瞬の油断が命取りになる、まさに全身全霊をかけた格闘だった。

美由紀は疲労と酸素不足のせいで動作が鈍りがちなのを自覚していたが、それは敵側にもいえた。徐々にチェーンソーの狙いが定まらなくなっている。重量のせいか、武器も低く構えるようになっていた。

それはつまり、前屈姿勢になって顎が突きだすことを意味していた。そこには防衛しがたい隙が生じる。美由紀はほとんど反射的に、手刀を水平に繰りだして敵の喉《のど》もとに浴びせた。

と、そのとき、予期せぬことが起こった。

打撃を受けたイリミネーターはのけぞり、静止した。天井を仰ぎ見たまま、チェーンソーの刃を振りあげる。

その刃をためらいもなく、額の爆薬にあてがった。

耳障りな切断音が一瞬響き、それからイリミネーターの額は爆発を起こした。破裂した頭部から血を噴きだしながら、イリミネーターはがっくりと膝をついて、それから前のめりに倒れこんだ。

美由紀は呆然《ぼうぜん》と立ち尽くした。

喉もとを打つこと。それがブルジョワの攻略法なのか……?

考えをめぐらせている暇もなく、残るふたりのイリミネーターが同時に襲撃してくる。答えを導きだすには命を賭《か》けるしかなかった。美由紀は一気にふたりの敵の懐に飛びこんでいき、防御に備えることなく、両手の手刀でイリミネーターたちの喉を打った。読みが間違っていれば、美由紀はもう死んだも同然だった。左右の腕を振りあげた姿勢で、敵と間合いを詰めたとあっては、もはや一瞬の防御はきかない。

ところが、イリミネーターたちはぴくりとも動かなくなった。しばし静止したのち、チェーンソーの刃を顔面に持っていった。

けたたましい音が響き、小爆発が二箇所で同時に起きる。

ふたりのイリミネーターは、床に突っ伏した。

チェーンソーのスイッチが切れる。室内はふいに静かになった。戸口から聞こえてくる避難通路の喧騒《けんそう》だけが、かすかに響いていた。

美由紀は、龍田のもとに駆け寄った。「腕、だいじょうぶ?」

「平気だよ」龍田はそういいながらも、苦痛に表情を歪《ゆが》めていた。「かすり傷にすぎないし」

そうはいっても、かなりの量の血が滴りおちている。何針も縫わねばならないだろう。

涼平が足をひきずりながら近づいてきた。「岬さん。ブルジョワの倒し方って……」

「ええ」美由紀は龍田の腕にハンカチを巻きつけながらいった。「見たとおりよ。にわかには信じられないけどね。喉への攻撃で反応するなんて……」

脳切除手術に生じた不具合とは思えない。これも故意に暗示で準備されていた弱点なのだろう。

けれども、納得がいかなかった。チェーンソーを武器にしたブルジョワと戦っていれば、いずれ喉もとの防御が手薄になり、そこに攻撃を加えることになるのは必至に思えた。たとえ武術に長《た》けていなくても、殴りあっていればいずれは到達する状況だ。もちろん、それまで生き永らえていることが絶対条件ではあるが……。

イリミネーターを無敵にすることは可能だったはずだ。ところが友里は、彼らがいずれ弱点を見抜かれ倒されるよう、わざと攻略法を設定している。いったいなぜ……。

思考を働かせていられたのはそれまでだった。またしてもトンネルからの一方通行の扉が開き、チェーンソーを手にしたイリミネーターたちが続々と押し寄せてきた。

「畜生！」川添が悲鳴に近い声をあげた。「またでやがった！」

美由紀は敵に向き直りながらいった。「涼君。避難通路に戻って、みんなにブルジョワの倒し方を教えて」

涼平は戸惑いがちに立ち尽くした。「だけど、岬さん……」

「早く！ ここはわたしが食いとめるから」

すでにひとりのイリミネーターが涼平に襲いかかろうとしていた。美由紀はそれを追い、背後から飛びついて、喉に手刀を振り下ろした。

そのイリミネーターが動きをとめ、チェーンソーをかざし、自滅するまでのあいだに、美由紀は涼平に告げた。「行って！」

いまにも泣きだしそうな顔をしていた涼平が、ごくりと唾《つば》を飲みこんだ。涙をかろうじて堪《こら》えたようだった。涼平はじっと美由紀を見つめていった。「無事に帰って。岬さん」

すぐさま涼平は戸口から駆けだし、ハシゴを下っていった。

川添も戸口に向かおうとした。「俺も……」

ところが、ふたりのイリミネーターが川添の行く手を阻んだ。チェーンソーが縦横に振られると、川添は両手をあげて逃げまわった。

美由紀はイリミネーターたちに突進しながら怒鳴った。「川添さん、ダクトに入って。龍田さんも。わたしが敵を引きとめているうちに」

デスクの上に飛び乗ってイリミネーターたちを惹《ひ》きつけ、近づいてきたところで跳躍してひとりに膝蹴りを食らわせる。ほかのイリミネーターらがバックアップにまわり、室内の敵は全員、美由紀ひとりを取り囲みだした。

川添はさっさと南側のダクトに潜った。つづいて龍田が入ろうとしている。そちらに気をとられていたせいで、一瞬の隙ができた。低く繰りだされたチェーンソーが美由紀のふくらはぎを切りつけ、激痛とともに血が飛散した。

悲鳴をあげて、美由紀はその場に崩れ落ちた。

龍田が振りかえった。「岬さん！」

「いいからダクトに入って！　わたしのことは心配しないで」

なおも龍田はためらう素振りをみせていたが、イリミネーターがひとり向かってくるのを見て、逃げるようにダクトのなかに身を這《は》わせていった。

美由紀は傷口に指先で触れた。肉が裂けているが、腱《けん》までは切れていない。これしきの怪我では、わたしを失神させることなどできない。

気合とともに弾《はじ》けるように立ちあがり、美由紀は合気道の入り身打ちを正面のイリミネーターに浴びせた。

イリミネーターがチェーンソーで額の爆薬を破裂させる。倒れる寸前のその足もとをすり抜けて、美由紀は南の壁に突進した。

残る敵がチェーンソーの刃を激しく回転させながら追ってくる。ふくらはぎの痛みは想像を絶していた。足首に力が入らない。

なんとか壁に迫ると、美由紀は低く頭から飛んで、ダクトのなかに身を滑りこませた。間一髪、チェーンソーの刃が壁のコンクリートを削り、騒音を響かせる。

圧迫感のある狭いダクトのなかで振りかえると、イリミネーターたちはなかに入ってこようとはしなかった。ダクトの入り口でしきりにチェーンソーを振るうばかりだ。

特殊な環境に踏みいることはできないらしい。その能力が備わっていないのか、それとも暗示で規制されているのか……。

なんにせよ、危険から逃れられたからといって、ここで寝そべっているわけにはいかない。

美由紀は痛む脚をひきずるようにして、ダクトのなかを匍匐《ほふく》前進していった。果てしなく伸びる円筒形の通路内に、先行する龍田の靴の裏がかすかに見える。それを追って、美由紀は前進をつづけた。

ブルジョワ

涼平はハシゴを下り、湾曲した壁のなかを避難通路に下りていった。

倒れた自販機を踏みこえて通路に躍りでたとき、涼平は愕然《がくぜん》とした。

そこは、さっきよりもずっと激しい戦場と化していた。いや、これは戦いなどではない。ブルジョワのイリミネーターたちの一方的な集団虐殺だった。

チェーンソーの音はひっきりなしに響いている。断続的に悲鳴があがり、刻まれた死体の断片が飛び散って床に落ちては、新たな血の池をつくる。

必死で抵抗する人々。まだプロレタリアートと違うことに気づかないのか、刺青《いれずみ》をつまもうと手を伸ばしている青年もいる。一瞬ののち、その青年は切り刻まれて崩れ落ちた。先に倒したプロレタリアートの斧《おの》を持ってブルジョワに挑む者も多かったが、ブルジョワの動作は機敏で、攻撃も正確無比だった。狙った獲物は逃がさず、次々に仕留めていく。

恐怖に膝《ひざ》が震え、その場にへたりこんでしまいそうだった。

でも……僕は行かなきゃいけない。岬さんと約束した。みんなに伝えることがある……。

それでもチェーンソーの男たちが接近してくると、涼平は逃走せざるをえなかった。何度も死体に蹴躓《けつまず》いて体勢を崩しながら、顎《あご》を突きだして死に物狂いで走った。

なぜか血の池のなかでうずくまる集団がいる。しかも生存しているようだ。いまのところ、彼らを襲うイリミネーターはいない。

行き場を失い、涼平はその人々の近くで姿勢を低くした。

すると、集団のなかのひとりの男が声をかけてきた。「涼平……君だったな？　もう戻ったのかい？」

顔をあげると、その男が抱えるノートパソコンが目に入った。

話しかけてきた男には見覚えがあった。確率がどうのこうのと、風変わりなことばかり口にしていた人だ。名前はたしか、石鍋良一といった。

声が震えて、思うように言葉にならない。涼平は無我夢中で訴えた。「あいつら……ブルジョワをやっつけなきゃ」

「反対だな。殺されるだけだよ。勝機もないのに命を賭《か》けちゃいけない。数学的分析の結果を待たずしてわかることだ」

「倒せるんだよ。岬さんはやっつけた」

「……攻略法がわかったのかい？　ブルジョワの？」

「うん。だからみんなに教えないと……」

石鍋は伸びあがって辺りを見まわしてから、涼平に告げた。「さっきの場所、覚えてるかい？　マイクがあった所」

「たしか、もうちょっと新宿方面に行ったところじゃなかったかな」

「そう。そこまで行けばみんなにアナウンスできるよ」石鍋はかすかに躊躇《ちゅうちょ》する素振りを見せたが、やがて意を決したように立ちあがった。「行くか。このままじゃイリミネーターは勢力を保ったまま、犠牲者だけが増えていくことになる。時間とともに死者発生の頻度も上昇しちまう」

ここは、なぜかイリミネーターに襲われることがない安全地帯のようだった。その結界からふたたび外に踏みだすことになる。

足がすくみそうだった。しかし、石鍋が率先して出ようとしている以上、留《とど》まるわけにはいかない。

岬さんは命懸けで戦っている。僕も勇気を奮い立たせないと……。

真正面に座った少女の目が、こちらを見つめている。歳は涼平と同じぐらいのようだった。

しばらくのあいだ、涼平はその少女のまなざしを見つめかえしていた。澄んだ目だった。深い悲しみを経て現われるその目のいろを、涼平は知っていた。養護施設にも、こんな瞳《ひとみ》のいろをした子供たちが大勢いた……。

「行くよ」と石鍋が声をかけてきた。

涼平はうなずきながら立ちあがった。後ろ髪をひかれる思いだったが、じっとしてはいられない。これ以上、こんなまなざしをした子供たちを増やしたくない。悲しみを背負ったまま日々を歩むことがどんなに過酷か、僕は身をもって知っているのだから。

ローレンソンは軍人ではあったが、きのうまで死体を見たことがなかった。士官学校に入ったわけでもなく、ただアーカンソーの片田舎で兵士を募集していた軍のスカウトマンに声をかけられただけだった。給料ももらえるし、五年頑張れば退職金もつく。仕事にありつけないローレンソンはふたつ返事で入隊した。イラク戦争で兵士のなり手が激減し、困った政府が地方で貧しい若者を拾い集める方針を打ちだしていたことは、かなり後になって知った。

訓練を終えたころにはイラク行きはなくなり、代わって極東のこの国に飛ばされた。相模原にある軍所管の住宅街で優雅な生活が送れるのは高級士官だけだ。ローレンソンに与えられたのは寮の一室で、しかも相部屋だった。沖縄で不祥事を起こした兵士がいたらしく、外出にも厳しい規制があった。

それでもローレンソンは満足してきた。戦場からここは遠い。あと一年で退職金つきの除隊が待っている。田舎に帰って、旧友と飲み明かせる日も間近だ。

いま、事態は豹変《ひょうへん》していた。

足もとにはふたつの死体が転がっている。うちひとりは警官で、無残にも胴体をまっぷたつに切断されていた。

まだ膝の震えがおさまらない。凶行の現場をまのあたりにした、そのショックはなかなか薄らぐことがない。

ほんの数分前まで、彼らは生きていた。こんなことがあっていいのか。

閂《かんぬき》によって閉じられたパネルの向こう、機械の内部に閉じこめられたイリミネーターが、しきりに暴れている。チェーンソーで扉を切り裂こうとする。

鉄板は切断可能だったが、パネルの裏面に縦横に走る枠組は壊せそうにないようだった。パネルの傷は増えていくものの、男は外にでられずにいる。それでもなおも、チェーンソーをふるいながら体当たりを繰り返す。まるで檻《おり》に閉じこめられた猛獣だった。

床に目を落とす。広がった鮮血の水たまり。動かないふたつの死体。

それらを眺めるうちに、ローレンソンの思考は混乱しだした。手術して蘇生《そせい》することも不可能
もう救えないのだろうか。たったいま死んだばかりだ。手術して蘇生することも不可能とはいいきれないだろう。どのような条件で死人が息を吹き返すのか知らないが、何もせずに傍観を決めこむよりはましだ。

ここには医者もいる。彼ならなんとかできるかもしれない。

まともな考えとは思えなかったが、ローレンソンは顔をあげて、震える声でいった。

「生き返らせてくれ、彼らを」

ところが、片平は目の前で失われたふたつの命に関心をしめしてはいなかった。

室内を歩きまわり、計器類と鉄格子の向こうの排気ファンをかわるがわる見やる。

ふむ、とうなずくと、硬い顔をしたまま歩きだした。片平は部屋を出ていこうとしている。

ローレンソンはあわてて片平を追った。「ドクター。どこに行くんだ」

戸口をでた片平は、もう一方の扉に向かいながら腕時計を見てつぶやいた。「一時二十五分になる。あと五分三十秒で排気スイッチを入れなきゃならん。その前に、主電源を復活させておく必要がある」

「ドクター……」

片平は扉を開けてなかに進んだ。

今度の部屋は狭く、壁面にはモニター用のディスプレイがほとんど隙間なくびっしりと並んでいた。いずれも消灯している。その前には座席と制御卓があった。無数のスイッチ類はジャンボジェットのコックピットを連想させた。

ほとんどのスイッチにはなんの表記もなく、あったとしても略称ばかりだった。アルファベット三文字の組み合わせが延々とつづく。どういう意味なのかさっぱりわからない。

「こりゃ難題だ」ローレンソンはつぶやいた。「主電源といってもボタンひとつじゃなさそうだな。笠松が生きていてくれたら……」

ところが、制御卓を見つめる片平の横顔に憂いのいろはなかった。

無言のまま、片平はスイッチを無造作に入れていった。レバーを倒し、ダイヤルをつかんでゆっくりと回す。

「よしなよ」ローレンソンは苦言を呈した。「でたらめに操作したって動くわけが……」

次の瞬間、モニターのひとつがふいに点灯した。

制御卓のLEDランプに次々と光が入っていく。内部の冷却ファンが動きだす音がした。

モニターには自己診断プログラムらしきものが表示されていた。項目のわきにOKという文字が連続して表れていく。

ローレンソンは呆気《あっけ》にとられながら、室内を眺めまわした。

「な……」ローレンソンは思わず笑った。「こんなことって、あるのかよ。電源が入った。すげえな、ドクター。あなたは……」

そのとき、こちらに向き直る片平の冷ややかな面持ちを、ローレンソンは見た。

上着のポケットから取りだした物体を、片平は握りしめていた。

つや消しの黒、プラスチック然としたその外見は、一般の人々の目には玩具《がんぐ》の銃としか映らないだろう。

けれども、ローレンソンは違った。フレーム部は強化プラスチック製でも、それは小型化と低コスト化のためでしかない。オーストリア製、グロック・セルフローディング・ピストル。まぎれもなく実銃だった。

その銃口はいま、ローレンソンに向けられている。

「ドクター。あんたいったい何者……」

ためらう素振りも見せず、片平は引き金を絞った。

銃声が轟《とどろ》く。弾丸が心臓を貫いたことを、ローレンソンは一瞬の感覚で知った。

痛みは一瞬だけだったが、抗《あらが》いがたいものだった。嫌悪も感じたが、もうどうすることもできない。

なるほど、とローレンソンは思った。死ぬときは、こんなふうに感じるのか。

頭のなかで血管がちぎれるような音がした。脳のスイッチを切る音、そんなふうに解釈した。テレビが消えるときと同じように、ローレンソンの意識は瞬時に失われた。そこからは、果てしない闇の世界があるだけだった。

バッジ

やっぱり名乗りをあげておけばよかった。岬美由紀に自己紹介して、彼女の近くにいるべきだった。

国土交通省の港湾局に勤務する相山清人は、避難通路の地獄のなかを逃げまどいながらそう思った。

息が切れてくる。この歳になって走りまわることは過酷だ。病院の検査でも、運動不足のせいでいわゆる悪玉コレステロールが過多となっていると指摘された。わかってはいたが、いまさら身体を鍛える機会にも恵まれず、スタミナは想像以上に落ちていた。

チェーンソーを持ったイリミネーターは、抵抗するしないに拘《かか》わらず、行く手にいる人々を無慈悲に抹殺していく。断末魔の悲鳴はつづけざまにあがった。刺青《いれずみ》をつねるという、これまでの倒し方も通用しないようだ。ならば、逃げまわるより方法がないではないか。

岬美由紀は、あの中国との開戦騒ぎのなかを生き延びた強靭《きょうじん》な女だ。彼女の求めに応じて、私は国土交通省の人間と名乗りでていれば、守ってもらえたかもしれない。何を望まれていたかはわからないが、無理難題や危険なことを押しつけられそうになったら、言葉を濁していればいい。役人とは本来、そういう態度こそが生きる道なのだ。

いつしか相山と生存者たちは身を寄せ合い、じりじりと縮まるイリミネーターたちの包囲網のなかで縮みあがるしかなくなっていた。

チェーンソーの音がひときわ大きくなる。相山は唾《つば》を飲みこんだ。

これまでか。せっかくそれなりの出世街道を生きてきたのに、なにもかもが無に帰するのか。

そう思ったとき、チェーンソーのノイズの向こうに、なにか音声らしきものを聞いた。

それはスピーカーからのアナウンスだった。耳を澄ますと、中学生ぐらいの少年の声が辺りに響いていた。

「聞いてください」声は構内にこだました。「こいつらはブルジョワのイリミネーターです。喉《のど》もとを強く打てば自殺します。ええと、もう一回繰り返します。ブルジョワの弱点は、喉です」

生存者たちは黙りこくって、互いに顔を見あわせた。

直後、そのなかの若い男たちが中心になって、わあっと声をあげながらイリミネーターに突進していった。相山はその場に留《とど》まった。

果敢に攻撃にでた人々のうち、またしても何人かはチェーンソーの餌食になった。しかし今度は、一方的にやられてばかりではなかった。

ひとりの屈強そうな男がイリミネーターの側面にまわりこんで、喉にチョップを浴びせる。

すると次の瞬間、そのイリミネーターは動きをとめた。これまでプロレタリアートと呼ばれた敵が、刺青を摘《つま》まれたときに見せたのと同じ反応を、ブルジョワがしめした。チェーンソーの刃をみずからの額の爆薬に当てて、小爆発とともに自滅する。

血の池のなかに突っ伏すブルジョワを、周りの人々は呆然《ぼうぜん》とした面持ちで見下ろした。

やがて、ひとりの男が声をあげた。「倒せるぞ!」

その言葉が合図になったかのように、呼応する人々の声が辺りに反響した。生存者たちはにわかに活気づき、いっせいにイリミネーターに押し寄せていった。

壮絶な戦闘。しかし、そこかしこで小爆発の音が響き、閃光《せんこう》が走った。チェーンソーの騒音も、しだいにその数を減らしていく。

助かった……。

相山はへなへなとその場に座りこんだ。

生きて帰ったら、今度こそ医者の言いつけを守ろう。私は改心した。だから、生き残らせてほしい。身勝手な思いとはわかっているが、天にこの声を聞きいれてほしい。


三十数メートルのダクトが、数キロに及ぶように感じられる。

美由紀は朦朧《もうろう》とする意識のなか、ときおり激痛の走る身体をひきずり、ダクトを這《は》っていった。出口が間近に迫っても、まだ気が抜けない。その向こうにどんな脅威が待ち受けているか、わかったものではない。

だが、ダクトの終点から顔を覗《のぞ》かせると、そこには静寂が広がっていた。

正八角形をした床のすべての辺から、コンクリートの壁が垂直に切り立っている。高い天井だった。例によって窓はないが、壁面にはコントロールパネルが埋めこまれていて、複雑な計器類とスイッチの類《たぐ》いが並んでいる。ランプは消灯していて、機械の稼動音もなかった。

ダクトから転がりでたとき、床は格子状の鉄網だとわかった。網目は細かく頑丈だが、その下は空洞になっているようだ。

痛む身体を仰向けにして寝そべり、ふたたび天井に目をやる。

薄暗い空間に、巨大な扇風機のような四枚の羽根が浮かんでいた。いま、そのプロペラは遺跡のように固まったまま、ぴくりとも動かない。

美由紀は思わず唾を飲みこんだ。

これが給気ファンか。恐ろしく巨大な物体だった。生じる風圧はすさまじいものに違いない。作動したときにまだここにいたら、床の鉄網に叩《たた》きつけられたうえに、細切れになって地の底に落下することだろう。

「うう」と男の呻《うめ》き声がした。

頭を起こすと、壁ぎわにうずくまっている龍田の姿があった。

寝返りを打ってから、美由紀は腕の力で上半身を起きあがらせた。負傷は片脚だけだ。まだ身体は動く。いつまでも休んでいる場合ではない。

そのとき、床の網にひっかかった小さな金いろの物体に気づいた。

つまみあげてみると、それは弁護士バッジだとわかる。正義の象徴、ひまわりの図柄があしらわれ、公平さを表す天秤《てんびん》が彫りこまれている。

裏をかえし、そこの表示を読み取る。模造品ではなく本物のようだ。

しかし……。

「やれやれ」川添は、龍田から少し離れた場所でため息をついていた。「こんなことになるなんて……。私はクライアントを待たせたままなんだ、油を売ってる場合じゃないんだ」

あきれたことに、川添はまだ弁当の箱を後生大事に抱えていた。弁護士バッジに気はまわらなくても、食糧については片時も忘れることがないらしい。

龍田が首を横に振った。「愚痴っても始まらないよ、先生」

「重要な案件なんだよ」と川添はいった。「なあ、もし脱出が始まったら……私が真っ先に外にでなきゃならないことを、みんなに説明してくれないか」

「避難は弱者優先。幼児や女性が先でしょう。僕らは後まわしだよ」

「だから、それじゃ困るんだ。いいか、私は大企業の顧問も務めているし、それなりに顔もきく。手助けしてくれたあかつきには、きみにもそれ相応の報酬を……」

美由紀のなかに存在していた川添への疑念が、ここにきてふいに増大していった。

醒《さ》めた気分で美由紀は川添に告げた。「先生。バッジを落としたわよ」

川添は美由紀の手にある物を見て、はっとして襟を撫《な》でた。あわてたように立ちあがると、美由紀に近づいてきた。「すまんね。なにしろ死に物狂いだったんで」

「先生のご身分を証明する重要な物だから、肌身離さず身につけておくべきでしょうね」

「まったくだ」と川添は苦笑してバッジを受けとった。「これまでなくしたことは一度もなかったんだが」

「ふうん……。一度もね」

「ああ。こう見えても私は、法廷では沈着冷静な弁護士として知られていてね」

「誰に？」と美由紀は川添を見据えた。

「……え？」

「ねえ川添先生。っていうか、何をもって先生と呼ぶべきかわからないけど、あなたは弁護士じゃないわね」

龍田が目を丸くした。「なんだって？」

「な」川添は息を呑《の》んだ。「なにをいうんだ。このバッジをよく見ろ。これは……」

美由紀はすかさずいった。「たしかに本物の弁護士バッジだけど、あなたのじゃないわ。どこかで拾うか盗むかして、それ以来、偽弁護士を騙《かた》る旨みを覚えたのね」

「失敬な！　根拠もなく私の名誉を貶《おとし》めると、侮辱罪もしくは名誉毀損《きそん》罪になるぞ」

「ふうん。刑法何条？」

川添は憤慨したように顔を背けた。「馬鹿馬鹿しい」

「先生。バッジを一度もなくしたことないんでしょ？　けど、そのバッジの持ち主はあきらかに、一回紛失して再発行してもらってるんだけど」

「……何？」

「弁護士バッジって、再発行の履歴が裏に刻まれるのよ。それ、再1と刻んであるから、一回なくしてるの。弁護士なのに、どうしてそんなことも知らないの？」

蛇に睨《にら》まれた蛙。川添の反応は、まさしくその蛙そのものだった。

「あ、あのう」川添の声はたどたどしいものになった。「これは、だね……。特殊な事情があって……」

「悪いけどわたし、あなたがこれまでどんな詐欺を働いたかに興味があるわけじゃないの。そんな場合じゃないしね。生きて帰れたら腕のいい弁護士を雇ったら？　本物の弁護士をね」

龍田は無言で、川添に軽蔑《けいべつ》のいろを漂わせたまなざしを向けた。川添は打ちのめされたように下を向いて、こそこそと壁ぎわに退散した。

美由紀はため息をついた。

特殊な状況では表情観察が正しくおこなえないことがある。川添についてもそうだった。通常なら、嘘が発覚しないようにと怯《おび》える心が表情にあらわれる。わたしは顔を見ただけでその感情を見抜くことができる。けれどもここでは、川添は出会ったときからずっと怯えつづけていた。恐怖を抱くことが当然の環境では、その表情は異質なものにならない。

トンネル内で会ったほかの人々も、信用に足ると断言はできない。友里の仲間が紛れているとは考えにくいが、全員が気の毒な被害者だと信じるのは早計だ。

腕時計に目をやった。一時二十七分四十二秒。あと二分十八秒。

美由紀は痛みを堪《こら》えながら、ゆっくりと立ちあがった。

足をひきずりながらコントロールパネルに向かう。全滅か生存か。人々の運命は、これからの一瞬に託されている。

コントロール

医者が人を殺してはいけないという謂《いわ》れはない。

片平英一郎は小声でそうつぶやきながら、床に横たわったローレンソンの死体を見おろした。

至近距離から一発だ。斧《おの》やチェーンソーで切り刻まれるほどの苦痛は伴わなかったろう。スプレーを取りだし、銃口と手に噴きつける。これで硝煙のにおいは消える。グロック・ピストルをポケットにおさめると、配電管理室の制御卓に向き直った。

モニター・ディスプレイを眺め渡す。主電源は復活しているが、それぞれのシステムを再起動するには個別にスイッチをいれる必要がある。車道トンネル構内の監視カメラはまだ映らないし、火災報知機やスプリンクラーも沈黙したままだ。

とはいえ、遠方からの監視で状況がまったく把握できないかといえば、そうでもない。避難通路のマイクやスピーカーと同じ電気系統であるサーモグラフィーが生きている。このモニター回線に割りこんでいれば、避難通路のどのあたりにどれくらいの人間がいて、何人死んだかが手にとるようにわかるだろう。生存している人体の温度を感知し、サーモのモニターに赤く人型として表示されるからだ。

首都高株式会社はそのことに気づいているだろうか。管理会社というのは、しばしば考えられないほどのヘマをしでかす。監視カメラが機能していないという時点で、トンネル内のようすを知るすべはなくなったと早合点しているかもしれない。

どちらでもいい、と片平は思った。通路でどれだけの人間が死のうが、そのことを外部が知ろうが、こちらにとっては与《あずか》り知らぬことだ。

ただし、私までが命を落とすわけにはいかない。それでは目的を果たせなくなる。だから、そのためだけに給気と排気を復活させる。後々、私を除く全員があのイリミネーターなる凶暴な輩《やから》どもの犠牲になろうとも、いっこうにかまわない。

私ひとりだけが生き残ればいい。

床に突っ伏したローレンソンの襟くびをつかみあげ、ひきずりながら管理室をでた。ダクトは静かだった。誰もやってくるようすはない。

もうひとつの扉のなかを入り、ドーム天井の丸い部屋に戻った。ローレンソンの死体を放りだす。笠松、志摩とともに、三つの死体が床に横たわっている。

静止したままの排気ファンが、鉄格子の向こうに黒く光っていた。

室内はやかましかった。コントロールパネルの向こうに閉じこめられたイリミネーターが、チェーンソーでパネルを必死に切り裂こうとしている。

猛獣の居場所には檻《おり》こそがふさわしい。しばらくはなかで我慢してもらおう。

しかし、派手に暴れたものだ。壁面のすべてのパネルのスイッチ部はひとつ残らず破壊されている。こちらに必要なのは排気ファン起動のための回路だけだが、こうまで徹底的に壊されていると、配電系統を読みとるのもやや難しい。

とはいえ、この手のシステムを熟知している片平にとって、判別は不可能ではなかった。思考も充分に働いている。避難通路の連中はそろそろ限界だろうが、私は違う。ここは私ひとりだ。室内に残留している酸素を独占し、思う存分に吸うことができる。

しばらく配電を目で追ってから、片平は一点を見つめて静止した。

ここか。片平はパネルに歩み寄った。

このパネルの向こうは、イリミネーターを閉じこめた空間とは繋《つな》がっていない。分厚い壁に隔てられている。あの男がいかに暴れようが、こちらの作業にはなんの影響も及ぼさない。

腕時計を見た。午前一時二十八分十七秒。

あと一分四十三秒でB班が給気スイッチをいれるだろう。私のほうは、正確にその三十秒後に、この断ち切られた配線をつなげばいい。

赤、緑、オレンジの順にリード線をつないでいく。それぞれ試運転からアイドリング、出力全開の三段階に対応するはずだ。

楽勝だな。

ふんと鼻を鳴らしたとき、イリミネーターが閉じこめられている場所の扉状のパネルが、いきなり大きな音をたててしなった。

閂《かんぬき》はびくともしないが、反対側の蝶番《ちょうつがい》が外れそうになっている。イリミネーターはなおも執拗《しつよう》にチェーンソーの刃で鉄板を裂こうとしては、パネルへの体当たりを繰り返している。

もともと監獄の扉ほど頑強にはできていないしろものだ、外にでたがる猛獣の突進を遮るのにも限度がある。

片平はさすがに、額を汗が流れおちるのを感じた。

知性を持たないものは、コントロールしきれない。そこが難点だ。

あと一分三十五秒。それだけの時間は持ってほしい。ひとまずは、それ以外には何も望まない。

酸素

最後のチェーンソーのスイッチが生存者によって切られると、避難通路に静寂が戻った。

本来はこんなに静かだったのか、と涼平は思った。

構内の遠くに耳を澄ませたが、もう騒音はなかった。ブルジョワのイリミネーターたちを、ようやく殲滅《せんめつ》させられたらしい。

助かった。

涼平はマイクを握ったまま、その場に座りこんだ。ため息だけが漏れる。達成感などなかった。むしろ、漂う酸性のにおいのせいで胸がむかむかする。

戦闘の終わった避難通路の惨状は、目を背けたくなるほどだった。

もう生存者は半分を切っているかもしれない。どこを見ても死体がある。しかも、そのほとんどは原形を留《とど》めていない。腕や脚、頭部があちこちに転がっている。物体と化した人々。床面積の三分の二ほどは血に染まっていた。

ふいに涼平は嘔吐《おうと》しかけて、激しく咳《せ》きこんだ。

後生大事にノートパソコンを抱えた石鍋が、涼平の隣りに腰をおろした。「大丈夫か？」

「なんだか……気分が悪くなって」

「わかるよ。死体のせいじゃなくて、酸素が薄くなってるせいだ」

「酸素……」

「ああ。あと十二、三分は持つと計算してたけど、激しい戦いが繰り広げられたせいで、酸素の消費量が激増したみたいだ。こりゃもう、五分かそこらで底をつくね」

「そんな……。やっとあいつらを倒したのに……」

そうつぶやいたとき、近くで人の倒れる音がした。

ふらついていた人々が、次々に突っ伏していく。負傷の少ない者であっても、青白い顔をして床に横たわっていた。誰もが一様に、ぜいぜいという息づかいを響かせている。

石鍋も喉《のど》もとをかきむしりながらいった。「もっとも、こういう状況じゃなければ僕らが生きていなかったのも確かだ」

「どういうこと？」

「最初のころは逃げまわるばかりだった人々が、だんだんイリミネーターに立ち向かうようになっただろ？　倒し方がわかって、命を賭《か》ける価値が生じたともいえるけど、人はそこまで勇敢にはなれないよ。っていうより、殺し合いに挑むことのどこが勇敢なんだろうね。ただ野蛮で凶暴なだけだ」

「……よしてよ。そんな言い方よくないよ」

「なぜだい？」と石鍋がきいた。

「だって、戦って死んだ人たちに失礼じゃないか」

「ふうん。まあ、そう思うのも無理はないね。だけど、こうも考えられないか。人としての理性を失って、動物みたいな生存本能と攻撃性に目覚めたからこそ、イリミネーターたちに挑んでいったと」

「だからそれが、勇気ってもんだろ」

「違うよ。酸素欠乏症に近づくと、誰もがこうなるんだ。脳神経外科医の五十嵐哲治氏の論文をネットで読んだよ。ふつう空気中の酸素濃度は二十一パーセントだけど、これが一瞬でも十八パーセント以下にでもなったら欠乏症になる。血中酸素が放出されてしまって不足することで、脳の神経線維が連絡機能を失い前頭葉が機能しにくくなる。イリミネーターたちは前頭葉を切除されて凶暴になってるけど、僕らもそれに近い状況になってるってことだ」

「なんでそう思う？　五十嵐博士の論文によれば、コンクリートに囲まれた閉塞的空間《へいそく》でこそ生じやすい現象だそうだよ。ここも当てはまるし、学校の鉄筋コンクリートの校舎もそれに該当するってさ。いじめが起きるのもそのせいだって書いてあった」

「……それ、本当のことなの？」

「否定意見も多くだされてるみたいだな。学界じゃ干されてる人のようだし、実証のしようがない話だから根拠もしめせないだろうと思われてた。でも僕は確信したよ。五十嵐博士の論文は正しい。怯《おび》えて震えるだけ、あるいは逃げまわるだけだった人々が、酸素量の減少とともに凶暴になった。わずかに残った理性さえも、その暴力を勇気と正当化してとらえてしまう。つまり客観的な判断ができなくなってるわけだ。傍目《はため》から見れば異常だろうね。サバイバルのためとはいえ、積極的に殺し合いに参加してるわけだから」

すでに死んだイリミネーターの身体を、ずっと蹴《け》りつづける男が目に入った。その男の行為だけを見れば、石鍋のいっていることもあながち見当外れとは思えない。そんな気分になる。

「嘘だよ」

けれども、涼平にとっては受けいれがたい仮説だった。

涼平は石鍋にきいた。「ここで発揮できた勇気は、本物の勇気じゃなかったってこと？」

「そういうことになるかな。じゃないと、僕もきみを連れてここまで走ってきた理由がつかない。引き籠《こも》ってばかりのニートにすぎない僕が大活躍だなんてね」

そんな。僕は恐怖を感じていないわけではなかった。むしろ、死ぬほど怖かった。その感情を乗り越えてここまで来たのに……。

酸素が戻ったら、僕は以前のように弱虫のままなのだろうか。野蛮だろうが何だろうが、この脳の状いまのうちにやっておけることはないだろうか。

態でこそ可能になること……。

「そうだ」と涼平は、疲れきった身体に力をこめて立ちあがった。

「どこに行く？」

「A班はまだブルジョワの倒し方を知らないと思う。僕が教えにいくよ」

駆けだそうとしたとき、石鍋が呼びとめた。「涼平君」

「なに？」

「走るのはいいが、あまり息を弾ませるな。酸素は大事にしてもらいたいからね」

真顔でそう告げる石鍋に、涼平は困惑しながらうなずいた。

今度はついてきてはくれないらしい。冷静なのか気まぐれなのか、よくわからない大人だった。

美由紀は思わずつぶやいた。「なんてこと……」

コントロールパネルを眺めまわして、計器の配置とわずかな説明文から、この構造をおおよそ理解した。給気ファンを作動させるためのスイッチも発見できた。

いや、正確には、見つかったのはスイッチがあったはずの場所だった。いま、その部分の計器類は破壊され、スイッチの類《たぐ》いはすべて取り払われている。

チェーンソーで破壊したに違いなかった。パネルが切り裂かれて大きな穴が開き、基板が剝《む》きだしになっている。配線が毟《むし》り取られ、内蔵スピーカーのウーファーの紙が破られてしまっている。

龍田が起きあがり、腕をかばいながら近づいてきた。「どうかしたのかい?」

「見て。ファンを作動させるための系統が……」

「無残だな。だけど、壊されたのはスイッチだけだろ? ファンを動かす仕組み自体は生きてるんじゃないのか？」

「ええ、たぶんね……」

「じゃあ、ためしてみなきゃわからないじゃないか」

ため息とともに、美由紀は腕時計を見やった。

一時二十八分五十一秒。あと一分九秒。

A班はもう主電源を見つけただろうか。こちらがスイッチを入れるより先に、まず主電源が回復していなければならない。それを戻すには……。

ブレーカーのレバーが下に向いている。美由紀はそれらを次々に上向きにしていった。すると、いくつかのLEDランプが点灯した。鈍い音がパネルの奥から響きだした。

龍田が目を輝かせた。「やったじゃないか」

美由紀は頭上を見あげた。ファンはまだ動かない。

電源だけは入った。それでも、ファンに電気がまわらなければなんの意味もない。

「岬さん」龍田がきいた。「これらの切れてる配線をつないで、作動させられないか？スイッチが外されていても、直結すれば……」

「理論上は可能だけど、問題は操作方法よ。スイッチといってもひとつだけじゃないはず。試運転から徐々に出力をあげていかなきゃ。操作を誤ると、安全装置が働いてブレーカーが落ちるわ」

部屋の隅でうずくまっていた川添が、いきなり笑い声をあげた。

「おしまいだな」川添は甲高い声を響かせた。「どうせ外にでたって刑務所暮らしだ、ここでくたばっちまっても同じだ。俺は何も怖くない。死ぬのなんか怖くは……」

「黙ってろ」龍田は川添を一喝してから、美由紀に向き直った。「機械をよく見てくれ。僕は救命士だから、こういうものはさっぱりだ。あなただけが頼りなんだよ」

美由紀は戸惑いながらも、冷静に配電系統を観察しようと躍起になった。

スイッチは操作ミスを防ぐために、右もしくは左から順に入れるように配置されることが多い。メンテナンス用パネルが左にあることから察して、左から順の可能性が高い。ここにスイッチがあったと仮定して、たぶん色の同じリード線二本ずつが、スイッチに結ばれていたのだろう。すると、左端の赤いリード線が起動、次の緑が試運転からアイドリング、その次のオレンジがファンの回転を全開にし、給気を開始するためのスイッチ……。

龍田がいった。「それらを順番につないでいけば、いいんじゃないのか？」

「タイミングがわからないのよ。たぶんこのスピーカーが、音声の指示を伝えるシステムだったと思うの。ガイダンスに従ってスイッチを入れる。数秒でも遅れれば自動停止」

「なんだって……。このスピーカーか?」

「ええ……」

絶望の空気を孕《はら》んだ、重苦しい沈黙が辺りを包んだ。

本来、スピーカーはウーファーの紙の振動が空気に伝わり、音を発生させる。その紙が破られてしまったのでは、なんの音も生じない。紙を貼りなおせば音がでるというほど、単純な仕組みでもない。

「でも」美由紀はつぶやいた。「スピーカーに電気はきているんだから……。代わりの物さえあれば……」

「代わりって? スピーカーの予備なんて、あるわけない」

「豆電球をつなげば、スピーカーに電気がくるタイミングだけはわかるわ」

そうはいっても、パネルに埋めこまれたランプはLEDばかりで、しかも取り外せそうになかった。

懐中電灯は、イリミネーターの襲撃のせいでオフィスに置いてきてしまった。いまさら取りに戻っている時間はない……。

美由紀は腕時計に目を落とした。一時二十九分三十四秒。あと二十六秒しかない。

ここまできて、すべては水泡に帰してしまうのか。なにか方法はないのか……。

ふと、頭に閃《ひらめ》くものがあった。美由紀は川添に視線を向けた。

いじけてうずくまる川添の両腕のなかに、弁当の箱があった。

すぐさま美由紀は川添のほうに駆けていった。「それ、貸してくれない？」

「あ？　この弁当は俺の……」

「食べたきゃ好きにすればいいわ」美由紀は強引に箱を奪いとった。「賞味期限切れのお弁当なんて、口にいれるつもりはないのよ」

急いで包装を破りとる。これは幕の内弁当だ。和食なら入っている可能性も充分にある。

箱の蓋《ふた》を開けた。目当ての物はすぐに見つかった。

沢庵《たくあん》をひと切れつまみとると、美由紀は箱を川添に突き返し、コントロールパネルの前に舞い戻った。

龍田は眉《まゆ》をひそめた。「なんだそれ？　雅香《がっこ》かい？」

美由紀はスピーカーから銅線をちぎった。「あなた、秋田の出身ね？　お漬物を雅香って呼ぶなんて」

「ああ。能代《のしろ》生まれでね。きみも秋田なのか？」

「いえ」美由紀は二本の銅線の先を沢庵に突き刺した。「でも能代港に行ったことはあるわ。夏の花火が壮大よね」

「そこは間違ってないけど……。いまやってることにはどんな意味がある？」

「この銅線はね、交流百ボルトを直流十二ボルトに変換する基板を通じてウーファーにつながってる。だから音声をだすための電流は百ボルトで通電するの」

「……で、その沢庵は？」

「内部で放電されると、沢庵の塩分に含まれる塩化ナトリウムと電子の化学反応で、原子発光が起きる。電球の代わりになるわ」

「本当かよ⁉」

「ええ。龍田さん、腕時計を見て。カウントダウンをお願い」

「わかった。……一時二十九分五十六秒、あと四秒。三秒。二、一……」

美由紀は赤いリード線を接触させた。

先端から火花が散り、機械の放つ鈍い音が大きくなる。そして、頭上で重くひきずるようなノイズが響きだした。

見あげると、ファンがゆっくりと回転を開始していた。

川添があんぐりと口を開けて立ちあがった。

龍田も興奮ぎみに告げる。「動きだしたぞ！」

美由紀は喜びを感じてはいられなかった。スピーカーの代用品である沢庵をじっと見つめつづけていた。

やがて、沢庵は強烈なオレンジいろの光を放った。断続的に光は明滅を繰り返す。

「すげえ！」龍田が叫んだ。「マジで光った。こんなに明るいなんて」

その明るさは均一ではなかった。強く光るときもあれば、ほのかに輝くだけに終わることもある。点灯する長さも一定ではない。

しかし、それはすなわち、スピーカーに送りこまれる電気信号の強弱と長さを表していた。ウーファーを振動させるための信号。わたしは、この光を音に変換させて受けとらねばならない。強く光ったときには大きな音声が発せられている。長く光れば、それだけ音が伸びている。

明滅を口の開きぐあいに当てはめれば、読唇術の要領でおおよその発声の見当がついた。試運転開始まで、あと……秒です。音声はそう告げた。何秒かは判然としなかったが、秒読みらしき明滅によってあきらかになった。五秒前、と音声はいっている。四、三、二、一……。試運転開始です。そういった。

緑のリード線を接触させる。また火花が散り、頭上のファンはひときわ大きな音を立てて回りだした。

風が吹きつける。立っていられないほどではないが、それなりに強烈ではあった。垂直に吹き下ろすさまはビル風のようだ。

沢庵が明滅して告げている。出力三十パーセント、と言ったのはわかった。しかし、そのあとにつづく言葉はよくわからない。アウアイウウオウイアイアウ。

日本語の場合、読唇術で読みとれるのは厳密にはアイウエオの母音だけであり、子音の違いは微妙すぎて判別しきれない。この場合、試運転開始など、あらかじめ音声ガイダンスに含まれるであろう単語が用いられれば推測しやすくなるが、いまはまったく予測不能の音声が告げられたらしい。

そのとき、別の作動音がした。振り返ると、コントロールパネルと同色の壁の一部が、突如として後退していき、一メートル四方ほどの窓を開口した。

外気が吹きこむのを感じる。窓の外の竪穴には配管がめぐらされていて、そこに手をかけてよじ登ることも可能のようだった。

出口か。一瞬そう思ったが、美由紀は踏み留《とど》まった。

給気ファンの脇に地上につづく竪穴。構造上、その意味するところは……。

川添が窓に駆け寄っていった。「助かった。外に出られるぞ」

「駄目よ」美由紀は呼びかけた。「何があるのかわからないのに……」

「お先に失礼。せいぜい頑張りな。この通路は俺専用だ、ついてくるなよ。蹴落《けお》とすぞ」

それだけいうと、川添は窓の外に身を躍らせた。配管にしがみついて、梁《はり》に足をかけてよじ登ろうとしている。

給気と同時に必要となる管となれば、なんらかの気体を浄化し地上に排出するものに違いない。ファンの回転とともに生じる気体といえば、なんだろう。

そう思ったとき、刺激臭を感じた。

硫黄のにおい。亜硫酸ガスか。

美由紀ははっとした。アウアイウウオウイアイアウ。ガス排出口開きます、だ。

「川添さん！」美由紀は窓に駆けだした。「こっちに戻って。危険よ！」

だが、窓からこちらを覗《のぞ》きこんだ川添は、口もとを歪《ゆが》めるばかりだった。にやつきながら川添はいった。「てめえの惨殺死体を楽しみにしてるよ、イカサマ女」

ところが次の瞬間、竪穴に轟音《ごうおん》が響きだした。

不安そうな顔をした川添が、頭上に目を向けたとき、竪穴に突風が吹き荒れた。

窓から吹きこむ強烈な風。竪穴のなかの風圧は、その数十倍にも及ぶらしかった。川添は悲鳴をあげたが、配管をつかんだ手は離そうとしなかった。

風が熱を帯びる。竪穴内部の気温は恐ろしく上昇しているようだった。配管の金属部分が真っ赤に染まっている。

直後、川添の皮膚は焼け爛《ただ》れ、液状に溶けだして滴り落ちだした。血管や神経、歯茎があらわになり、筋肉までが溶解すると、骨が見えてきた。もはや川添の顔面は、頭骨に眼球を残すのみとなっていた。手のほうも五本の指の骨が表出している。

悲鳴は、声帯を構成する部分が消滅するまでつづいた。声がやんだころには、スーツの中身は骸骨《がいこつ》のみとなり、細かく砕けながらガスとともに噴きあげられ、消し飛んでいった。温度が急激に上昇している。ファンが送りこむ風と相まって、熱を帯びた竜巻が形成されつつある。

沢庵が明滅した。今度もなにを告げているのかはっきり判らなかった。けれども、もうスイッチはひとつだけだ。これをオンにする以外に、とるべき手段はない。

オレンジのリード線を接触させる。

ファンの回転速度に変化はないようだった。しかし、沢庵は新たなメッセージを発した。これは予測がつく言葉だけに読みとることができた。退避してください、あと三十秒で給気を開始します。

思わず安堵《あんど》のため息が漏れる。ようやく酸素が送りこまれる手筈がついた。

しかしそのとき、背後でなにかが音を立てた。

振り向いた美由紀は愕然《がくぜん》とした。ダクトに鉄製の扉が下りていく。

美由紀は龍田とともに駆けだした。巨大ファンの風圧と発生するガスを遮断する扉だ、いちど閉鎖したら密閉状態になってしまう。

「先に行って」と美由紀は告げた。

「いや、きみが先だ」

「でも……」

「僕は救命士だよ。女性より先に行けるもんか」

譲りあっている時間などない。すでに扉は半分ほど閉じている。美由紀は仰向けになって、なんとか身をねじこませた。

すると、扉は一時停止した。センサーが感知したらしい。

美由紀は必死でダクトを這《は》っていき、後続の龍田のために空間を作ろうとした。

ふいに突きあげるような縦揺れが襲った。

火山の水蒸気爆発に近い。いや、そのものかもしれない。原因は亜硫酸ガスの浄化システムとしか考えられなかった。川添の体内の水分が水蒸気圧を上昇させ、体積が膨張し爆発に至ったのだろう。

ダクトに入ろうとしていた龍田が、転倒して鉄網の床に突っ伏したのを、美由紀は見た。

センサーの感知する領域に人がいなくなったせいで、ふたたび扉が下りだした。

あわてて美由紀は叫んだ。「龍田さん、早く！」

しかし龍田の動きは鈍かった。脚が立たないらしい。うつ伏せたまま、顔だけをこちらに向けた。

美由紀は必死でダクトを引き返そうとした。センサーの有効範囲内にまで戻れば扉は止まる。

自分の判断ミスを呪わざるをえない。ついさっき、龍田がダクトに入りやすくするために、わたしは匍《ほ》匐《ふく》前進を急いだ。そのせいで扉が遠い。予想できない爆発があったとはいえ、こんなことになるなんて……。

間に合わない。扉まではまだ距離がある。けれども、もう人が通れるほどの隙間もない。

吹き荒れる風のなか、龍田はふらつきながら身体を起こすと、美由紀に怒鳴った。「搬送してた妊婦をよろしく頼む！　長瀬寿美子さんを……。子供を無事に産ませてやってくれ！」

「龍田さん！　いけない。早くこっちへ来て！」

「みんなを助けてあげてくれ。きみにしかできないこと……」

声が聞こえたのはそこまでだった。扉は固く閉ざされた。

美由紀は悲鳴に似た叫びをあげて、ようやくたどり着いた扉に蹴りを浴びせた。

満身の力をこめて、何度となく蹴った。壊れろ。センサーが異常を感知してくれれば、安全装置が働くはず。きっと扉は開く……。

だが、扉はびくともしなかった。足首に砕けそうなほどの激痛が走る。

地震のような揺れとともに、扉の向こうで重低音が轟《とどろ》いた。

給気が始まった。ファンの出力が全開になった。

美由紀はダクトのなかでうずくまり、目を閉じた。

こみあげてくる悲しみのせいで、涙が溢《あふ》れそうになる。堪《こら》えようとしたが、叶《かな》わなかった。美由紀は声をあげて泣きだした。耐え難い苦痛に胸が張り裂けそうだった。生き残るのがわたしである必要がどこにあったのだろう。救われるべき生命は、ほかに無限にあるというのに。

生存

企業向けの清掃会社に勤める永沢弘樹《ながさわひろき》は、一日の仕事を終えて中野坂上にある本社に帰ろうと、ミニバンで山手トンネルにさしかかったとき、この地獄のなかに飲みこまれた。

最初は自分の不運を呪った。次に周りの惨状を見るうちに、身内が一緒でなくてよかったと感じだした。永沢の会社では外回りは基本的にひとりでおこなう。同僚がいないのもさいわいだった。ふだん当たり前のように顔を合わせていた人間が犠牲になるなんて、とても耐えられそうにない。

いつしか永沢はこの避難通路で、自分でも驚くぐらいの勇気を発揮してイリミネーターに立ち向かっていた。ほかの男たちと力を合わせて、プロレタリアートを三人、ブルジョワをふたり仕留めた。いずれも弱点が判明していたからこそ倒せたのだが、俺のその行為によって救われた命もたくさんあったはずだ。むろん、俺自身の命も含めてのことだが。

とはいえ、そんな奮闘もなんら意味を持たなかったかもしれない。

永沢は避難通路の床に横たわり、天井を見あげていた。ついさっきまでは歩きまわるほかの人々も同様だった。もはや立っている者はいない。

人間も見かけたが、いまではすっかり足音も途絶えた。

息が苦しい。もはや、咳《せき》すらでなくなっている。ふと気づくと呼吸がとまっていて、意識が遠のきかけている。そのことを自覚し、必死で息を吸おうとして、またいつの間にか意識が薄らぐ。その繰り返しだった。

酸素が底をついたのだろう。全身が痺《しび》れて感覚が失われていく。気づかないうちに眠りに落ちそうになる。そしておそらく、永遠に目覚めのときはこない……。

人生はここでお終いか。ぼんやりとその思いが頭をかすめた。

そのとき、永沢の耳は異質な音を聞きつけた。

清流の音。はじめはそう思った。やがてそれは、風の吹く音とわかった。

前髪が揺れている。頬に風を感じる。

反射的に、永沢は息を吸いこんだ。

空気が肺に送りこまれた。と同時に、脳の働きが活性化した。状況が手にとるようにわかる。酸素が戻った。自然に呼吸ができる。

身体に力がみなぎってきた。ゆっくりと上半身を起こすと、同じように立ちあがろうとしている人々が目に入った。

どの顔も疲れきっていたが、生気に満ち溢れている。永沢にはそう思えた。

「息が吸える」と誰かの声がいった。「やった、酸素が復活した！」

歓声と、安堵《あんど》のため息があたりにこだました。

まだ誰もが血みどろの戦場にいる。それでも光は射した。

永沢は泣いた。涙がぼろぼろと零《こぼ》れ落ちる。希望は潰《つい》えなかった。俺たちはまだ、生きられる。


一時三十分三十秒。時は来た。

片平はオレンジいろのリード線をつなぎにかかった。

すでに排気ファンは轟音《ごうおん》とともに回転している。アイドリング状態、おそらく出力三十パーセントというところだろう。風は室内から鉄格子の向こうのファンへと吹いている。まだ微風だ。この部屋にいても、身に危険が及ぶことはない。

しかし、ここからは違う。三十秒後にファンの出力は全開になる。そうなったら室内にいる人間は鉄格子に叩《たた》きつけられたうえ、千切りになって排気塔から空に舞いあげられるだろう。

床に横たわる三つの死体をちらと見やる。これらの死体も自動的に始末される。むろん片平のほうは、同じ目に遭うつもりなど毛頭なかった。ネクタイの結び目を気にしながら、戸口に向かって歩きだす。

パネルの向こうに閉じこめられたイリミネーターがさかんに暴れている。蝶番《ちょうつがい》もなんとかもちこたえたようだ。

「お別れだな」片平は皮肉をこめてつぶやいた。「きみが手にしているちっぽけな武器よりも、はるかに巨大な刃《やいば》に細切れにされる快感を味わうといい。もっとも、前頭葉を失ったきみには、自戒の念や懺悔《ざんげ》の気持ちなど微塵《みじん》にも生じないだろうがね」

鼻を鳴らしてパネルの前を通り過ぎる。その瞬間だった。

イリミネーターはパネルを蹴破《けやぶ》り、室内に躍りでてきた。

片平はさすがにあわてて後ずさり、チェーンソーを持った敵と対峙《たいじ》した。

どこを蹴ったら構造的にダメージを与えうるかを、きちんと把握していたらしい。思ったよりも知性がある。さすがに友里の手がけた手術、そしてブルジョワの階級を与えられた実験材料だ。常識では考えられないほどの反応をしめす。

感心してばかりはいられなかった。ファンが動きだす前に退室せねばならない。片平は身を翻して戸口に駆けだした。

すぐさまイリミネーターが追ってきた。チェーンソーの音が背後に迫る。

部屋からでると、振り返って扉を叩きつけようとした。しかし、イリミネーターは扉と戸口の隙間にチェーンソーをねじこんでいた。

扉を開け放つと、イリミネーターはチェーンソーを振りかざして間合いを詰めてきた。

野人め。この期に及んで無駄な妨害を働くとは。

片平はグロック・ピストルを取りだそうとポケットに手をいれた。グリップを握り、引き抜きにかかる。

ところがそのとき、傍らのダクトから物音がした。

這《は》いでてきたのは涼平だった。

「先生。片平先生！」涼平は必死で大声を張りあげている。「無事ですか？」

ひそかに舌打ちしながら、ポケットのなかの拳銃《けんじゅう》を手放した。

目撃者がいては発砲できない。涼平をも射殺することも考えられるが、死体に弾痕《だんこん》が残ることを考えると現実的ではない。

たちまちイリミネーターが迫ってきた。そのまま片平は壁ぎわに追い詰められた。

攻撃をなんとか阻止する。チェーンソーを振りあげた敵の両腕をつかみ、こういう接近戦の場合、本来なら爪で敵の手首の神経を絶ち、指先の筋肉を緩めさせる手段をとる。そのための訓練も積んできている。

けれども、一介の整形外科医が鮮やかな殺人の手並みを披露するわけにはいかない。片平はわざと体勢を崩してイリミネーターの優位を許し、窮地を強調してみせた。

涼平が怒鳴った。「喉もとだよ！　ブルジョワは喉《のど》を打たれると自滅するんだ」

なるほど。刺青《いれずみ》の次は喉か。よく練られたゲームだ。

とはいえ、チェーンソーの刃が目の前に迫っている以上、両手は片時も放せなかった。喉にチョップを浴びせることなど不可能だ。

片平はすぐに一計を案じた。力に押されて倒れこんだように装いながら、イリミネーターを涼平のほうに突き飛ばした。

ダクトの前にたたずんだ涼平は、はっとして目を見開いた。

イリミネーターは涼平に向き直り、チェーンソーを構えなおしている。

悪く思うな、と片平は内心ほくそ笑んだ。イリミネーターが涼平を始末してくれれば手間は省ける。目撃者がいなくなったら、低脳ゾンビの喉もとに水平チョップを食らわせればいい。

収拾がついた。銃の弾丸も節約できた。いうことなしの仕上がりだ。

涼平は恐怖に身を凍りつかせている。その頭上にチェーンソーが振り下ろされる……。

ところがそのとき、女の声が響いた。「涼君、伏せて！」

びくっとして、涼平はその場に身を投げだして倒れこんだ。

次の瞬間、ダクトから飛びだしてきた女が、まっすぐに身体を伸ばしたまま跳躍し、イリミネーターの前に飛びこんでいった。

片平は愕然《がくぜん》とした。岬美由紀。こんな短時間で給気側からここまで移動してくるとは。宙を飛んだまま、美由紀の手刀はイリミネーターの喉に浴びせられた。骨の折れる鈍い音。暗示の効力などなくとも、敵はもう死んだも同然だった。

だがイリミネーターはなおも命をつなぎとめていた。頭部を不自然な角度に垂れたまま、チェーンソーを持ちあげて、額の爆薬にあてがった。

刃が硬いものを切断する甲高い音。ほんの数秒のあいだその音が響き、そして目もくらむ閃光《せんこう》とともにイリミネーターの額は弾《はじ》け飛んだ。

イリミネーターは脳の破片を撒《ま》き散らしながら床に転がり、ぴくりとも動かなくなった。チェーンソーが停止し、静寂が戻った。

美由紀と涼平が、それぞれ身体を起こした。

ふたりの視線が交錯した。何があったのか、美由紀は目を真っ赤に泣き腫《は》らしていた。

「涼君……」美由紀は涙を流しながら涼平を抱きしめた。

ふいに風が強く吹きだした。地鳴りのような轟音が響きだす。

排気ファン室の扉が半開きになっていた。鉄格子の向こうで、ファンは出力を全開にして回転を始めている。たちまち吸いこまれそうになった。

美由紀が戸口に飛びついて、室内を覗《のぞ》きこんだ。「彼らを助けなきゃ」

彼らとは、三つの死体のことだった。ローレンソンはうつ伏せになっている。銃で撃たれて死んだとは、まだ美由紀は気づいていない。

片平は怒鳴った。「扉を閉めるんだ。彼はもう死んでる」

なおも美由紀は部屋に駆けこむ素振りを見せたが、その直後、ローレンソンの死体はファンの強烈な吸気力によって、床から浮きあがった。死体は宙を飛び、鉄格子に叩きつけられた。

そこから先は、片平がひそかに望んだとおりの事態が待っていた。ローレンソンの死体は一瞬のうちにばらばらになって、跡形もなくファンに吸いこまれていった。ファンの回転は失速するようすはない。排気は問題なく開始され、物証は何ひとつ残らなかった。

悲惨な光景に、美由紀は顔を背けていた。残酷な死にざまを少年の目に触れさせたくないと思ったのだろう、涼平をしっかりと両腕のなかに抱き締めている。

美由紀は扉を閉めた。風がやみ、辺りは静けさを取り戻した。

しばらく時間が過ぎた。

酸素が戻っている、と片平は感じた。給気と排気、どちらも無事に稼動した。生命を維持する環境はひとまず、保たれたことになる。

涼平は、美由紀の顔を見あげた。「岬さん……。どうしたの？　なぜ泣いてるの？」

「……みんな死んだわ」美由紀はつぶやいた。「残ったのはわたしだけ。ぜんぶわたしの責任よ」

「そんな……」

片平は美由紀にささやいた。「きみのせいじゃない。きみは、よく頑張った。大勢の人の命を救ったじゃないか」

美由紀は悲痛な面持ちで、片平をじっと見つめてきた。「八人もいたのに……。生き残ったのは、わたしたちだけね」

「ああ。尊い犠牲だったよ。……避難通路に戻ろう。彼らのぶんも生きつづけて、人々のために尽くそうじゃないか。それが彼らへの弔いになる」

大粒の涙を流しながら、美由紀はうなずいた。ゆっくりとダクトに歩を進める。

真相に気づいたようすはなかった。千里眼は、私の本心を見透かしてはいない。陰謀の片鱗《へんりん》さえも嗅《か》ぎ取ってはいない。

出荷

午前二時をまわった。

避難通路では、ゆっくりと秩序が回復しつつあった。イリミネーターの襲撃も途絶えている。凄惨《せいさん》な現場であることには違いはないが、生存者たちは犠牲者らを一箇所に集めて寝かせ、上着やハンカチで顔を覆った。

生存者のなかに寺で修行中の僧侶《そうりょ》がいて、経を唱えた。手をあわせて冥福《めいふく》を祈る者もいる。火葬にすべきかもしれないが、ここでは難しそうだった。給気と排気が蘇《よみがえ》ったとはいえ、排煙装置はどうなっているのかまだわからない。構内の火災には対処しきれない。

手厚く葬られるのは、イリミネーターに殺された人々に限られていた。ここにいる人々にとって殺戮《さつりく》者にすぎないイリミネーターたちの死体は、壁ぎわに寄せられているものの、ほとんどが放置されていた。見るに堪えない死体には上着がかけられていたが、それは弔う意味でなされたことではない。

美由紀はそのことに心を痛めていた。もとはといえば彼らも犠牲者だ。意思を奪われてなお殺人に利用されたことを考えれば、いっそう辛《つら》い境遇といえるかもしれない。

負傷者が集められた中落合地区の自販機の前で、美由紀は担架に横たわった妊婦の長瀬寿美子の介護をつづけていた。

熱がある。いかにも苦しそうだ。陣痛はおさまっているようだが、このままでは出産に危険がともなう。胎児の生命にもかかわる。

それでも美由紀は、寿美子にやさしい言葉をかけて安静につとめた。彼女と胎児のことを、救命士の龍田は最後まで気にかけていた。わたしはその使命を受け継いでいる。どんなことがあっても、彼女に不安を与えてはならない。

もうひとりの救命士である翠原は、同僚の龍田について何もたずねなかった。避難通路に帰ってきたのが美由紀と涼平、片平医師だけだったという事実を、ただ黙って受けいれているようだった。

平静を装いながらも、たとえようのない辛さを噛《か》み締めていることは表情を見ればわかった。だがそのことに気づいていても、美由紀には言葉が見つからなかった。何を話すべきかわからない。彼は立派に生きた。あらためて口にするまでもなく、ここにいる誰もが知り、共感しあう事実となっていた。

寿美子は目を閉じ、穏やかに呼吸しだした。眠りについたようだ。

美由紀はいったんその場から離れ、床に腰を下ろした。

しばし無言のままうつむいて、擦り傷だらけの自分の手を眺める。デニムの膝《ひざ》も擦りむけて、スニーカーは血に赤く染まっていた。

近づいてくる足音がする。目の前に、ミカンが差しだされた。

驚いて顔をあげると、涼平がすぐそこにいた。

涼平は神妙な顔で告げてきた。「これ、美由紀さんの分」

「ありがとう……。でもいったい、どこから……」

「ずっと向こうのほうにいるおばあさんが持ってた。ビニール袋いっぱいのミカンを抱えて避難したんだって。実家が農家で、小さいころ疎開するときにもそうしたって……」

「じゃあ結構なお年ね」

「うん。僕はいいって断ったんだけど、空気を取り戻してくれた人たちに差しあげたいからって……」

「涼君が食べて。わたしはいらないから」

「もう二個も食べたよ。岬さんも食べなきゃ。お腹すいてるでしょ?」

「わたしは……」

美由紀は言葉を切った。

せっかくのお礼を拒絶したのでは、犠牲者に申し訳が立たない。ふとそんな気がした。たとえ自分で食べなくとも、持っていれば必要とする誰かに分けてあげられる。いまは誰もが助けあって生きねばならない。好意を突っぱねることもまた身勝手だ。ミカンをポケットにおさめながら、美由紀はつぶやいた。「涼君。本当にごめんね」

「また。なんで謝るんだよ」

「だって、わたしがジャムサを深追いしなかったら、こんなことには……」

「ねえ、聞いてよ。岬さんがいなかったら、ここはどうなっていたと思う?」

「え……」

「あのジャムサって奴の狙いは、岬さんひとりじゃなかった。無差別殺人の目的は判らないけど、大掛かりな準備がなされてたわけでしょ? 岬さんがいなくても、ここで起きたことは変わらなかったよ。だとしたら、みんなもう死んでた……」

「……それは、涼君のおかげでもあるのよ。涼君がブルジョワの弱点をみんなに教えてくれなかったら……」

「そうだよ」と涼平はうなずいた。「だから僕らふたりとも、ここにいてよかったんだよ」

美由紀は呆然《ぼうぜん》と涼平を見つめた。真摯《しんし》な輝きを帯びた涼平の瞳《ひとみ》が、美由紀を見つめかえしている。

穏やかな気持ちになる。ふしぎだった。こんな気分は初めてだ。

「やさしいのね」美由紀は微笑してみせた。「わたし、涼君のことを誤解してたかも」

「へえ……どういうふうに？」

「なんていうか、もっと……」

「頼りないと思ってた？」

「そういうわけじゃないけど……」

「いいんだよ、よくわかってる」涼平も笑顔を見せたが、すぐに神妙な面持ちになった。

「いいほうに解釈してくれるのはありがたいけど、最初の印象のほうが正しいよ。僕は頼りないし……。何もできないガキだよ」

「そんなことないわ」

「どうして？　千里眼といわれるほどの岬さんがそう思ったんだ、その事実が裏づけられたようなもんだよ」

「わたし、千里眼なんかじゃないわ。……ねえ、涼君。あなたのなかには真の強さがある。あなたはほかの人とは違う」

「じゃあ……。あ、いや、なんでもない」

「どうしたの？」

涼平の顔は、なぜか紅潮しだしていた。「いわなくてもわかるんだろ？　岬さんなら」

「……わからないわ」

「え？　マジで？」

美由紀は戸惑いを覚えていた。「自分でもよく理解できない……。ほんの一瞬だけ、涼君の感情が読めなくなってた。なぜだろう……」

「僕にそんなこといわれても……」

すると、近くで男の控えめな笑い声がした。

石鍋良一はあぐらをかいて、膝の上に置いたノートパソコンのキーを叩《たた》いていた。

「初々しいね。男の子は女教師に憧《あこが》れを持つものさ。で、女教師のほうはたいていその感情に気づかない。永遠の鉄則が千里眼の女性にも当てはまるわけだ」

ふと美由紀は、数年前のことを思いだした。かつて臨床心理士になるために資格認定協会の面接を受けたとき。

面接官らは、わたしが表情から感情を察知するスピードに驚きを覚えていたようだった。

それでもわたしは、あるひとつの感情については読みきれないことを悟った。

男性がわたしに向けてくる好意。恋する思いだけは見抜けない。理由は判然としないが、わたしにそういう欠点があることはたしかだった。

すると、いま涼君はわたしに……。

感情を正しく読みとれない以上、すべては推測でしかない。美由紀は脈が速まるのを感じた。

涼平は押し黙って、気まずそうに視線を落としている。

……どう考えればいいのだろう。美由紀は悩んだ。わたし自身、涼平が好きであるに違いない。しかしそれは他者によって仕向けられたことだ。しかも彼が同じ思いなら、この環境においては苦痛に等しい。彼を失いたくないという思いが募れば募るほど、事態を打開できない自分の力のなさに憤りを覚えてしまう。

石鍋が平然といった。「混乱してるね。自分を見失わないほうがいいよ。恋は病っていうからね」

美由紀はむっとした。「ずいぶん上から目線なのね」

「常に客観視してると言ってくれないかな。主観に陥ったんじゃ分析は不可能だよ。たとえば岬さん、あなたは涼平君が勇気ある人だみたいに言ってるけど……」

「違うっていうの？　察するに、石鍋さんは五十嵐哲治博士の論文でも読んだのかしら？」

「こりゃ驚きだ」石鍋はにやついた。「岬さんも同じ考えかい？」

「酸素欠乏症で人は動物に近づくって理論でしょ。一理あるとは思うけど、学界に受けいれられたわけじゃないわ」

「五十嵐氏の論文では、赤潮などに端を発して特定の国または地域を覆う大気の酸素濃度が下がった場合、その一帯のほぼ全員が理性的でなくなるらしいよ。群れを形成して、力が強いだけのボスに従い、弱者を痛めつけて力を誇示する。忌むべき見せかけだけの平等主義ってことだ。この理論に従ったら、半島の某国はずっと赤潮にでも取り巻かれているのかな。それに日本の学校とかも……」

「クラスでいじめられていた子に支持者が多いのよね、五十嵐博士の論文は」

今度は石鍋が表情を硬くした。「五十嵐氏自身、息子さんがいじめられっ子なのを苦にして研究に没頭したのだからね。共感を呼ぶのは当然だよ」

「研究は主観じゃなく客観であるべきなんでしょ？」

石鍋はため息とともにパソコンのモニターに目を戻した。「わかったよ。涼平君の勇気を本物と信じたいのなら、それでいい。僕は咎《とが》めないよ」

そのとき、涼平がぼそりとつぶやいた。「焼餅《やきもち》を焼いてるんだよ」

美由紀は涼平を見た。涼平はうつむいたままだった。その声は石鍋の耳には届かなかったらしい。石鍋はパソコンのキーを叩きつづけている。

当惑を深めながらも、美由紀はこれ以上議論すべきではないと感じた。

いまは考えねばならない問題が山積している。

「石鍋さん」美由紀はきいた。「こんなに多くの犠牲者がでるなんて予測できた？」

「予測なんてものは幻想にすぎないよ。勉強すれば株で儲《もう》けられると信じて、投資家はあれこれと理由をつけたがるけど、でた結果は絶対に予測不可能だったはずだ。この世はすべてあとづけの理屈に満ちてる」

「株を買うための勉強は無意味ってわけ？」

「いや。真の意味での未来予測はできっこないけど、過去のデータを収集して確率を計算することはできる。より信頼できるデータ、高い確率を選択することであるていどの方向性をみいだすことは可能だ。たとえばこれ。ここで起きていることだよ」

石鍋はパソコンの画面をこちらに向けてきた。

そのソフトのグラフィックは報道番組で観たことがあった。「ストックファーム3・0？　牧場や農場の管理ソフトよね」

「まさしく。自分の所有する土地に放牧している家畜や、育てている農作物にアルゴリズムを割り当てて、環境の条件や状況をインプットすることで目に見えない傾向を浮かびあがらせるというものでね。農業なら豊作か不作かを占うことができるし、養鶏場の場合はどの鶏舎にいるニワトリが何羽、鳥インフルエンザの被害に遭うのかを計算できる」

「ここでの生存者と犠牲者の割合を入力したの？　不謹慎だわ」

「嫌悪したくなるのも判らなくはないけど、面白い結果もでてるよ。よく見てよ」

しばし画面を眺めて、美由紀は息を呑《の》んだ。「これは……」

「そうだよ。避難通路を五平方メートルずつの方眼に区切ると、正確にそのなかで一・四人ずつが死んでいる。決して一箇所に集中せず、かつまんべんなく殺しが行われているんだ」

「……正確なデータじゃないでしょ？　四キロメートルもある避難通路の全域を把握できるはずもないし」

「たしかに、ここから見える範囲の出来事を入力したにすぎないけどね。それと、これはどう？　時間軸に目を向けると、十五分ごとに七・二人ずつが死んでる。平均じゃなくて、正しくそうなっているんだよ。これも僕の視界の範囲内のデータだけど、避難通路全体で同じことが起きていると考えると、単純計算で十五分ごとに三十一人が死んでる。ここに来てから現在まで、どの十五分間を抽出しても、同じ割合で人が亡くなっているんだよ」

「本当なの？　多少は増減するはずでしょ？」

「いやそれが、コンピュータで管理したプログラムのように不変でね。興味深いのは、これらの死亡率は被害者とイリミネーターの合計数で算出されてるってことだ。つまり、ある十五分間で被害者の死亡者数が少なければ、そのぶんイリミネーターが多く死ぬ。次の十五分間では逆のことも起きたりする。そのように両者が補いあって、十五分ごとに七・二人死亡というペースを守りつづけているんだ」

美由紀は衝撃を受けていた。

モニターに表示されたグラフはまさしく石鍋の言葉を裏付けている。即死もあれば、負傷し重体に陥っていた人が死ぬケースもある。場所と時間。すべてが均一だった。

「でも」美由紀は石鍋を見つめた。「こんなことが可能なの？　人が命を落とすペースをコントロールするなんて……」

「岬さん。イリミネーターなる連中は、なぜ三つのランクに分けられていると思う？」

「それは、脳切除手術の出来不出来や本来の身体能力、暗示の効きやすさに個人差がでてくるから……」

「じゃあ、その最下層のプロレタリアートから順番に襲ってきたのはなぜだい？　当初から避難通路にいたのが三千人として、ピンチ・ア・チャンスってヒントに気づく人間は何人で、どれくらいの時間がかかって答えを見つけると思う？　データが不足しているからここでは計算できないけど、実際に岬さんがプロレタリアートの倒し方を発見するまでに、かなりの人が死んだ。倒し方が判ってからは犠牲者は減るけど、敵側の死者数が伸びて総数を補うことになる。しばらくすると人々は戦い方を覚えてきて、プロレタリアートをほぼ難なくやっつけるようになる。そこでブルジョワを投入して、また一定の人が殺されるように仕向ける。喉《のど》もとを突くと倒せるという攻略法は、戦闘がつづけばいずれ発見される。だからそこからはブルジョワの死者数が増える……」

「すべては意図的なものだったってこと？　狂信的な儀式やゲームを装って、一定のペースで人を死なせていくための管理体制が敷かれていたのね？」

「そうだよ」石鍋はノートパソコンを畳み、眼鏡の眉間《みけん》を指先で押さえた。「牧場主は精肉業者に、常に何頭の牛や豚を殺して出荷するかを決めている。ここでおこなわれていることも同じさ。僕たちは、出荷待ちの牛や豚なんだ」

裏切り

友里佐知子は赤坂Bizタワーの三十五階にある広々としたオフィスで、複数の液晶プロジェクタ・スクリーンに投影される画像を眺めていた。

赤坂サカス内に建設されたこのビジネス専用高層ビルは、友里が用意したダミーの法人の入居申請をあっさり許可してくれた。金がすべての商業施設などそんなものだ。しかもここはTBSの社屋に隣接し、タワー内部にも毎日放送やロイター・ジャパンが入居しているおかげで、報道の動きをリアルタイムに察知できる。あわただしくエントランスを出入りする記者たちの挙動や取材チームの規模、そして表情を観察すれば、現在なにが起きているかは一目瞭然《りょうぜん》だ。報道を規制したところで、わたしの目を欺くことはできない。

ひとたびオフィスとして認可された以上、ここは友里にとっての聖域だった。千代田区の警視庁本部庁舎は窓から見える距離にある。戦後最大規模の捜査員を投入して行方を追っている指名手配犯が膝《ひざ》もとで優雅に暮らしているとは、彼らも夢にも思わないだろう。

メフィスト・コンサルティング特殊事業部は計画の発令所を目立たない古民家や地下室に置くのが常だった。特別顧問らはそこをカンガルーズ・ポケットと呼んで、歴史の裏舞台と位置づけていた。わたしはネズミのような暗がりに潜んだりはしない。大衆を欺く心理の盲点など、この都心にも無限に存在する。

友里はスクリーンの前に立って、インターネットのブロードバンド回線を通じて送られてくる不鮮明な画像に目を凝らしていた。山手トンネルの管理室に接続された光ケーブルに割りこんで、避難通路の熱感知モニターの画像のみを転送させている。

避難通路には監視カメラはなく、消防署が設置を義務づけたサーモグラフィーのセンサーが十メートルごとに存在するのみだ。それゆえに岬美由紀も、現時点では外部から覗《のぞ》かれているとは気づくまい。実際には、サーモグラフィーの解像度はかなり細かく、温度分布によって人の形が赤く染まっているのをはっきり確認できる。その人物が立っているのか、しゃがんでいるのかさえも明瞭に区分できる。

絨毯《じゅうたん》を歩く音がする。隣りの部屋から鬼芭阿諛子がでてきて、友里に歩み寄ってきた。

「母」と阿諛子はいった。「警視庁が自衛隊と協力して救出チームを編成してる。でもブルドーザーによる作業が遅れてるから、トンネルに入れるのは夜明けになりそうだって」

「予定どおりね。渋滞状況は？」

「五号池袋線の閉鎖地点から西に五十六キロ。四号新宿線からは四十二キロ。首都高株式会社はシールドマシンを現場に運びたがっているけど、この混雑じゃ絶対に無理ね」

「一気に掘削することは不可能。サーモグラフィーの画像も火災が感知されないかぎり、管理会社ではモニターできない。誰もトンネル内のようすを把握できずにいる。わたしたち以外はね」

阿諛子はスクリーンを見やった。「かなり生存者数が減少したわね」

「それも予定どおりよ」

「でもまだ目標達成には至ってない……」

「ええ。イリミネーションはこのまま続行ね。うまくすればプロレタリアートで計画完了、遅くともブルジョワの投入前後にはメドがつくと思ってたけど、午前二時を過ぎても進展なしとはね。しぶといわね」

「ジェントリはトンネル内に待機させてあるわ。百人ほどしかいないけど、一番の精鋭部隊よ。生存者たちを血祭りにあげるのは造作もないことよ」

イリミネーターたちは大型トラックや高速バスに分乗させて、崩落寸前のトンネル構内に侵入させておいた。その大半を避難通路に投入してもなお、目的を果たせずにいる。歯がゆい限りではあったが、同時に楽しくもある。ゲームは容易《たやす》く勝てたのでは面白くない。

「母」阿諛子はプリントアウトされたデータ用紙を見ながらいった。「生存者たちがプロレタリアートの攻略法を見つけるのが、予定より早かったわ。ブルジョワに関してもよ」

「美由紀がいるんですもの、当然でしょ」

阿諛子はあからさまにむっとした。「あの女を誘いこむ必要が、本当にあったのかしら」

「〝招かれざる客〟を発見するには、美由紀の目が必要よ」

「もう見つけているかも……」

「いいえ。まだよ」

「なぜわかるの？」

ふんと鼻を鳴らし、友里はスクリーンを指し示した。「美由紀がどこにいるかわかる？」

阿諛子はスクリーンを眺めまわしたが、困惑したように告げてきた。「熱感知モニターでは顔も服装もわからないし、まだ千人ほどが生き残ってる。このなかから特定のひとりを判別することは……」

「不可能？　いいえ。行動パターンを観察すればおのずからあきらかになる。中落合の非常用自販機の前をよく見てごらんなさい。負傷者が集まっているでしょ」

「……この床に座っている痩《や》せた人影？」

「そう。それが美由紀よ」

「いわれてみればたしかに、体型やしぐさが……」

「その温度分布と体型をよく見て覚えておくことね。そうすれば今後は選択的注意によって、瞬時に見つけられるでしょ」

「さすが母」阿諛子は心底、感心したようすだった。「いつこれが岬美由紀だと気づいたの?」

「最初からよ。避難通路にプロレタリアートの第一波を投入したとき、人々はいっせいに体温をさげて青くなった。ところがこの人影だけは赤いままだった」

「あの女らしい鈍感さね」

阿諛子は美由紀に対し貶《おとし》めるような表現を使う。しばしばそれは正しくない。美由紀が青ざめなかったのは、肝が据わっていたからだ。鈍かったからではない。

友里はいった。「その後もイリミネーターたちに怯《ひる》まず挑んでいって、午前一時半には給気と排気の機能を修復するために組織されたチームの、実質的なリーダーになっていたわ。ただし、まだ〝招かれざる客〟と接したようすはない」

「……母。たしかに〝招かれざる客〟の排除は急務だけれど、岬美由紀をこのまま野放しにしておくのは危険よ。リーダーシップを発揮して生存者たちの結束を強め、抵抗力を増す可能性がある。計画に支障がでるわ」

「美由紀を始末するのは、彼女に与えた役割を果たさせてからよ」

「でも母。東京晴海医科大病院でも、あの女を生かしておいたばかりに……」

ふいに苛立《いらだ》ちがこみあげた。友里は阿諛子をじろりとにらんだ。「わたしがいつ、あなたに意見を求めたかしら」

阿諛子は戸惑ったようすで口ごもった。「すまない、母……。わたしは決して母に意見するつもりでは……」

友里は片手をあげて、阿諛子の弁明を制した。

たとえ阿諛子であっても、計画の不備を指摘されるのは不愉快だ。もとより、不備などあろうはずもない。

とはいえ、美由紀の統率力はたしかに無視できない問題ではある。一匹狼だったあの女に、リーダーとしての資質があるとは予想していなかった。

しばし熟考してから、友里はつぶやいた。「美由紀をいったん、ほかの生存者たちから遠ざける手ね」

阿諛子が目を丸くしてこちらを見た。

その瞳《ひとみ》にかすかに喜びのいろが宿る。わたしが彼女の意見を聞きいれたことを嬉《うれ》しく思っているのだろう。

「母。ジェントリのイリミネーターたちはすぐにでも投入できるわ」

「いえ。それでは逆効果よ。美由紀は負傷者たちを守ろうとして、その場から一歩も動かなくなるわ。彼女が積極的に集団を離れる方法……。さっきの給気ファンと同じく、システム障害が発生すれば、美由紀はみずから直しにいくわ」

「それなら、非常灯はどうかしら」

「……理想的ね。消せるの？」

「スピーカーやマイク、自販機と同系統だけど、主電源からは独立していてバッテリーにつながっている。これまで通電していたのはそのせいよ。バッテリーをオフにしてしまえばそれらは使えなくなるわ」

「バッテリーはどこにあるの？」

「要町から五十メートル先の天井に埋めこまれてる。いま岬美由紀がいる場所からは、池袋方面に一キロ以上移動することになるわ」

友里はスクリーンに目を向けた。「その辺りも生存者で埋め尽くされてるけど」

「岬美由紀にはまだ直接接したことのない、馴染《なじ》みのない人たちよ。スピーカーもオフになるし、集団に呼びかけることはできなくなる」

「非常灯の復旧に追われていれば、それらの生存者たちと親睦《しんぼく》を深めている暇はないわね。

いいわ、ジャムサに連絡して手を打って」

「了解」と阿諛子は隣りの部屋に立ち去っていった。

足取りが妙に軽い。わたしの気を変えさせたのが、よほど喜びにつながっているらしい。

あいにくわたしは、参謀を必要とはしていない。阿諛子には永遠にわたしの片腕であってほしい。けれども、いま以上に知恵をつけることは願いさげだ。

自分が利口だと信じだしたとき、裏切りへの一歩が踏みだされるのだから。

選抜

ジャムサは暗がりのなかで、衛星携帯電話に吐き捨てた。「馬鹿をいえ。せっかく退避したのに、また中に戻れってのか」

阿諛子の声はいつにも増して冷ややかだった。「二度同じ説明をさせるつもり?」

「人使いが荒すぎるぞ。俺をなんだと思ってる」

「猿でしょ。貴様ごとき醜悪な生き物が自分を人だなんてね。笑えない冗談だわ」

「また見下す気か。鬼芭。俺がもし、すべてを放りだしてここから去ったらどうする? え? 俺は構内に出入り自由だが、おまえにそんな芸当は無理だろうが」

しかし、阿諛子の声のトーンは変化なしだった。「計画が失敗したら、教祖阿吽拿に代わってわたしが貴様を探しだし、八つ裂きにしたうえで動物園のライオンの檻《おり》に放りこむ。どこに逃げようと必ず見つけだす」

「おい……。脅しなんかが通用すると思うなよ」

「猿。貴様の首の強度はもう目で測ってある。十歳の少年以上、十二歳のゴリラ未満ってところね。頸椎《けいつい》の椎間板はおまえの喉仏《のどぼとけ》より二センチ下。刃渡り十六センチの鉈《なた》なら、テイクバックすることなく水平に振って首をはねることができる」

「……要町にあるバッテリーをオフにすればいいんだな?」

「そういうことよ。三十分以内にケリをつけて。また連絡する」阿諛子の声はそう告げて、一方的に電話を切った。

しばらくのあいだ、ジャムサは凍りついていた。阿諛子の説明した生々しい殺害方法が気になって仕方がない。思わず喉仏に手が伸びる。

「畜生!」ジャムサは悪態とともに、携帯電話をリュックのなかに投げいれた。脅したつもりが、逆に脅されてたちまち靡《なび》いてしまった自分がいる。なんて体たらくだ。まあいい。今にみていろ。この計画が終わったら、俺は必ずあの女を……。

子供用リュックから図面のコピーを取りだす。風のせいで、広げるのも難儀だった。

ここは山手通りの中央分離帯、高さ四十五メートルの排気塔の上だった。代々木に建つこの排気塔は機能していない。西新宿から渋谷までの区間のトンネルはまだ開通していないからだ。真下の換気所も、ファンの設置前だった。

それでもダクトだけは出来上がっている。普通の人間に出入りは不可能だが、ジャムサには造作もないことだった。足の指は手と同様に長く伸びていて、物をつかむことができる。排気塔のわずかな足場も、ジャムサにとっては緩やかな階段も同然だった。

図面から顔をあげて地上を見やる。

山手通りは中野坂上の交差点で閉鎖されていた。そこから先は、おびただしい数のパトランプが波打っている。都内のあらゆる緊急車両が集結しているようだった。

何千人が集まろうが、トンネルに入ることもできなければ内部を把握することもできない。身体ばかり大きな人間という生き物は愚鈍に尽きる。いまにそのことを自覚させてやる。友里佐知子や鬼芭阿諛子のみならず、全人類に教訓を与えてやる。

ジャムサは排気塔のなかに身を躍らせた。

いちども稼動してないだけあって、塔の内部はまだ綺麗《きれい》だった。雨水のせいで苔《こけ》が繁殖しているが、排気ガスで黒く染まってはいない。さいわいだとジャムサは思った。数時間前、排気ファンがまだ停止しているうちに上落合の排気塔を登ったが、あれは最悪だった。出たとたんに風呂に入りたくなる。

ついていない。管理室の主電源を絶ち、サーモグラフィーのモニター画像を転送できる光ケーブルに細工することだけが、今夜の俺の仕事だったはずだ。割り増しをもらう交渉もせずにサービス残業とは、己れの肝の小ささに腹が立ってくる。

排気塔の底に着いた。そこから横方向に延びるダクトを這《は》っていく。ここも直径は二十五センチていど、普通の人間では潜りこめない。俺だからこそ可能な芸当だ。

やがてダクトの出口に達した。その向こうに西新宿出口の緑いろの看板が見えている。避難通路ではない、車道のトンネル構内にでたのだ。

路面までの高さは五メートルほどあった。ジャムサは跳躍し、膝《ひざ》のバネで衝撃を吸収しながら、コンクリートの上に軟着陸した。

ひでえもんだ、とジャムサはつぶやいた。

構内は事故車両で溢《あふ》れかえっている。運転席、あるいは助手席で死んでいる人間も少なくない。火災は起きていなかったが、ほとんどの車両は大破していた。

生存者たちは全員、この下の避難通路に逃げこんでいる。しかしながら、車道上にいるのは死人ばかりではない。

壁ぎわの避難用滑り台。その降り口に、十人ずつ列ができている。誰もが背を丸めてたたずんだまま、ひとことも喋《しゃべ》らず、ぴくりとも動かない。

ジェントリのプロレタリアートたちは隊列を崩さず、出撃のときがくるのを待ち構えている。車道のスピーカーは無線で赤坂Ｂｉｚタワーのオフィスと繋《つな》がれていた。いずれ阿諛子の指示が構内に響けば、彼らはいっせいに滑り台に身を躍らせ、最期の戦いに赴くことだろう。

ジャムサは指先を噛《か》んで、勢いよく口笛を吹いた。「おい、兵隊ども!」

近場のジェントリの何人かが、ゆっくりと振り返る。どの顔も無表情だった。血の気がひいているのは、半分死んでいるからに相違ない。

ボンネットがわずかに凹《へこ》んだだけのワンボックスカーを指差して、ジャムサは告げた。

「ひとり来い。こいつを運転して、要町まで連れていけ」

やがて、黒のランニングシャツを来た巨漢の男が、隊列を離れてこちらに歩いてきた。間近に迫ると、思わず後ずさりしたくなるような存在感だった。額に爆薬を貼りつけているし、刺青《いれずみ》のGもジェントリのイリミネーターであることを表しているが、その挙動はきわめて自然だった。プロレタリアートやブルジョワにみられたような、ぎくしゃくした足取りではない。さすがに選抜された人員だけのことはある。

意志力を失っても、思考力と判断力は持ちあわせているジェントリは、複雑な動作を命じられても実行できるだけの技能を有する。いまも、その巨漢のジェントリはワンボックスカーのドアを開け、ステアリングに突っ伏して死んでいた若者を路上に投げ落とすと、代わって運転席におさまった。

愛想のなさだけは救いがたいな。ジャムサはため息をついて助手席に乗りこんだ。

M＝E

涼平は必死で、自販機に硬貨を投入してはミネラルウォーターのボタンを押し、ペットボトルを取りだしつづけた。こんなにたくさんの飲料水を一気買いしたのは初めてだった。もちろん、自分の金ではない。周囲の人々のカンパで集まったものだ。

辺りはひどくあわただしかった。イリミネーターの襲撃ではない。長瀬寿美子の本格的な陣痛が始まり、出産を助けようとする人々で溢れかえっていたからだった。

もっとも、そのほとんどの人々は、互いの上着を結びあって四方を囲むカーテンを作り、外側から保持しているだけの役割にすぎない。なかにいて寿美子の出産を見守るのは涼平のほか、救命士の翠原、医師の片平、若くして出産を経験したという武居《たけい》比郎子《ひろこ》という二十代半ばの女性、そして岬美由紀だった。

抱えきれないほどの本数のペットボトルをなんとか携えて、涼平はその〝陣地〟のなかに戻った。

寿美子は担架の上に寝そべり、苦しそうに呻《うめ》いていた。額の汗を美由紀がハンカチで拭《ぬぐ》っている。

片平がいった。「あと少しだ。思いっきりいきめ」

「やってるわよ」寿美子は唸《うな》りながら吐き捨てた。「もう充分に」

比郎子がその顔を覗《のぞ》きこむ。「まだまだよ。ピークはこれから」

「もう……。他人《ひと》ごとだと思って……」

「いいえ」比郎子は、澄まして見える美人顔の女だったが、その外見に似合わず穏やかな声で告げた。「わたしは二度経験してるから。一度目はかなり辛《つら》かった。だから気持ちはわかるの。でも乗り越えられる」

「そうだといいんだけど……」寿美子は歯をくいしばった。「なんだか、つかえて出てこない感じ。肩とかひっかかってるかも」

「まだそこまでいってないわ」

「軽くいってくれるわね。切開が必要になったら……」

「だいじょうぶ。逆子だったらともかく、あなたは筋肉を鍛えてるみたいだから」

「でも、赤ちゃんの位置が下がってきたのはずいぶん前なのよ。何度も痛くなってたし」

「でも、いまほどじゃないでしょ?」

「……ええ」

「すごく痛くなる前に、十分か二十分ぐらい、平穏になって眠ったりしなかった？」

「さっきまで寝てたわ。痛みもそのときはおさまってた」

「それ、いよいよ出産のときを迎えたっていう合図よ」

美由紀が比郎子を見た。「そうなの？」

比郎子はハンカチを水で濡《ぬ》らし、しぼってから寿美子の額にあてがった。「岬美由紀さんともあろう人が、出産には詳しくないの？」

「子供を産んだことないし……。っていうか、考えたこともなかった」

「そんな人もいるのね。ねえ寿美子さん、赤ちゃんの通り道はちゃんと開いているのよ。絶対に無理じゃないわ。だから心配しちゃ駄目」

片平もうなずいた。「そうとも。骨盤が開いて産道が確保されてる。そういうふうにできてるんだよ」

寿美子は八つ当たりぎみにいった。「男の人にそういわれてもね」

比郎子が笑った。「わたしも同じことをお医者さんにいったわ」

困惑顔の片平が、美由紀を見て肩をすくめる。「どうやら私のでる幕なしだな。医学知識があってサポートはできても、実際に子を産んだ母親にはかなわんよ」

「わたしも……。何をしたらいいのか」

「おいおい。きみは女性で、しかも臨床心理士だろう？　安心に導くのがきみの役割じゃないのかね？」

美由紀は戸惑ったようすだったが、義務を果たすべきだと心に決めたらしい。寿美子の傍らにひざまずいて、その手を握った。「しっかり。あと少しよ」

「こんなところで産まれるなんて……悲劇よ」

「いいえ。命が宿ることが不幸せなはずがない。わたしたちは全力で守り通すわ。だから安心して」

「そう願ってる、岬先生……」

涼平は語り合う大人の女たちをぼうっと眺めていたが、ふいに翠原が声をかけてペットボトルを押し付けてきた。「ほら、わき見をしない。自分の仕事に従事しなよ。そっちのハンカチも湿らせておいて」

「あ……はい」

出産の現場に立ち会うなんて、初めてだ。

母親になる人たちは、皆こんな苦労をして子を世に送りだすのだろうか。僕が産まれたときにも、母は……。

痛い思いまでして産んだのに、なぜ僕の前から姿を消したのだろう。

そう感じたとき、ふいに避難通路が暗くなった。非常灯が消え、ほとんど真っ暗になった。

あちこちで悲鳴があがった。ざわめきがひろがる。

寿美子の不安そうな声が聞こえる。「どうしたの？」

なだめる比郎子の声も震えていた。「落ち着いて。目を閉じてればいいのよ」

暗闇のなかでうごめく気配がある。やがて、懐中電灯が点灯した。美由紀がそれを天井に向けながら、ゆっくりと立ちあがる。「非常灯が消えたわ。ひとつ残らず」

「なぜだ」片平も身体を起こした。「笠松さんの話では、独立した配電系統だったはずだろう？」

「そこがダウンしたとしか思えない」美由紀はふたたびしゃがんで、図面を広げて懐中電灯で照らした。「非常灯はバックアップのためのバッテリーにつながってるはずよ。ええと……」

しばらく図面を凝視していた美由紀が、ため息とともに顔をあげた。憂いのいろを浮かべている。

片平も首を横に振った。「要町の辺りか。避難通路の天井より上にある。というより

「……」

「ええ。車道のトンネル内から入るよりほかに道がない」

涼平は思わず声をあげた。「車道？　上に戻らなきゃ行けないってこと？」

美由紀は神妙にうなずいた。「気圧観測室ってところの奥にバッテリーが設置してあるけど、その部屋に入るには車道の路面にある蓋《ふた》を持ちあげて、水平方向に延びる管を抜けていくしかないの。蓋の重さも書いてある。四十キログラムか……」

翠原が当惑したようにきいた。「まさか行くつもりじゃないだろ？　イリミネーターがうようよしてるんだぞ。それも最強のジェントリって奴らが……」

「このまま暗闇にいても不利なだけよ。不意打ちで犠牲者が大勢でるわ」

「怖い」寿美子がささやいた。「怖いよ……」

比郎子が寿美子を落ち着かせようと話しかけている。しかし、それが根本的な解決策にならないことは誰の目にもあきらかだった。

光を取り戻さなければ、安息は訪れない。

しばしの沈黙の後、美由紀はいった。「行ってくるわ」

「本気？」比郎子が目を見張った。「滑り台を登るつもりじゃないでしょうね」

「それ以外に方法はないわ」

制止を呼びかける大人たちの声が響くなか、涼平は胸騒ぎを覚えていた。

岬さんひとりを危険な目に遭わせるわけにはいかない……。

「僕も行くよ」と涼平は告げた。

美由紀は不安そうに見返してきた。「駄目よ。涼君はここにいて」

「どうして？　ひとりよりふたりのほうが、まだ成功の確率が高まるよ。イリミネーターも二手に分かれざるをえないわけだし……」

「だとしても、あなたを危険に晒《さら》すわけにはいかない」

片平が口をはさんできた。「そうとも。未成年者を死地に赴かせるわけにはいかない。私が同行しよう」

「え？」美由紀は面食らったようすだった。「先生が？」

「ああ」片平はメモ用紙を取りだした。「これを見てくれ。ローレンソンが書いて、私にしめしてくれたものだ」

「富ヶ谷4㎞。って書いてあるけど……？」

「彼は日本語を喋《しゃべ》れたが、読み書きはさっぱりだと言ってたろ？　漢字の形だけ記憶していて、それを想起して書いたんだ。ローレンソンは崩落が起きる前、山手トンネル内を運転中、その看板の文字の下にM＝Eの印があるのを見たといってた」

翠原が驚きの声をあげた。「本当ですか？」

比郎子が困惑してたずねる。「M＝Eって？」

硬い顔で美由紀がつぶやく。「Medical Equipments の略。プロ用の本格的な医療設備が近くに収められていることを表しているの。医師や救命士、消防士、自衛官しか知らない情報よ。一般の人が無断で手に取るべきでない薬品や医療器具があるから」

興奮ぎみに翠原がいった。「知らなかった、M＝Eが山手トンネル内にもあるなんて。そこの薬があれば大勢の人が助かる。お産のための補助器具もあるはずだから、寿美子さんも楽になりますよ」

美由紀は唸《うな》った。「富ヶ谷まで四キロ地点の看板か……。東中野か本町あたりかしら。でもわたし、M＝Eのサインがあったなんて全然気づかなかった……」

片平はうなずいた。「私もだよ。こんなことになるなんて予想していなかったし、知識としては持ち合わせていても、普段から気をつけてるわけじゃないからね。でもローレンソンはつい先日、横須賀基地でこのサインについて教わったばかりだったらしい。だから気に留めてたんだ」

「けど」涼平はきいた。「どうして片平先生が行く必要があるの？　お医者さんじゃなきゃ入れないってわけでもないんだろ？」

「すべての薬や器具を運びだしている暇はないだろう。必要な物を迅速に見繕って持ちださねばならない。医者でなければできない芸当だよ」

涼平は口をつぐんだ。さすがにぐうの音もでない。

寿美子が苦しそうな息づかいのなかでつぶやいた。「先生……。どこに行く気？　離れちゃ嫌よ」

翠原が寿美子に近づいて、穏やかに声をかけた。「心配いりません。お産のほうは、私たちがちゃんとお世話します。片平先生が行くのは、あなたのためでもあるんですよ」

比郎子が付け加えた。「正確には、寿美子さんとそのお子さんのためね」

沈黙が降りてきた。

美由紀はなにやら考える素振りをしていたが、やがて片平に告げた。「迷っている時間はないわね。出発しましょう」

「よし」片平は後に残す人々に告げていった。「寿美子さん、あと少しの努力だ、頑張って。翠原君、患者の姿勢には充分に留意してくれ。それから脱水症状も起こさないよう気をつけてくれ」

「心得てます。ご無事を、先生」

片平はうなずいて、美由紀とともにカーテンをでていく。

ていた。

岬さん……。涼平は後を追って外にでた。

取り巻きの人々は不安そうな顔を浮かべながらも、寄り集まってカーテンを支えつづけていた。

ただひとり、あいかわらずマイペースに振る舞っている男がいる。石鍋は少し離れた場所にたたずんで、ノートパソコンのキーを叩《たた》いていた。暗闇のなか、モニターの明かりでその青白い顔が不気味に浮かびあがっている。

美由紀が歩いていくと、石鍋は顔をあげた。「やあ岬先生。どうもおかしいよ。ここへきてイリミネーターの襲撃がぱたりと途絶えてる。十五分ごとに七・二人ってペースが急に乱れたわけだ。もし僕の計算違いだったとしたら……」

「喜ばしいことだわ」美由紀は石鍋のわきを通り過ぎながらいった。「残念だけど、今後は犠牲者も続出するでしょうね。わたしたちの側ではなく、イリミネーターのほうに」

「はあ？　どういうことだい？」

片平が足をとめて、ちらと石鍋を振りかえった。「殴りこみをかけるんだよ」

石鍋はぽかんと口を開けたまま、美由紀と片平が歩き去るのを眺めた。

涼平は、その石鍋と並んで立ち、ふたりを見送った。

「あ、涼平君」石鍋は眉《まゆ》をひそめていた。「どうしたっていうんだ？　殴りこみって、まさか車道にでてジェントリとやりあうわけじゃないんだろ?」

「そのまさかだよ」涼平はため息とともにつぶやいた。「岬さん、行くと心に決めてから、僕にいちども目を向けなかった……」

「ふうん。ショックかい? 彼女の身を案ずるより、冷たい態度のほうが気になったか?」

「そういうわけじゃないけど……」

涼平は黙って視線を落とし、床を見つめた。

僕は岬さんを必要としている。でも彼女にとっては、僕はどんな存在なのだろう。

滑り台を登る。それが、車道のある構内に戻る唯一の道だった。

けれどもそこは、大勢のイリミネーターたちが避難通路に侵入してくるルートでもある。まだジェントリのイリミネーターはひとりも姿をみせていない。つまり、この上に待機している可能性がある。

美由紀は、避難通路の北端に近い要町の辺りにある滑り台の出口前に立った。上を覗《のぞ》きこんでも、車道のようすはわからない。物音も聞こえなかった。

とはいえ、安心はできない。いまにも敵が滑り下りてくる可能性がある。

片平は怖気《おじけ》づいたようにつぶやいた。「本当にここを登らなきゃならんのかね」

「ほかに方法はないわ」

「イリミネーターが待ち構えているんだろう？」

「そうかもしれないし、非常口から離れたところにいるかもしれない。まったく情報がない以上、幸運を信じて進むしかないわね」

「ポジティブな考え方だな、気にいったよ。私が先にいこうか？」

「いえ。わたしが先行します。後をついてきてください。なにかあったら、すぐ滑り降りてくださいね」

周囲では疲弊しきった人々が、床に座りこんでこちらを眺めている。

救いを求める目ばかりだった。わたしは彼らの希望をつながねばならない。

美由紀はしゃがんで狭い空間に潜りこんだ。

滑り台の表面は当然のごとく摩擦抵抗が起きにくく、踏みとどまるのはひどく難儀だった。両手を壁に這《は》わせ、腕の力で登っていく。

スニーカーの底がかろうじて斜面を踏みしめているが、バランスを崩して膝《ひざ》でもつこうものなら、すぐに滑降してしまうだろう。しかも螺旋《らせん》状になっているせいで見通しがきかない。いつイリミネーターが滑り降りてくるかもしれない。ある意味で、夜間の雪山登山と同じぐらいの危険を秘めた決死行だった。

気の抜けない時間が刻一刻と過ぎていく。本来は降下するものを逆に登ることは、体力的にもきつい行為だった。腕の痛みに耐えながら一歩ずつ上昇した。

やがて、風が吹きこんでくるのを感じた。

登りきった。疲労しきった身体に鞭打《むちう》ちながら車道に面した非常口にでる。

そのとき、美由紀はぎくりとして全身を凍りつかせた。

懐中電灯の光のなか、すぐ目の前にたたずむ人影があった。それもひとりではない。服装はまちまちだが、一様に屈強そうな鍛えあげられた身体つき。アスリートによく見られる精悍《せいかん》な顔つきで、いずれもまだ若い。男が六人、女が四人だった。

青ざめたその顔は非常口に向けられていたが、視線は美由紀を見下ろしている。表情に変化はなかった。肌はまるでゴムでできた仮面のようだった。

額には例によって粘土状の爆薬を貼りつけている。ひとりの首すじに刺青《いれずみ》が見えた。G4298。

G……。ジェントリ。イリミネーターの最強部隊……。

背後から、ぜいぜいという荒い息づかいがしてきた。片平は美由紀の肩をぽんと叩いていった。「どうしたんだ。早く向こうにでてくれ」

片平は美由紀の肩越しに車道を眺め、ひっと声をあげて縮みあがった。

「静かに」美由紀はささやいた。「あわてないで。じっとしてて」

「しかし……」

「いいから。わたしたちを襲おうと思ってるなら、もうやってるはずよ」

ジェントリらは武器を手にしていない。身構えるようすもなかった。ただし焦点は美由紀たちにしっかりと合わせている。遠隔操作された監視カメラのような虹彩《こうさい》。美由紀が身じろぎするたび、微調整されてまっすぐにこちらを見つめてくる。

ゆっくりと非常口から這いだして、美由紀は壁づたいに移動を始めた。「片平さん、来て」

「本気か」片平はあわてたようすでつぶやいた。「こいつらに一網打尽に……」

「前頭葉を切除されたら、本来は反応性に乏しくなるっていわれてる。それでも狩りのように人を襲うことができたのは、暗示でそう指示を受けているからよ。滑り台を登ってくる相手にどう対処するのか指示を受けていない。目に映った相手が敵か味方かを判断する独自性は持ち合わせてないのよ」

「それはあくまで推測だろう？　襲撃してこないと断言できるかね？」

「いいえ。現在のようすを見て判断してるだけ。怖かったら滑り降りて下に戻って。わたしひとりで行くから」

片平は迷う素振りをみせたが、すぐに意を決したように非常口から車道に降り立った。足音をしのばせながら、そっと美由紀のほうに歩み寄ってきた。

ジェントリたちの視線は依然としてこちらに向けられている。それでも、誰ひとりとして動くようすはなかった。

「こっちよ」美由紀は片平にいって、ジェントリの群れから遠ざかった。

放置された事故車両で埋め尽くされた、シールド工法のトンネル構内。うごめくものは、美由紀たち以外にない。しかし、イリミネーターたちは非常口ごとに十人単位の列をつくって、出撃に備えている。

非常灯が消えていて、頼りになるのは懐中電灯の光だけだった。それも、常時点灯してはいられない。敵にこちらの位置を知らせるようなものだ。

明かりがなくなっても、目は暗闇に慣れていた。路面がアスファルトでなくコンクリートのせいもあって、おぼろげに行く手が判別できる。

ペンキ屋のトラックとレッカー車両のあいだに隠れたとき、美由紀はようやくほっとひと息ついた。身を潜めて難を逃れたとは、とても言い切れない状況ではあるが。

息を切らしながら追いかけてきた片平が、美由紀の傍らで荷台にもたれかかった。「やれやれだ。あいつらが動かないのはさいわいだったな。あれならマネキンと変わらん」

「指示が与えられるまではね。たぶん侵入者警報でも発令されたら、一気にわたしたちを襲う仕組みになってるんでしょ」

片平の顔がこわばった。「すると、いますぐにでも……」

「いえ。さっきまで主電源が落ちていたんだから、この構内の監視カメラも個別に電源をオンにしない限り復旧しない。火災警報もスプリンクラーも動いていないから、この車道では熱感知も生きてないのね。友里はまだわたしたちの動きを知らないわ」

「あの女が構内にいる可能性だってあるだろ？」

「いないわよ」美由紀はつぶやきながら歩きだした。「外だと思わせて実は中にいる、そんなふうに推測させて、やっぱりここにはいない。そう考えるのが妥当ね」

「憶測に走りすぎるのはどうかと思うよ」

「たしかにね。でもわたし、あの女についてはよく知ってるから。片平先生もでしょ？同業なんだし」

「……どういう意味かね？」

「どうって、都内の医師なんだし。友里は院長してたころから有名人だったしね」

「ああ、そういうことか。私は一般人と変わらないよ。あの女については週刊誌の記事で読んだぐらいしか知らない。一介の開業医でしかない私は、大病院の院長とつきあえるほどの立場にないからね」

ふうん。つぶやきながら、美由紀は片平の顔を眺めた。

表情にはなんら怪しいところはない。隠しごとをしている人間に特有の頬筋の緊張も見られない。

「さてと」美由紀は図面を取りだして広げた。「バッテリーのある気圧観測室への入り口はこの近くね。消火栓から北へ……十五メートル地点か」

歩きだした美由紀を、片平が怪訝《けげん》な顔をして追ってきた。「M=Eのほうに先に行かんかね？　薬を入手しなければ」

「どうして？　トンネルを東中野のあたりまで行ってから、またここに戻るの？　二度手間になるわよ。非常灯が復旧してからのほうが探しやすいし」

「まあそうだが……。わかった。で、気圧観測室に通じる管ってのは……」

「この下ね」美由紀は懐中電灯で足もとを照らした。

とたんに、思わずため息が漏れる。

コンクリートの路面に、マンホールの蓋《ふた》がいくつも存在している。見える範囲内で七つ。どの蓋も同じ形状をしていた。

片平が小声でいった。「こりゃ難題だな。目的の管につながっているのはたぶんひとつだけだ」

「ええ。ほかは下水に溝渠《こうきょ》、電気通信用ケーブルってところね」

「蓋に表記はない。ひとつずつ持ちあげて、中に入って調べるかね？」

それでは時間がかかりすぎる。ぐずぐずしている暇はない。

美由紀のなかに、ふと閃《ひらめ》くものがあった。トラックの荷台を懐中電灯で照らす。

ペンキ屋の作業用車両……。ならば足場を組むための用具一式がおさまっているかもしれない。

「持って」と美由紀は懐中電灯を片平に投げ渡し、荷台の後部ドアに向かった。

「なにをするんだね」

ドアを開けると、目当てのものはすぐ見つかった。足場用の長い板。太い鉄製のパイプ。それらをひきずりだして、路上に置く。

さらに荷台からロープを一本取りだす。数メートルの長さがあった。その一方の端を長板の縁から十センチほどの位置に結びつける。

レッカー車両のクレーンのフックにロープをかけ、もう一方の端は、マンホールの蓋のひとつにある把っ手《とて》に結わえつけた。

「片平先生」美由紀はいった。「先生の体重、四十二キロって言ってたでしょ？　コレステロール過多だったところをダイエットしたって。いまも四十二キロは維持してる？」

「ああ。しかしそれがどうかしたかね？」

美由紀は長板の下に鉄パイプを差し入れた。パイプを板のほぼ中央に位置させることで、簡易的なシーソーを作る。「板の片側に乗ってください。ゆっくりと」

片平はシーソーの端を踏みしめたが、逆側の端は持ちあがらず、ロープが張り切った。

「いちど降りて」美由紀はそういって、マンホールの蓋から把っ手をほどき、隣りの蓋に結びにかかった。

「なあ岬さん。私たちは急がねばならないんだよ。この行為になんの意味が……」

「日本のマンホールの蓋は四十四キログラムと決まってるのよ」

片平は眉《まゆ》をひそめたが、やがてあんぐりと口を開けた。「図面によれば、気圧観測室につづく管の蓋は四十キログラム……」

「そう。先生の体重より軽いはずなのよ」

「驚きだな……。とんでもなく頭の回転が速いな」

それほどでも。美由紀はつぶやきながら、作業をつづけた。ロープを蓋にくりつけ、片平にシーソーに乗ってもらう。蓋が持ちあがらなかったら、また隣りの蓋で同じことを試みる。

やがて、四つめの蓋に反応があった。片平がシーソーを踏みしめたとたんに、鈍い音とともにわずかに持ちあがった。

「これだわ」美由紀は蓋の把っ手を握りしめた。「蓋をずらすから、片足を下ろして。少しずつ足にかけている体重を緩めていって」

満身の力をこめて、蓋を横に滑らせていく。張り切っていたロープが、しだいに弛緩《しかん》することで蓋のスライドを助ける。

やっとのことで、人ひとりが通れるだけの空間を確保できた。なかを覗くと、管は水平方向に走り、トンネルの壁の向こうにつづいているようだった。そこに気圧観測室があるのだろう。

ふうっとため息をついて、美由紀はいった。「先生。先に入って」

だが、なぜかためらう素振りをみせた片平が、こわばった笑いとともに告げた。「きみが入りたまえ。私はもう、息がつづかんよ」

「……ジェントリのイリミネーターがうようよしてる構内に、ひとり残るの?」

「ああ。私は医者としての務めを果たさねばならん。M＝Eに行ってくるよ。きみがバッテリーを直しているあいだに、私は薬を調達してくる」

「でも、先生……」

「そうさせてくれ」片平は踵《きびす》をかえし、歩きだした。「きみのおかげで勇気を得ることができたよ。なに、抜き足差し足、クルマの陰に隠れて行くだけのことさ。ここで怯《ひる》んでいたのでは、亡くなった方々に申しわけが立たんよ」

そういって片平は笑顔を向けてきた。初老の男としては魅力的に思える笑いがそこにある。

彼が本心を口にしているなら。けれども事実はそうではない。

「先生」美由紀はつぶやいた。「芦屋や田辺《たなべ》にも羨《うらや》ましがられたでしょ？　セルフマインド・プロテクションを完璧《かんぺき》に身につけてるなんて、先生は臨時雇いじゃないのね」

メフィスト

片平は足をとめた。ゆっくりと振り返るその顔に、もう笑いはなかった。

「……なんのことかね」

美由紀は、片平の右手が上着のポケットに突っこまれているのを見てとった。

一瞬たりとも油断せず、隙を見せることのない狡猾《こうかつ》さ。依然として無表情ではあるものの、もはや一介の開業医という仮面は脱ぎ捨てているも同然だった。

「ねえ先生」美由紀は落ち着き払った自分の声をきいた。「ペンデュラムは医師を好んで起用する傾向があった。病院という聖域は何人にも侵されにくいし、不特定多数を扇動するにも便利だからよね。でも芦屋や田辺が、計画に貢献できるほどの医学的知識をジャムサに提供できたとは思えない。かといってメフィスト・コンサルティング・グループの海外支社が送りこむ人材に、日本の医療の常識や慣習が理解できていたとも考えにくい。つまりペンデュラムには臨時雇いの医師グループを統率する、より強い立場の日本人医師がいた。常々そう思っていたけど、それがあなただったのね」

「どうかしたのかね、岬さん？　ペンデュラムって、あの新聞を賑《にぎ》わせてたコンサルティング会社か？　考えたくはないが、きみは緊張が持続しすぎて錯乱状態に……」

「わたしは正常よ。片平先生、あなたはどう？　ペンデュラム日本支社が潰《つぶ》れて、本部に新規雇用を受けた感想は？　ロゲスト・チェンはかつての上司よりやさしいのかしら。それともノルマはよりシビアだとか？」

「……つきあいきれんね。私は行くよ」

「どこに？　M＝Eなんて、このトンネルのなかにはないでしょ」

片平は鋭い目つきで、美由紀を見据えてきた。

「なぜないと言い切れる？」と片平がきいた。

美由紀はポケットからメモ用紙を取りだした。「富ヶ谷まで四キロメートル、ね。これ、アメリカ人の彼が書いたんじゃなくて、あなたの偽装でしょ」

「気の毒に。妄想が走りすぎているようだね。M＝Eに精神安定剤があったら、きみも一錠飲むといい」

「それこそ妄想よ。先生。高速道路の看板って、漢字が略されてるって知ってた？」

「な……何？」

「一般道路と違って、高速道路では一瞬で文字を読みとれるようにするために、漢字の細かい部分は省いてあるの。富ヶ谷の富は、ウ冠の下の横棒が省略されているのよ。でもこのメモはちゃんと富って字になってる。ローレンソンは読めもしない漢字を図形として記憶して、これを書いたはずじゃなかった？　おかしくない？」

初めて片平の頬に痙攣《けいれん》が起きた。わずかな反応だったが、美由紀の目は見逃さなかった。

「そ」片平は口ごもった。「そんなものは、そのう……」

「なによ」美由紀はあえて冷ややかにいった。「先生って、医師にしては詐欺師の素質があるけど、特別顧問クラスには到底及ばないのね。人としてはまともってことだけど」

「見下したような言い方をするな！」片平は声を荒らげたが、直後にそれを後悔したかのように表情を硬くした。「岬……。私が誰かに仕える人間だとして、その雇用者はメフィスト・コンサルティングとは限らんよ。友里の協力者でないとどうして断言できる？」

「あなたが友里の配下なら、とっくに前頭葉を切除されてるわ。医学的知識についても、友里は充分に持ちあわせているから、他人の手を借りる必要はない」

「……なるほど。なにもかもお見通しだな」

「友里は、わたしをここに誘《おび》きだしたのは〝招かれざる客〟を見つけさせるためだと言ってた。あなたがそうなのね。友里は山手トンネルでなんらかの謀略を働こうとしている。

それを察知したメフィスト・コンサルティングが密偵を送りこんでくる。セルフマインド・プロテクションを駆使するその人物は、イリミネーターには発見できない。だからわたしを送りこんだのよ」

「岬。私たちは同志になれるかもしれん。私も友里のテロを防ぐためにここに来たんだ。手を結ぼうじゃないか。一緒に国内最大級のテロを阻止し……」

「お断りよ」

「……なぜだ」

「これはテロなんかじゃないわ。瞬時に全員を抹殺しようと思えばできるはずなのに、友里はそうしなかった。あなたたち《メフィスト》が友里の動きを気にかけ、あなたを送りこんだ以上、目的は友里が狙っているなんらかの利権の奪取でしょ。友里がペンデュラム日本支社の日中開戦計画を横から奪おうとして、失敗した。今度はあなたたちが友里に反撃するわけね。まるで暴力団の縄張り争い、あるいは遊び場を奪い合う子供の喧嘩《けんか》だわ」

「喧嘩ね」片平は冷徹さを漂わせていった。「ことはそこまで単純かな」

「ええ。メフィストと友里は同じ穴の狢《むじな》よ」美由紀のなかで憤りがこみあげてきた。「排気ファン室で死んだ三人。あなたが殺したのね」

「私はシステムの操作方法を知っていたが、それを彼らに見られるのは都合が悪かったのでね」

「人の命を限りなく軽視するなんて、医師としての良心が咎《とが》めないの?」

「より大きな理想のために、個としての信念を曲げざるをえないこともある」

「……やっぱり友里と同種ね」美由紀はいった。「レベルの低い亜流というべきかしら。どちらも許す気にはなれないわ」

「大局を知らぬ者が尊大な物言いなど愚の骨頂だ、岬美由紀」

上着に突っこまれた手が拳銃《けんじゅう》を引き抜くよりも早く、美由紀は路面の穴のなかに身を躍らせた。身体をすぼめて、足から管に滑りこませる。

直後に鳴り響いた銃声が構内に反響し、耳もとを銃弾がかすめて飛んだ。尾を引かずに消えていく銃撃音はフレームが衝撃を吸収していることをしめす。すなわち片平が握っているのはグロック・ピストルに相違なかった。

管に身を潜めた美由紀は、そこから奥へは移動せず、穴のすぐ近くに留《とど》まった。片平はわたしを追ってはこない。蓋《ふた》を閉めて、ここに閉じこめようとするだろう。

トンネル内にM=Eがあるなどと偽ったのは、ふたりきりになってわたしを始末するためだ。片平の眼中にあるのは友里の計画であって、わたしは邪魔者にすぎない。さっさと排除して、避難通路に戻ろうと考えているのだろう。

予測は正しかった。片平は穴の外で身を屈《かが》めて、重い蓋をひきずって閉じようとしている。美由紀は管の奥深くに逃げ去ったと判断しているらしい。

すかさず美由紀は穴から両手を突きだし、片平の胸ぐらをつかむと、そのまま管のなかにひきずりこんだ。

片平は驚きの叫びをあげて落下してきたが、管の内部に横たわると、美由紀に蹴《け》りを浴びせてきた。

水平に思えた管は奥に向かってわずかに勾配《こうばい》が生じていた。摩擦抵抗の少ない内部にあって、美由紀の身体は徐々に加速しながら奥に滑っていった。両手をばたつかせ、肘《ひじ》を突っ張らせて制止をはかったが、とまらなかった。

次の瞬間、美由紀は管から広い空間に放りだされた。固いコンクリートの床に背を打ちつけ、思わず激痛に呻《うめ》いた。

そこは球体の内部のような形状をした部屋だった。直径は十メートル近くもある。壁面には無数に小さな穴があいていた。

天井には白いゴム袋のようなものがぶらさがっている。ほかに室内にあるものといえば、壁面に一箇所だけ存在するコインロッカー・サイズの扉だけだった。その扉も球状の内壁に合わせて湾曲していて〝蓄電器〟の表記があった。

あれがバッテリーか。しかし、気圧観測室なる部屋のなかにあるということは……。

思考をめぐらせている場合ではなかった。管から這《は》いでてきた片平がこちらに目をとめ、拳銃をかまえる。

とっさに美由紀は起きあがり、床を蹴って走りだした。銃声がこだまするなか、球状の壁面を全力疾走して駆けあがっていき、美由紀の身体は水平からさらに逆さにまで近づいた。発砲のたび、青白い閃光《せんこう》に壁面が照らしだされて浮かびあがる。

重力を感じると、美由紀は天井を蹴ることで落下速度をあえて速め、片平に頭上から飛びこんでいった。

美由紀は腕のなかに片平の首を捻《ね》じこむと、そのまま仰向けに床に叩《たた》きつけた。

倒れた片平の腕から拳銃が飛んだ。しかし、球状の室内にあってそれは美由紀の有利を表すものではなかった。銃はまた滑ってきて、部屋の底部に横たわる片平の手もとに帰っていった。

片平は銃を手にとるや上半身を起こし、美由紀めがけて銃撃してきた。美由紀は逆方向に駆けだし、またも勢いのつづくかぎり壁面を登った。

そのとき、片平の目が〝蓄電器〟の扉に向いたのを、美由紀は視界の端にとらえた。片平は銃でこちらを威嚇《いかく》しながら扉に駆け寄り、それを開けた。なかにあるレバーを引こうとしている。

「駄目よ」美由紀は駆け戻ろうとした。「いま電源を切り替えちゃいけない！」

だが、レバーは重苦しい音とともに引かれた。

管から明かりが漏れてくる。構内の非常灯が点灯したらしい。途絶えていたバッテリーの電源から予備に切り替わった。しかしそれは、本来は無人であるはずのこの部屋の機能が復活したことを示すものでもあった。

急に音が籠《こ》もって聞こえるようになった。ダイビングあるいは飛行機の急上昇で発生するのと同じ現象、内耳の耳腔《じこう》内圧と周囲の気圧とがアンバランスになっている。

天井で、白いゴム袋が膨らみだした。それは巨大な風船だった。

トンネルの内圧を一定に保つために気圧を測定するための部屋。あのレバーは、メンテナンスに入った人間が安全を確保するために電源を断つ緊急用スイッチに違いない。片平は逆の行為に及んでしまった。

レバーを元に戻して電源を切らねば。美由紀は走り寄ろうとしたが、片平はまだ事情が呑《の》みこめていないらしい、こちらに銃口を向けようとしている。

けれども、発砲に至ることはなかった。風船はエアバッグのように急激に膨らみ、片平と美由紀を壁に叩きつけたからだった。

風船の張力はすさまじく、美由紀は蝦反《えびぞ》りになったまま壁面に圧《お》しつけられた。片平も同様らしい。向こう側の壁で身動きがとれなくなっているようだ。悪いことに、壁面を硬い物が滑る音が聞こえた。片平は銃を手放してしまったようだ。

銃は美由紀の手に届く範囲内にはない。壁の無数の穴に肌が張りつく。空気が外に送りだされている。風船はなおも膨らみつづける。

耳抜きをしたが、籠もった感覚は除去できなかった。風船の内部の気圧は上昇しつづけている。壁との隙間はどんどん縮まっていき、このまま潰《つぶ》されてしまいそうだ。

風船に爪を這わせ、掻《か》き毟《むし》ろうとしたが、表層はタイヤのように固くなっていた。実際には、ゴム製の風船はタイヤのように厚みがあるわけではなく、むしろ向こう側が透けて見えるほどなのだが、握力で破ることはできそうになかった。

気圧測定のためにずっと膨らみっぱなしの風船なのだ、相応の強度が備わっているのも当然だった。しかし風船の内圧上昇がつづけば、弾《はじ》けるのは美由紀の身体のほうだった。

頭が割れそうに痛い。耳抜きで圧平衡をとれない以上、鼓膜が破れる危険がある。平衡感覚も狂いだしていた。天地が判然としなくなっている。

なんとか脱しないと。なにか方法は……。

あらゆるものに思考をめぐらした。風船の素材。天然ゴムはイソプレンという分子を基本単位としている。分解、あるいは溶解するケースがあるとすれば……。

ふと、ポケットのなかにおさまった物体の存在を肌に感じた。

そうだ。美由紀は風船と壁に挟まれた腕をなんとか引き寄せ、ポケットにいれた。

ミカンをつかみだすと、それを風船の表面にあてがい、握りつぶす。

イソプレン分子は柑橘《かんきつ》系に含まれるリモネンという油の成分の構造に酷似している。このため両者は溶け合う。風船はミカンの汁で割れるはずだ。

結果を案じていたのはわずか数秒だった。目の前で、この世の終わりのような爆発音とともに衝撃波が発生し、風船は消し飛んだ。美由紀は宙に放りだされ、球体の部屋の底部に転げ落ちていった。

それは片平も同様だった。ずるずると滑ってきた片平は、半ば失神していたようでもあったが、美由紀と目が合うと、はっとして飛び起きた。

辺りを見まわした片平は、やはり底部に落ちていた拳銃を拾いあげて、美由紀を狙いすましてきた。

だが美由紀はまるで動じなかった。

片平は苦々しくつぶやいた。「手間をかけさせてくれたな。それもこれまでだが」

引き金は引かれた。

銃声はなかった。かちりという鈍い音が響いただけだった。

驚きのいろを浮かべて、なおも引き金を絞りつづける片平を、美由紀は冷めきった気分で見つめた。

「無駄よ」美由紀はいった。「初期型のグロックはポリマーのフレームが変形しやすいの。航空機に積んで急上昇、急降下をしただけでシアとストライカーの位置がずれて、フルコックできなくなる。あれほどの気圧変化に晒《さら》されたんじゃ、どうしようもないわね」

呆然《ぼうぜん》とした片平は、すぐに怒りをあらわにして拳銃を投げつけてきた。

美由紀は身を退《ひ》きながら、その銃を片平に蹴り返した。銃のグリップは片平の額に命中し、派手な音を立てた。片平は悲鳴とともによろめき、直後に身を翻して逃げだした。

もうセルフマインド・プロテクションも忘れているらしく、片平の感情は表情にそのまま表れている。臨時雇いではなくとも、やはり特別顧問クラスには遠く及ばなかったのだろう。気圧観測室や銃の扱いについて、知識の足りなさを露呈してしまっている。

片平は、ここに入ってきたのと同じ管のなかに飛びこんでいった。

蓋を閉められてはまずい。美由紀は急いでその後を追った。

管のなかを全速力で這っていく。身体じゅうの関節に激痛が走り、疲労も限界を超えているが、美由紀は突き動かされるように進んでいった。

三人もの罪なき命を奪った男。その事実だけでも、見過ごすことはできない。

穴から這いだした片平が、蓋《ふた》をずらそうとしているのがわかる。だが美由紀がその穴に迫ると、またも引きずりこまれてはかなわないと思ったらしい、片平は身体を起こして逃走をはかった。

美由紀は車道に戻った。非常灯が点灯しているが、まだイリミネーターたちに動きはない。唯一、片平だけが事故車両の合間を縫うようにして走りつづけている。

逃がしてはならない。美由紀は手近なクルマのボンネットから屋根に駆けあがり、さらに車両の屋根づたいに飛び移りながら片平を追った。

距離が縮まってきた。突然、片平はその場に跪《ひざまず》き、うずくまった。

けれどもそれは、逃走を観念したゼスチャーではなかった。ズボンの裾《すそ》に隠した超小型ピストル、デリンジャーを引き抜くと、こちらに向き直った。

銃声が響く寸前に美由紀は横に飛び、車両の陰に転がって逃れた。それっきり銃声はなかった。あわただしく足音が聞こえる。クルマの窓ごしに、ふたたび駆けだした片平の背が見えていた。

デリンジャーの装塡《そうてん》数は二発、それも至近距離からの発砲でないと意味がない。残り一発は温存するつもりだろう。

牙《きば》を一本だけ残した殺戮《さつりく》者。もう美由紀にとって恐れる対象ではなくなっていた。

美由紀は片平に向かって突進した。片平は軽トラックの荷台の幌に隠れようとしていたが、接近する美由紀に気づき、銃をかまえなおそうとした。

だが美由紀の動作のほうが速かった。荷台に飛び乗った美由紀は、連環腿法《れんかんたいほう》の蹴《け》りを次々に繰りだして片平を打ちのめし、その場に膝《ひざ》をつかせた。

逆上したようすの片平が、荷台に積んであった麻袋を持ちあげ、美由紀めがけて放りなげてきた。粉が荷台のなかに舞う。小麦粉だった。

バランスを崩した美由紀が転倒すると、片平はその隙を突くようにして、デリンジャーの銃口を向けてきた。

脅しのつもりでないことは、片平の顔を見れば一目瞭然《りょうぜん》だった。眼輪筋が極度に収縮している。勝ち誇った顔。美由紀を銃撃できる喜びに瞳《ひとみ》が輝いている。

引き金にかけた指はいまにも、絞られようとしている。

美由紀はため息とともにつぶやいた。「お気の毒。ゲームオーバーね」

その言葉を意に介さないようすの片平が発砲する。ほぼ同時に、美由紀は後転しながら荷台から外に飛び降りた。

さっきの風船の破裂よりもはるかに激しい爆発音が轟《とどろ》き、構内を揺るがす。太い火柱が天井に噴きあがったとき、荷台の上で断末魔の叫びをあげる片平がちらと見えた。しかし、降参するように両手を高々とあげた片平のシルエットは炎に呑《の》まれ、一瞬にして焼き尽くされた。

反響はしばらくのあいだつづいた。荷台はフレームだけを残して燃え尽き、わずかなくすぶりを残すのみになっていた。黒煙は、排気口へと吸いこまれていく。

ゆっくりと身体を起こしながら、美由紀は天井から降る火の粉を眺めた。

小麦粉をばらまいて発砲するなんて。空気中に表面積を増して広がった小麦粉に引火すれば爆発が起きる。炭鉱の炭塵《たんじん》爆発と同じだ。片平はそんなことも知らなかった。殺し屋には徹しきれなかった男。医学の道を歩んだだけに、本気で命の取り合いに身を捧《ささ》げるつもりはなかったのかもしれない。それでも人の命を奪えば、もう遊びでは済まされなくなる。

哀れね。小声でささやいて、美由紀は立ちあがった。

と同時に、周囲に異様な気配を感じた。

辺りに人影がうごめいている。武器を手にしない数十人の男女たちが、無表情のまま前進し、しだいに包囲網を狭めてきている。

ジェントリ……。やはり、爆発音にはさすがに反応したか。

もはや彼らが侵入者を見逃してくれるとは思えなかった。美由紀は突破しようと駆けだした。

最強のイリミネーターたちの反応は、ブルジョワとはまるで比較にならないものだった。プロのアスリート・レベルの筋力を誇るとおぼしきジェントリたちは、素早く美由紀の進路を塞《ふさ》ぐと、連係しながら攻撃にでてきた。ひとりが下段蹴りを浴びせてくると、同じタイミングでふたりが左右から突きを見舞ってくる。美由紀がかろうじてかわして姿勢を低くした瞬間、首を狙った手刀が頭上をかすめていった。

美由紀は戦慄《せんりつ》を覚えた。全員が武術を身につけている。それも個々が判断力を有しながらも、攻撃手段を分担し合って複数で動く。

中国で武闘家の集団を敵にまわしたときには、飛びだしてくる血の気の多い敵を盾にすることで後続の攻撃を防ぐ〝組手衛法〟が役に立った。しかし、ジェントリのイリミネーターたちはもっと冷静だった。決してひとりが突出することがない以上、防御に使える死角は無きに等しかった。

現実がそれを証明しつつある。美由紀は複数の同時攻撃を防ぎきれず、腹に蹴りを食らって思わず前のめりになった。その隙を突いて、別の敵が背に連打を浴びせてくる。脇を執拗《しつよう》に蹴る者もいた。肋骨《ろっこつ》が砕けそうだ。

ひとりで太刀打ちできる状況ではない。それも、見る限り続々と援軍が押し寄せてくる。

美由紀は跳ね起きると、敵のひとりの首に手刀を浴びせてわずかな進路を切り開き、そこに前転しながら飛びこんでいった。行く手で、後方から追突されたセダンの運転席のドアが半開きになっている。それを視界にとらえるや、すぐさま車内に潜りこんだ。

エンジンがかからなかったらアウトだ。もう逃げ場はなくなる。ドアを叩《たた》きつけて、挿しっぱなしのキーをひねる。

鈍い音が繰り返されるばかりで、いっこうに始動しない。ボンネットにはイリミネーターが何人も飛び乗ってきて、フロントガラスを叩き割ろうとしている。たちまちひびが縦横に走り、ガラスは弾《はじ》けるように砕け散った。

イリミネーターたちの手が美由紀の喉《のど》もとに迫ったとき、腹の底から突きあげてくるような重低音が轟いた。エンジンがかかった。

美由紀は素早くギアを入れ替えてアクセルペダルを踏みこんだ。セダンは急発進し、イリミネーターの群れを撥《は》ね飛ばしながらトンネル内を疾走した。

なおもボンネットには数人がしがみついている。ステアリングを左右に振って蛇行し、振り落としていく。最後のひとりはフレームにしがみついて顔を近づけてきたが、美由紀はその顔面に拳《こぶし》を浴びせた。イリミネーターは進行方向にボンネットを滑り落ちていき、直後、二度つづけざまに振動が襲った。前輪、そして後輪でイリミネーターを轢《ひ》いた、その衝撃だった。

近場の非常口にクルマを差し向けたが、そこに待機していた十人単位のジェントリが行く手を阻むように突進してくる。美由紀は速度を緩めることなくターンして敵を惹《ひ》きつけ、そこでギアを入れ替えて急速にバックし、がら空きの非常口に向かった。

衝撃に備えてステアリングの上に両腕を乗せ、うずくまる。車体の後部が壁面に激突するにまかせた。勢いが予想を上まわっていると感じるやいなや、美由紀はあえて両手でステアリングを引き寄せるようにして、割れたフロントガラスから前方に跳躍した。

ボンネットを転がり、フロントバンパーに背を打ちつけながら床に転げ落ちる。

激痛が失神にひきずりこもうとする。それでも気絶している場合ではない。美由紀は歯を食いしばって起きあがった。ふらつきながら非常口に急ぐ。イリミネーターたちは背後にまで迫っていた。

突きだされた無数の手が美由紀をわしづかみにしようとする寸前、美由紀の身体は滑り台のなかに躍った。

全身に風を受けながら滑降する。身体をまっすぐにして抵抗をなくし、少しでも速度をあげようとした。速く、もっと速く。

意識が遠のきかけたそのとき、美由紀の身体は、避難通路に投げだされた。

非常灯が灯り、明かりの戻った避難通路……。生存者たちが、不安そうな顔で立ちあがり、美由紀の周囲に歩み寄ってくる。

がばっと跳ね起きて、美由紀は振りかえった。滑り台の出口。いまにも追っ手が飛びだしてくるかもしれない。

数秒が経った。数十秒が過ぎた。しかし、変化はなかった。

出てこない……。

追跡者はいない。ジェントリは車道への侵入者を排除するために自発的に動いたが、ここへは命令がない限り、足を踏みいれはしない。そういうことだろうか。

緊張状態はなおも持続していた。滑り台を睨《にら》みつづけていると、生存者のひとりの女がおずおずと声をかけてきた。「岬……さん」

「……何？」と美由紀は、ぼんやりと応じた。

女は目に涙を溜《た》めていた。「ありがとう、岬さん。明かりを取り戻してくれて。それに、なによりも……生きて帰ってきてくれて」

美由紀はしばし、呆然《ぼうぜん》としながらその女の顔を見つめていた。

ふと気づくと、ほかの人々も一様に同じ表情を浮かべていた。祝福の笑み、そして喜びの涙。

凍りついたまま、美由紀はいつしか自分の頬にも、涙が流れおちていることに気づいた。

自覚しないうちに泣きだしている。悲しみに起因しない涙。そう、わたしは生還した。

あまりに張り詰めていたせいで、その事実の大きさすら理解していなかった。

見ず知らずの女と、美由紀は抱き合って喜びを分かちあった。わたしは生きている。彼女も、ほかの人々も。感情が持続することは、なんと尊いのだろう。わたしたちはまだ、互いを思いやることができる。心を通わせ合える。

ナトリウム

赤坂Ｂｉｚタワー内のオフィスで、鬼芭阿諛子ははっとしてスクリーンの画像を見つめた。

サーモグラフィーのモニター画面はひどく見づらく、状況を把握しにくいが、要町近くの避難通路に動きがあった。

生存者たちに動きがある。彼らが囲んでいるのは、たったいま滑り台を降りてきたひとりの人影だ。

ほっそりとしたその身体、豹《ひょう》のように油断のない身のこなし。選択的注意に頼るまでもなく、何者なのかはあきらかだった。

友里はリンゴをかじりながら、スクリーンの前にたたずんだ。「戻ったわね」

阿諛子は友里に歩み寄り、並んで立った。「一緒に上に登った男は？　小柄で五十から六十歳ぐらいの男が、岬美由紀に同行したはずだけど」

「無事に帰れなかった。それだけのことよ」

しばらく阿諛子は、スクリーンのなかの憎むべき敵の姿を観察した。その周囲の人々の身体は暖色になっていく。体温があがっている。岬美由紀に対する祝福の感情に満ち溢《あふ》れている。照明を復旧させた彼女を英雄と見なしているに違いない。

ふと、美由紀の顔にわずかな温度変化があった。モニター上のドットにして一粒かふた粒ていど、ほんの微妙な色の変移だったが、阿諛子は見逃さなかった。

「母。岬美由紀の顔面になんらかの不可解な現象が見てとれるけど」

「よく気づいたわね。両頬にほぼ同時に温度の低下があった」

「顔面が紅潮しているときに表情筋が熱をさげるとは思えないわ。なぜ？」

「涙よ。美由紀は泣いているの」

「……涙？　感情性の？」

「ええ。当然そうでしょうね」友里は腕組みをした。「どうやら〝招かれざる客〟に始末をつけたようね」

「え？　するとさっき同行した男が……」

友里はうなずいた。「メフィスト・コンサルティング・グループが送りこんだ工作員だった。正式には特殊事業部外視連絡員というけどね。わたしたちの目的を察知し、手柄を横取りしようとしていた愚者どもの使いは、ようやく排除された」

「だけど、どうしてわかるの？」

「阿諛子。涙というのはね、感情が成分に反映されるのよ。憤りや悔しさを感じていればナトリウムの含有量が増える。喜びの涙の場合、ナトリウムはさほど含まれない」

「成分の違い……。どう読み取れば……」

「舐《な》めてみればわかるわ」友里は横目で見やってきた。「しょっぱいのよ、悲しみの涙はね」

その友里のまなざしを、阿諛子は黙って見返した。

しばしの沈黙ののち、友里はスクリーンに視線を戻しながらいった。「阿諛子には判らないか。泣かない子だものね」

「感情性の涙は無意味なものでしかない。わたしは涙とは決別した人生を送ってきた。母のおかげよ」

生まれたての赤ん坊は涙を流さない。それが感情を相手に伝える手段だと学習して、初めて涙を流すことを覚えるのだという。だとするなら、人は愚かなことを身につけてしまっている。他者に対し、隠蔽《いんぺい》すべきみずからの感情を赤裸々に示してしまうとは。それもどうやら、涙というものは堪《こら》えることができないらしい。みずから抗《あらが》うことのできない弱点の露呈。そんなものは真の理性人には必要ない。

友里はつぶやいた。「涙がナトリウムを含んでいれば、そうでないときより温度がわずかながら高い。いま美由紀が流しているのは喜びの涙」

「比較対象は？」

「東京湾観音の内部のサーモ画像を覚えてる？　美由紀は絶望してわんわん泣いてた。あれと比べただけのことよ。いまの美由紀は連れを失った直後のはず。それなのに喜びの涙とはおかしいでしょ？」

「たしかに。あの女は極めて直情的だわ。人の死には、同類を失った動物のように本能的反応をしめす」

「死んでも悲しくなかったか、それよりも自分が生還できた喜びのほうが勝っていたか。どちらにせよ、美由紀がそう感じたのなら、同行した男がメフィストの使いだったことは疑いの余地がないわね」

「……岬美由紀が殺したのかしら」

「さあね」

「敵を殺すことを覚えたのなら、あの女は一歩成長を……」

「阿諛子。わたしたちがいま何をしているのか、ちゃんと理解できているかしら」

「……もちろんよ、母」

友里は髪をかきあげながら、踵《きびす》をかえした。「じゃあ、わき目をふらず当初の目的を優先することね。招かれざる客はもういない。メフィストの監視の目を排除できた以上、心おきなく計画が実行できるわ」

「わかった、母。ただちにジェントリの出撃準備を進める」

いっさいの弱点を用意しなかったジェントリ。文字通り生存者たちを殲滅《せんめつ》してくれるだろう。そして、そのときこそ確実にこの計画の目的は果たされる。

友里はリンゴをひと口かじると、無言のまま隣りの部屋に引きあげていった。

スクリーンに目を戻し、阿諛子はふんと鼻を鳴らした。岬美由紀、こざかしい女。わたしならもっと早くメフィストの使者をあぶりだし、抹殺することができる。母も呆《あき》れているることだろう。こんな女に千里眼を名乗る資格など、あろうはずがない。

解析

美由紀は避難通路でマイクを握った。咳《せ》きこむと、その声が構内に響き渡る。

「みなさん」美由紀はいった。「気圧観測室に赴いてバッテリーを復旧しました。ご覧のように非常灯が元に戻り、同系統のマイク、自販機も使えるようになっています」

生存者たちから喜びの響きを帯びたざわめきが沸き起こっている。それはさざ波のように避難通路のなかに広がっていった。

「ただし」と美由紀は重苦しい気分でつづけた。「残念ながら、状況は切迫してきているといわざるをえません。ジェントリという最強のイリミネーターが上で待機しています。彼らは百人ていどしか存在せず、すべての非常口から出てくるわけではありませんが、異常なほどの敏捷《びんしょう》さと強靭《きょうじん》さを兼ね備えています。避難通路への侵入を許したら、虐殺が始まるでしょう」

ざわめきは徐々に静まっていき、ふたたび緊張の空気を孕《はら》んだ沈黙だけがあった。声をひそめて泣きだしている者もいる。

美由紀は胸を痛めた。本当は、疲弊しきっている人々に辛《つら》い言葉など投げかけたくない。それでも、いまは彼らの目を現実に向けさせねばならない。

「さいわい、わたしたちには武器があります。プロレタリアートの斧《おの》とブルジョワのチェーンソーです。侵入経路が滑り台とわかっている以上、それぞれの出口に武器を持った男性を複数配置し、滑降してきたイリミネーターをその場で倒すことが、現在のわたしたちに残された唯一の防衛手段です。具体的には、稼動させたチェーンソーの刃を滑り台の出口に斜めにあてて、その手前に斧を持った人を左右にふたり配置します。そして、正面にさらにふたりチェーンソーの要員を立たせます。侵入者が最初のチェーンソーの刃に接触した時点で、エンジン音が変調するため、斧で攻撃するタイミングが計れます。そこも突破されたときのために、真正面から刃で突くんです」

男の声が飛んだ。「チェーンソーの三人を出口に近づけて、斧をバックアップにまわすべきじゃないか?」

「いいえ。チェーンソーは故障する可能性もありますから、その場合にはすぐに攻撃可能な別の武器を配置すべきなんです。いっぽうで、斧は振りあげるのにやや時間を要しますから、最終防衛ラインを死守するバックアップ組には向きません。そこでは互いの攻撃と防御がせめぎあう戦闘の色を濃くしますから、斧の鈍重さが仇《あだ》となる可能性があるんです」

このフォーメーションは、防衛省で実技とともに教わった立て籠《こ》もりと防御の手段の焼き直しだった。ライフルが複数手もとに残っている場合でも、すべての銃口を侵入経路に向けるべきではない。銃剣を適切に配置して刺殺するほうが有効な場合もある。忌々しい訓練だと思っていたが、まさか実践するときが来るなんて。

「よろしいですか」と美由紀はマイクにいった。「それぞれの区域で、負傷が少なく力の強い男性を選出し、防御に当たらせてください。女性とお子さん、重傷者は、滑り台の出口ふたつの中間地点に集まるようにしてください。そこがイリミネーターにとって、到達するのに最も時間がかかる場所だからです。いつ敵が襲ってくるかわかりません。急いで動いてください」

美由紀がマイクを置くと、スピーカーの切れる音が構内に響いた。その音が合図になったかのように、人々がいっせいに行動を開始する。

男たちは呼びかけあっていた。武器を持たせるのはこの四人だ。あとは後方で待機しろ。使えるチェーンソーを選んでくれ、刃こぼれの少ないやつをより分けるんだ。

誰もが勇気を奮い立たせている。怪我が少ないにもかかわらず、怯《おび》えきって壁ぎわで小さくなっている男もいるが、大半は整然と役割を分担しつつ持ち場につこうとしている。おそらく世界じゅうで起きている紛争で実際に最前線に立つ者たちは、このようにやむにやまれぬ事情で武器を手にとるのだろう。戦争を殺し合いと否定するのはたやすい。けれども、生存のため、弱者を守るために戦わざるをえないときもある。

いまや構内は、圧倒的な数の敵の迎撃に備える砦《とりで》の内部のようだった。あわただしく動きまわる人々の合間を縫うようにして、美由紀は歩を進めた。

やがて、中落合地区の自販機の前に寄り集まる人々が見えてきた。

振りかえったひとりの男が声高にいった。「岬さんだ!」

誰もがその声に振り向き、一様に笑みを浮かべる。

美由紀もほっと胸を撫《な》で下ろしたい気分になった。まるで家に帰ったような安堵《あんど》がある。

人の輪のなかに入っていき、真っ先に目を向けたのは長瀬寿美子だった。担架に横たわった妊婦のようすを、まずたしかめる。

寿美子は小康状態に入っているようだった。まだ出産には至っていない。眠ってはいないようだが、痛みは断続的につづいているらしい。ときおり、びくっと身体を痙攣《けいれん》させている。

涼平が立ちあがって、美由紀に近づいてきた。大きく見開いた瞳《ひとみ》が見つめてくる。「岬さん……。無事？　怪我してない？」

思わず抱きしめたい衝動に駆られたが、美由紀は自重せざるをえなかった。大勢の人の目がある。未成年の彼と、特別な関係があるように思われたくはない。

「ええと」美由紀は言葉に詰まりながらいった。「そのぅ、平気よ」

「よかった」涼平の表情が緩んだ。「心配してたんだよ……」

救命士の翠原が顔をあげた。「片平先生は？」

「……亡くなったわ」と美由紀は告げた。

人々の顔から笑みが消えていった。淀《よど》んだ空気がまた一帯を支配しはじめる。

本当のことはいえない。打ち明けたところで、それは生存者たちにさらなる動揺を与えるものでしかない。医師の片平はもうこの世にいない、その事実を伝えるだけで充分だった。

いまは医師の代わりになる者が必要だ。美由紀は寿美子の傍らに跪《ひざまず》いて、穏やかに声をかけた。「寿美子さん。だいじょうぶ？」

「……ええ」寿美子の顔には無数の汗の粒が浮かびあがっていた。「なんだか変よ……。赤ちゃんが動かなくなってる」

美由紀はそっと寿美子の腹部に手をあてた。「そんなことはないわ。ちゃんと動いてる」

翠原が寿美子にいった。「感覚が麻痺《まひ》しているのかもしれないね。もうちょっとしたら、またいきんでもらわないと」

「勘弁してよ。もううんざり」

「お子さんのためですよ。少し力を蓄えておいて。あなたにとっての戦いは出産です。それ以外には、なんの心配もしなくていい」

「でも……」

美由紀は告げた。「周りのことは、わたしたちにまかせておいて。がんばってね。お子さんと平和に暮らせる日が、きっとくるわよ」

「……そうよね。わかった。努力してみる」

お願い。美由紀はつぶやいて、ゆっくりと立ちあがった。

彼女が生まれてくる子供とともに平穏な日々に戻れるのなら、わたしの命など失われてもかまわない。美由紀はそう思っていた。宿ったばかりの生命には、未来への無限の可能性がある。その未来を閉ざしてはならない。

人の輪を離れようとしたとき、石鍋の姿が目に入った。

彼はノートパソコンを携えながら、二十代前半の若い女と談笑している。まるで大学のキャンパスのような風景だった。この場には似つかわしくない状況だ。

ただしよく見ると、笑っているのは石鍋のほうだけだった。女はつきあいていどに口もとを緩ませているが、目は抗議しているようだった。彼女も、石鍋の態度は不謹慎だと感じているのだろう。

「それでね」石鍋は女にまくしたてていた。「僕の通っていた大学では、教授がカオス理論を完璧《かんぺき》に数値化できるといってきかなかったんだよ。教授はリアプノフ指数が0より大きいからといって……」

美由紀はふたりに近づくと、咳払《せきばら》いをしてみせた。

女が困惑ぎみにこちらを見る。石鍋も視線を向けてきたが、なおも上機嫌だった。「ああ、岬さん。こちらは森田祐未さんといって、東大工学部の学生さんだよ」

「はじめまして」と祐未は頭をさげてきた。「本町の辺りにいたんですけど、さっきのアナウンスをきいてここに来てみました。岬さんに会えるんじゃないかと思って」

石鍋はあからさまにがっかりした顔になった。「なんだ。最初から岬さん目当てだったのか」

祐未は聡明そうな女子大生という風貌《ふうぼう》だったが、いまは長い髪も油で汚れ、顔は煤《すす》けている。それでも瞳は澄みきっていると同時に、輝きを帯びていた。希望をみいださねば宿らない光。絶望とは対極にあるまなざしだった。

「岬さん」祐末は咳《せ》きこみながらいった。「気圧観測室でバッテリーを復旧したとか……」

「ええ。バッテリーは消耗したんじゃなくて、スイッチが切られていたみたいなの。それを元に戻しただけよ」

「ってことは、誰かがスイッチを切ったわけですよね？」

「……そうね。レバーの位置が変わってたわけだから、何者かが気圧観測室に侵入したのね」

「ならそのときには、気圧観測室は機能していなかったわけでしょ？　わたし、大学でエレクトロニクス・マテリアルとシステム・コントロールを専攻してるけど、気圧観測室は常時稼動させておいて、膨らんだ風船の外圧を調べて給気と排気の調整をおこなうものだって習ったわ」

「ずっとファンが停止してたし、主電源が復旧してからもそれぞれの系統は個別にスイッチを戻す必要があったから。気圧観測室が機能していなかったのは当然よ」

「じゃあ、岬先生。その侵入者は次にどう出ると思う？　非常灯が点《つ》いている状態でジェントリのイリミネーターを飛びこませてくるなんて、まず考えられないでしょ？」

「……そうね。もういちど非常灯を消しにかかるでしょうね」

「でも気圧観測室は起動してしまっているから、入れないんじゃない？」

美由紀はうなずいた。「ええ……。そうだわ。風船は割れたけど、内部の気圧変化は著しいものになってる。外からなかに入ったら鼓膜が破れるわ」

「とすると、侵入者がとるべき方法はただひとつ」

「主電源を切りにいくんだわ。それも、ジェントリたちを出撃させるために、いますぐにでも……」

おそらく間違いなかった。気圧観測室でバッテリーのスイッチをオフにしたのは、イリミネーターではない。もしそうなら給気ファンのシステムと同じく、パネルを破壊していたはずだ。別の侵入者がいる。そしてその何者かはいま、ふたたび主電源を切ろうと画策しているだろう。

力まかせに破壊するばかりのイリミネーターとは違う、知性の備わった工作員がいるのなら、その人物は別系統の回線を含むすべての配電をダウンさせうる。いや、間違いなくそれを意図している。

隣りの上落合地区の自販機の裏から登れるオフィスには、主電源のある配電管理室につながるダクトがあった。あのオフィスには、山手トンネルの車道から一方通行の侵入経路がある。敵は入り放題だ。

美由紀はいった。「すぐ配電管理室に行かないと」

「わたしも同行するわ」祐未が見つめてきた。「もし壊されてても、モーターや半導体デバイスを別の機器から取りだして交換すれば、直せる場合がある」

「だけど、危険地帯よ」

「かまわないわよ。わたし、友達を殺されたの……。なにが起きるかわかっているのに、じっとしているなんて無理。一緒にいかせて」

祐未の真摯《しんし》な瞳の輝きを、美由紀はじっと見つめた。穏やかないろを帯びた虹彩《こうさい》、その奥に宿る光。真剣さに裏打ちされた信念がなければ、決してこんな目つきにはなりえない。嘘をついている形跡もなく、セルフマインド・プロテクションを用いているとも思えない。憂慮すべきことがあるとすれば、死地とわかっている場所に彼女を連れて行く、その一点だけだ。

しかし、美由紀には理解できていた。彼女は命を賭《か》けようとしている。みずから生き延びるために、そして人々を救うために。その情熱をどうして否定できるだろう。

「わかった」美由紀は歩きだした。「祐未さん、一緒にきて」

祐未はうなずくと、美由紀に歩調をあわせてきた。

「おい」石鍋は立ちつくしたままいった。「僕はどうすれば?」

美由紀は振り返らずに告げた。「あなたは怪我もないんだし、男だし、イリミネーターの侵入に備えたら？」

「武器なんか持ちたくないよ。……しょうがない、ソフトで計算をつづけるか。僕は別のアプローチで生存者たちに貢献するよ」

どこか言いわけじみた物言いに思えたが、美由紀はなにもいわなかった。彼は軽薄かつ優柔不断そうに見えるが、本当はそうではない。何もできない自分への苛立《いらだ》ちをのぞかせている。いざというときに勇気を示せないことを、どうして責められるだろう。ずっと平和が永続するはずの文明国だったのに。

祐未が歩きながらいった。「岬さんに会えて助かった。あの石鍋さんって人の話、延々つづくんだもの」

「彼は悪い人じゃないわ」

「ええ。わたしの兄とおんなじタイプ。ちょっと暗くて変わってて、とっつきにくいけど、根は真面目な人よ。ただ恋愛対象じゃないってだけ。岬さんはどうなんですか？」

「え？　わたしは、そのう……」

「ほかに好きな人がいるんでしょ。顔にそう書いてある」

美由紀は面食らって、思わず歩を緩めた。

顔に書いてある。わたしが他人についてそう思うことはよくある。でも、他人から心を見透かされるなんて。

死臭漂う暗黒の空間で、冷え切っていた心がしだいに温まっていくのを感じる。好きな人がいる、そのことを見抜かれた。なぜだろう。恋愛の心理はいまだに解析の糸口さえわからないほど、複雑なものなのに。

祐未がふしぎそうな顔で振りかえった。「どうかしたんですか？」

「いえ……」美由紀は急ぎ足で祐未に追いついた。

背後をちらと振り返る。見送る涼平の姿が目に入った。美由紀はあわてて視線を逸《そ》らした。

もしこれが本物の恋愛だとしたら、それは強さだ。美由紀は思った。彼のためなら、どんなに分の悪い賭けにでも打ってでる気になれる。ためらわず戦場に飛びこめる。

デッドエンド

土方有吉《ひじかたゆうきち》、江戸川区の不動産会社に勤務する五十五歳。妻とは別居して十年近く経つが、まだ離婚届はだしていない。とはいえ、連絡をとる手段もない以上、別れたも同然だった。

バブルの甘い蜜《みつ》を吸った世代の最後の生き残りを自負する土方は、ひところの景気回復に胸を躍らせたものだった。都心にも高層マンションが次々と建ち、ふたたびあの売り手市場の世の中がやってくる、そう予感した。

しかしツキは土方にまわってはこなかった。消費は冷えこみ、客は賃貸に流れる。売りマンションも価格の下落を余儀なくされた。先日だしたばかりの新規物件も、早くも五百万円の値下げに踏みきるありさまだ。

運のなさはここにきて加速度的に肥大化しつつあった。きょうは西池袋の客のもとを訪ねて物件を買うかどうか探りをいれてきたが、話し合いは夜中にまで及んだ挙句、冷やかしだとわかった。頭にきて思わず客に悪態をつき、憤然とクルマを飛ばして会社に戻る途中、この山手トンネルに差しかかった。

あの客はまさしく疫病神だった。導かれた場所は地獄だった。避難通路に閉じこめられて、大勢が殺されるのをまのあたりにしてきた。土方自身、拾ったチェーンソーでイリミネーターを何人か倒した。人を切り裂く感触は、若いころ勤めていた精肉工場での仕事と同じだった。固くて刃は通らず、なかなか切れるものではない。それでも嘔吐《おうと》感を堪《こら》えながら、数人を仕留めた。

死体は壁ぎわに山積みになっている。いちおう被害者とイリミネーターは選《え》り分けられているが、なかには区別しきれない者もある。

ついてなさに対する憤りが自分を突き動かし、ここまで生き延びさせた、そうとも思える。土方は躊躇《ちゅうちょ》せずに敵を刻んでいった。やがてそれは、快感にすらなりえた。

襲いかかるイリミネーターに、鼻持ちならない顧客たちの顔を重ねる。ただそれだけで、無限の勇気が湧いてくる、そんな気がする。

殺人鬼か。連続殺人魔の心理など理解不能と思っていたが、そうでもない。ましてここでの行為はすべて正当化される。ゲームのように襲来する敵に挑み、胴体を刻んで、勝者の快楽にふけることができる。

恐怖はある。しかし、興奮とスリルを存分に味わうことによってその感覚を頭から閉めだしていた。永遠につづいてほしい時間とは思わない。それでも身をまかせて楽しんでいれば、時が経つのを忘れられる。そうこうしているうちに、救出はきっとくる。外の世界にでたら、もうこんな行為には及べない。

だから、いまを楽しめばいい。いまを生きればいい。

土方は、ほかの数人の男とともに、滑り台の出口のガードに立っていた。

早く降りて来い。この場で瞬時にミンチにしてやる。

心のなかでそうつぶやいたとき、ふいに視界が暗転した。

ざわっとした声が辺りに広がる。非常灯が消えた。

何も見えない……。真っ暗だった。

動揺が全身にひろがっていく。心拍が耳鳴りのように響いて聞こえた。

「まずいぞ」誰かがささやいた。「ファンの音が聞こえない。空気が入ってこない」

なんだと。また酸欠状態に陥るというのか。この期に及んで冗談じゃない……。

闇のなか、手探りで安全地帯を求めてさまよいだした、その瞬間だった。

耳をつんざく悲鳴があがった。チェーンソーが作動する音、しかし呻《うめ》き声が断続的にこだまして、どさりと床に突っ伏す音が響く。

周りを素早く飛びまわる気配があった。人だ。尋常でない速さで動きまわっている。まるでこの暗闇をまったく意に介さないかのように……。

いきなり、土方の喉《のど》もとを絞めあげる手が出現した。

その手は万力のような握力を発揮し、土方の足を床から浮かせた。

息ができない。気管が完全に閉ざされている。土方は空中でじたばたともがいた。

敵は背後ではなく、正面にいた。顔が近づくと、さすがに暗闇のなかでもその姿をおぼろげに察知できた。

額に粘土。イリミネーター、若い男だった。死人のような片目がこちらを見据えている。もう一方の目は露出してなかった。プラスチック製の片眼鏡に覆われている。

それがなんであるかわかったとき、土方は唸《うな》った。暗視ゴーグルか。汚い奴らだ。まぶたの上に刻まれた刺青《いれずみ》に、Gの文字が読みとれた。こいつが噂に聞いたジェントリか。

ゲームは、最終ステージまで進んだ。これがボスキャラだったかどうかは定かではない。とにかく、俺はここで行き詰まった。結果的には、プロレタリアートやブルジョワで命を落とした連中と変わらなかった。得点ゼロ。デッドエンド。ゲームオーバー。

最期に耳にしたのは、自分の延髄が砕かれる音だった。耳もとから、頭骨の内部に響いた。スイッチをオフにしたかのように、土方の人生はそこで途絶えた。

ジェントリ

上落合の自販機の裏から避難通路の外壁を登り、美由紀は地下のオフィスに戻った。

非常灯が消えている。誰かが別系統を含むすべての電源を切った。排気と給気のファンの作動音も途絶えている。

ただちに酸素不足に陥ることはないが、急がねばならない。最強の敵は間近に迫っている。

懐中電灯を灯《とも》してから、事務机の上に図面を広げて位置を確認する。引き出しを開けると、雑多な筆記具が目に入った。そのなかからシャープペンシルを取りだし、印を書きこんだ。

後ろをついてきた祐未は戸惑いながら辺りを見まわした。「ここは?」

「南北のダクトがそれぞれ給気ファンと排気ファンにつながってる。給気のほうはふさがってるけど、排気方面へはいったん狭い部屋にでてから、ふたつの扉に遮られてる。それぞれ配電管理室と排気ファン室につづく扉よ。だからダクトも閉鎖されてない」

「鍵《かぎ》はかかってないんですか？」

「ええ、さっきはそうだった。いまは、行ってみなきゃわからないわ」

美由紀は先に立って、北側の壁のダクトに身をねじこませていった。

何人もの仲間の命を奪った忌まわしい空間。彼らに報いるためにも、侵入者を見過ごすわけにはいかない。

ところが次の瞬間、暗闇の前方に怪しげな気配を感じた。

目を凝らすより早く、風圧を頬に感じる。とっさに美由紀はダクトの底面を蹴《け》って素早く後退した。

火花が散り、甲高い金属音がこだまする。つづいてチェーンソーの作動音が鳴り響いた。

ブルジョワのイリミネーター。すぐ目の前にいる。しかもその肩越しに、何人もの黒い影が見えていた。

向こう側からダクトに続々と侵入してくるイリミネーターの気配がある。動作が素早い。

全員がブルジョワというわけではなさそうだった。

ふたたびチェーンソーが唸りをあげて美由紀の首を狙い、振りかざされた。美由紀はうつ伏せに這《は》って、ブルジョワの喉もとに突きを放った。

イリミネーターは動きをとめて、チェーンソーを額にあてがい、刃を稼動させて自爆した。

青白い炎が膨れあがったとき、ダクトに押し寄せる風圧を感じる。小爆発であっても、密閉された空間では爆速がそのまま圧力となって押し寄せる。

飛び散る粉塵《ふんじん》から目を守るために、美由紀は顔をそむけた。

と同時に、ダクトのなかを走る配管のひとつが破断し、気体が噴出しだした。

温度が急激にさがり、息苦しさを覚える。酸素濃度も低下した。

液体窒素だ。触れると凍傷を引き起こす。

「戻って」と美由紀は、背後の祐未に告げた。

祐未があわてたようすで後退していくと、美由紀もダクトのなかを全速力で後ずさっていった。

ところが前方では、ブルジョワの死体を後続のイリミネーターが持ちあげて、それを傘がわりにして液体窒素を避け、なおも突き進んでくる。

武器を持たず、機転のきく知性と敏捷《びんしょう》さを備えたイリミネーター。ジェントリの群れに違いなかった。

美由紀は祐未とともにダクトから這いだし、オフィスに帰った。

「どうするの」祐未が震える声でいった。「あいつらが出てきたら、わたしたち……」

瞬時に頭に浮かんだ考えがあった。美由紀はデスクに駆け寄りながら告げた。「なら、駆除するだけのことね」

引き出しを開けて、筆記具のなかから消しゴムだけを拾い集める。両手いっぱいの個数をかき集めると、ダクトに走った。

さすが東大生だけに、祐未も美由紀の思いつきを察したようだった。壁ぎわの棚に駆け寄って、手をかけている。

美由紀は消しゴムをすべて、ダクトの穴に放りこんだ。祐未が棚を押し倒そうとしている。美由紀も手を貸して、満身の力をこめて棚を押した。

棚はぐらつき、壁に沿って倒れていった。ダクトはふさがれた。

直後、大口径の砲口から弾が発射されたかのような轟音《ごうおん》と震動が襲った。棚は変形して床に吹き飛び、白く染まった気体がオフィスじゅうに降り注いだ。天井がきしみ、亀裂から大小のコンクリート片が落下する。

すぐに静かになった。ダクトから吹きだす煙も勢いを失いつつある。

慎重に近づいていって、美由紀はダクトのなかを懐中電灯で照らした。

よく見えないが、ただちに迫ってくる人影はなかった。

消しゴムが液体窒素を浴びると、表面は急速に冷えて縮む。その一方で消しゴムの内部は常温のままなので、収縮しようとする表面に反発し、やがて爆発する。

瞬時の判断が生死を分ける。絶え間なく思考を働かせねばならない。圧倒的な数を誇る敵に挑むことができる最大の武器は、知恵以外にない。

祐未が怯《おび》えたようすできいてきた。「駆除できた？」

「たぶんね。駄目なら一巻の終わり」美由紀はダクトのなかに進入し、匍匐《ほふく》前進を始めた。液体窒素の噴出はやんでいる。金属部分のそこかしこが凍りついていた。美由紀は後続の祐未にいった。「冷たくなっているところは触らないで。肌が貼りついて、はがれなくなるわ」

「ええ……わかってる。それより、前はどう？　イリミネーターはいない？」

「だいじょうぶよ。いまのところはね」

それは嘘だった。わたしの目にも、この暗がりの向こうはわからない。煙のせいで懐中電灯の光も乱反射し、役に立たない。

祈りながら進む決死行。美由紀は唇を噛《か》み締めた。いく手に待ち受けているものは何か。運命にすべてを委《ゆだ》ねざるをえない。

回路

涼平は暗闇のなかにいた。しかし、自分がどこにいて、何をしているのかはわかっている。そして、どれほど危険に晒《さら》されているかも。

周囲には喧騒《けんそう》があった。闇に乗じてイリミネーターが侵入している。滑り台の出口を固めていたガードは打ち倒され、突破されてしまったらしい。あちこちでチェーンソーの火花が閃光《せんこう》を走らせるが、それらを武器にしているのは味方ばかりのようだった。敵はジェントリ。素手ですばしこく、的確に生存者たちの息の根を止めていく。呻《うめ》き声とともに倒れていく生存者たちの気配がある。彼らは死体と化していく。暗闇のなか、誰に見取られることもなく。

耐え難い恐怖が全身を包んでいたが、涼平はこの場を離れるわけにはいかなかった。しゃがみこんでいるのは、寿美子の横たわる担架のわきだった。涼平の手を、寿美子の手がぎゅっと握りかえす。苦しそうな息遣いが耳に届いた。

一緒に担架を守っている救命士の翠原が、周囲の騒々しさに掻《か》き消されまいとするかのように、声を張りあげていった。「寿美子さん、もういきまなくていいんです。赤ちゃんの頭は、もう外に出掛かっています」

涼平は思わずきいた。「ほんとに？」

「ああ。ただ、よく見えないんだ……。ほんの少しでも光があれば……」

そのとき、近くでうごめく身体があった。涼平はイリミネーターかと思ってびくついたが、すぐに人影は石鍋だとわかった。

石鍋はノートパソコンを開いた。液晶モニタのバックライトが、おぼろげな光源をつくる。

モニタを翠原の手もとに差し向けながら、石鍋がいった。「これでいいかい？　明かりを点《つ》けてちゃ危ないと思うけど、出産じゃしょうがないね」

「すまない」翠原はつぶやいた。「そのまま、光を向けていてくれ。もうちょっと上だ」

産まれてくる子供よりも、光のせいでぼんやりと浮かびあがった周囲のほうが、涼平にとっては衝撃的だった。

担架の周りは、新たに生命を授かろうとしている子を守ろうとする男たちがひしめきあい、バリケードを築いている。しかしその守備も崩れつつあった。猛烈な攻撃に誰もが退《ひ》き、円が狭まっていく。男たちの数も激減していた。

ジェントリなるイリミネーターの動きは、普通の人間とまるで同じだった。いや、もっと機敏で狡猾《こうかつ》だ。戦い方もブルジョワのようにワンパターンではない。ある者の首をへし折ったかと思えば、次の者の鼻と口をふさいで窒息させる。斧《おの》やチェーンソーを奪って止《とど》めを刺す場合もある。

ひとりの男が振り返って、翠原に怒鳴った。「まだか。俺たちだけじゃとても防ぎきれん」

「あと少しだ。なんとか持ちこたえてくれ」

「増援が必要だ。こっちにも手を貸せ」

石鍋はあわてたようすで顔を伏せた。「僕は照明係を仰せつかってる。手が放せないよ」

涼平は立ちあがろうとした。

だが、寿美子の手がひときわ強く涼平の手を握りしめてきた。

翠原も涼平の腕をつかんでいった。「いかないでくれ。きみには、子供を抱きとめてもらわないと」

「え？」涼平は驚いて目を見張った。「抱きとめる？」

「そう。もう出てくるところだ。さあ、両手を伸ばして」

緊張に身を硬くしながら、涼平は指示に従った。

岬さん。涼平はひそかに祈った。早く戻って。僕たちだけでは、とても子供の命を守りきれない。


美由紀はようやくダクトから這《は》いだした。

そこは、ふたつの扉につづく狭い空間だった。懐中電灯で照らすと、ぎょろりと目を剝《む》いたイリミネーターの顔が、すぐ近くにあった。

一瞬息を吞《の》んだが、その瞳孔《どうこう》は開いたまま、瞬きひとつしなかった。

床に、イリミネーターたちが四体か五体、折り重なって倒れている。金属片が首すじや胸もとに突き刺さっていた。

手を伸ばして、脈をとってみる。絶命していた。刺青《いれずみ》はGだった。皮肉にも、弱点の見つかっていないジェントリを、力業で退治した。さっきの爆発でダクト内の全員がこちら側に吹き飛ばされたに違いない。

祐未がびくつきながらダクトから出てきた。イリミネーターたちの死体を目にとめると、顔をひきつらせていった。「死んでるの？」

「ええ」美由紀は起きあがった。「いきましょう。配電管理室はこっちの扉よ」

電気が消えたからには侵入者がいる。油断なく扉の把《と》っ手《て》をつかんで、ひねった。鍵《かぎ》はかかっていない。扉は音もなく開いた。

配電管理室はやはり消灯して真っ暗になっていたが、すぐさま目についたのはモニターのひとつだった。なぜかそこだけ電源が入っている。

パネルにもランプがいくつか点いていた。美由紀は妙に思った。主電源が落ちたはずなのに、どうして……。

懐中電灯を灯《とも》し、慎重に室内を照らした。いまのところ人影は見えない。

ゆっくりと歩を進めていく。祐末とともにパネルに近づいていった。

パネルは破壊されている。リード線が剝きだしになっていた。いちど繫《つな》いだ形跡があるが、また切断されている。

モニターに映っているのは、サーモグラフィーによって解析された熱分布を画像化したものだった。赤い人影がいくつもうごめいている。避難通路のセンサーがとらえたものらしい。見る限り、人の動きがあわただしい。

ジェントリが侵入したようだ。主電源を復旧しだい、ただちに避難通路に戻らねばならない。

美由紀は祐末にきいた。「操作方法、わかる?」

「そうね……」祐未は眉間《みけん》に皺《しわ》を寄せて、パネルを眺め渡した。「たぶんこれが通電チェック。OKの表示がでたら電圧を解放……」

祐未の指先がパネルの上を走り、次々とリード線を接触させては、埋めこまれたLEDランプの反応を確認する。点灯すれば、その線はつなぎ、そうでなければ別の配線を探す。

ちぎれて天井から垂れ下がった太い電線の先が、バチバチと音を立てた。

ネオン管灯回路の高電圧線のようだった。いまはそこが通電しても意味はない。祐未も同感らしく、パネル側の配線を外した。高電圧線の音はやんだ。

しばらく作業をつづけたのち、祐未はつぶやいた。「おかしいわ」

「どうしたの？　何かトラブル？」

「いいえ。ただ、すべてのシステムをダウンさせようとした形跡があるのに、サーモグラフィーだけは壊していない。消防署の管轄だから別系統だけど、ここに配線がきているわけだから、切断しようと思えばできたはずよ。しかも……何これ」

美由紀は祐未の手もとを覗《のぞ》きこんだ。「それは？」

「LAN回線に接続するコンバーター。本来は消防署にのみ繋がっているはずの光ケーブルを、一般のネットに接続しなおしてある」

「消防署は避難通路のようすを把握できない。その代わり、特定のアドレスを知る誰かが……」

「ええ」祐未はうなずいた。「サーモ画像を外部からモニターできる」

「なぜサーモを……」美由紀はつぶやいた。「主電源が落ちて監視カメラが機能しないから、やむをえず代替手段としてサーモ画像で見張ってるってことかしら。それとも、カメラがあるのは車道のみで避難通路にはないから、サーモで監視せざるをえなかったとか……?」

「岬さん……。少なくとも生存者の人数は、サーモで把握できるわ」

美由紀は鳥肌の立つ思いでモニターを見つめた。

殺害され、床に突っ伏す人影。その体温をしめす赤い表示が、しだいに青く染まっていく。

怒りがこみあげてくる。この忌まわしい殺人ゲームを管理するにはサーモで充分、いやむしろ好都合というわけか。

祐未はひときわ太いリード線を接触させた。パネルに唸《うな》るような音が響きだす。複数のランプが点灯した。

「これでよし」祐未はため息をついて、額の汗をぬぐった。「回路がそれぞれ自己診断を終えたら、通電が開始される。ほんの二、三分ね」

ひとまず安堵《あんど》が訪れる。けれども、ここでやるべきことはもうひとつありそうだった。

「祐未さん。サーモは別系統だって言ったわよね？　なら、そっちだけを絶つ手もあるわね」

「ええ、もちろん。回線を切ってしまえば、外にいる何者かはモニターできなくなる」

「じゃあ、いますぐそれを……」

ふいに甲高い声が響いた。「触るな！」

びくっとして、祐未が身体を起こす。

美由紀も振り向いた。

声を発した者がどこにいるのか、すぐには判然としなかった。暗闇のなかを小動物のような身体が飛び跳ねている、そんな気配がした。

祐未が短い悲鳴をあげて、全身を凍りつかせた。

背後から抱きついて、首すじに銀いろの刃《やいば》を這わせている者がいる。

緑いろの猿。いや、ジャムサという名の小男だった。

ナイフ

暗闇の地獄と化した避難通路、殺戮《さつりく》の喧騒《けんそう》のなかで、涼平は人として最も神秘的な瞬間に立ち会っていた。

「そっとだ」と翠原が涼平に耳打ちした。「会陰が裂けないように、ゆっくりと引きだしていくんだ」

涼平は翠原とともに、産まれてくる赤ん坊の頭を支えていた。

徐々に、しかし確実に、子供はこの世に送りだされてくる。頭がすべて露出すると、肩がでてきた。そこからはひっかかることもなく、すんなりと全身が押しだされる。

赤ん坊は、涼平の両手のなかにおさまった。

全身、羊水にまみれた小さな身体。鼻や口から水分を吐くと、赤ん坊は第一声をあげた。

産声はたちまち甲高くなり、泣き声となって辺りに響き渡った。耳をつんざく叫びのような声……。

「やった」翠原は笑顔で告げた。「やりましたよ、寿美子さん。元気なお子さんです」

石鍋もほっとしたように突っ伏した。「よかった……。出産に立ち会うなんて、たぶん後にも先にも今回きりだよ。無事でほんとによかった……」

涼平は、自分の両手のなかで激しく泣きつづける赤ん坊を眺めていた。

なぜ泣きながら産まれてくるのだろう。

この世に生を得るのは、悲しいことなのだろうか。

わかる気がする。僕だって泣きたい……。

「涼平君」翠原が穏やかにいった。「お子さんを、寿美子さんに」

「ああ……そうだね」

そうつぶやいて、涼平は赤ん坊を寿美子の顔に近づけた。

母と子の初対面。泣きじゃくる子の頰をそっと撫《な》でて、寿美子は微笑した。

その瞳《ひとみ》に、涙が溢《あふ》れている。寿美子は目を瞬《しばたた》かせて、なにかをささやいた。声は、涼平の耳には届かなかった。

安堵のときは、ほんの数秒に過ぎなかった。すぐ近くで、絶叫とともに崩れ落ちる男の姿があった。

顔をあげると、涼平は恐怖に全身が凍りつくのを感じた。

周囲を守っていた男たちはひとり残らず打ち倒され、イリミネーターたちが包囲網を狭めてきている。敏捷《びんしょう》であるにもかかわらず、いまはようすをうかがうように立ち尽くし、こちらを見下ろしている。

ふいに明かりが灯《とも》った。

非常灯が蘇《よみがえ》り、視界が戻った。

おびただしい数の死体が横たわる。死神の群れが無数にたたずむなかに、涼平たちはいた。

寿美子が涼平にいった。「逃げて。この子を連れて、早く」

「え……?」

「そうだ」翠原は真剣なまなざしを向けてきた。「こいつらは俺たちが引き寄せる。そっちの壁ぎわには敵が少なそうだ。全力で駆け抜けていけ」

「だ、だけど、そんなことしたら……」

「いいのよ」寿美子は涼平をじっと見つめてきた。「もういいの。わたしの命は……この子に引き継いだわ。守ってあげて。お願いよ」

涼平は立ちあがることができなかった。どれだけ訴えられても、この場から逃れるなんて不可能だ。産まれたばかりの生命。守りきる自信もない。

「それなら」涼平はおずおずといった。「僕以外の誰かが……。翠原さん……」

翠原は首を横に振った。「出産直後の母親をほうっておけるか」

「じ、じゃあ、石鍋さん……」

しかし石鍋は、涼平に目を向けなかった。涼平の腕をつかむと、後方に投げだすようにしながら怒鳴った。「早く行けってんだよ！」

涼平はふらついて後退し、尻餅《しりもち》をついた。

それだけで、大人たちとの距離がずいぶん開いた。そう感じた。

イリミネーターたちがゆっくりと前進し、包囲網は狭まっていく。その輪のなかに、寿美子と、翠原、石鍋の三人が残されていた。三人はふっきれたように安堵のいろさえ漂わせながら、見送る目で涼平を眺めている。

「いやだ」涼平は叫んだ。「いやだよ！」

直後、イリミネーターたちは行動を開始した。いっせいに三人に襲いかかる殺戮者の群れ。翠原と石鍋が立ちあがり、抗《あらが》おうとする。ほかにも加勢にやってきた男たちが、イリミネーターを食い止めようと挑みかかった。

寿美子だけは、担架の上で半身を起こし、こちらを見つめていた。その頬に大粒の涙が光っている。

僕は、この子の運命を託された。母親に、この子供が悲惨な末路を辿《たど》るところを見せてはならない。そして、この子にも母親の……。

ためらいはもうなかった。涼平は身を翻し、赤ん坊を抱きしめながら戦場のなかを走りだした。

泣きじゃくる赤ん坊の声に負けないくらいに、涼平は声を発していた。なんのために叫んでいるのか、自分でも理解できない。視界が涙で揺らぐ。胸が張り裂けそうだ。涼平は走りつづけた。死神の支配する暗黒の空間、殺し合いのなかを駆け抜けていった。

配電管理室の照明が戻った。目もくらむほど明るい室内。おそらく避難通路も暗闇から解放されたことだろう、美由紀はそう思った。ジェントリ襲来の悪夢からは、いまだ遠ざかることはないが。

恐怖のいろを浮かべて立ちすくんだ祐未の背後に、ジャムサが抱きついている。刃渡りの長いアーミーナイフを、祐未の首すじにあてがっていた。

「またなの」美由紀は軽蔑《けいべつ》をこめていった。「人質のとり方に芸がないのね。養護施設で小さな女の子にも撃退されたの、忘れたの?」

ジャムサは祐未の肩越しに、美由紀を睨《にら》みつけてきた。「好きなだけほざくがいい、岬美由紀。もうこれ以上の邪魔立てはさせん」

「その言葉、そっくり返してあげたいんだけど。友里があなたを送りこんで、メフィストは片平を派遣して、山手トンネルはさしずめ両者が陣地を奪い合うチェス盤の上ね。やりあうのは勝手だけど、わたしたちの迷惑も考えてくれない？」

「岬。メフィスト・コンサルティングの外視連絡員を退治した以上、おまえの存在価値はもう無に等しい。避難通路の全員とともに焼き払われるがいい」

その言葉に美由紀の神経は、ぴくっと反応した。

「焼き払われる？」美由紀はジャムサを見つめた。「わたしたちを焼死させるつもり？」

あきらかに動揺のいろをのぞかせたジャムサは、祐未の首にナイフの刃を食いこませながら怒鳴った。「日本では火葬が原則だろう。おまえら全員が茶毘《だび》に付されるという意味だ」

「……いいえ。違うわね。あなたは口を滑らせた。お喋《しゃべ》りなお猿さんだと思ってたけど、頭に血が上りやすいのは大いなる欠点よね」

「侮辱するな！　見当違いの憶測で勝ち誇った気になるなど愚の骨頂だ」

「主電源を落として給気と排気のファンが止まって、このままいけば酸素不足で延焼なんか起きないはずよね？　わたしたちがここにきて、電源を復旧させるのも想定済みだったってこと？　これからファンも作動させて避難通路に空気が戻る。そこまではシナリオどおりってわけね」

「黙れ。黙れ黙れ！　岬美由紀。おまえの動きは読めてるぞ。間合いを詰めるときにはいつも床を蹴《け》って最短距離を跳躍する手を使う。しかし、おまえが俺に飛びかかろうとしても、この女の喉《のど》もとを掻《か》っ切るほうが早い」

「その直後にどういうことになるか、覚悟したうえでの発言よね？」

「無論だ。おまえを仕留めずに帰ったところで教祖は俺を許さん。どっちに転んでも未来がないなら、手っ取り早くやれるほうを選ぶだけだ」

　美由紀は口をつぐんだ。

　ジャムサは虚勢を張っているわけではない、本気だ。後には退《ひ》けないという恐怖に裏打ちされた、揺らぎのない信念をのぞかせている。追い詰められているがゆえに、いささかのためらいも見せない。極めて危険な精神状態といえた。

にやりとしたジャムサが告げてきた。「ようやくわかったようだな。岬、接続したリード線を元に戻せ。主電源を落とすんだ」

　祐未が声を張りあげた。「駄目よ、岬さん！　いま明かりが消えたら、みんなはジェントリに抗うことも……」

「静かにしてろ！」ジャムサがナイフの先端を祐未の顎《あご》に突きつけた。

わずかに血が滴り落ちている。祐未は恐怖に青ざめて、目を閉じていた。

やむをえない。美由紀はパネルに近づいた。

だが、手にとったリード線は、主電源とは関係のないものだった。未接続のその配線を摘みあげる。

美由紀は祐未を見やった。祐未はうっすらと目を開け、美由紀の手もとを見て怪訝《けげん》そうな顔をしたが、すぐに小さくうなずいた。

「いいわ」と美由紀はジャムサにいった。「暗くなればいいんでしょ。そうしてあげる。目の前を真っ暗にね」

ジャムサの表情がこわばる寸前に、美由紀は二本の線を接触させた。

同時に祐未が後ろ向きに駆けだした。

「な」ジャムサは驚きの声をあげた。「なにをする。とまれ！」

だが祐未の足はもつれ、仰向けに転倒しかけていた。背負ったジャムサのうなじに、天井から垂れ下がった高圧電線が接触した。

青白い火花が散り、ジャムサの悲鳴があがる。祐未は弾《はじ》かれるように前のめりに倒れた。

ジャムサは感電したまま数秒のあいだ宙に留《とど》まり、それから落下して床に転がった。

高圧電流は、直接触れた肉体が最も被害を受ける。その身体に触れていた者も感電はするが、電気のほとんどは着衣の表層を走るため、脳や心臓にダメージを与える可能性は少ない。落雷と同じだった。祐未にもその知識があったのだろう、美由紀がほのめかした意図を適確に読み取り、行動してくれた。

その勇気を無駄にしてはならない。美由紀は猛然と突進し、まずジャムサの手首を踏みつけてナイフを放させ、その柄を蹴って遠ざけた。さらにジャムサのわき腹をキックし、小さな身体をサッカーボールのごとく壁に飛ばした。

ジャムサは壁に叩《たた》きつけられ呻《うめ》いたが、美由紀が駆け寄るより早く、天井に跳躍した。両脚で梁《はり》を抱えるようにしてぶらさがり、換気扇をカバーごともぎ取ると、そのなかに飛びこんで声を響かせた。「おまえらは生きて地上に戻ることはない。いまのうちに余生を楽しめ。残りわずか数十分になった人生をな」

響いてくる音は、まさしく動物が侵入した家の屋根裏のようだった。狭い空間をじたばたと暴れながら移動する音が頭上を通過し、たちまち遠のいていく。

あのスペースにはとても入りこめない。友里がジャムサを雇っている理由はこれか。人の通行できない場所にも出入り自由な片腕。たしかに友里がわざわざ人材を欲するとすれば、彼女がどう望もうとも自分では成しえないことを実現できる者に限られるのだろう。

非常灯は復旧した。サーモの熱感知モニターには、ジェントリのイリミネーターに抵抗しながらも、次々に打ち倒される人々の影が映しだされている。

祐未がゆっくりと立ちあがろうとしている。

「だいじょうぶ？」美由紀は祐未を助け起こした。

「ええ、なんとかね……。サーモのモニターを切らなきゃ」

「……いえ。それはまずいわ。このままにしておくべきよ」

「どうして？」

美由紀は無言のままモニターを見やった。

あのジャムサが口を滑らせた言葉が胸にひっかかる。焼き払う。もしそんな大量虐殺の手段が準備されているのなら、友里にとっての唯一の情報源を絶つべきではない。計画が失敗したと見るや、全員を焼死に至らしめないとも限らない。

「祐未さん。いまは生き残ることが大事よ。給気と排気のファンを動かしたら、下に戻るわ。みんなを助けなきゃ」

「……そうね」と祐未はうなずいた。「わたし、お役に立てたかしら」

「ええ、ばっちりよ」美由紀はいった。「あなたは光を取り戻してくれた。ここからは、わたしの出番ね」

犠牲

長瀬寿美子は覚悟を決めていた。

これまでかもしれない。でも、あの子が生きていてさえくれれば……。

身体に力が入らず、担架の上に横たわるしかない。

悪露が止まらず、貧血になっていくのがわかる。

医師に、この痛みについては聞かされていた。出産によって子宮内膜が剝《は》がれ落ち、胎盤のあった場所や産道の傷跡から分泌物がでるが、それは健康な証拠だといっていた。悪露が少ないほうが問題だと。

しかし寿美子は、いまは出血がやんでほしいと願っていた。起きあがれるだけの気力を取り戻したい。逃げだすのではなく、わたしの子のために命を賭《か》けた人たちに、少しでもつぐなえる行いがしたい。

とはいえ、もはや状況はその段階にはなさそうだった。

イリミネーターの群れが間近に迫っている。生き残りがごくわずかであることを悟った死神たちは、すくみあがる獲物たちを威嚇《いかく》するかのようにじりじりと包囲網を狭めてくる。その先頭のひとりが両手を伸ばしてこちらに襲いかかってきた。

怖くなって、寿美子は目をつぶった。

あわただしい動きの気配がする。想像を絶する痛みがもたらされるのを覚悟した。

だが、寿美子に危害は加えられなかった。

恐る恐る目を開けてみると、寿美子は衝撃的な光景をまのあたりにした。

翠原がイリミネーターにつかみかかって、攻撃を阻止していた。敵のたくましい二の腕にしがみつき、拳《こぶし》が寿美子に振り下ろされるのを防いでいる。

「よせ」翠原は怒鳴った。「この人に手をだすな」

イリミネーターはぎょろりと目を剝《む》いて翠原を睨みつけた。翠原がたじろいだようすを見せた次の瞬間、イリミネーターの腕は信じられないほどの速さで水平に振られ、翠原を弾き飛ばした。

床に転がった翠原を、ほかのイリミネーターたちが囲んで蹴《け》りを浴びせる。翠原は苦痛の叫びをあげていた。

「やめてよ!」寿美子は叫んだ。「やめて。翠原さんが何をしたっていうのよ!」

するとイリミネーターたちはこちらに向き直り、無表情のまま歩を進めてきた。

石鍋は縮みあがって寿美子に身を寄せてきた。「やばいよ。もう僕たちしかいない……」

絶望……。

寿美子は身を震わせて泣いていた。恐怖ばかりがその理由ではない、悲しみのほうがずっと強かった。

どうして暴力ばかりがはびこる世の中だったのだろう。あの子はこれから、こんな世界で生きていかねばならない。悪意に満ちた弱肉強食の世界、生を与えられることは地獄でしかない。

善意に裏打ちされた希望の持てる世であってほしかった。でもそれは、叶《かな》わない夢だった。

青い顔の死神たちが両手を突きだし、わらわらと群がってくる。寿美子は覚悟を決めた。いよいよ最期だ……。

イリミネーターたちの動きが速くなった。猛獣のような襲撃が始まった。

激しい音を聞きつけた。骨の砕けるような音。自分の身体に違いない。寿美子は身を硬くした。

ところが、またも痛みは生じなかった。

顔をあげたとき、さらなる衝撃が襲った。

鼻先に迫ったイリミネーターたちの腕は、不自然なほうに捻《ね》じ曲がっていた。苦痛は感じないが、違和感だけは覚えているらしい。イリミネーターの目は壊れた監視カメラのように、焦点が定まらないようすであちこちを彷徨《さまよ》った。

寿美子は、自分のすぐ近くに立つ女の姿に気づいて、思わず息を呑《の》んだ。

岬美由紀さん……。帰ってきたのね。

美由紀は死神の群れを前に、不敵に告げた。「出産直後に安静にする常識すら知らないなんてね。悪いけど、生きてる資格ないんじゃない？」

腕が使い物にならなくなったイリミネーターたちの反応は、予測できないものだった。揃って口を大きく開けて牙《きば》を剝くと、猛犬のごとく美由紀に突進し、その肉体を食いちぎろうと嚙《か》みつきにかかる。

これに対する美由紀の動きは、目にもとまらないほどの速度で繰りだされた。襲撃してきた四人の頭がふいにもたげたところを見ると、彼ら全員の額を瞬時に突いたらしい。そして腹部を蹴り飛ばし、四人は揃って遠くに転がっていった。

一秒と経たないうちに、その四人のイリミネーターの頭部は激しい爆発音とともに砕け散り、骨片とともに豆腐のような脳の破片を周囲に撒《ま》き散らして、床に崩れ落ちた。

辺りからどよめきが聞こえたとき、寿美子はまだ生存者たちが周りにいることに気づいた。

よかった。生き残ったのはわたしたちだけではない。そして、最も頼りになる人が帰ってきてくれた……。

美由紀は油断なく身構えながら、イリミネーターたちを睨《にら》みつけた。

「もう抵抗しても無駄よ」と美由紀はいった。「弱点がなきゃ、額の爆薬を直接狙うのみ。衝撃を受けてすぐに爆発するというのなら、それより早く手を引き戻して距離を置くだけのことよ。あなたたちジェントリって速さが売り物なのよね？　なら、こっちも負けちゃいないわよ」

ほんのわずかでも感情が残っていたのか、イリミネーターたちはひるんでみえた。しかしそれも一瞬のことで、最強部隊のジェントリたちは美由紀めがけて突進を開始した。

敵が到達するより早く、美由紀の目は豹《ひょう》のように鋭く光った。跳躍して前方に飛びだすと、残像さえ残らないほどの猛スピードの突きと蹴りを連続して繰りだしていく。イリミネーターたちの頭部が次々と爆発していったとき、美由紀の身体はすでにかなり遠くにあった。

寿美子は息を呑んだ。あんな素早い動き、彼女でなければ不可能だ。いや、いかに岬美由紀といえども、ここまでの身体能力を発揮する素質を持ち合わせていただろうか。彼女は変わったのだろう、寿美子は思った。犠牲者への想い、敵への憎しみが全身を突き動かしている。その情熱はわたしも共有している、寿美子はそう思った。生存者たちすべての胸にあるはずだ。美由紀が持ちえている力の源を。

「勝って!」寿美子は美由紀に叫んだ。「そいつらをやっつけて!」

戦場

東京湾上空、レインボーブリッジの西十一キロの地点で、美由紀は敵に奪われたF15を撃墜した。恒星天球教幹部、すなわち友里の脳切除手術の犠牲になった者を死に至らしめた、初めてのケースだった。

以来、美由紀のなかには葛藤《かっとう》があった。前頭葉を失い、暗示に操られているとはいえ、彼らは人間だ。罪の意識などない。善悪を判断するあらゆる感覚を失ってしまった。彼らも被害者ではないのか。

その迷いは、もはや吹っ切れていた。死ぬこともできずに殺戮《さつりく》に利用される幾多の命。ならば安息を与えてやることが最善の道だ。

少なくとも、これ以上の命を奪うことを、わたしは許しはしない。

迫りくるイリミネーターの群れをローキックでなぎ倒して、バランスを崩させる。その頭部に鷹爪手《ようそうしゅ》の構えで攻撃を浴びせた。身を翻して後旋腿《こうせんたい》の蹴りで全員を遠ざけ、次の敵の群れに身構える。背後で爆発が起きているときには、さらなる敵たちに挑みかかる。

反射神経も動体視力も限界を超えている、美由紀はそう自覚していた。実戦においては力をセーブすることなくして勝機はない。けれどもいまは、攻撃の手を緩めるつもりはなかった。向かってくる敵のすべてを打ち倒す。片時も集中力を欠いたりしない。瞬発力に全身全霊を費やす。容赦などしない。

彼らもわかっているはずだ。みずからが下した恐るべき大罪の数々を。友里の支配から解放されるには、生との決別しかないことを。

正常な人間だったころの彼らに齎《もたら》された痛みも悲しみも、すべてわたしの手で掬《すく》い取る。わたしはそのように生きていく。彼らの生を奪った事実は消えない。でも、わたしは救われるべき命を守る。明日の幸せはほかの誰かが得ればいい。わたしは全身を血に染めてでも、暴力に抗《あらが》う。

後方から襲ってきたイリミネーターたちに左右の陽切掌を浴びせ、腹部をしたたかに打つ。動きがとまったところで美由紀はバク転しながら跳躍し、ふたりの額を蹴《け》り飛ばした。宙に浮いたふたりの頭部が破裂すると同時に、美由紀は地に伏せてさらなる敵をなぎ倒していく。

敵の隊列が乱れたせいか、防戦一方だった生存者たちの士気は高まったらしい。避難通路のあちこちで反撃が始まった。男たちが複数でイリミネーターに襲いかかる。何人かは叩《たた》き伏せられるが、なおも背後から次々に襲撃を加えて床に押し倒し、斧《おの》やチェーンソーでとどめを刺す。

いかに強靭《きょうじん》で敏捷《びんしょう》な敵たちとはいえ、ぶつかりあっているのは人間どうしだ。最終的には情念が勝つ。生存者たちには、生き残ろうとする本能がある。暗示を受けただけの操り人形には、それがない。

百人はいたはずのジェントリのイリミネーターたちは、すでにかなり数を減らしていた。思うように攻撃できず、集団を相手に隙をうかがうばかりのイリミネーターもいる。

敵側の体力も消耗しつつあった。もとより、人数ではこちらのほうが勝っている。両者の限界を超えてあくまで争うなら、敵にとっても圧勝は約束されたものでなくなる。

どこまでも戦い抜く。自分が最後のひとりになろうと、あるいは敵側にひとりだけが残ろうと、闘争本能は緩みはしない。

無我夢中でイリミネーターたちを打ち倒していったそのとき、いきなり甲高い音が鳴り響いた。

美由紀ははっとして、辺りを見まわした。

ホイッスルのような音色。周波数が高く、人の耳に聞こえづらいという点では、犬笛に近いかもしれない。しかし、現に生存者たちも聞きつけているようだった。誰もが怪訝《けげん》な顔で周りに視線を配っている。

反応したのは生存者たちばかりではない。イリミネーターたちも、思わぬ動きを見せた。ジェントリのイリミネーターは攻撃を中止すると、突如として身を翻し、滑り台のほうに駆けていった。

そして驚くべきことに、イリミネーターたちは滑り台のなかに身体をねじこむと、虫のように素早く這《は》いあがり、車道のトンネル構内へと消えていった。

男たちに捕まっていたイリミネーターも、その手をふりほどくようにして、滑り台に逃げこんでいく。

やがて、敵は避難通路から姿を消した。

辺りはしんと静まりかえっている。あのホイッスルのような音もやんでいた。

美由紀はほかの人々とともに、呆然《ぼうぜん》とたたずんでいた。

「撃退した！」誰か叫んだ。「あの畜生どもをやっつけたぞ！」

次の瞬間、歓喜の声が避難通路のなかに沸き起こった。

大地をも揺るがしかねないほどの大音量。耳をつんざくほどの集団の叫びが、辺りに反響していた。

振り返ると、寿美子が上半身を起こし、こちらをぼんやりと眺めている。そのすぐ近くで、翠原がゆっくりと立ちあがろうとしていた。腕を負傷したが、命に別状はなさそうだった。

誰もが返り血で、顔を真っ赤に染めていた。

銃が発明される前の原始的な戦《いくさ》で、勝者側はこんなふうに雄たけびをあげていたのだろう。無数の死体に埋め尽くされた忌まわしい戦場で、抱き合い、笑い合ったのだろう。異常と片付けるのはたやすい。でも、わたしたちは正常だ。生きていることの喜び。それは誰にも否定できない。

ため息とともに、美由紀はうつむいた。足もとに広がる赤い水たまり。そこに映った自分の姿を見た。

わたしは戦場にいる。どんなに目をそむけようとしても、真実はただひとつしかない。

わたしは敵の指揮官を打ち倒さねばならない。この残虐な悲劇を生んだ張本人を。

女神

「……母？」阿諛子が眉《まゆ》をひそめて友里を見た。「なぜジェントリたちに撤収を？　まだ目的は果たされていないのに」

友里は無言のまま、スクリーンに表示された熱感知モニタの画像を眺めていた。妙だ。ここに至ってもまだ結果が判然としないとは、確率的にほとんどありえない。残された可能性はごくわずかだ。目指すものは、偶然その範囲内に存在しているというのだろうか。

それとも万が一にも、見落としていることがあるのだろうか。目標とすべき到達点が、ここではない可能性は……。

いや。友里はその思いを否定した。千里眼に喩《たと》えられたわたしの目が、真実を見逃すはずがない。ゴールはまぎれもなくここにある。来た道は、間違ってはいない。

阿諛子は戸惑ったようにきいた。「母。次の指示は？」

友里はスクリーンの前を離れると、全面ガラス張りの壁面に歩み寄った。赤坂Ｂｉｚタワーから眺める都心の夜空。わずかに蒼《あお》みがかっている。時計に目をやると、午前四時をまわっていた。

夜明けが近いというのに、まだ結果がだせない。これほど歯がゆいことはなかった。じれったさを噛《か》みしめながら友里はいった。「イリミネーターを撤退させたのは、美由紀が避難通路に戻ったからよ」

「あの女が？　すると、中落合地区でイリミネーターが次々に倒されたのは……」

「美由紀の身体を判別できなかったの？　いちど目にしたからには、選択的注意で本能的に察知できるはずでしょ」

「すまない、母……。ただ、非常灯とファンが復旧したからには、ジャムサが岬美由紀の死を確認したのだとばかり……」

ふんと友里は鼻でせせら笑った。「美由紀がジャムサを叩きのめして、主電源を回復させて避難通路に戻った。そう考えるほうが自然だわ」

阿諛子は苦々しげにつぶやいた。「あの役立たずの猿め……」

「それに」友里はスクリーンに目を戻した。「見たところ、美由紀にとってはもはやジェントリのイリミネーターすら、敵ではないようね」

「ありえない。弱点を用意していないジェントリをどうやって？」

「想定の範囲外をやってのけるのが美由紀の強みよね。なんにせよ、イリミネーターが一方的にやられたのでは計画の詰めは不完全なまま終わる。わたしたちは、予定どおりのペースを取り戻さねばならない」

「ええ。母、撤収させたイリミネーターは車道で待機してる。現場のジャムサに武器を運びこませることは可能よ。あの猿なら荷物を背負って換気口を出入りできるわ」

「時間がかかりそうね。……でもほかに方法はないわ。ジェントリのイリミネーター残存部隊を強化して、三十分以内に再度出撃。いいわね、阿諛子。もう時間はあまりないわ」

「わかった。すぐに連絡する」阿諛子が踵《きびす》をかえし、隣りの部屋に歩を進めていく。

不鮮明なサーモ画面に赤く映しだされた小さな身体、美由紀の姿を、友里はじっと見つめた。

とてつもない強さ。そして、容赦のなさ。無慈悲な行為。

過去と決別しているようで、そうではない。美由紀の生い立ちを知るわたしにしてみれば、彼女が行き着くところへ行き着いた、そう思えるだけのことだった。

わたしの手で迷いを断ち切ったことで、美由紀は成長した。わたしが望んでいたとおりの女になりつつある。

だが、美由紀はもうわたしの元にはいない。現状で成長のきざしが明らかになっても、それは喜ばしいことではない。

友里はふたたび窓を見やった。

映りこんだ自分の姿を眺める。年老いた。人生はあまりに短く、時の流れは非情だった。道具でしかない阿諛子に、わたしの意志は継げない。信念としてわたしに最も近いところにあったのは……。

やはり岬美由紀。あの小娘だったのだろうか……。

髪を掻《か》き撫《な》でながら視線を室内に戻し、つまらない考えを頭から遠ざけた。

なにを馬鹿な。友里は心のなかでつぶやいた。わたしはまだ若い。歴史を覆し、革命を果たすのはわたしだ。真の自由の女神は、わたしをおいてほかにはない。

IDカード

避難通路は、何度めかの平穏なときを迎えていた。

非常灯があたりを照らし、給気ファンが新鮮な空気を送りこんでくる。数百にのぼる死体の発する酸っぱいにおいも、さほど気にならなくなっていた。

生存者たちは、例によって犠牲者たちを一箇所に集めて弔っていた。手の空いている者たちは、座りこんで疲れを癒《いや》している。斧《おの》の刃を床に擦《こす》りつけて研いでいる男もいた。つかの間の休息。また敵の襲来とともに殺戮《さつりく》が始まる。一分先も知れない自分の命。誰もがそれを認識し、最後のときを生きている。

美由紀は中落合の自販機前で、担架に横たわった寿美子の傍らに腰を下ろしていた。涼平が、生まれたての赤ん坊を母の手に返す。寿美子は、翠原に助けられながら上半身を起こし、赤ん坊を受け取った。

わが子を抱きながら、寿美子は涙を流していた。喜びの涙だけでないことを、美由紀の目は見抜いていた。こんな場所にわが子を送りだすなんて、母親としてはどれだけ辛《つら》いことだろう。この先起こりうることに想像をめぐらすのは、どんなに悲しいことだろう。

それでも涼平は、寿美子に微笑みかけていった。「よかったね……」

寿美子は泣きながらうなずいた。「大勢の人が……。この子のために……」

翠原が穏やかに声をかけた。「さあ、あまり興奮しちゃいけない。赤ちゃんは、すぐ隣りに寝かせるから……。あなたも休んで。ゆっくり横になるといい」

美由紀は、寿美子の身体に毛布をかけるのを手伝った。

赤ん坊の世話を買ってでたのは、母親としての経験がある比郎子だった。比郎子があやすと、赤ん坊は泣きやんだ。安堵《あんど》を覚えたように、すぐに眠りにおちていった。

静かに時が流れていく。願わくは、このまま安息を与えてほしい。待っているのが生と死のいずれであっても……。

祐未が声をかけてきた。「岬さん」

顔をあげると、祐未は近くに立っていた。

「なに?」と美由紀はきいた。

「石鍋さんが……。岬さんに話があるって」

美由紀は立ちあがった。さすがに身体が重い。関節に激痛が走るせいで、筋肉に充分な力をこめられないせいだった。

足をひきずって、石鍋があぐらをかいて座っている場所にまで赴く。石鍋はしきりに首をひねりながら、ノートパソコンのキーを叩《たた》いていた。

「どうしたの?」と美由紀は石鍋を見下ろしてきいた。

「ああ、岬さん。ちょっと座って」

いわれたとおり腰を下ろしながら、美由紀はつぶやいた。「また避難通路を牧場に喩《たと》えようっていうの?」

「悪いけど、その通りだよ。……あ、勘違いしないでほしいな。不謹慎に思われがちってことは重々承知してるよ。でも事実なんだから、しょうがない。ジェントリが飛びこんできて以来、また以前のペースに戻ったんだよ。五平方メートルずつの方眼のひとマスにつき、一・四人ずつが死んでる。時間軸では十五分で七・二人……」

「石鍋さん。周りを見て、実際に亡くなった人たちの無念を感じたらどう? なんでも数式にして分析するのがそんなに楽しい? いまやるべきことは、人々の思いに応《こた》えることだわ。データになんらかの傾向を発見できても、それが何を意味するのかわからなきゃ……」

するとと石鍋は、押し黙ったままノートパソコンのモニタを美由紀に向けてきた。

方眼で区切られたグラフィックの大半は、赤く染まっていた。一部、色が濃くなっている部分もあるが、ほとんどにおいて赤いろは均一の発色だった。

美由紀はそこに、妙な気配を感じてきいた。「……これは？」

「僕のいってることが迷い言に思えるみたいだから、自分の目でたしかめなよ。この赤いろは、ひとりが死んだ場所を中心に半径二メートルの円内が血に染まることを表している。実際、周りを見たところ、死体ひとつにつきそれぐらいの出血があるんでね。ふたりが死んだ場所が二メートル以内なら、濃い赤になる。三人、四人と重なっていけば、それだけ濃度もあがっていく。ところが、どうだい、これ。きれいに、ムラのない赤だ。ほんの数箇所、ふたりぶんの濃さになっているところもあるけど、三人ぶんってところは皆無。これが偶然だと思うかい？」

「……いえ。でもいったいなぜ……」

「不謹慎を承知でいわせてもらうけどね、これは塗り絵だよ。避難通路の床をまんべんなく血で塗りつぶす。どこが濃くても薄くても駄目。きれいに、同じぐらいの血液の量で赤く染めていく。イリミネーターたちが意図してたのはそれなんだよ」

「ただ無差別に人を殺すよう暗示を受けたわけじゃなくて、床を血に染めることを目的にしていたっていうの？」

「そう。それも一定のペースでね。一分ごとに通路は、決まった面積を血塗られた床に変えていく。死体が血を流す場所は重複しないから、面積は時間に比例して拡大する一方だ。見える範囲から全体を想定して計算すると、乾いた床は全体の十三パーセント、合計で六千二百平方メートルしか残っていない。これらが塗りつぶされたときがゲームオーバーってことだろうね」

「じゃあ、さっきジェントリのイリミネーターたちが引き揚げていったのは……」

「岬さんが次々に敵を倒しはじめて、ペースが狂ったからだよ。生存者たちが避難通路じゅうに散って逃げまわり、それをイリミネーターたちが狩るという構図でないかぎり、塗り絵ゲームは均等におこなわれないからね。死体が一箇所に集中しちゃ困るってことだ」

美由紀は半ば呆然《ぼうぜん》として、避難通路を見渡した。

シールド工法で丸く掘られた穴の底部。床は湾曲していて、中央が最も深くなり、壁に近づくにつれて上昇している。

本来なら、その底部にばかり血が溜《た》まるはずだ。ところが床は、たしかに均等に赤く染まっている。殺戮が広範囲に及べば自然にこうなるようにも思えるが、よく目を凝らして見れば作為の跡が感じ取れる。同じ場所での殺害は重複しておこなわれない。石鍋のいうとおり、塗り絵の様相を呈している。

祐未がつぶやいた。「どうしてこんなことを……？」

石鍋は眼鏡の眉間《みけん》を指で押さえた。「カルトな儀式でないってんなら、なにか理由があるんだろうね。赤い床がお気に入りだったのかな」

美由紀は、まだ判然としない思考を具現化しようと頭を働かせた。

友里は何を狙っていたのだろう。ジャムサは国土交通省の人間から情報を引きだそうとした。山手トンネルが惨劇の現場になったのも偶然ではない。友里にとっては、動かしがたいターゲットだったはず……。

立ちあがって、美由紀は辺りに声を響かせた。「みなさん、聞いてください。ここの工事に関わっていた笠松さんは、残念ながら亡くなりました。わたしたちは、山手トンネルについての知識と情報を求めています。よくご存知の方がおられましたら、ご挙手ください」

人々の目はこちらに向けられていたが、手はあがらなかった。

自分が役に立てると思ったのなら、とっくに名乗りをあげているだろう。いまさらトンネルに深く関わった人間が見つかるとは思えない……。

そのとき、美由紀の目は、不審な男の姿をとらえた。

くたびれたスーツ姿の中年男は生存者たちのなかに紛れ、肩を並べて座っていたが、美由紀が視線を向けたとたん、あわてたようすで顔をそむけた。その表情には緊張と不安のいろが読みとれた。

表情筋の一瞬の緊張でしかなかったが、美由紀の目は見逃さなかった。美由紀は呼びかけた。「ちょっとすみません。そこの人」

すると男は、びくっとしたように顔をあげた。ばつの悪そうな表情を浮かべつつ、しらじらしく後方を振りかえり、ゆっくりと立ちあがる。そのまま人ごみに紛れて立ち去ろうとした。

美由紀は足早に歩み寄りながら、厳しくいった。「待って！」

男は逃げようとしたが、周囲の人々がいっせいに立ちあがり、その行く手を阻んだ。険しい視線が男に対し、一身に注がれる。男は困り果てたようすで、おろおろとしながらたたずんだ。

近づいて美由紀はきいた。「何者なの？」

「え、あ、いや」男の額は汗びっしょりになっていた。「べつに私は……。逃げ隠れしていたわけじゃないんだよ。ただ、そのう……。協力しようにも、どうすればいいのかわからなくて」

つかつかと歩いてきた祐未が、いきなり男の懐に手を突っこみ、財布を引き抜いた。

「あ」男は声をあげた。「そ、それは……」

祐未は容赦なくカード類を取りだした。氏名を確認できるものを探しているらしい。

やがて、プラスチック製のIDカードが取りだされた。日章旗が印刷されたそのカードは、美由紀にも見覚えがあった。霞が関の庁舎などでエントランスのゲートをくぐるために必要な物だった。

「相山清人さん」祐未は読みあげた。「国土交通省港湾局、船員政策課雇用対策室長……」

石鍋が近づきながら声を張りあげた。「悪い奴だなぁ。何時間も前に岬さんがマイクで聞いてたじゃないか、国土交通省の人はいないかって」

「え?」相山はびくつきながら、つくり笑いを浮かべた。「そうだったのかい? 知らなかった。私のいた場所ではスピーカーの音は聴きづらくて……」

美由紀はむっとしていった。「いいえ。嘘よ。あなたはちゃんと呼びかけを耳にしてた。面倒に巻きこまれることを恐れて、黙っていた。顔を見ればわかるわ」

周囲の射るような視線にさらされ、相山は縮みあがった。

「勘弁してくれ」相山は泣きそうな顔で訴えた。「怖かったんだよ。でも、そこにも書いてあるように、私は山手トンネルの工事には関わってないんだ。港湾局って部署名からもわかるだろ?」

祐未が冷ややかに相山を見やった。「国土交通省であることはたしかなんでしょ？　まったく、役人ってこれだから嫌。いつも知らぬ存ぜぬで責任逃れ」

「……私にどうしろと？　黙っていたのは申しわけないと思ってるよ。でも協力できることなんか……」

言いわけを聞いている暇はなかった。美由紀は相山の腕をつかんで引っ張り、歩きだした。「ちょっと来て」

もうどうにもならないと観念したらしく、相山はおとなしくついてきた。祐未と石鍋も、相山の逃げ道を塞《ふさ》ぐように、その後ろを歩いてくる。

人々から離れた場所に立ちどまり、美由紀は相山を振り返った。「国土計画局の特殊調整課って知ってる？」

「ああ……。別棟にあるセクションだから詳しくはないけど……」

「その部署は山手トンネル工事で何を受け持っていたかわかる？」

「……トンネル工事で？　いや、あの部署は……」

間髪をいれずに祐未がいった。「隠すと為にならないわよ」

「本当だ！　いいかね、国土計画局は道路整備も含めたあらゆるプランニングを担当しているが、特殊調整課は水源や資源確保のための段取りをつける部署だよ。山手トンネルに関するかぎり、なんら必要とされる理由はなかったはずだ」

美由紀は相山をじっと見つめた。「ソノジュウニって何？」

「其拾弐？」相山は口をあんぐりと開けてから、首を横に振った。「呆《あき》れた話だ。ただの金食い虫だよ」

「なんのことよ」

「岬先生。たしか以前に内閣官房にお勤めだったあなたならご存知と思うが、省庁にはいろいろと予算を食いつぶすためだけに発足したプロジェクトがある。国庫から金を引っ張るために、うまい名目を考えては内閣に提出し、承認されれば形ばかりの担当デスクを用意して仕事してるふりをして、経費は裏金として蓄える。運輸省だった時代から、特殊調整課は無意味な調査の達人でね。いまだ発掘されていない地中の資源が見つかったと言いだしては、莫大《ばくだい》な調査費用を要求するんだ」

「資源？」

「天然ガスに石油、石炭。埋蔵ダイヤモンドだなんて、とんでもないことを言ってた時期もあったな。山間部のダム建設や海岸沿いの埋め立て工事のたびに、それらの貴重な資源が埋まってる可能性があるっていう報告書をだしてくる。資源に飢えてる工業国としては、胡散《うさん》臭いとわかってても無視できないからな。たいてい承認されて金がでる。その後、やっぱり資源はなかったって結論に達しようが、もとより極秘の調査だけに表沙汰《おもてざた》にもならず、世論の反発も受けない。まったく羨《うらや》ましい……いや、忌まわしい慣例だよ」

「それで、其拾弐ってのは……」

「調査が始まったのは昭和三十九年だったかな。新幹線の高架線工事で橋梁《きょうりょう》を作るときに、どこかの川底に石炭が埋まってるかもって話が最初だった。それが資源調査其壱って表題で報告書にまとめられて、以降は番号を受け継いでいったわけだ。たしか一番新しいのは、平成七年のダム工事現場のもので、其拾壱だったはずだ。だから、其拾弐なんて聞いちゃいないよ」

「前回は平成七年だったの？　ずいぶん期間があいてたのね」

「不況の折、さすがに埋蔵資源の夢物語に政府もつきあいが悪くなってね。資源の輸入もそれなりに好調で、わざわざ国土から探す必要もないって考えも広まった。燃料は有り余ってる。いまじゃどの国も欲してるのはレアメタルばかりでね」

　美由紀は頭を殴られた気がした。

「レアメタル⁉」と美由紀はきいた。

「ああ……」相山は美由紀の反応を妙に思ったらしく、怪訝《けげん》そうな顔をしていった。「ハイテク製品には欠かせない、でも地球全体での埋蔵量が少なかったり、採掘に金がかかったり、単体で取りだすのが困難だったり、製錬のコストが高かったり……。レアメタルは数十年で枯渇するといわれて問題になってる。だからリサイクルで製品から金属を回収とか、いろんな試みがなされてるけどね」

石鍋がうなずいた。「携帯電話のバイブレーターにも、デジカメの手ぶれ補正ジャイロにも使われてるって話だね。代替材が開発されるまでは貴重品扱いだろうね。タングステンにクロム、レアアース、プラチナ……」

美由紀はいった。「ゼフテロシウムも」

相山は大仰に目を見張った。「ゼフテロシウム！　そりゃもう、どの国だろうと喉《のど》から手がでるほど欲してるだろうよ。合金素材に加工すれば、紙のように薄くしても銃弾が貫通できないって話だ。六千度の熱にも耐えて、びっくりするほど軽い。同じ面積の、紙よりも軽いとかいってた。でも、まだわずかしか発見されてないな。最近じゃ北朝鮮と中国の国境の……」

「ええ。白頭山で見つかった」

人民解放軍の賈蘊嶺から聞いた話が、美由紀の脳裏に蘇《よみがえ》った。

従来の探知方法では検出できないゼフテロシウム。発見できたのは偶然からだった。白頭山で登山者が大怪我を負い、国際赤十字によって血清が運ばれた。ところが現場に着いたら、その血清の温度が不自然に変移していた。ゼフテロシウムは微量の放射線を有しているため、リンパ球が死滅したからだった。

「これだったんだ……」美由紀は思わず額を手で打った。「友里の狙いはゼフテロシウムだわ」

「何⁉」相山が眉《まゆ》をひそめた。「まさか其拾弐ってのは……」

「山手トンネル発掘中に見つかったゼフテロシウム。報告書はまだ提出されてないようだけど、おそらくそうね。掘りだされていないってことは、シールド工法で掘削した地面よりも下に埋まってる。それでも発見できたわけだから、さほど地中深いわけではない」

「冗談だろ。この床下のどこかにゼフテロシウムがあるって?」

「火山灰の堆積《たいせき》した地層の比較的浅いところに生じるんだから、日本列島、それも関東ローム層に存在していても不思議じゃないわ。保有した者が二十一世紀を制するといわれる金属なんだから、友里が目をつけるのも当然よ」

石鍋がノートパソコンのモニタを見つめた。「まさか、この塗り絵ゲームは……」

「そうよ。四キロ以上にもわたる山手トンネルの地下、そのどこにどれだけのゼフテロシウムが埋まっているのか、友里はまだ知りえていない。WHOの公表した白頭山でのいきさつを知った友里は、同じことを山手トンネルでも試みたのよ。底部の避難通路の床に均一の濃度で血液を張る。体内から流れだしたばかりの血の温度は体温と同じ、やがて時間とともに冷えていく。サーモグラフィーで監視して、不自然な温度の変調が見られれば、そこがゼフテロシウムの埋蔵場所。範囲もわかるし、埋まっている深さもリンパ球の死滅の度合いでおおよそ見当をつけられる」

「そんな」祐未が悲痛な声をあげた。「イリミネーションの儀式とかいいながら、すべては偽装だったってこと？　なんでそんなことを……」

「友里の常套《じようとう》手段だわ。万が一にも誰かが生き延びたり、脱出を果たした場合に、目的を見破られないようにするためよ。なにもかもカルト集団の狂信的犯行と思わせて、じつは目的はほかにある。強大な権力を手にして国家を打ち倒し、革命を果たすこと。友里が目指しているのはそれだけよ」

メフィスト・コンサルティングが密偵を送りこんでまで、略奪を画策したわけだ。ゼフテロシウムが友里の手中に落ちたら、そのときこそまさしく歴史は転換点を迎える。

もっとも、すべてが現実だったらの話だ……。

「岬先生」相山は渋い顔をした。「どう転んでも、こんな都心部にゼフテロシウムだなんて……。まずもってありえないよ」

祐未も深刻そうにうなずいた。「現にこれだけ殺戮《さつりく》がつづいてるってことは、友里はまだ反応を見いだしていないってことでしょ？　ゼフテロシウムは埋まってないのに、友里は間違いないって信じきってる。このままいくと……」

「そうね」美由紀は重苦しい気分でつぶやいた。「全員が殺されるまで、このゲームは終わらない。四万平方メートルもの血の塗り絵が完成するまで……」

氷柱

午前四時半をまわった。

友里佐知子は赤坂Ｂｉｚタワー内のオフィスで窓にもたれかかり、赤みを帯びていく空を見つめていた。

雲が血のいろに染まっていく。山手トンネルの避難通路と同じように。しかしゼフテロシウムの在《あ》り処《か》はまだわからない。

予定では、午前二時すぎには血液の温度変化が感知され、埋蔵場所が特定できるはずだった。総床面積の半分以上に血が溢《あふ》れかえるのだ、判明して当然だった。

ところが、いまもって反応はない。未調査の区域はたった十三パーセントを残すのみというのに、レアメタルの放つ放射線の影響はみいだせない。こんなことはありうるだろうか。

国土計画局、特殊調整課の押川昌康なる調査官。その表情を思い起こす。

其拾弐という言葉に、彼の頬筋は緊張した。山手トンネルと告白したときの顔も、紛れもなく真意を伝えていた。

わたしが見間違えるはずがない。押川は嘘をついていなかった。ゼフテロシウムが山手トンネルの工事中に発見されたことは、疑いの余地はない。そしてそれは、いまもトンネルの下に埋まっているはずだ。

カルト教団、恒星天球教という隠れ蓑《みの》によって国家転覆を謀《はか》ろうとしたとき、友里は革命後の日本の統治について詳細に練りあげていた。アメリカとの対立は必至だった。かつて太平洋戦争においても、石油の輸入ルートが絶たれて物資不足に陥ったことが、国力衰退の大きな原因になった。ならば、わたしの革命においては、資源の確保を最優先事項とせねばならない。

東京晴海医科大付属病院に通院していた省庁の人間たちから、政府筋の極秘事項を聞きだしていく過程で、国土交通省が国内資源の発見と採掘に力を注いでいることがわかった。その事業内容は非現実的で、税金の無駄遣いなどと揶揄《やゆ》されることも多かったようだが、其拾弐なるプロジェクトについては、友里は真実であると確信していた。鬼芭阿諛子が捕まえてきた工務店の人間が、殺される寸前に自白したからだった。あの表情にも偽りはなかった。彼が口にしたとおり、ゼフテロシウムは関東地方のどこかに埋まっている。

羽田の航空路監視レーダーへのジャミングを陽動作戦とし、隙を突いて皇居と総理官邸を爆撃して革命を果たしたあかつきには、真っ先に国土交通省から情報を引きだしてゼフテロシウムを採掘するつもりでいた。

だが革命は、岬美由紀の予期せぬ妨害で頓挫した。

その直後、ペンデュラム社が日中開戦を画策していることを知った。友里はその計画を横取りしたうえで、東京が中国軍のミサイル攻撃により壊滅した後、資源の埋蔵場所を特定し採掘するという段取りを整えたが、またしても美由紀によって作戦は水泡に帰した。

もうあの小娘に邪魔立てはさせない。こちらの手の上で踊る人形にすぎないことを思い知らせたうえで、計画の過程で抹殺する。そして、わたしは世界が欲してやまないレアメタルを手にする。それが革命の最後の手段、イリミネーション・プログラムの全容だった。

今度こそ、計画の進展にはいっさいの揺らぎはない。あの狂犬を現場に閉じこめている からには、多少の調整は必要になる。想定内のことだ。ゼフテロシウムは間もなく発見される。予定より遅れ、可能性も薄らいでみえるが、史上最高価値を誇るレアメタルはここにある。

隣りの部屋から阿諛子が戻ってきた。わたしの千里眼に、狂いなど生じるはずもないのだから。

「母」阿諛子はいった。「ジャムサから連絡が入った。初台に差し向けたトレーラーに搭載した刀を、換気口から車道に少しずつ下ろしてる。十五分以内に残存するイリミネーター七十六人全員に行き渡るわ」

「刀？」

「ええ。ジャムサがようやく通れる幅の換気口は、短機関銃さえもひっかかる。刀なら、縦にすれば難なく下ろせるわ」

「阿諛子、忘れたの？　計画終了後にはどんな物証も残してはならないのよ」

「抜かりはないわ。柄は木製だけど、刃は氷よ。沸騰させた水を圧縮ガスで瞬間冷凍させて、強化ガラス並みの硬度を維持させてる。冷凍車で運んでいるから、三十分は攻撃力が維持できるわ。計画がどれだけ長引くかわからなかったから、最初から武器として投入はできなかったけど、予備として準備しておいたの」

「へえ……。さすが、頼りになるわね。短時間で決着をつけなきゃならない現状には、ぴったりの武器ね。よく思いついたわ」

「蔵王の山中にある隠れ家に、冬山登山の遭難者が間違って近づいてきたことがあったでしょ？　わたし、とっさに軒先の氷柱をもぎとって、相手の心臓をひと突きして仕留めたわ。それで充分な凶器になりうると確信したのよ」

「いいわ。準備できしだい出撃に入らせて」

阿諛子はうなずいて、戸口をでていった。

最終段階。友里はミニ・バーからブランデーのボトルをとり、グラスに注いだ。

失敗はない。わたしは、強大な権力を手にする。神を自負するメフィスト・コンサルティング・グループすら足もとにも及ばぬ絶大なる支配力を、この手中におさめる。

分岐点

美由紀は涼平とともに、上落合換気所のメンテナンス用オフィスに舞い戻っていた。

ＩＨヒーターのスイッチをいれてヤカンを置き、自販機から買いこんできたミネラルウォーターを注ぐ。調味料の棚から塩のビンをとって、ヤカンのなかに振り撒《ま》く。

それからデスクにとってかえすと、引き出しからヤスリを取りだし、アルミ缶の底を削りだした。

涼平がぽかんとして聞いた。「なにをしてるの？」

「水分に塩分に鉄分……。できるだけ血液に近い成分の液体に仕上げようとしてるのよ。温度分布が血液の特性に沿っていないと、不審がられるわ」

「トマトジュースもいれる？」

「いいえ。赤く見せる必要はないの。友里はサーモで温度を感知しているだけだから。どこかに紙はない？」

「ええと……。これでいいかな」涼平はメモ用紙を破りとって差しだした。

「ありがとう」美由紀は削ったアルミの粉末を紙の上にすくいとると、それをヤカンのなかに注ぎこんだ。

ハシゴを登ってくる音がする。ドアが開くと、石鍋がぜいぜいと呼吸を荒くしながら入室してきた。傍らには、ノートパソコンを携えている。

その後ろから祐未が姿を現した。彼女のほうは、いっこうに息をきらしていない。普段からジョギングぐらいは日課にしているのだろう。

「来たよ」石鍋は額の汗をぬぐった。「配電管理室ってのは……」

祐未が北の壁のダクトを指差した。「そっちよ。さっき入ったわ」

「まじかよ。あんな狭いところを……。向こうに敵はいないのかい?」

「さあ。確証はないけど」

「冗談じゃないよ。獣が大口を開けて待ってるかもしれないのに、モグラよろしく穴のなかを這《は》ってくなんて……」

美由紀は石鍋にいった。「心配ないわ。さっきみんなにも説明したでしょ。イリミネーターがふたたび襲撃してくるまで、あと七、八分はかかる」

「……だけど、どうしてそう言いきれる?」

「ジェントリは最強部隊だから、もう上はないのよ。それでもいちど撃退された以上、次はなんらかの方法で攻撃力を強化する。手っ取り早く部隊の力を増す方法は?」

「ええと、まあ、武装するとか?」

「そうよ。ジャムサはたぶん、まだ開通していない渋谷方面の換気塔から武器を運びこんでいるのよ。百人ほどいたジェントリは四分の三ほどに減ってるから、ひとりにひとつずつ武器を渡すとして、調達に三十分、ひとつずつロープで運び下ろすのに十五分ね」

「武器ってまさか、銃かい? 勝ち目はないよ」

「いいえ」美由紀はIHヒーターの熱を調整しながら首を振った。「銃じゃないわ。プロレタリアートやブルジョワはどうして、斧《おの》やチェーンソーを武器にしてたと思う? ジャムサは、最終的にはみんな焼き払われると言ってた。なんらかの方法でトンネルと避難通路に火災を起こさせて、全員を焼死させる気なのよ。そして、ここで起きたことはすべて闇に葬られる」

涼平が震える声でつぶやいた。「イリミネーションの儀式ってのも、なかったことにされるんだね。友里佐知子がレアメタルを探していたなんて、誰も夢にも思わない。構内で火災が発生した、その事実だけが残る……」

「そうよ。辺り一面は黒こげ死体のみになり、床一面に血液が飛散していてもなんの不思議もない。斧やチェーンソーは業者のトラックにでも積んであった物だろうと判断されるし、それらが避難通路のあちこちに落ちているのも、生存者たちが脱出経路を求めて作業した痕跡《こんせき》だと見なされる。イリミネーターの全員は額を自爆させたうえに丸焦げになるから、手術痕は発見されず、被害者と区別がつかなくなる」

祐未が小声で告げた。「今度は、ジェントリにはどんな武器が与えられるのかな?」

「刃物よ」美由紀はいった。「ジェントリは武術に長《た》けている人材ばかりのようだから、日本刀でしょうね」

石鍋は面食らったようすだった。「待ってよ。日本刀だって?」

「ええ。今度こそ生半可な武器の代用品じゃ、部隊の攻撃力の強化にはならないし」

「だけど、火災事故に見せかけたいのなら、刀が残っていたんじゃ……」

「予想がつかない? 氷で作るのよ。沸騰させて空気を抜き、密度を濃くした水分を、最新式の瞬間冷凍設備で凍らせれば、金属のように硬くなる。しばらくは溶けずに武器として使えて、ひとたび火災が発生したら消えてなくなる。目的には理想的よね」

「なるほど……」石鍋はため息とともにささやいた。「でも岬さん……。意外だね」

「なにが?」

「そんな恐ろしい犯行に想像が及ぶなんて……。殺人者の思考すら的確に読みおおせているってことかい？」

　美由紀は黙ってキッチンに目を向けた。

　この思考の回路を開けたくはなかった。なぜかわたしのなかに存在していた、身の毛もよだつような殺戮《さつりく》の手段を推察する冷静な頭脳。いつ備わったのだろう。防衛大か。航空自衛隊に入ってからか。それとも……。

　考えるまでもない。美由紀は思った。わたしはもう、何度もこの手を血に染めている。命の取り合いを演じ、なおかつ生き延びたのなら、そのたびに感覚は研ぎ澄まされる。

　かつての日々には戻れない。臨床心理士として、平和で平穏な毎日を送りたかった。でもそれは幻影にすぎない。友里佐知子がこの世にいる限り。

　IHヒーターのスイッチを切り、美由紀はヤカンを下ろした。指で温度をはかる。そう、だいたいこれぐらいだ。

「できたわ。三十七、八度ってところね。体温と同じになっていれば血液と見なされる。涼君、そのポットをお願い」

　涼平がうなずいて、棚から保温機能のついたポットを取りだす。蓋《ふた》の開けられたポットのなかに、美由紀は湯を注ぎこんだ。

　最後に天ぷら粉を加え、蓋をしてからポットをシェイカーのように激しく振る。

祐未が怪訝《けげん》そうにきいた。「今のは？」

「この天ぷら粉は発泡性の重曹を含んでるのよ。炭酸水素ナトリウムが石灰水に変化しながら二酸化炭素を生じさせる。サーモが不自然な温度変化ととらえて、友里にゼフテロシウムを発見したと錯覚させる」

「でも」石鍋がいった。「そうなったら、たちまち全員が焼き殺されちまうんじゃ……」

「阻止するわ。避難通路は本来、給気ダクトとして用いられているから、空気は避難通路から車道に流れてる。火災を起こすなら避難通路からよ。なんらかの仕掛けがあるに違いない」

「火災が起きなかったら、別の方法でみんなを殺そうとするかも」

「だから、あなたたちにサーモをいじってもらうのよ。準備はできてる？」

「ええ」祐未が大きくうなずいた。「消防署がモニタするために設置したサーモの仕組みは単純だし、色温度分布のしきい値を変えるだけでいいわ。わたしがコネクタを探してパソコンをつなぐから、あとは石鍋さんが設定画面を呼びだすだけよ」

石鍋は戸惑いがちに応じた。「待ってよ。操作そのものは簡単だけど、ノートじゃCPUの能力が不十分かも。スペック不足でフリーズしちゃったらどうする？」

「心配ないわよ。ハードディスクに入ってる女の動画と静止画を全部消去すれば、サクサク動くようになるから」

「……どうして知ってる？　僕のパソコンの中身を見た？」

「いいえ。男のパソコンの動作不良に共通するアドバイスよ」

呆気《あっけ》にとられたようすで押し黙った石鍋を見て、涼平が控えめに笑った。

美由紀はポットを取りあげた。「じゃあ、わたしと涼君は下に戻るわ。サーモのほうはまかせたから。よろしくね」

祐未がいった。「幸運を。岬さん」

「あなたたちもね」美由紀は扉に向かった。

「ねえ」石鍋が不安そうな面持ちで声をかけてきた。「イリミネーターが来たらどうすればいい？」

「とりあえず扉に鍵《かぎ》をかけておいたら？」

それだけ言い残し、美由紀はハシゴに身を躍らせた。

避難通路に向けて下りながら、美由紀は脈が速まっていくのを感じていた。一瞬の勝負だ。全員の命が助かるか否か、運命の分岐点に間もなく差しかかる。

ナフサ

美由紀はポットを携えながら、上落合の自販機裏から避難通路に戻り、涼平を連れて中落合方面へと足早に急いだ。

等間隔に存在する滑り台の出口には、男たちが武器を手にして群がっている。数はずいぶん減ったが、彼らの行動にはもう迷いはなかった。あくまで戦う。意地でも避難通路を死守し、生存者たちの命をつなぐ。どの顔にも、そんな決意が満ち溢《あふ》れていた。

追い詰められた者だけが抱くことのできる、揺るぎない信念の存在。美由紀も彼らに共感していた。生が保証された戦後民主主義のなかでは決してみいだすことのできなかった、自分の内なる力、勇気。たとえ狂気と呼ばれようとかまわない。わたしたちは戦い抜き、生きて地上に戻る。

ひとりの男の声が飛んだ。「岬先生。あとどれぐらいですか」

「せいぜい四、五分よ」美由紀は歩を進めながら怒鳴りかえした。「ジェントリのイリミネーターたちは、おそらく氷でできた刀を振りかざしてくる。今度は斧《おの》が前方にでて。刃を上ではなくて、下にして持つの。柄の部分を武器にするのよ」

「柄ですか?」別の男がきいてきた。「一刀両断にされるんじゃ……」

「いいえ。その斧の柄はたんなる木製じゃなくて、芯《しん》に金属が入ってる。逆さに持てば安定するし、敵の刀の素早い動きにも対応できる。首を跳ねようと水平に振ってきた刀を、斧の柄を縦にして防いで、そのまま柄の下部の刃を突きだし敵の腹部を切り裂く。片膝《ひざ》で柄を蹴《け》りだすようにすると、勢いがつくわ」

フィリピン式棒術の基礎の応用だったが、全員が付け焼刃の知識で試せそうな技はそれぐらいしかなさそうだった。できればわたしも、滑り台出口の一箇所で守備につきたい。けれどもいまは、それに優先する使命がある。

上落合と中落合の中間地点で美由紀は足をとめた。

湾曲する床から壁にかけて、鉄格子の蓋がある。そこからしきりに風が吹きだしていた。給気ファンから送り込まれてきた酸素は、避難通路に五十メートル間隔で存在するこの吹き出し口から噴出し、通路全体を上部トンネルのための給気管と化してから、路面に流れでる仕組みになっていた。

図面を広げて再度、確認する。ここがちょうど避難通路の中間地点だ。つまり、いま足もとにある吹き出し口が、すべての酸素の供給口のなかで真ん中に位置していることになる。

美由紀は涼平にポットを渡してから、近くにいた男に告げた。「チェーンソーを貸して」

ずしりと重いチェーンソーを受けとると、紐《ひも》を引っ張ってエンジンをかける。刃はけたたましい音とともに回転を始めた。

その刃で、吹き出し口を覆う鉄格子の溶接部分を切断していく。

涼平がきいた。「構内をぜんぶ焼き尽くすなんて……。そんなこと可能なの？」

「ナパーム弾と同じ構造のリモート発火物があれば充分に可能よ。それも、避難通路の中間地点の吹き出し口に仕掛けておけば、濃度が高めの酸素に引火して通路じゅうに燃えひろがり、車道へも炎を噴出する。火が全域に行き渡るまで、数分とかからないわ」

「そうだとして、いつの間に仕掛けたんだろ……？」

「主電源が切られて給気が止まっていたあいだよ。これが目的だったのね。この下のパイプは給気ファン室からつながってる。ジャムサが這《は》ってきて、仕掛けたんだわ。非常灯も消えて周りは真っ暗だったし、誰も気づかない」

「なら、いまもファンを停止させてからのほうが……。危険だよ」

「そんな暇はないわ。だいいち給気が停まったら、発火とともに通路に残存する酸素はたちまち消費しつくされちゃう。火に呑《の》まれるよりも前に全員が窒息してあの世逝きよ」

友里は発火物が存在する可能性に、わたしの目を向けさせまいとした。いまにして思えば、わたしのケータイに電話をいれてきたのもその工作のひとつだった。聞こえるはずのない鈴虫の音が偽装だと見破らせ、友里がじつはトンネル構内にいるのではとほのめかす。主犯が現場にいる以上、構内全域が壊滅に至ったり、全員が焼き払われたりする事態にはなりえない。友里は無意識のうちにわたしがそう信じるよう仕向けたのだ。

底知れぬ奥深さを誇る心理戦の極意。友里はまさしく欺瞞《ぎまん》をテロに結びつけたパイオニアだった。

でも、わたしのほうも彼女の心理は読める。闇に覆われていた友里の思考が、しだいに白日の下に引きだされていくのを感じる。

チェーンソーを持つ手に鈍い反動があった。鉄格子の扉が切り裂かれた。と同時に、扉は直径五十センチほどのパイプに落下した。その直後、強烈な風圧によって、扉はパイプのなかを飛び去り、見えなくなった。

涼平がこわばった顔で美由紀を見つめた。

「すごい風……」と涼平はつぶやいた。

ひるんでいる場合ではない。美由紀はパイプの内部に身を躍らせようとした。「嵐のなかの外出と思えば、たいしたことじゃないわ」

そのとき、避難通路がにわかに騒がしくなった。

滑り台の出口にあわただしい動きがある。男の叫び声がした。「イリミネーターだ！手が空いている者は守りにつけ！」

たちまち激しい乱闘があちこちで開始される。群衆のなかで振りあげられたイリミネーターの武器を、美由紀はまのあたりにした。日本刀がクリスタルのような輝きを放っている。読みは当たった。

涼平が不安そうに振りかえった。「岬さん……」

美由紀はポットを涼平に押しつけた。「合図したら中身を床にぶちまけて。まだ血に染まっていない床に撒《ま》くのよ。わかったわね？」

返事を待たず、美由紀は床の穴のなかに身を沈めた。水平に走るパイプの内部で、腹這いになろうと試みる。

すさまじい風圧が新宿方面から押し寄せる。すなわち、美由紀にとっては頭上から強風が吹きつけていた。悪いことに、発火装置らしきものは風上に位置している。

長い髪がなびいて視界を覆いつくそうとするなか、必死で目を凝らす。

やはりナパームに類似する油脂焼夷《しょうい》弾だ。二メートルほど向こうにある。リベットでしっかりと固定されていて、強風にもびくともしない。小型のポリ容器に半固形物がおさめてあるのが透けて見える。燃焼剤のナフサに増粘剤を添加し、ゼリー状に固めたものだろう。

ひとたび点火したら最期だ。美由紀は発火装置に手を伸ばそうとした。

だが距離は開いたままだった。匍匐《ほふく》前進で近づこうにも、猛烈な風が行く手を遮る。美由紀は、しだいに身体がパイプのなかを後退していくのを感じた。

両足に力をこめて踏みとどまろうとするが、パイプの内部は滑らかで突起物がない。一瞬でも油断したら、風圧によって遠方まで運ばれてしまいそうだった。

そのときには死だけが待っている。発火以前に、排気ファン室の巨大な扇がわたしの身体を切り刻むことだろう。

なんとしても停めなきゃ。発火装置を……。

もがけばもがくほど、身体は風に押されていく。発火装置は遠のく一方だった。すでに美由紀の身体は、パイプのかなり奥深くにまで入りこんでしまっていた。

やがて、体力が限界に近づくのを悟った。筋肉に力が入らない。感覚が麻痺《まひ》して、姿勢を維持することさえ困難になった。

両手、両足が滑る。身体が宙に浮いた。吹き飛ばされる……。

そう思った瞬間、誰かの手が、美由紀の手を握りしめた。

はっとして顔をあげると、涼平が逆さになってパイプのなかに潜りこんできていた。

「涼君！」美由紀はあわてていった。「駄目よ、外にでて」

「しっかりつかまって」涼平は怒鳴った。「僕が引っ張りあげるから」

「無理だってば。まだ脚はパイプの外でしょ？　早くあがって」

「このままじゃ岬さん、飛ばされちゃうよ。僕が助けるから」

「あがって。涼君。ここは危険なのよ」

「わかってるよ！」と涼平は声を張りあげた。「僕を信じてよ、美由紀さん！　信じて、しっかり手を握って。お願いだから、いまはそれ以外のことを考えないで！」

嵐のように吹き荒れる風のなかで、美由紀は涼平の目を見つめた。

涼君……。

忘れていた。人を信じることを。彼はいま、わたしのために命を賭《か》けてくれている。その賭けに乗ろう。わたしの命は彼に委《ゆだ》ねる。わたしは、彼を信じる……。

美由紀は涼平の手を、力いっぱい握った。

「放さないで」涼平は歯を食いしばった。

数秒のあいだ、美由紀の身体は同じ位置に留《とど》まっていた。涼平が全力を振り絞っても、風圧と互角がやっとのようだった。

やっぱり無理よ、涼君……。

心のなかでそうつぶやいたとき、信じられないことが起きた。

美由紀は向かい風のなか、じりじりと頭上に引っ張られていくのを感じた。

涼平の指先は、美由紀の手に食いこんでいる。小刻みに震えているのがわかる。

見上げると、涼平の顔は紅潮していた。その手も赤く染まっている。握力だけではない、驚異的なスタミナを持続しつづけている。

呆然《ぼうぜん》としていた美由紀の視界が、涙に揺らぎだした。

防衛大のころ、厳しい訓練についていけず、何度も先輩たちの手に助けられた。訓練用プールから引き揚げてくれた伊吹直哉のごつごつとした手を思いだす。あの硬くて、温もりに満ちた手触り……。

いま、涼平は彼らと同じ存在になっていた。美由紀がいつも越えたいと願い、心から信頼を寄せられる男たちに、重なりあっていた。

涼平は穴の外に這いだしながら、美由紀の手をなおも引っ張りつづけた。パイプ内部の風上に見える発火装置が、しだいに大きくなってくる。

穴の縁に手をかけると、美由紀の身体は安定した。安堵《あんど》を覚えながら、美由紀は涼平を見あげていった。「ありがとう、涼君……」

「早く。支えててあげるから、急いで」

「ええ。こっちの腕をつかんでて。作業は片手でだいじょうぶだから」

美由紀は右手を発火装置に伸ばした。

ひとたび発火したら、九百度から千三百度の炎を噴出する悪魔の発明品。しかしいまは、ポリ容器のひんやりとした冷たさが手のひらに伝わるだけだった。

米軍がナパームの代替品として用いているMark77に構造が似ているが、細部は簡略化してあった。熱を帯びやすいニクロム線が焼夷剤に突っこまれていて、電源は九ボルトのバッテリー、スイッチは衝撃ではなく無線受信機に直結してある。無線は何箇所かの中継装置を経て地上に結ばれているのだろう。さらにネットに接続してあれば、全国どこからでも操作できる。

処理する方法はひとつしかない。ニクロム線の束をにぎると、基板からちぎり取った。さらにボックスを開けてバッテリーを取りだし、宙に放りだす。バッテリーはパイプのなかを飛ばされていった。

すぐさま美由紀は穴につかまって、涼平に怒鳴った。「ポットをぶちまけて！」

涼平は床のポットを取りあげて、蓋《ふた》を外した。辺りを見まわし、乾いた床を見つけたらしい。ポットを放り投げた……。

壁を覆いつくすスクリーンに映しだされたサーモグラフィーのモニタ画面、その一箇所に発生したイレギュラーな反応を、友里は見逃さなかった。

すぐさまリモコンで拡大する。上落合と中落合のほぼ中間、リモート発火装置にきわめて近い場所。美由紀はさっきまでその近くにいたはずだが、いまはイリミネーターが大量に送りこまれたせいか、混乱のなかに姿を消している。

そこかしこで切り刻まれた人体の血が飛び散り床を埋めていく。まるで破裂した水風船のようだ。いま友里が目にした反応もそれと同じだった。しかし、色温度が違う。

床に広がった血液は、外周から中心へと冷えていき青く染まっていく。ところが、この水たまりだけは異なっていた。斑点《はんてん》状に赤く染まる箇所を残しながら、全体としてはゆっくりと温度を上下させている。青くなりかけたかと思えば赤くなる。

放射線の影響でリンパ球が死滅した血液の反応。局所的に温度に差異が生じるのは、鉄分が含まれているため、熱伝導にばらつきがあるせいだ。

阿諛子が咳《せ》きこみながら身を乗りだした。「母。これは……」

「見つけたわ！」友里はひときわ甲高い自分の声をきいた。「阿諛子、位置を記録して」

「地上の住所で豊島区南長崎一丁目十七号付近。規模は直径八メートル以上、これだけははっきり反応が表れたからには、埋蔵している深さはシールド工法の地下十メートル以内……」

友里は、思わずふっと笑った。

やはり運命はわたしに味方した。一夜を徹しきり、遂に勝利をわが手中におさめた。

呆然とした面持ちの阿諛子がつぶやいた。「信じられない。いまごろになってようやく反応が……」

友里は、その阿諛子の口ぶりが気にいらなかった。

「阿諛子」友里は冷たくいった。「わたしの周到な計画に落ち度があったとでも?」

「いえ、まさか。……さすが母。すべてを見通している」

「当然よ。阿諛子、埋蔵場所が確認できたら、次におこなうべきことは?」

パソコンの前に座りながら、阿諛子がつぶやいた。「焼き払うのみ」

「そうよ。実行して」

キーを叩《たた》く音とともにスクリーン上にウィンドウが開いていく。焼夷弾《しょうい》点火のアイコンが表示された。

「母」阿諛子が振り返る。「クリックする?」

友里はパソコンに歩み寄った。

長く困難に満ちた計画だった。終止符はわたしの手で打つ。

マウスを握りこんで、友里はつぶやいた。「今度こそお別れね、美由紀。本来、観音の胎内でこうなるべき運命だったのよ。地獄の業火に焼かれるがいいわ」

墓標

配電管理室で、祐未はサブシステムから調達してきたUSBケーブルを使い、サーモグラフィーの管理用システムに接続した。

ハード面においては異状なしに思えたが、問題はソフトだった。ノートパソコンのキーを叩く石鍋の横顔には焦燥のいろが浮かんでいる。設定画面を呼びだすために四苦八苦しているが、いっこうに埒《らち》があかない状況だ。

「まだなの?」祐未はじれったくなって声をあげた。「今度は何のエラー? 設定画面どころか、接続自体が完了してないじゃない」

「しょうがないだろ。僕のはウィンドウズだよ。UNIXにつなげるなんて経験は……」

「Sambaでファイルサーバ機能が使えるようになってるのに、つながらないわけないでしょ」

「きみがやればいいだろ」

「あなたのパソコンでしょ。長いことひとりで使ってたらその特性もユーザーがいちばん理解できてるの。さあ、早くやって」

「人使いが荒いな、まったく。なんか表示がでた。ええと……スレショ……ルド？」

「Threshold、しきい値ってこと。……ちょっと、設定画面繋《つな》がってんじゃん！」

「あ？　そうか、これでいいのか。ってことは、このフェーダーみたいなやつを動かして数値を調整……」

「急いでよ。発火装置オンになっちゃうよ」

　祐未はサーモのモニタ画面に目を向けた。

　イリミネーターと生存者たちの熾烈《しれつ》な争いが繰りひろげられている。敵の手にした日本刀の刃は、真っ青に染まっていた。

　混乱のなか、偽の血液のぶちまけられた場所が異常な温度分布となって、はっきりと表示されている。外部で監視している友里が気づかないはずがない。

　そのとき、甲高い笛のような音が響き渡った。

「なんだ？」と石鍋が顔をあげた。

「下から聞こえてくるわ。避難通路に鳴り響いてるのよ。オーボエの音色みたい……」

「ああ！　見てよ、この画面」

石鍋が指差したサーモのモニタに目を戻したとき、祐未は愕然《がくぜん》とした。

人影の頭部が真っ赤に染まったかと思うと、身体全体を青くしながら床に突っ伏していく。イリミネーターたちの自滅だった。額の爆薬をみずから刀で突いて絶命していく。

唖然《あぜん》としたようすで石鍋がつぶやいた。「なんで自滅を……」

祐未ははっとした。

「証拠を残さないためよ！」祐未は声を張りあげた。「焼き尽くすつもりよ。いますぐ数値を下げて！」

「よしきた」石鍋がキーを叩いた。

しきい値が変更され、色温度の境目が下降した。表示された対象物が赤みを帯びるには、摂氏五度以上あればいい……。

たちまちモニタは、真紅に染まった。通路の全域が赤一色となり、人物の判別は不可能になった。

静まりかえった室内で、祐未は石鍋とともに、無言でそのモニタを見つめていた。

しばらくして、祐未はつぶやいた。「騙《だま》されてくれたかな……？」

「点火スイッチを押す前じゃなかったことを祈ろう」と石鍋がいった。「たとえ一秒でも、向こうが押すのが早かったんなら、僕たちゃゲームオーバーだね」

ゲームオーバー。

友里はそうつぶやいて、身体を起こした。

マウスをクリックした後、タイムラグはほんの数秒だった。スクリーンはいまや真っ赤に染まっていた。

紅いろの画面を、友里は黙って眺めた。

壮観だ。なにもかもが焼き尽くされた。残留する物は無数の黒こげ死体、生存者たちが脱出口を切り開こうとして振るったであろう斧《おの》やチェーンソーの残骸《ざんがい》、そして車道には火災の原因になったとおぼしき事故車両の数々。

落盤で閉じこめられた人々が火災で全員死亡。痛ましい事故として世界に報じられるだろう。けれどもこれが、テロもしくは営利目的の犯罪だったとする記事は決して書かれない。ゼフテロシウムの埋蔵場所は、わたしと阿諛子、ジャムサだけが知りえている。真実を知る者は誰もいない。

夜が明けた。朝陽がカーテンの隙間から差しこんできている。世の中が動きだす。

情報収集のために用いたあらゆる回線接続は、いますぐ絶っておくべきだろう。事故現場とこのオフィスを結びつける痕跡《こんせき》など、あってはならない。

友里は扉に近づくと、その上にある配電盤に手を伸ばした。部屋の主電源をオフにする。スクリーンとともに、すべての照明とモニタが消灯した。電子機器も停止し、作動音はぴたりとやんだ。

静かだった。鳥のさえずる声だけが、かすかに聞こえてくる。

阿諛子が窓辺に歩み寄り、カーテンを開け放った。

まばゆいばかりのオレンジいろの光が射しこむ。ビル群はきのうとは違って見えた。谷間には長く暗い影が落ちている。光と影、強烈な明暗の落差。

きょうからこの国の民は二極化される。支配する者とされる者に。むろん、わたしを除く全員が被支配者だ。

振りかえった阿諛子がいった。「おめでとう、母。地球上で最大の権力を手にしたわ」

「たしかにこの手に握ったも同然だけど、喜ぶのは早いわ。早朝から国土交通省で復旧工事の業者をきめる入札がある。あまり時間的猶予もないわ」

「すぐに着替える」阿諛子はそう告げて、隣りの部屋に引き揚げていった。

友里はため息をつき、窓の外に広がる都心の朝を眺め渡した。

阿諛子を送りだしたら、現場に赴いてジャムサと合流しよう。この目にとらえておきたい。岬美由紀の巨大な墓標を。

証券

午前五時半、まだ朝靄《あさもや》を残すこの時間帯、霞が関はひっそりとしているのが通例だった。過去十年以上にわたって、夜明けとともに賑《にぎ》わったことなどないはずだ。けさを除いては。

鬼芭阿諛子は二丁目の中央合同庁舎三号館のわきに、TVRタスカンのスピード6を停めていた。

官能的な曲線を描くカスケイドゴールドのクーペが停車していても、往来する役人たちの目にはさほどとまらず、記憶にも残らないことを阿諛子は経験から知りえていた。いまの国土交通省はそれどころではない。そして、その気になればいつでも光り輝く銀の刃《やいば》をぶら下げて総理大臣の喉《のど》もとに迫ることができる国、それが日本だった。政府の中枢に近ければ近いほど警備の過信は大きく、抜け穴だらけになる。

SPが物々しく警護するなか、一台の黒い大型セダンが滑りこんできた。メルセデス・ベンツの上級ブランドマイバッハ。さすがに政府関係者ではないだろう。

で官庁街に乗りつけるなど、成金の民間企業のトップでなければできない相談だ。すなわち、あれが接触すべきターゲットだった。

阿諛子は助手席のジュラルミンケースを持ちあげると、ドアを開け放って外にでた。セダンに向かいながら、ビル一階の窓ガラスに映りこんだ自分の姿を確認する。

秘書然とした黒のスーツにハイヒール。髪は頭の後ろで結んでいた。ひと晩を明かした疲れは感じさせない。そして外見からは、人を殺したことがある女だとは誰も察知できないだろう。

胸ポケットからサングラスを取りだし、エントランス前に向かう。辺りにマスコミの姿はない。ここでおこなわれることは、外部に漏れなかったようだ。

セダンの運転手が車外にでて、後部座席のドアを開けようとしている。

阿諛子は、運転席の半開きのドアを開けて滑りこんだ。

後ろの席にいた、いかめしい顔の初老の男が驚きに目を丸くする。阿諛子はルームミラーを通じて、その表情を眺めた。

「誰だ」と男はきいてきた。「クルマを駐車場にいれるのは、うちの運転手の仕事だよ」

「すぐに済みます、瀬名社長」阿諛子は振りかえらずにいった。「瀬名建設代表取締役、瀬名多喜充《たきみつ》様ですね？」

返事がなくとも、間違いないとわかる。社長の顔は事前に確認してあったし、なにより目の周囲の表情筋の動きが、真実だと告げている。

「何かね」瀬名は眉間《みけん》に皺《しわ》を寄せた。「約束なしに人と会うことはないんだが」

「そうはいっても、ここへは電話一本でお越しになったんでしょ？　山手トンネル災害の復旧工事に関する極秘入札で、ライバルの外資系イオン建設と受注を争う。数百億から数千億円が転がりこむ事業だけに、是が非でも落札したい。そうじゃありませんか？」

運転手は後部座席のドアを開けかかっていたが、憤然として運転席のわきに戻ってこようとした。

だが、瀬名は運転手にいった。「いい。ちょっと離れていてくれ」

不服そうな顔を浮かべた運転手が、車外から阿諛子を見つめてきた。阿諛子が無視していると、運転手は歩き去った。

「で」瀬名は腕時計を見やった。「入札のことを知っているからには、腹黒い誰かの寄越したハイエナと見るべきかな。政府の人間には見えんが」

「どうとでも。ただし、わたしはあなたに集《たか》ろうとしているのではありません。儲《もう》け話をお持ちしただけです」

「ほう？」

「政府が山手トンネルの被害状況の全容を把握し、遺族への補償も含めて支払う金額を決める前に、自己資金によってすぐにでも当面の復旧工事に取り掛かれる企業が求められている。これだけの工事となると、可能性があるのは瀬名建設とイオン建設の二社しかない。両者はここ国土交通省に呼びだされ、当初の工事に支出できる自己資金額を入札。金額が多かったほうが全面的に工事を受注する。以上に間違いはないですね？」

「……私は肯定も否定もせん」

「結構です」顔を見ればわかる、そう思いながら阿諛子はつづけた。「しかし、御社はチベット自治区の紛争でＯＤＡから手を引いたこともあり、一時期よりは資金繰りが悪化している。この競売でイオンはおそらく百億円を入札するでしょうが、あなたたちが用意できるのは七十億か八十億……」

「きみ。どこで知りえた情報か知らんが、記事が書きたくてこんな茶番をつづけるのなら……」

「わたしは御社の内情を嗅《か》ぎまわるフリーランスの記者じゃありません。まわりくどいことをしなくても、市場における瀬名建設の株価に目を光らせていれば、経営状態はわかります」

「なら私に何をいいたいのかな？」

阿諛子は助手席のジュラルミンケースを取りあげると、後部座席の瀬名に投げて寄越した。

瀬名は面食らったようにそれを受け取ったが、怪訝《けげん》な顔で開けにかかった。

中身を見た瞬間、瀬名の顔に驚愕《きょうがく》のいろが広がった。「こいつは……」

「社長もよくご存知の優良企業の社債券。すなわち証券です。百四十億円ぶんの価値があります」

「……信じられん。これだけの社債券を集めるなんて……。しかも、紛れもなく本物だ」

「当然です。社長。瀬名建設の自己資金とそれを合わせて二百億強。イオンを下し、復旧工事は確実に手中におさめることができますけど」

「つまりきみ……というか、きみの雇い主は、私に勝ってほしいのか」

「ええ。瀬名建設が工事を一手に引き受けることを望んでいます」

「条件は？」

「工事が開始されたら、すみやかにわたしたちの車両を現場に乗り入れさせてほしい。それだけです」

「きみたち？　すると、同業者なのかな？」

「いいえ。でもそのように扱っていただきます。西池袋出入り口の落盤を取り除いたら、わたしたちのダンプ七両を、優先的に構内に入れてください。わたしたちの手配した人員が車道および避難通路の一部を壊し、地中の瓦礫《がれき》を外に持ちだします。これについてはいっさい極秘事項としてください。作業はたった一日です。あとは、お好きなように復旧工事をお進めください」

「百四十億円で瓦礫を買うのかね？　割にあわない話だと思うが」

「わたしたちにとっては妥当な金額です。詳細はお尋ねにならないほうが得策と思いますが」

「……興味深い取り引きだが、きみらは信用がおけるのか？」

「いま社長の膝《ひざ》の上にあるものが信用の証《あかし》です」

瀬名の目がジュラルミンケースの中身に落ちた。

断れるはずがない。阿諛子は確信していた。眼輪筋が異常なほど収縮している。冷静を装っているが、実際には踊りだしたいほどの心境に違いない。

「よくわかった」瀬名はルームミラーを通して阿諛子を見つめてきた。「理由は聞かないことにしよう。私としては、工事が受注できればそれでいい。ただ……」

「何ですか」

「向こうが百億円以上の資金を調達しないとも限らない。一説には、イオンはいくつかの海外支社を売却すれば一兆円までは用立てられるという話だ。むろん立て替えたぶんは後で国に請求するんだろうが、潤沢すぎる資金力の持ち主だよ」

「強敵であることは疑いの余地はありません」

「今回の競売の規則で、いちど入札をしたらもう撤回はきかないと定められている。いまならイオン側と話し合って工事を分担しあえる可能性もなくはない。入札に踏みきってしまえば、その道は絶たれる。競売に臨んだうえに向こうがこちらより高値をつけたら、元も子もなくなる」

「わたしを連れていってくだされば、その心配はなくなります」

「どういうことだ？」

「向こうが二百億以上の金を書きこんだら、ただちにわたしが察知して社長にお伝えします。その時点で入札を辞退すると申しでれば、競売は流れてイオンとの話し合いも可能になるでしょう」

「きみには、イオン側の入札額がわかるというのか？　言っておくが、相手の書きこんだ額を覗《のぞ》き見ることはできんよ」

「ご心配なく。それでもわたしは、イオンの入札額を的確に知ることができますから」

母が千里眼なら、わたしは地獄耳だ。

ペンを走らせる音に耳を澄ましていれば、書きこんだ数字は手にとるように判る。イオンが瀬名の入札額を上まわることなど、まずもってないが、万が一の事態にも備えてある。決してしくじることはない。

しばらく黙りこくっていた瀬名が、きっぱりとした口調で告げてきた。「いいだろう。私の秘書ということで、同行するといい」

「どうも」と阿諛子はそっけなくいった。

それ以上の礼は述べなかった。瀬名は真のパートナーではない。礼儀など不必要だ。ゼフテロシウムを山手トンネルから搬出したら即、証券は瀬名建設の社員全員を抹殺してでも取り返すのだから。

落札

国土交通省の二階にある大会議室は、大勢の役人たちで賑《にぎ》わっていて国会の本会議場さながらだった。

たった二社の競売に大げさなものだ。阿諛子はしらけた気分で、瀬名の座った席の後ろに立った。

もうひとつの席は、瀬名から少し離れた場所に用意されていた。礼儀正しく頭をさげて着席したその男は、イオン建設常務取締役の池ヶ谷辰哉だった。

いかにも土建屋のボスという風体の瀬名とは対照的に、池ヶ谷のほうはスマートなビジネスマンという印象だった。阿諛子は、イオン側の役員名簿と顔写真にもしっかりと目を通していた。池ヶ谷本人に間違いない。表情からも、現在の内面はすべて読みとれる。いささか緊張ぎみだが、どうあっても落札したいという決意に満ちている。

阿諛子は瀬名の耳もとにささやいた。「向こうは御社と妥協するつもりはなく、あくまで競売に臨む考えです」

瀬名は神経質そうにうなずいた。

互いに退《ひ》くことを知らない者どうしが席についた。生ぬるい業務提携などありえない。どちらかが落札する。むろん、工事の権利を手中におさめるのは瀬名建設だ。

イオンは買収に乗らないことで有名だった。企業が力を持ちすぎることに懸念をしめした米上院議会は、税金の免除と引き換えに企業規模の拡大を阻止しようとしたが、イオン側に突っぱねられた。この業種には珍しく、ヤクザやマフィアとの癒着の噂も聞かない。よって、金の力で丸めこめるとは思えなかった。こちらが利用できるのは瀬名建設をおいてほかになかった。

ふたりを前にして立った中年の男が、ハンカチで額の汗を拭《ふ》きながらいった。「木戸《きど》と申します。どちらさまも、朝早くよりご足労さまです。お手間はとらせません。昨夜、ご連絡申しあげましたとおり、当初の復旧工事に投入できる資金を入札額として示していただきます。落札された側の企業に、山手トンネル完全修復工事を発注いたします。ご異議はございませんか」

池ヶ谷が首を縦に振る。瀬名も同意をしめした。

「では」木戸が職員に目で合図した。「ただちに競売に入ります」

職員たちは、コの字型の衝立《ついたて》をふたつ運んできた。それぞれ瀬名と池ヶ谷のデスクの上に置かれる。

これで覗き見ることはできなくなった。しかし、阿諛子はなんら不安を覚えなかった。周りがどれだけざわつこうとも、選択的注意でペンの音を漉《こ》して聞きつけることができる。

そのとき、職員のひとりが、池ヶ谷にメモ用紙を渡した。

池ヶ谷はそれに目を落としたが、すぐにうなずいて、メモを職員に返した。

なんだろう。阿諛子はじっと池ヶ谷の顔いろを観察した。

そこにはなんの変化もなかった。緊張が高まったようすも、秘めごとを抱えたようすもない。目も泳いでいなかった。注意や警戒を呼びかけられたわけでもなさそうだ。池ヶ谷はいたって平然としている。

もしなんらかのトリックで瀬名をだますつもりなら、あんなに眉間《みけん》を弛緩《しかん》させてはいられない。池ヶ谷は、なんの隠しごともしていない。

幼いころから母に手ほどきを受けた、わたしの観察眼は絶対だった。そしてわたしには、もうひとつ誇れる技能がある。

渡された紙片に、池ヶ谷は金額を書き始めた。数字が書かれる場合、聞き間違いはありえない。すべてまのあたりにしているかのように、克明に判断できた。1、0、0、0、

0……。

0は十個。池ヶ谷はペンを置いた。

阿諛子は瀬名に小声で告げた。「イオンはやはり百億円です。予定どおりにいけば落札できます」

瀬名は少しばかり落ち着きを取り戻したようだった。紙片にペンを走らせる。2、0、0、0、0、0……。

こちらも0が十個、二百億円。この瞬間に結果は決まった。

木戸がいった。「よろしいですかな。では、用紙を回収させていただきます」

職員がうやうやしく頭をさげながら、ふたりから紙片を受け取る。二枚の紙は木戸に渡された。

「それでは」木戸は紙片を開いて目を落とした。「まずは瀬名建設様。二百億円でございます」

感嘆の声が室内に響き渡る。瀬名の頰が吊《つ》りあがった。満足げに周りに会釈する。

「つづきまして」木戸はもう一枚を開いた。「イオン建設様。百億……」

勝った。阿諛子は踵《きびす》をかえし、この場を立ち去ろうとした。

ところが、木戸が告げたのは思わぬ言葉だった。「ドル」

その瞬間、阿諛子は氷の刀に心臓を貫かれたような衝撃を受けた。

あわてて振りかえったとき、瀬名が血相を変えて立ちあがった。

「なんだと⁉」瀬名は声を張りあげて、池ヶ谷を見つめた。「ひ、百億……ドルだと?」

「いかにも」と池ヶ谷は平然とした顔でいった。「外資系のわがグループは、日本円にして一兆円規模の資金を調達できます。これにより山手トンネルの早期開通、万全の安全対策に貢献できると考えております」

木戸が投影機《OHP》の上に、二枚の紙片を載せる。

阿諛子は呆然《ぼうぜん》としながら、スクリーンを見つめた。

数列の頭に書きこまれたマーク。¥と$。YとS……。

聴覚で判別のつきにくい二文字。いや、そこを聴き分けようとはしていなかった。金額ばかりに気をとられていた。通貨に関しては、瀬名が書いたのと同じマークを書きこんだ、疑いなくそう信じていた……。

瀬名は真っ青になって阿諛子を振り返ってきた。阿諛子は目をそらした。

「こんな」瀬名は怒鳴り散らした。「こんな競売は無効だ！　入札はわが国の通貨単位でおこなわれるべきだ！」

「ご静粛に」木戸がいさめた。「事前に日本円での記載を義務付けていない以上、この落札は成立しております」

「金の亡者どもめ！　一兆円といわれて目がくらんだんだろう。そのうちどれだけを裏金にして着服するつもりだ、恥を知れ！」

職員たちがいっせいに反発し、室内はにわかに紛糾しだした。

阿諛子はその混乱にそっと背を向けた。周りのようすをうかがったが、職員らの視線は瀬名に集中していた。阿諛子に注目する者はいない。抜けだすなら今のうちだ。

再会

しだいに出勤時刻が迫りつつあるからか、国土交通省の一階ロビーは混雑しはじめていた。吹き抜けのロビーの二階から階段を駆け下りながら、阿諛子は動揺を抑えようと躍起になっていた。

落ち着け。わたしの人相は、誰にもばれていない。瀬名は大会議室に足止めになっているし、過去にわたしの顔を見た者は、すべて死んでいる。押川の妻と娘は生き延びたようだが、あのふたりには覆面をかぶせてあった。わたしの顔は見ていない。

それよりも、問題はいまの競売だ。

わたしにペンの音を聞かれていたことを、池ヶ谷が意識していたとは考えにくい。彼の表情は無防備そのものだった。池ヶ谷はなんら警戒心を働かせていなかった。ただ事前に渡されたメモの指示に従っただけ、そうに違いない。

おそらくあのメモに、円ではなくドルで表記するよう書いてあったのだろう。外資系のイオンにとって、それは不自然なことではない。だから池ヶ谷も疑いを持たなかった。いまに至っても、その通貨の違いが競売の明暗を分けたと気づいてはいないだろう。

失敗した。どうあってもイオン建設には付けこむ隙はない、母がそういっていた。そのイオンに落札されてしまった。

わたしのせいだ。YとSを聞き分けられなかったわたしのせい。気がついていれば、競売を中止させることもできた。瀬名とイオンの共同事業に持ちこませることも不可能ではなかった。すべてはわたしの責任だ。

あのメモの差出人はいったい誰だ。職員ではあるまい。書いたのがそうであっても、代筆にすぎず、メッセージを発した人間はほかにいたのだろう。わたしの短所を突き、巧みに裏をかく結果になったのは、偶然にすぎないのだろうか。

それともまさか……わたしの心理を読んでいるのか。すべてを予測して罠《わな》を張った。そんな他者の意思を感じる……。

ロビーの一階に降り立った阿諛子は、エントランスに向かおうとした。そのとき、周囲の職員たちの視線が、一点に釘付け《くぎづ》になっていることに気づいた。

彼らが見つめているのは、受付カウンターの脇のテレビだった。

画面に目を向けたとき、阿諛子は愕然《がくぜん》とした。

映しだされているのは朝の山手通り、崩落した山手トンネル西新宿出口周辺の映像だった。生中継の文字がでている。この時刻、どの局も事故を報じていてふしぎではない。だが問題は、その状況だった。

トンネル火災の黒煙が立ち昇っているようすはない。すでに瓦礫《がれき》の一部が取り除かれ、構内から生存者たちが助けだされている。担架で運ばれる女、毛布にくるまりながら自力で歩く男……。

生き残る者は皆無のはずだった。全員が死んでいなければならない。しかし、現実は大きく異なっていた。

女性リポーターが興奮ぎみに告げている。「避難通路に閉じこめられているあいだに出産した妊婦もいたとのことです。消防士によれば、母子ともに命に別状はなく、いたって元気だということです」

ふいに画面が揺れだした。カメラがリポーターから離れ、走りだした。キャスターの声があわてたように追いかける。「たったいま、事故現場から岬美由紀さんがでてきたようです。わたしたちもそちらに向かいます」

阿諛子は息を呑《の》んで画面を見つめた。

岬美由紀……だと?

カメラの行く手には、すでに大勢の報道陣に囲まれている女の姿が映っていた。構内の生存者とおぼしき十代の少年の肩を抱き、寄り添うように立つ岬美由紀の顔は、煤《すす》で真っ黒になっていた。頰にも浅い引っ掻《か》き傷ができている。だが、大きな傷を負った気配はない。

矢継ぎ早に質問が飛んだ。なかで何があったんですか。恒星天球教の残党によるテロと証言した生存者もいましたが、事実ですか。岬さんは怪しい人物を追跡して山手トンネルに入ったのではという憶測もありますが。

美由紀は黙りこくっていたが、記者たちの声がおさまると、喉《のど》にからむ声でいった。

「まず、犠牲になった多くの方々に哀悼の意を表します。なかには、他人を救おうと命を投げだした方もおられます……。謹んで、ご冥福《めいふく》をお祈り申しあげます」

阿諛子はテレビに背を向け、歩きだした。

動揺するな。ここで報道に気をとられるなど、わたしらしくもない。いまは何をすべきか、思考を巡らせろ。

手をスーツのポケットに滑りこませた。携帯電話。官庁街の建物では電源を切るのが慣わしのため、そうしていた。もうそんなつまらない慣習にとらわれている場合ではない。母から連絡があるかもしれない。

そう思いながら電源をいれた直後、携帯電話は振動して着信を伝えてきた。

阿諛子は電話にでた。「母……」

「落ち着いて」友里の声が呼びかけてきた。「阿諛子。やっと連絡がとれたわね」

「ずっと競売に立ち会っていたから……」

「わかってるわ。まだ国土交通省のなか？」

「ええ。いま一階のロビーよ」

「歩きつづけて。あなたが怪しまれる可能性なんて万にひとつもないわ。そこをでたら、クルマで西新宿まで来て。わたしはそこにいる」

「母……。現場のようすは？」

「いま報道されている通りよ。ここに来るまで予想もつかなかったわ。救出が始まったことを、さっきまでどの放送局も伝えていなかったから」

「ニュースを自粛していたの？　なぜ……」

「美由紀が頼んだにきまっているわ。その願いを聞きいれた警察関係者がいたようね」

人ごみのなかを急ぎ足に突っ切りながら、阿諛子は背後のテレビから聞こえる声を気にせずにはいられなかった。

リポーターがたずねている。「事故ではなく事件とすれば、友里佐知子が香港で死亡した後、彼女に代わりテロを指揮している者がいるということですか？」

しばらく間をおいて、美由紀の声が応じる。「第一に、友里は死んではいません。警察がどう発表しようと、彼女の死は事実ではありません。第二に、友里には忠実に動く右腕のような存在がいます」

「いまどこにいるのか、手がかりは？」

「……見当はついてます。知り合いの警部補がすでに行方を追っています」

そのとき、阿諛子の足はすくんだ。

エントランスからロビーに入ってくる警官の群れを見たからだった。制服もいれば私服もいる。そして、私服のなかで陣頭指揮を執っている男には見覚えがあった。

「急げ」蒲生誠は怒鳴った。「すべての出口を固めろ。どんな理由があろうと、ひとりも外にだすな」

阿諛子は携帯電話を耳に当てたまま、進行方向を変えて歩きつづけた。「母。警察がきた。あの蒲生って男よ」

「……あわてないで。あなたの顔は誰も知らない。表情を変えずにまっすぐ出口に向かって」

そう、母のいうとおりだ。わたしの面は割れていない。蒲生にさえも……。

表情筋を不随意筋ひとつ動かさないよう注意しながら、阿諛子はエントランスに向かっていった。

蒲生がこちらに駆けてくる。油断のない視線を絶えず周囲に向けている。

しかし、阿諛子は気配を殺していた。不審さがのぞくような影は、いっさい表情にあらわさない。感情は表にださない。

肩が触れ合うほどの距離を、蒲生とすれ違った。蒲生の目は一瞬だけこちらに向けられたが、怪訝《けげん》に感じたようすもなく、そのまま走り去っていった。

わたしは怪しまれていない。鬼芭阿諛子なる女は、誰の記憶にも存在しない。

ついに阿諛子は出入り口に達した。ゲートのわきに、セキュリティのカウンターがある。そこの女性職員に、入館証を渡す。

テレビの音声はまだ耳に届いていた。まるで阿諛子に呼びかけるように、美由紀の声は告げていた。「逃がしはしません。警部補のほかにも、知人に応援を頼んでます。朝早くの連絡にも拘《かか》わらず、職場への出勤を取りやめて、わたしのために協力してくれました」

知人。いったい誰のことだ。

とそのとき、入館証を受け取った女性職員が、阿諛子の顔をじっと見つめてきた。「さきほどサインされたお名前と、実名が違うようですが。たしか鬼芭阿諛子さまでしたよね？」

その女の顔を見返し、阿諛子は凍りついた。

前に会った女だ……。

呆然《ぼうぜん》としながら、阿諛子はつぶやいた。「おまえは……」

「斉藤里香《さいとうりか》、と申します」女の笑顔は、緊張にこわばりながらも、どこか不敵に見えた。「おひさしぶりです。JAI453便のコックピットでお会いしましたね」

あのときの客室乗務員か。わたしが岬美由紀に名乗りをあげたとき、唯一居合わせた女。わたしの顔をまのあたりにして生き延びた、たったひとりの女……。

里香は素早く身を退《ひ》きながら、声を張りあげた。「この女よ！　鬼芭阿諛子。捕まえて！」

蒲生が振りかえったのを視界の端にとらえた。外につづく扉は、警官たちによって閉ざされた。

いまやロビーの全員の目がこちらに注がれている。

舌打ちをして、阿諛子は駆けだした。ほかの出口を探すしかない。誰かを人質にとり、盾にしてでも……。

だが、阿諛子の手が近くにいる職員に触れるよりも早く、飛びかかってきた私服警官が阿諛子を押し倒した。

床にねじ伏せられながらも、阿諛子は脱しようともがいた。警官に拳《こぶし》で一撃を食らわせ、起きあがろうとする。しかし、すでに制服警官の群れが津波のごとく押し寄せていた。

蒲生が怒鳴っている。「意地でも逃がすな！　骨をへし折ってでもこの場に留《とど》めろ！」

それは、阿諛子にとって人生で初めての、予測不能な瞬間だった。

身動きがとれない。息もできない。無数の警官によって、すべての動きは封じられていた。

耳障りな金属音とともに、手首に冷たいものが巻きついた。

手錠。わたしは拘束された。

全身の力が抜けていくのを感じる。携帯電話が指先から滑り落ちた。

母。助けて……。

阿諛子は恐怖と絶望のなかで叫んだ。「母―っ！」

戒名

友里佐知子は、ワンボックスカーの後部座席におさまり、携帯電話から漏れ聞こえてくる音声に耳を傾けていた。

ほとんどは雑音だった。そして、最後に聞こえたのは阿諛子の絶叫だった。母。そう叫んでいた。

無言のまま、友里は携帯電話を切った。

向かい合わせたシートに座ってこちらを見ているジャムサが、緊張の面持ちでたずねてきた。「ど、どうなったんだ……?」

「……逮捕されたわ」友里はつぶやいた。

「逮捕だって⁉ 鬼芭がか? なぜだ。誰も顔を知らないはずじゃなかったのか」

「いまはもう違うわ。国土交通省のロビーにいる全員が鬼芭阿諛子の名を知り、その顔を目撃した。……彼女は、歴史の陰から表舞台に姿を現してしまった」

「どうするんだ、教祖。ここでの計画も完全に頓挫《とんざ》しちまったじゃないか」

友里は、窓から車外を眺めた。

後部座席の窓はミラータイプのウィンドウフィルムが貼ってあるため、外から車内は見えない。ほんの一枚のガラスを隔てて、友里は救出現場でごったがえす人々の波を眺めていた。

西新宿出口前で右往左往する警官や消防士たち。瓦礫《がれき》にあいた穴から生存者が連れだされるたびに、報道陣が群がる。カメラのフラッシュが焚《た》かれ、声高なキャスターの声が響く。

山手通りは閉鎖されていた。このワンボックスカーは、報道関係の車両に紛れて停車している。クルマの屋根にパラボラを備えて中継車を装っている以上、造作もないことだった。この混乱では、架空の放送局の車両に目をとめる人間がいるとは思えない。

いや、正確を期すなら、ひとりいる。岬美由紀だ。

しかし、美由紀はかなり離れた場所で報道陣の質問攻めにあっていた。ここからは、彼女を囲む記者たちが小さく見えるのみだ。美由紀といえども、わたしの存在には気づきえない。

とはいえ、クルマを動かすことはできなかった。マスコミの関係車両は隙間もなく前後左右に駐車していて、退出できるルートはない。もとより、ここでの取材を目的に集まったクルマばかりだ、最後のひとりが救出されるまで、テコでも動こうとしない輩《やから》ばかりだろう。

計画が予定どおりに運んでいたら、こんなことにはならなかった。構内に火災が発生していれば、報道関係車両はこんなに現場の近くまで案内されない。ようすだけを見て、すぐに引き返すことができた。そのはずだった……。

「なあ教祖」ジャムサはじれったそうにシートを叩《たた》いた。「どうするんだ。鬼芭はそこいらの警察署の留置所に入れられるとは思えん。厳重な監視下に置かれるだろう。助けだそうにも、あんたがこしらえた兵隊たちは全員死んじまったし……」

「必要ないわ」

「……あ？　なにが？」

「いらないのよ。救出作戦なんて。時間の無駄だわ」

「だ、だが、鬼芭はあんたの……」

「何？」友里はふんと鼻を鳴らした。「娘って？　わたしがいちどでも、阿諛子をそんなふうに呼んだことがあったかしら。阿諛子がわたしを母と慕うのは勝手だけど、それならわたしに迷惑はかけないでしょ。口を割るよりは、潔く死を選ぶはずよ」

「教祖。しかし……それでは鬼芭の想いが報われんよ」

「想いって何？　思考や感情は脳のつくりだした幻影と同じ、世迷言《よまいごと》にすぎないわ。雛《ひな》が卵から孵《かえ》ったら、最初に目にした相手を母親と見なす。それだけのことよ」

「……冷たい言い草だ」

「あなたはどうなの、ジャムサ。自分を猿の遺伝子とかけあわせてくれたメフィスト・コンサルティングに、親のような情愛を抱いているかしら」

ジャムサは硬い顔になった。「いや」

「なら議論するまでもないわね」友里は、足もとに横たわっていた旅行用のスーツケースを持ちあげた。「いったんここを出るわ。ゼフテロシウムの採掘方法については、改めて考える」

「勘弁してくれ。またそのなかに入るのか？」

「光栄に思うことね。わたしの手で運ばれるんだから。それとも、剝製《はくせい》か毛皮にされて持ちだされるほうがいいかしら」

「……わかった。だが、あまり揺らさないでくれ。吐きそうになる」

スーツケースのなかにジャムサが身体を丸めておさまる。その蓋《ふた》を閉じながら、友里は思った。

ひとつだけはっきりしたことがある。阿諛子への愛情は、わたしのなかになかった。ずっと一緒にいたせいで判然としなかったが、唐突に別れが訪れて、すべては実感できた。あれは、わたしの道具にすぎなかった。このスーツケースの中身と同じように。いつでも捨ててしまってかまわない。わたしは崇高な目的のために生きている。殉ずる者の魂は自然に浮かばれることだろう。わたしが手を煩わせるまでもなく。

友里はサングラスをかけて、車外にでた。

西新宿の救出現場は、当初よりは落ち着きを取り戻していた。救急車はひっきりなしに乗りいれてきては、生存者を運び去っていく。報道陣の関心は、生存者から山手トンネルに移りつつあるようだった。現場リポーターもそのほとんどが救急車の停車位置から、瓦礫の前へと場所を変えている。

さいわいだった。これまでの経験からいって、この状況下でわたしに目をとめられる人間はいない。友里佐知子は死んだ、その事実は国民に浸透しきっている。美由紀が頑《かたく》なに否定しようとも、いちど備わった観念は容易に覆せない。

たとえ生きていると信じる向きがあったとしても、わたしが現場にこの身を晒《さら》しているとは夢にも思うまい。よって、誰もわたしに気づかない。キャスター付きのスーツケースを転がしながら現場を横切っていく女と友里佐知子は、感覚的に結びつかない。

それでも友里は油断なく、四方に目を配っていた。一基のカメラもこちらを捉《とら》えていないのを確認しながら歩を進めた。決して、ここにいたという証拠を残してはならない。メフィスト・コンサルティングの特別顧問補佐として身についた警戒心は、いまも絶えずわたしの身を守りつづけている。

メフィスト……。阿諛子を罠《わな》に嵌《は》めることができる者がいるとしたら、あの組織の人間以外にはいないと考えていた。

阿諛子の心理、思考の道筋、長所と短所。あらゆるものを知り尽くしたうえで、それらを巧みに利用し、周囲の駒を動かして追い詰めていく……。メフィストならば可能だろう。

しかし、阿諛子が逮捕されたのはメフィストの差し金ではない。彼らと同等の狡猾《こうかつ》さを発揮し、知恵の戦いに勝利した者がいる。

岬美由紀。あの小娘がここまでやるなんて……。

現場に背を向け、立ち入り禁止区域からでようとしたとき、友里は進入してくるセダンに気づいた。

停車したセダンから降り立ったのは、見覚えのある人々だった。ジャムサが隠し撮りしてきた写真に写っていた顔ばかりだ。

養護施設、中野慈恵園の職員たちだった。あの髭面《ひげづら》の男は所長の鱒沢。それに保育士の青年、蛭川。ほかにも保育士とおぼしき若者が何人かいた。誰もが戸惑いと不安のいろを浮かべて周囲を眺めている。

岬美由紀と一緒にいた日向涼平という少年の保護者がわりだ、ここに駆けつけてもふしぎではない。

だが……どうしてここに通されたのだろう。被害者の身内というだけでは、まだ現場近くに案内される段階ではないはずだ。

呼ばれた理由があるのか。彼らをここに招いたのは、いったい誰の意思だ。

そのとき、セダンから飛びだした黒い影があった。

大型犬。マスティフの血が混ざっているとおぼしき雑種。わき目もふらず、まっすぐにこちらに駆けてくる……。

犬は友里に飛びかかってきた。友里は驚いて身をかばった。

正確には、犬が目指していたのは友里ではなかった。放りだされたスーツケースにかじりついて、けたたましく吠《ほ》える。やがて、牙《きば》と爪で蓋をこじ開けると、なかにおさまっていたジャムサに襲いかかった。

「このクソ犬、あっちいけ！」ジャムサはその緑いろの毛に包まれた異様な身体を、白日の下に晒した。周りの目を気にかける余裕もないらしく、犬から逃れようと必死でもがいた。「痛え！　噛《か》むんじゃねえ！」

友里は後ずさった。

身体の震えがとまらない。

犬が恐ろしいのではない。この状況が作為的なものだと気づいたからだった。ジャムサが児童養護施設で番犬に噛まれたことは、報告で聞いた。その犬の嗅覚《きゅうかく》が、ジャムサの存在を瞬時に探り当てた。誰の目にも止まっていなかったジャムサ、存在すら知られていなかったその小柄な身体は、いまや衆人の環視下にあった。

養護施設に連絡をとり、この犬を呼びよせた者がいる。考えられるのは……。

背後から美由紀の声が告げた。「友里佐知子。自称、教祖阿吽拿だっけ。戒名として己の胸に刻めばいいわ」

真偽

鳥肌が立つどころか、髪が逆立つ思いとともに、友里は振りかえった。

岬美由紀はすぐそこに立っていた。

ひと晩を生き地獄で過ごし、髪は乱れ、顔は汚れ、服はあちこち擦り切れていた。それでも美由紀の眼力は輝きを失っていない。むしろ以前よりもずっと強い光を宿したかのようだった。

しばらくのあいだ、友里は時が経つのも忘れて、ひたすら美由紀を見つめていた。予期せぬ対峙《たいじ》に、思考がついていかない。物心ついてからこの歳になるまで、こんな感覚は味わったことがない。

わたしは、決して己れを見失わない女ではなかったのか。

その思いが頭をかすめたとき、ようやく我にかえって友里はつぶやいた。「美由紀……」

美由紀は、いささかの疲れも感じさせない張りのある声でいった。「長い夜だったけど、生き延びただけの価値はあったわ。世に真実をまのあたりにさせることができたのだから」

友里は、美由紀が口にした言葉の意味を全身に感じていた。

周りに詰めかけている報道陣、警官、消防士。全員が固唾《かたず》を呑《の》んでこちらを見つめている。ひとり残らず、わたしを注視している。

戦後最凶の指名手配犯と謳《うた》われたわたしを。そして、香港で命を落としたはずのわたしを。

「終わりね」美由紀は冷ややかにつぶやいた。「そっくりさんの努力も水の泡。無駄死にってことね。企《たくら》みはすべて潰《つい》えて、殺人犯のあなたが残るのみよ」

にわかに周囲が動きだしていた。

警官たちはジャムサを犬から引き離し、その身柄を確保した。ジャムサは抵抗して暴れたが、すぐに増援が駆けつけてねじ伏せられた。

ジャムサの異様な外見に、報道陣のカメラが群がる。ただし、友里への関心が薄らいだわけではなかった。より多くのカメラの砲列が友里に焦点を合わせてくる。視界のなかに存在するすべてのレンズに、歪《ゆが》んだ友里の顔が映りこんで見えていた。

こみあげてくる怒りがあった。

商業主義の使い走りも同然の下僕どもが、断りもなくわたしの顔にカメラを向けている。貴様らは、わたしの意思を民に伝えることが唯一の使命になるはずだったのに。いかなるときも、わたしの意に反してカメラを回すことは許されない、新国家では家畜に等しい一介の職業人でしかなくなる予定だったのに。

それがどうだ。立場もわきまえず、わたしに好奇の目を向ける。この世が本来どうあるべきで、どんないきさつでこうなったのかを知りもせずに。

ハイビジョン・ベーカムのカメラを連れた男性リポーターが、そそくさとマイク片手に近づいてきた。

リポーターは及び腰ながらも、マイクを突きつけてきた。「あのう……。友里……佐知子さんですね？」

わたしを前にして、頭《こうべ》ひとつ垂れない。無知は無礼の免罪符にはならない。

友里はスーツの下に手を滑りこませ、腰のベルトに挟んであったベレッタM9のグリップをつかみ、引き抜いた。

拳銃《けんじゅう》の銃口をまっすぐにリポーターの眉間《みけん》に向けながら、友里は言い放った。「答えはこれよ。報道はあの世でつづけることね」

さっと青ざめたリポーターの顔面めがけて、友里は銃の引き金を引き絞った。

銃声が轟《とどろ》く寸前、手首に衝撃と痛みが走った。銃口は空に向けて跳ねあがり、弾は逸《そ》れた。

友里は自分の手が蹴《け》りあげられたと悟った。痺《しび》れた手から拳銃が飛んで宙に舞う。

だが友里は、その武器を奪おうとする愚行はしでかさなかった。美由紀のハイキックがいちど引き戻されてから、地に足をつけないままふたたび蹴りだされてくることは、予測できていた。

身を翻して友里は美由紀の蹴りを紙一重でかわした。触れてはいないのに、頬に刃のような風圧が走った。

友里はひるまなかった。「燕旋脚《えんせんきゃく》とは馬鹿のひとつ覚えね、美由紀」

美由紀も表情を変えなかった。「中国拳法にも精通してたのに知らないふりをするのは辛かったでしょうね。でもそんな院長時代もすでに過去よ」

「過去ね。あなたがわたしの何を知ってるっていうの？」

「すべてよ。人生のペテンは露見しつつあるわ」

嘘だと友里は思った。美由紀はまだわたしがどう生きてきたか知らない。わたしが書き残した日記を見つける機会でもあれば知ることになるだろうが、美由紀はそこには至っていない。

若き日のわたしのサイゴンでの行動を知っているなら、スーツケースという物をどう扱うか判っているはずだ。

友里は足もとのスーツケースを蹴った。薄いベニヤの二重底が破れ、仕こんであった短機関銃ウージーが覗《のぞ》く。爪先で銃床を蹴りあげると、ウージーは垂直に突きあがった。

美由紀が動くより早く、短機関銃のグリップは友里の手に飛びこんできた。コッキングレバーを引いてトリガーを絞る。反動とともにフルオートで弾丸が掃射され、排莢口《はいきょう》から薬莢がばらまかれる。

すでに美由紀は後方に宙返りして退き、弾丸をかわしていた。友里は銃口を左右に振って弾幕を張りながら、ワンボックスカーに向けて駆けだした。

武装警官どもを前にして短機関銃など一時しのぎにすぎない。それでも報道関係車両がすし詰め状態で駐車していることは、防御と逃走には好ましい環境といえた。友里は数台のテレビ中継車を盾にして走り、目当てのワンボックスカーの荷台に辿《たど》り着いた。

後部ドアを開け、取材用機材を装った段ボール箱から、ずしりと重い榴弾砲《りゅうだん》付きマシンガンを持ちあげる。

そのとき、隣りの車両の下を転がってきた美由紀が跳ね起きようとしていることに、友里は気づいた。

すかさずマシンガンで掃射したが、銃が重いせいで狙いが定まらない。一瞬の遅れのせいで、美由紀はまたも地に伏せてクルマの下部に隠れてしまった。

「遊んでいる暇はないのよ、美由紀」友里は吐き捨てて、機動隊が集結しつつある前方の開けた空間へと駆けだした。

ナンブ三十八口径の銃口がこちらに向けられたのを見る。まだホルスターに銃をおさめたまま、威嚇《いかく》するかのようにグリップに手をかけた段階の者もいる。

哀れな。9・11を凌《しの》ぐテロ現場と承知しながら、平和ボケにもほどがある。友里はコッキングレバーを引いて榴弾を装塡《そうてん》すると、機動隊の中心に向けて躊躇《ちゅうちょ》なく発射した。

瞬時に大爆発が起き、轟音《ごうおん》とともに熱風が吹き荒れる。機動隊員らの身体は花火のように空高く舞いあがって、辺り一帯に降り注いだ。

友里は、そのがら空きの爆心部を突っ切り駆けていった。炎とともに煙が立ち昇っているが、それが警官らの視界をふさぐ。報道陣のライトが照らそうにも、煙に乱反射して姿は見えない。

悲鳴とともに逃げ惑うマスコミ関係者らの合間を縫っていき、友里は山手トンネルの西新宿出口のスロープに達した。坂道は、しばらく下ったところで瓦礫《がれき》の山につながっている。いまはその一部が切り崩されて、なんとか人ひとりが通行できるようになっていた。

数本の消火用ホースがその穴から構内へと送りこまれている。オレンジいろの非常灯に包まれたトンネル内部には、そこかしこに消防士の姿があった。ただし、消火活動はおこなわれていない。無数の車両が追突事故を起こしたまま放置されているが、火の手はあがってはいなかった。

友里は唇を嚙《か》んだ。すべてを焼き尽くすはずの業火はなぜ発生しなかった。サーモグラフィーが赤く染まったのは、しきい値をいじったからか。美由紀はそこまで読んでいたというのか。

消防士たちがこちらに気づいたようすで向き直ったが、友里は間髪をいれずに彼らに向けてマシンガンを掃射した。悲鳴があがったが、彼らが死んだのか、負傷したのかはさだかではなかった。友里は手近にあった2シーターのオープンカーに乗りこんでいたからだった。

つけっぱなしになっていたキーをひねり、エンジンをかける。TTのロードスターだった。アクセルを踏みこんで、急速発進させる。Uターンして逆走した。放置車両の隙間を縫うように走り、トンネル内を駆け抜けていく。

認めない。ゼフテロシウムはこの山手トンネルのなかにある。そしてわたしは、埋蔵場所の特定に至った。上落合と中落合の中間地点。この目でたしかめるまで信念は曲げない。

真実はいまに至っても揺らがない。絶大な権力を与えてくれるレアメタルは、この先の地下に埋まっている。

そのとき、ドアミラーにヘッドライトの光を見た。

友里は背後を振り向いた。一台のクルマが猛然と追いすがってくる。

美由紀だ。こちらと同じくオープンカー、C70に乗っている。瞬時の脱出を可能にする、屋根のないクルマを選ぶとは。わたしの思考と同じ道筋をたどるなど、こざかしい小娘め。

ブレーキングとともにステアリングを逆方向に切り、友里は後輪を横に滑らせた。ドリフトによってスピンした車体は百八十度方向を変える。すかさずギアを入れ替えてバックした。

後退しながら友里は、追跡してくる美由紀と向かいあった。片手でステアリングを操りながら、もう一方の手でマシンガンを持ちあげ、榴弾に切り替えて美由紀を狙い澄ます。つづけざまに三発、榴弾を発射した。三度の反動が腕につたわる。

ところが美由紀は、運転席から身を乗りだすようにして、同じ榴弾砲付きのマシンガンをかまえた。ワンボックスカーから持ちだしたものに違いない。まるで友里がどこを狙うのか予測していたかのように、美由紀も三発の榴弾を発射した。

二台のクルマのあいだに空中爆発が起きた。三つの火球が急速に膨れあがり、炎が路面に降り注ぐころには、美由紀のクルマはその下を通過し友里の眼前に迫っていた。

弾道を見切って撃破するとは。友里は舌打ちをしながらステアリングを切り、ふたたび車体前方を進行方向に戻して、アクセルを踏みこんだ。

表情から感情を察する的確さにおいては友里に一日の長があるが、乗り物を操る動体視力と反射神経は美由紀が勝っていて当然だった。距離が縮まる。友里は振り向かないまま、腕だけを後ろに反らしてマシンガンを乱射したが、美由紀は巧みに車体を左右に振って弾を避けた。

逆走しているため、看板も標識もこちらからは見えない。だが友里は、ミラーのなかに反転した文字を読みとった。上落合。この先だ。あとほんの数百メートル。

友里は速度を緩めないままTTロードスターを路肩に寄せ、壁ぎりぎりを疾走していった。横たわっている死体は、容赦なく撥《は》ね飛ばす。

位置はサーモの画像で確認している。あと百メートル。……五十メートル。三十メートル。

ここだ。友里はドアを開け放った。運転席から跳躍すると、路面のコンクリートに叩《たた》きつけられる寸前に、首をすぼめて身体を丸めた。

激痛が走り、身体は路上を転がった。それでも受け身の姿勢によって首の骨を折るのはまぬがれた。

マシンガンを胸に抱え、友里は立ちあがった。三半規管の混乱など、友里にとっては問題ではなかった。しばし平衡感覚を喪失することなど予測がついていた。どちらに向けて歩を踏みだせばいいか、クルマから飛びだす前にすでに把握してある。

ほとんど視力に頼らないまま、友里は壁の非常口に達した。滑り台に身を躍らせる。降下しているあいだに固く目を閉じ、あらゆる感覚を取り戻した。

足が床についた。避難通路に入った。

友里は立ちあがった。さすがにふらついたが、すぐに持ちこたえた。

辺りを見やる。想像したとおりの地獄絵図だった。床一面は血塗られ、死体はいたるところに転がっている。

生きている者は皆無だった。壮絶な殺戮《さつりく》の爪あとが残る通路に歩を進める。

友里は冷静だった。サーモの画像をモニタリングして把握していたのと、寸分たがわぬ状況であることを確認する。死体の位置も、大半は記憶していた。くだんの場所は、すぐ近くだ。

風が吹く音がする。それもずいぶんと激しい。身体に風圧を感じないのに、妙な話だ。

目を凝らすと、壁ぎわに穴が開いていた。本来ならば鉄格子の扉に塞《ふさ》がれているはずのその開口部。内部の給気パイプに、焼夷弾《しょうい》と同じ構造の発火装置が仕込んであるはずだった。

なるほど、発火装置を処理したのか。やはりサーモのとらえた温度変化は偽装だった……。

すると、あのゼフテロシウムとおぼしき反応も……。

友里が立っているのは、まさしくその埋蔵場所だった。

足もとに転がっている保温機能付きのポットに、友里は目をとめた。

しばしポットを眺めるうちに、予期せぬ感情がこみあげてきた。

笑いが漏れる。友里はくぐもった自分の笑い声をきいた。直後に、弾《はじ》けるように大笑いした。

自分がどんな気分なのかは判然としない。愉快か不愉快かと問われれば、後者にきまっている。

それでも笑うことはやめられなかった。

なぜか嬉《うれ》しくもある。喜びの感情は、自分や美由紀に向けられたものではなかった。強いていうなら、この状況こそが歓喜につながっていた。

世はもはや退屈だ、わたしは常々そう思って生きてきた。人の隠しごとはすべて暴かれ、民衆を煽動《せんどう》する組織のやり方すらも手にとるようにわかり、わたしにはもはや予測不能なことはなくなっていた。裏切りも欺瞞《ぎまん》も、遠い過去のことになっていた。神ですらわたしを欺けない。よってこの世はすべて予定調和でしかない、そのはずだった。

ところがどうだ。久しぶりに、自分の思いこみはひっくり返された。予測と異なる事実をまのあたりにして、言葉を失う自分がいた。

決別したはずの、子供じみた視野の狭さを露呈するわたしがいる。なんておかしいのだろう。わたしが騙《だま》されることがあるなんて、世間はまだ捨てたものではない。

だが友里は、笑いつづけるうちに、少しずつ怒りの感情を沸きあがらせていった。うまくいかないことがある。その事実に直面したこと自体、とてつもなく腹立たしい。わたしはそんな不確定要素を超越した人生を歩んでいるはずではなかったか。いまさら、わからないことがあるなんて。結果から原因を導きだせないなんて。

ゼフテロシウムの在《あ》り処《か》が特定できないなんて……。

滑り台の音を耳にして、友里はとっさに振りかえった。

最も近いところにある滑り台の出口から、美由紀が姿を現わした。

避難通路に降り立った美由紀は、マシンガンを片手にぶらさげながら、ゆっくりとこちらに歩いてきた。

友里は、油断なく美由紀の胸を銃で狙い澄ました。

「美由紀」友里はいった。「銃口を下に向けてるなんて、いい度胸してるわね。わたしがトリガーにかけた指を引き絞ったら、すべて終わりよ」

「やってみれば？」

静まりかえった避難通路で、友里は美由紀を見つめた。

美由紀の燃えるような目が友里をまっすぐに見返している。

「反射神経と射撃の腕はわたしに勝てないでしょ、友里佐知子。あなたが引き金を引くより早く、わたしはこの銃をかまえてあなたを狙い、銃撃できる」

「……嘘よ」

「わたしの顔を見れば、嘘か本当かわかるでしょ」不敵な声で美由紀はいった。「なんなら、試してみれば？」

真相

　美由紀は、友里の向けてきた銃口に、なんら恐れを感じていなかった。

　重火器にしろ小火器にしろ、友里はその扱い方を心得てはいるようだが、完璧《かんぺき》ではない。それゆえに鬼芭阿諛子という兵隊を必要としたのだろう。そして、かつて東京晴海医科大付属病院で、わたしを引きこもうとした理由も……。

　友里は、マシンガンを下ろして銃口を床に向けた。「重いわね」

「納得したわけ？」

「暴力的手段に訴える速さや正確さを競うなんて、動物じみた考えよ。知性ある人間が興味を持つ話じゃないわ」

「知性って？　まさかあなたに関することじゃないわね」

「美由紀。わたしを怒らせることで、感情を表出させたい？　わたしの表情からいっこうに感情が読み取れないことに対し、苛立《いらだ》ちを覚えているわね」

「まあね。でも、脅威は感じてないわ。セルフマインド・プロテクションを使う人間は、ほかにも見たから」

「……ふうん。メフィスト・コンサルティングはまた、ずいぶんあなたを気にかけるのね。わたしを倒そうと同盟を結ぼうとしてるのかしら」

「いいえ。メフィストもあなたも同じ穴の狢《むじな》よ。大勢の人の命を失わせて、それで歴史を変えたなんて神様になった気分にでも浸ってる。わたしはどちらも許さない」

友里はふっと笑った。「若いわね。本気でメフィストに楯突《たてつ》くつもり?」

「つもりも何も、戦いはもう始まってるわ」

「ああ……。ペンデュラムを打ち負かしたのをずいぶん鼻にかけてるのね。でもあの企業は近年になってメフィスト・グループに取りこまれた、本来は小規模の同業他社にすぎないわ。グループの中核をなすクローネンバーグ・エンタープライズの持つ力には、遠く及ばない」

「あなたなら互角に渡りあえるっていうの、友里? 古巣から付け狙われてるみたいだけど」

「先生」

「え?」

「友里、先生。でしょ。忘れたの？　わたしのことは、そう呼んでたでしょ」

「あなたはわたしの師でもなんでもない。先生なんて不適当だわ」

「それで呼び捨てにするの？　たかが二十八の小娘が、わたしに対し、友里って？」

「肩書きがほしいならつけてあげるわ。友里受刑者。あるいは友里死刑囚。マスコミも間もなくそう呼ぶでしょうね」

「この国の法律がわたしを裁けると、本気で思ってるの？」

「当然よ。わたしもあなたも、ただの国民。一般大衆のひとり」

「……ふざけないでくれる？　わたしという存在は国家など超越しているのよ」

「どうして？　ゼフテロシウムを手中におさめる……予定だから？　取らぬ狸の皮算用って言葉知ってる？　友里先生」

友里の頬筋がぴくりと痙攣《けいれん》した。初めて怒りと読みとれる感情が表情に浮かびあがった。

「美由紀。あなたが成し得たと自負してることなんて、わたしの過去の経験に比べたらそれこそ取るに足らないことばかりだわ。あなたは世に溢《あふ》れる小娘と変わらない。わたしに対等な口がきける存在じゃない」

「自負？　わかってないわね、友里。わたしがここでの出来事や、中国でしたこと、東京湾観音事件でしたことに、誇りを抱いてるとでも思ってる？」

怪訝《けげん》ないろが友里の顔に浮かんだ。

違うの？　という冷ややかな問いかけに思える。

美由紀はこみあげてくる憤りとともにいった。「わたしは人の命を奪った。あなたに運命を狂わされた人たちの命を。わたしは、この手を血に染めざるを得なかった。あなたのいうとおり、暴力や殺戮《さつりく》など動物のやることよ。知性ある人をめざして生きたかった。でもあなたが、あなたの愚劣な行為が、わたしをこの段階に引き戻したのよ！　人が殺しあうなんて！　あなたとメフィスト、負けず劣らずの愚か者どうしがやればいいことよ。平和に生きている人々の暮らしに介入してこないで！　人が争わないのは弱いからじゃない。知性があるからよ。動物のやり方を革命と称して奢《おご》ろうとする愚者どもを、わたしは許さない！」

「利いたふうなことを！」友里は怒りをあらわにした。「家畜のように飼い慣らされて生きる道が平和など、おまえの意見のほうがよほど動物よ、単細胞の小娘。いつも人の顔いろばかりを気にして、怯《おび》えて、震えて生きるのがそんなに幸せ？　相手がなにを考えているのかわからず、たまらなく不安で、媚《こ》びたり威圧したり。戦後民主主義に生きる人間こそまさしく動物の生態そのものよ」

「だから超越した存在のあなたが新たなる世の指導者になるってわけ？　千里眼で万人の

心を見通せるから、人間関係に悩む人々よりは上の存在だって？」

「言葉でどんなに軽んじようとしたところで、わたしの理念は曲げられない。小娘。千里眼はおまえじゃなくわたしよ。長きにわたって受け継がれてきた血が証明してる」

「……血ってなによ。千里眼って世襲制なの？」

「部外者のおまえが知る必要はないわ。技能をいくらかかじっただけの小娘が千里眼を名乗るなんてね。万死に値するわ」

「わたしは名乗ってやしないわ。千里眼なんかじゃない。わたしも、あなたもね」

「愚弄《ぐろう》するな！　わたしは……」

「どこが千里眼よ！　まだわからないの？　ゼフテロシウムはここにはない！」

静寂に包まれた避難通路に、美由紀の声がしばしのあいだ、反響しつづけていた。

友里の顔が凍りついた。

「……小娘」友里は頬筋をひきつらせながらつぶやいた。「とんだ嘘つきね」

「わたしの表情を観察したら？　千里眼の友里佐知子。その足もとに転がってるポットを見ても、まだわからないなんてね」

「ここになくても、構内の別の場所に……」

「ない！　友里。事実はひとつだけよ。ここにゼフテロシウムは存在しない。あなたは間

にした。

違ってる！」

友里の目が大きく見開かれた。瞳《ひとみ》が潤みだした友里の目を、美由紀は初めてまのあたり

「そんなわけ、ないでしょ」友里は震える声でいった。「わたしの千里眼は真実を見抜く」

「千里眼じゃなかったのよ。あなたは事実を見誤った。その誤認に基づき、ここを襲撃し、大勢の人を殺した。己の千里眼の能力を過信したばかりに、論理的思考が欠落して常人以下のミステイクをしでかした。それがあなたの成しえたすべてよ」

「わたしは千里眼よ！　其拾弐の現場はここよ。担当者を吐かせたとき、わたしはその顔を観察した。しっかりとこの目で見た。嘘はなかった。絶対にここだった！」

「間違ってるのはあなただって言ってるでしょ！　あなたに見えてないのはそこだけじゃないわ。ここで死んでいった人たちの無念も、希望を持ちつづけようとする心も、信頼も、友情も、情愛も、あなたにとっては空気と同じ。突然に生死の境目に立たされたとき、勇気ある行動に及ぶ人々の信念をあなたは見たことがあるの？　絶望の淵《ふち》でも未来を信じ、助け合おうとする思いは？　愛を知らない人間がすべてを見抜けるなんてお笑い草よ」

「この小娘！」友里はマシンガンで美由紀を狙い澄ましてきた。「わたしに見抜けない真実などない！」

「……いってるでしょ。わたしの表情から感情を読んだら？」

友里は押し黙って、震える手でマシンガンを支えつづけた。

照門と照星を美由紀の胸に合わせようとしていた友里の目が、はっとしたように見開かれる。

「まさか」友里は愕然《がくぜん》とした面持ちでいった。「おまえ、本当のゼフテロシウムの在り処《ありか》を知ってるの？　其拾弐の真の場所がどこかを……」

美由紀は黙っていた。

無言のままでいようと、友里が美由紀の心のなかを読むのは確実だった。

表情筋の微妙な状態から、友里はすべてを察する。友里はいま理解したはずだ。ゼフテロシウムがあるのは、ここではない。しかし美由紀は、本当の埋蔵場所を知っている。

「どこなの？」友里の息遣いが荒くなった。「ゼフテロシウムは、いったいどこよ」

「残念ね。友里。あなたのいう千里眼が見抜けるのは感情だけ。本当か嘘かは判断できても、思考の具体的なところまでは読みとれない」

「言いなさい！」と友里はマシンガンの銃口で威嚇《いかく》した。「吐かなければ、この場で殺す」

「無理よ。ゼフテロシウムの埋蔵場所は、わたしだけが知ってる。わたしを殺したら、永遠にその答えはわからない」

友里の顔に、初めて怯えに似たいろが浮かんだ。

「認めないわ」友里はささやいた。「わたしの千里眼が真実を見誤ってたなんて。おまえが事実を知ってるなんて」

挑みかかろうとしてきた友里に対し、美由紀は手にしたマシンガンを向けた。

双方が銃口を突きつけあう。避難通路に張り詰めた空気が漂った。

ふっ。友里は笑いながらも、こわばった顔できいてきた。「なんのつもりよ」

「友里。あなたにわたしは撃てない。でもわたしは、あなたを撃てる」

「……脅したって駄目よ。おまえが本気でわたしを殺せるはずが……」

「本当?」美由紀はいった。「わたしの表情を観察したら?」

友里はいまや、はっきりと青ざめていた。

美由紀は、自分の心がどちらに転ぶのかを予測していなかった。引き金を引けるかどうか、試してみるまでわからない。

それでも、この悪魔の使いのごとき女の犠牲になった人々の叫びは、わたしの耳にこびりついて離れない。

撃ったとしても、わたしは後悔しない。

たとえ先んじて撃たなかった場合も、わたしが取るであろう行動はふたつしかない。

友里が撃とうとしてきたなら、迷わずわたしは引き金を引く。そして、確実にわたしのほうが早い。絶命するのは友里のほうだ。

あとのひとつは、友里が武器を捨てた場合。警察に身柄を引き渡し、司法の裁きを待つことになる。極刑はまぬがれないだろう。死刑台が友里を待つ。

三つのうち、どの結果になろうと、死ぬのは友里だった。

どの未来も否定はしない、と美由紀は思った。

自分でも判然としない、本能にまかせた衝動的な行動の発露。その瞬間に身をまかせる。

だが友里は、一瞬早く、美由紀自身にも判らないその行動を予測したようだった。

友里はわたしの感情を読んだ。その顔には恐怖のいろがあった。遠くにある死刑台に対する怯えではない、いまこの瞬間にも齎《もたら》される死への恐怖。

すなわち、わたしがとる行動は、射殺か。

ところがその直後、友里の表情に迷いが浮かんだ。

思考が混乱しだしたようだ。友里は、美由紀が撃つつもりだと判断した。しかしその自慢の千里眼は、すでに確実なものでなくなっている。友里が確信していたはずの埋蔵場所はここではなかった……。

混乱が極限まで達したかに見えた瞬間、友里は予測不能な行為をとった。

「うわああ!」友里は叫びながら、ふいに身を翻した。

いまさら逃げ場のない避難通路で、友里は壁ぎわに駆けていった。髪を振り乱し、武器を振りかざしながら走った。

「美由紀! 四十九日後にわたしからのメッセージを受け取ることね。教祖阿吽拿は今一度復活する」

次の瞬間、友里は給気パイプのなかに身を躍らせた。

強烈な風圧が排気ファンの回転扇にまで一瞬のうちに運ぶ。まさしく自殺行為だった。

だが友里がおこなったのは、投身自殺だけではなかった。飛びこんだ直後に、榴弾《りゅうだん》の発射音が響き渡った。

突きあげる衝撃とともに、避難通路は勾配《こうばい》が生じるほどに捻《ね》じ曲がった。亀裂の入った天井が崩れ落ちる。轟音《ごうおん》とともに、給気パイプの穴から火柱が吹きあがった。

パイプ内を遠くに飛ばされる寸前に、風上にある発火装置を撃ったのだ。粗製ガソリンのナフサと増粘剤のナパーム剤を混ぜた半固形物が、ポリ容器におさまっている。それを榴弾で撃てば、本来起きるはずだった大爆発に至る。

炎はあちこちで床を突き破り、通路じゅうに広がった。肌を焼き尽くすような温度の上昇。黒煙が視界を覆いつくす。

美由紀は滑り台の出口に駆けた。爆発による上昇気流が発生しているため、美由紀の身体は滑り台に吸いこまれ、押しあげられた。頭を撃たないように姿勢を低くしながら、斜面にしがみつき、伸びあがるようにして登っていく。たちまち滑り台は熱を帯びだした。アルミが高熱を帯びて、表面が溶解しつつあるのを感じたとき、美由紀は上まで登りきって車道に転がりでた。

すでにシールド工法の構内は円形を留《とど》めておらず、歪《ゆが》んだ壁面から炎が噴出していた。火は給気によって送りこまれる酸素を燃焼しながら構内いっぱいに広がり、放置車両を飲みこんでいく。

車両がすさまじい轟音とともに次々と爆発していった。ガソリンタンクは爆弾と同じだった。弾《はじ》け飛んだ車両は宙に舞いあがり、天井に叩《たた》きつけられては、砕け散って路面に落下する。

すぐさま美由紀はボルボC70に飛び乗った。アクセルを踏みこんで発進させ、Uターンして西新宿方面に向かった。

友里を追跡するときには好ましかったオープンカーは、この状況に至っては危険きわまりない乗り物と化していた。前後左右で爆発とともに噴きあがったガソリンは、引火しながら頭上から降り注いでくる。コンクリートの破片やクルマの部品が、水平方向からは爆速によって飛来し、垂直方向からは重力によって落下してくる。

絶えず周囲に気を配りながら、ステアリングを左右に切って飛来物と落下物を紙一重でかわし、燃え盛る放置車両の残骸《ざんがい》を避けながら疾走する。まさに死のドライブだった。

ミラーには、崩れる天井が映っていた。走破した直後から落盤が起きている。しかも、崩落する場所はどんどん追いあげてきている。このままでは瓦礫《がれき》の下敷きになる。

ギアを二速にし、テールを左右に滑らせながら、がむしゃらに車両の隙間を突破していく。側面をこすり、ドアミラーは左右ともに消し飛んだ。ルームミラーも傾いてしまって、背後のようすがわからない。なんとミラーの支柱が熱で溶けだしている。

中野長者橋出口《なかのちょうじゃばし》の看板を通過した。西新宿出口まであと数百メートル。本来ならその距離をしめす標識もあるはずだが、破壊されたらしく跡形もない。

瓦礫が行く手をふさぐ。わずかな隙間を縫って走った。しかしそれもほんの数秒のことで、完全に進路は土砂で埋まり、堆《うずたか》いコンクリの山ができあがっていた。

美由紀はクルマを捨てて、その山を登りだした。全力で駆けあがり、向こう側の斜面を転がり落ちる。

そこは、シールド工法ではなく、四角い形状の構内だった。すなわち、出口が近い。現に、あちこちに消防士の姿が見える。ホースで必死の消火活動に従事していた。

「逃げて！」美由紀は走りながら怒鳴った。「ここは焼き尽くされる。外にでない限り助からない！」

消防士たちはぎりぎりまで炎に抵抗しているようすだったが、美由紀の呼びかけが正しいと判断したらしい。ホースを放りだし、出口のほうに駆けていった。

彼らがくぐっていく穴も変形し、徐々に小さくなっていく。瓦礫の山が潰《つぶ》れていく。もはや穴はわずかな隙間と化している。

最後の消防士が脱出し、向こう側から叫んでいる。「早く！」

美由紀は、閉じる寸前の穴に頭から飛びこんでいった。崩れていく瓦礫のなかを匍匐《ほふく》前進し、出口をめざす。腕が擦りむけ、膝に激痛が走ったが、かまわなかった。あと三メートル。二メートル。一メートル……。

外気のなかに転がりだした。陽射しが降り注いでいる。しかしそこはまだ終点ではなかった。地上へのスロープには縦横に亀裂が入り、崩れ落ちようとしている。

助け起こしてくれた消防士とともに、美由紀は坂道を駆けあがっていった。踏んだ勢いで路面は崩れる。前方に跳躍し、足もとを失う寸前に次のジャンプを試みる。地上まであと少し。

ようやく昇りきり、美由紀は山手通りの路上に転がった。辺りには、逃げ惑う報道陣や警官の姿があった。

地震のような揺れは断続的に襲い、最後に一度、大きく突きあげる震動があった。轟音がフェードアウトしていく。辺りは静かになっていった。

美由紀は起きあがろうとしたが、脚が立たなかった。膝《ひざ》を切ってしまったらしい。消防士の手を借りて、ようやく立ちあがった。

ありがとう、と消防士につぶやいて、山手トンネルがあった方角を振り返る。半ば呆然《ぼうぜん》としながら、美由紀はその光景を眺めた。

山手通りは、はるか彼方に至るまで陥没し、深い底の谷間になっていた。本来は道沿いに建ち並んでいたビル群は、断崖《だんがい》に面している。中央分離帯に等間隔にそびえていた排気塔が、倒壊しながら谷底に落ちこんでいく。

信じがたい風景。けれどもすべては、現実だ。

美由紀は無言のまま、なおも地の底に沈んでいく地獄を見つめた。悪夢の戦場。願わくは、このまま闇の奥深くに葬り去りたい。世の平和を乱す暴力という、理不尽きわまりない行為とともに。

やがて、噴煙が漂ってきて、辺りを覆いつくした。一帯は霧に飲みこまれたように見通しがきかなくなった。

耳が聞こえにくくなっていることに気づかされる。それでも、少しずつ音は戻りつつある。

友里が姿を消す寸前に叫んだ言葉の意味を、美由紀は考えた。

あれは偽者ではない、間違いなく友里本人だった。給気パイプから助かる方法などないはずだ。阿諛子もジャムサも捕まったいま、頼りにできる部下もいなかったはず……。

しばらくして、籠《こ》もって聞こえる耳に、涼平の声が飛びこんできた。

「岬さん」涼平は声を張りあげているようだった。「岬さん、どこ?」

振りかえると、噴煙の向こうに右往左往する人影のなかに、たたずむ涼平の姿が見える。

涼君。美由紀は歩を踏みだそうとした。

そのとき、スーツ姿の男が行く手を遮るようにして、立ちふさがった。

私服警官ではない。ずっと高そうなブランド物のスーツ、背は高くて、体型は男性ファッションモデルのようだった。頭部が小さい。白人で、端整な顔の持ち主だった。パーマのかかった髪は長めだが、この状況下で砂埃《すなぼこり》をかぶったようすもなく、丁寧にセットされている。すなわち、ついさっきまでクルマのなかにでもいたのだろう。

「岬美由紀さんですね?」と男は日本語できいてきた。母音にイングランド系特有のアクセントが感じられる。

「誰？」美由紀はたずねた。

「クリフと申します」男はうやうやしく頭をさげた。「お伝えせねばならないことがあります。いますぐに」

経営

山手トンネルの惨劇からひと月が過ぎた、ある平日の午後、三時すぎ。

美由紀は白金通りに面した瀟洒《しょうしゃ》なつくりのフレンチ・レストランの前に、レンタカーを停めた。食事どきではないせいもあって、パーキングスペースも空いている。

「着いたわ」と美由紀は、助手席の鱒沢にいった。「ここですよ」

中野慈恵園の所長を務める鱒沢は、目を白黒させながら窓の外を眺めた。「ここ？　これ、ほんとに食事するところ？」

「ええ。元は大使館の別邸だったらしいんだけどね、オーナーが買い取って改装したの」

「すごい……。髭剃《ひげそ》ってくりゃよかった。っていうか、こんな服装で来るべきじゃなかったな。でも、一張羅のスーツはクリーニングに出したばかりなんですよ。先日、うちで預かってる子の保護者会に出席したんで……」

「軽装でかまいませんよ、ドレスコードもないですし」美由紀はそういって、ドアを開け放って外にでた。

すっかり恐縮したようすの鱒沢を連れて、歩道を横切ってエントランスに向かう。洋館風のレストランの入り口には、準備中の札がでていたが、美由紀はかまわず扉を開けてなかに入った。

休憩時間の店内はがらんとしていて、オーナーの女がコックと立ち話をしていた。女は声高に指示を伝えている。「フランスの三ツ星だからって、日本人の口にあわなきゃしょうがないでしょ。かび臭いチーズはもっと甘いやつに変えて。デザートもそれにそぐう味を研究するのよ」

美由紀が背後に立つと、コックが戸惑いの顔を浮かべた。

モデルのように着飾った二十九歳の若きオーナーは、怪訝《けげん》な顔をして振りかえった。その顔に驚きのいろが広がる。「美由紀！　退院したの？」

「ええ。おかげさまでね。由愛香、お店のほうはどう？　上野の中華料理店と同時経営なんて、大変じゃない？」

「全然！　効率良過ぎなぐらいよ。余ったフカヒレをこっちでフレンチ風にアレンジしてだせば、お客もありがたがって食べるし」由愛香はコックをちらと見やった。「あ、もういいわ。厨房《ちゅうぼう》に戻って夜の仕込みして」

「由愛香」美由紀はいった。「あのね、共同経営のことなんだけど……」

「あー」由愛香はあわてたような顔をした。「契約内容ね。そりゃね、わたしと美由紀の比率が九対一ってのはあんまりにもって感じよね。あれには訳があって、美由紀ってふだん忙しいでしょ？　だから、わたしのほうが責任を多く持つことによって、美由紀の負担を軽くしてあげようっていう元先輩の優しさみたいなもんでさ……」

「ごめん。あのね、きょう来たのは、わたし経営から外れたいと思ってるの」

「……どうして？　すごい儲《もう》かってんのに？　もうすぐイタリアンも出店するんだよ？」

「知ってるけど、ここと上野のほうの収益で、三号店以降の資金繰りは充分でしょ？」

「そうだけどさ。もともと出資してくれたのは美由紀だし……。何かあったの？」

「いえ、ちょっとね。とにかく、共同経営者としてのわたしの立場を、ある人に譲りたいと思ってるの」

「誰に？」

美由紀は後ろを振りかえった。「鱒沢さん」

鱒沢はエントランスホールを戸惑いがちにうろついていたが、美由紀に呼ばれると、うろたえたようすでこちらを見た。「あ、はい。いまそっちに行きます」

由愛香は面食らったようすで、美由紀にささやいてきた。「やめときなって。あんなの」

「あんなの?」

「ったく、千里眼のくせに男を見る目は養われてないの? ありゃどうみたって極貧の類《たぐ》いじゃないの。苦労するだけだって」

「違うのよ、由愛香……」

「わかってる、愛があればすべて乗り越えられるとかなんとか、夢みたいなこと言ってるんでしょ。ハマってるときはそんなもんよね。でも、冷静に考えてみてよ。あの不精髭にだらしない内面が表れてるでしょ。結婚相手はね、原則、年収四千万以上。口先だけは駄目よ。過去三年の収入証明書を持ってこさせて、あと変な性癖がないかどうか知人にしっかり探りをいれて……」

「だから、違うってば。鰐沢さんとつきあうつもりなんてないの。今後、連絡を取り合うこともないし」

「え……? じゃあ何で?」

鰐沢が近づいてきて、当惑ぎみに頭をさげた。「鰐沢です……。中野慈恵園というところで、所長をしてます」

「所長?」

美由紀は由愛香に告げた。「児童養護施設よ。経営者としての比率は元のままでいいから、わたしに支払ってきた収益の一割を、今後は鱒沢さんが受け取れるように契約内容を改訂して。実務は、ほとんど由愛香ひとりでできるでしょ？　これまでもそうだったんだし」

「そりゃできるけど……。いいの、美由紀？　これだけの稼ぎを放棄するなんて」

「もう充分な収入になったわ。わたしには臨床心理士としての仕事もあるし」

「理由を教えてよ。美由紀。フェラーリ599の車両保険で得たお金を、このあいだの事件の生存者に寄付したんでしょ？　それも全額」

「……よく知ってるのね」

「保険屋が元所有者のわたしにも事情を聞きに来たからよ。なにか譲渡の不備でも見つけて、保険金払わずに済むならそうしたかったんでしょうね。けど、美由紀。ボランティア精神ばかりじゃ生きられないよ？　富を得ることは罪悪じゃないんだしさ、パーッとやれば？」

　沈んでいく気分だけが、重く肩にのしかかる。美由紀は腕時計に目を落とした。「もう行かないと。いままでありがとう。それじゃ」

　あ、美由紀。由愛香の声が呼び止めようとする。美由紀はかまわずに、エントランスホールを突っ切って外にでた。

プレゼント

その夜、美由紀はひそかに中野慈恵園を訪ねていた。

門を開けて、ひとけのない庭園の暗がりのなかに忍びこむ。

一時は事情聴取のパトカーがひっきりなしに乗りいれていたこの庭園も、いまは静寂に包まれている。建物の一階の食堂に明かりがついていた。窓のカーテンは閉まっていない。子供たちが食卓に集まっているのが見える。

ひと月前、わたしはあの部屋にいた。子供たちと一緒に食事の準備をした。なにもかも、ずいぶん前のことのように思える。胸にせまる懐かしさがあった。

室内のようすが見通せる場所で立ちどまり、美由紀は窓を眺めた。

唸《うな》り声がして、鎖をひきずる音がする。雑種の大型犬が首をもたげ、こちらに近づいてきた。

美由紀はしゃがんで、そっとその犬を撫《な》でた。

犬は吠《ほ》えることはなかった。美由紀に寄り添うように、その場に寝そべった。

顔をあげると、食堂に鱒沢が入ってくるのが見えた。

鱒沢は満面に笑いを浮かべていた。心の底から喜びを感じている表情だ、と美由紀は思った。鱒沢が、子供たちを前に立ってなにかを告げている。

聴きいる子供たちのなかに、涼平の姿があった。

どんな会話が交わされているか、唇の動きから察しはつく。鱒沢は、この施設は近いうちに新築に建てなおす、そういった。保育士の蛭川が身を乗りだし、本当ですかと尋ねている。鱒沢はうなずき、部屋が子供たちの人数ぶん増やせるといった。足りなかった物はぜんぶ買える。教材とベッド、食器、楽器にパジャマ、なんでも揃う。

子供たちに笑顔がひろがっていく。有頂天になって立ちあがり、小躍りしている子もいる。

涼平も笑っていた。その屈託のない笑いを、美由紀はじっと見つめた。

彼の視線は、こちらには向かない。もし窓を見たとしても、目に映るのは暗闇だけだ。わたしの姿には気づかない。

ふたりの心が最も近づいたのは、避難通路の給気パイプで、発火装置を処理した直後だった。

パイプから通路内に戻ったわたしは、涼平と唇を重ねた。

なぜそうなったのか、どちらから先にキスをしたのかわからない。でも、唇にその感覚は残っている。

あのときは、そうすることが自然だった。先のことなど、何も考えていなかった。

いまは事情が異なる。これが涼平の姿を見る最後のときになるのだろう。

できれば、別れを告げたかった。けれども運命は、それを許さない。

「不満でしょうね」しわがれた声が控えめに告げた。「われわれを恨みますかな? 意中の人を紹介しておきながら、いまはその仲を永遠に引き裂こうとするわれわれを」

美由紀はちらと振りかえった。

丸帽をかぶり、燕尾服《えんび》に身を包んだ老紳士、ロゲスト・チェンが、いつの間にか背後に立っていた。

驚きなど感じない。神出鬼没のこの男がふいに現れることは、もはや意外ではなかった。犬も吠えないほどに気配を殺せるのなら、侵入できない場所などどこにもないだろう。

「わたしが」美由紀はつぶやいた。「自分で決めたことよ。あなたたちに動かされてるわけじゃないわ」

「そうはいっても、クリフの進言を受けいれたわけでしょう?」

「……ええ。わたしが涼君と接触しないかぎり、あなたたちも涼君に手出しはしない。誘《ゆう》拐《かい》したり、危害を及ぼすことはない。約束が守られることを祈ってるわ」

「もちろん遵守しますよ。あなたにもそのように願っています。もし約束が破られたら、われわれは即座に察知し対処に乗りだします」

「わたしから四六時中、目を離さないつもり？」

「いいえ。あなたは人の表情から感情を読む。残念ながら、グループの日本支社が存在しない現状では、セルフマインド・プロテクションを完璧《かんぺき》に身につけているスタッフの数は限られていましてね。そうでなくとも、あなたは巧みに監視の目を逃れるすべを身につけておいでだ。すばしこくて、機転が利いて、知識も豊富だ。度胸も行動力もある。正直、常に行動を把握することは困難でしょう」

「じゃあ、どうしてわたしが涼君と会わないってわかるの？」

「日向涼平君のほうを見張るからですよ。彼がどこで何をしているか、グループ上位企業から派遣されたスタッフが、常に目を光らせます」

「彼は取るに足らない存在で、監視対象外じゃなかったの？」

「もう違います。彼は成長し、変化した。戦場のような凄惨《せいさん》さを経験し、死と向き合い、人生の価値観を大きく変えた。そしてあなたによって、立派な男になりうる素質を備えた。

彼は今後の日本の歴史に影響を与える可能性を持ちえたわけです。監視対象リストのなかに、その名が加えられています」

美由紀は黙って涼平の姿を見つめていた。

一人前になったというお墨付きを与えたのがメフィスト・コンサルティングである以上、その評価など受けいれられるはずもない。

それでも、涼平が変わったのはあきらかだった。

いまも彼は笑っている。年下の子に常に気を配り、すすんで面倒をみようとする。やさしさは彼のなかに始めから存在していた。でも彼はそれを、表にだすことなく心の奥底に埋没させていた。希望を持てない日々が、彼を虚無に浸らせていた。

困難を乗り越えて、彼は変わった。

そして彼はもう、以前のようにわたしを必要としないだろう。ひとりで生きていける。それが彼の本来あるべき姿だった。彼はそうなった。

メフィストとの約束がなくても、遅かれ早かれ別れのときはきた。そんな気がする。

チェンはいった。「山手トンネルの生存者たちは彼同様に、強く生きるすべを身につけているようですな。むろん、あなたたち臨床心理士がカウンセリングをおこない、PTSDを最小限に留《とど》めた功績もあってのことですが、なにより生存者たちみずからが成長した」

「……目の前で多くの命が絶たれていくのを見たんだもの、しっかり生きなきゃって意識になるのは当然よ。人生の意味が変わった。当然のように与えられた権利だと思ってたけど、違ってた」

「あなたも変わったんでしょう。岬美由紀様。迷いを断ち切られた、そうお見受けしますが」

せつなさだけが広がっていく。わたしはもう、後戻りできない道を歩みだしている。

美由紀はチェンに問いかけた。「聞いていい？」

「なんなりとどうぞ」

「あなたたちは、友里の生死についてどう判断してる？」

「警察の公式発表では、遺体は発見されず行方不明ということですがね」

「メフィスト・コンサルティング特殊事業部の見解を聞いてるのよ。じかに給気パイプから排気ファン室までを調べたでしょ」

「……どうしてそうお思いで？」

「イオン建設って、メフィスト・グループの傘下よね？　トンネルから救出されて、蒲生さんから競売の件を聞かされたときにすぐ、ぴんときたわ。都内の被災地の再開発に一兆円を調達できるなんて、人類の歴史をつくると豪語してる団体にしかできない相談よ。友里はそのことを知っていて、イオンに競り落とさせまいとした」

「よい憶測でしたな。いかにも、復旧工事がてら詳細にわたって構内を調べましたが、友里の死体は見つからなかった。脱出したとしても、その経路もさだかではない」

「神に代わる立場を自負しておきながら、わからないこともあるのね」

「われわれには、より優先すべき調査事項がありましてね」

「ええ。それも知ってるわ。っていうか、そのために復旧工事の権利を一兆円で落札したんですものね。ゼフテロシウムは見つかった？」

しばし口をつぐんでから、チェンは神妙に告げてきた。「いいえ。イオン建設からの報告を受け、グループの常任理事企業は総会において、山手トンネルにはゼフテロシウムは存在しないという結論に達しました。国土交通省の其拾弐なる報告自体、眉唾《まゆつば》だったのだろうと」

「そう」

「……岬様。わが偉大なる特別顧問ダビデは、このグループの決定を支持しておりません。私もです。友里佐知子が目をつけたからには、ゼフテロシウムはたしかに存在したのでしょう。ただしその埋蔵場所は、山手トンネルではなかった。どこに埋まってるんでしょうな？　あなたなら、お気づきではありませんか？」

ついにこの質問がきた。

表情から心のなかを察する技術について、ロゲスト・チェンはわたし同様の力量を発揮する。その一方で、己れの感情は隠蔽《いんぺい》するセルフマインド・プロテクションを身につけている。

わたしには、自分の心を偽る技術はない。感情は常に透き通ったガラスのなかに置いているも同然だった。

チェンは見抜いてしまう。わたしが真実を知っていることを……。

思いがそこに至ったとき、美由紀の視界は揺らぎだした。涙が自然にこみあげてくる。トンネルに閉じこめられた二千百十八人のうち、生還できたのは四百八十九人。あとの人々は命を落とした。なんのために死んだのだろう。レアメタルがもたらす絶大な権力と引き換えに、命を差しだすことを誰が了承したというのだろう。

永遠に争いがつづき、これからも多くの人命が失われるのならば、ゼフテロシウムの在《あ》り処《か》など明らかにならないほうがいい。そう、わたしは誰にも打ち明けたりしない。

もう誰も死なせたくない。争いなんか……。

泣いたところで、メフィスト・コンサルティングの使いの目を誤魔化すことなど、できようはずもなかった。

ロゲスト・チェンはしばし美由紀をじっと見つめていたが、やがてため息とともに、その顔をほころばせた。

「がっかりですな」チェンはいった。「しかし、事実は揺らぎようがないですな。あなたも、総会の決定と同じ見解とは」

「え……？」

「早速、ダビデにご報告申しあげることにします。なに、日本にゼフテロシウムがなかったからといって、わがグループにとってはそれほどマイナスではありません。もともと可能性としては高くはなかったですし、イオン建設の復旧工事事業は新たな日本支社の進出の足がかりになりますからな。では、これにて」

チェンは軽く頭をさげると、踵《きびす》をかえして立ち去りだした。

その言葉の意味を、美由紀は黙って考えていた。

そして、チェンの意思を感じとったとき、美由紀は呼びかけた。「待って」

足をとめたチェンが、ゆっくりと振り返る。

「……お礼なんか言いたくないけど」美由紀はささやいた。「でも、感謝するわ」

まさしく老紳士と呼ぶべき、邪気のない笑顔を浮かべ、チェンはうなずいた。

無言のまま、チェンは背を向けて歩き去っていった。黒の燕尾服《えんび》は、ほどなく闇に溶けこみ消えていった。

美由紀は、児童養護施設の窓に目を戻した。

食事が始まっている。涼平は保育士と語りあっている。明るい食卓で、彼の顔はひときわ輝いて見えた。

さようなら、涼君。本当の意味での、わたしの初恋の人。

美由紀は門に向かって歩きだした。後ろ髪をひかれようとも、美由紀は振りかえらなかった。

彼はわたしに希望をくれた。人を愛せるという希望を。わたしは、それを胸に抱いて生きていく。どんな困難が待ち受けていようと乗り越えていく。大切な贈り物とともに。

明日へ

秋のやわらかい木漏れ日から、ほんの数歩陰に入った。古いレンガ造りの小さなアーチの下。

上下一車線ずつの車道に沿った歩道。往来するクルマも人もごくわずかだ。自転車が何台か、駆け抜けていく。このトンネルは短い。わずか二百メートルほどで抜けられる。差しこむ陽射しだけで、ほのかに明るい。

アーチ状の天井は老朽化していたが、あちこちに修復工事の跡があり、文化財に等しい歴史的価値を持つトンネルを崩落から防いでいる。そういえば、路面も新しい。定期的な工事を繰り返してきたのだろう。

美由紀は歩道を進んでいくと、その中間辺りでしゃがみこんだ。

歩道のタイルに指を這《は》わせる。ひび割れているうえに、磨《す》り減って表層の塗装は剝《は》げ落ちている。市民にも存在を意識されない歩道。わたしも機会がなければ、わざわざ立ち寄ることもなかっただろう。

手にしたポットの蓋《ふた》を開ける。中の液体をタイルの上に撒《ま》いた。

生理食塩水にタンパク質や脂質を添加したこの液体は、血液によく似た成分になってい
た。温度は三十六度に保ってある。

ハンドバッグから携帯式のサーモグラフィーを取りだす。オペラグラスのような形状のモニタを通して床を眺めながら、電源のスイッチをいれた。

反応は、一見してわかった。

何もない床に液体をこぼしたときとは、あきらかに異なっている。温度分布にムラがあるうえに、モニタの画像は全体的に赤く染まりかけては、また青いろが広がるという現象を繰り返した。温かくなったり、冷たくなったりの反復だった。

自然界の法則に照らしてみれば、ありえないことだ。しかし、ここにはほかの物質の影響がある。微量ではあるが放射線が地下に存在している。

ため息をつき、美由紀は立ちあがった。

やはりここだったんだ……。

建設されたのは昭和三年。関東大震災の復興事業のひとつ。ここが開通したことによって、横浜と本牧を行き来するのに地蔵坂を越える必要がなくなったという。

元町商店街のある石川町駅側と、山手駅入り口の交差点を結ぶ、なんの変哲もないトンネル。地元民なら、誰でもその名を知っている。山手トンネル。

山手通りではない、横浜の山手地区のトンネルだった。路面の修復工事は地盤強化のために、深く掘ることがある。最近になって実施された工事で、施工した業者が金属の埋蔵に気づいたのだろう。そして、その金属はレアメタル、ゼフテロシウムだった……。

美由紀は辺りを見まわし、監視の目がないことを確認すると、歩きだした。

行こう。ここにあまり長居したくない。

歩を進めながら美由紀は思った。おそらく友里は、山手トンネルという言葉の真偽だけを見抜こうと表情筋を観察したに違いない。

発言者は嘘をついていなかった。落ち度は友里のほうにあった。己れの千里眼を過信した友里に……。

外にでた。秋の気配を深めた山手地区。裸になりつつある銀杏《いちょう》並木の下に、無数の枯れ葉の絨毯《じゅうたん》が敷き詰められている。

そよ風が潮の香りを運んでくる。外人墓地に面した道路の路肩に寄せて停めてある、英国製スポーツカーに近づいた。

アストン・マーティンDB9。院長時代の友里の愛車のひとつだったが、事件後に被害者遺族救済のためにオークションにだされていた。高値に設定されていたせいでずっと落札者はいなかったが、美由紀が二週間前になって購入した。

速い足がほしかったところだ。とりわけ、きょうという日を迎えるにあたっては。

ドアを開けて車内に乗りこむ。革張りのシートと本物の木製パーツが織り成す贅沢《ぜいたく》な小部屋という印象だった。

シートに身を沈めたとき、携帯電話が鳴った。

「はい」と美由紀は電話にでた。

「美由紀」蒲生の声は緊迫していた。「友里が現われたぞ。きみの言ったとおりだな。やっぱり死んでいなかったんだ」

そうだろう。きょうはあの忌まわしい事件の日から四十九日目。友里は宣言どおりに姿を見せた。

四十九日。酔狂ではない。あの女のやることには、必ず意味がある。わたしは、その謎をも解いている。

「すぐ行くわ」美由紀は電話を切った。

スタートボタンを押してエンジンを始動させる。ボンネットから噴きあがる轟音《ごうおん》、エアインテイクから立ち昇る湯気が、蜃気楼《しんきろう》のように視界を揺らす。

カウンセラーとして生きる日は、しばらくおあずけだ。わたしは決着をつけねばならない。

すべての兵隊を失い、いまや単独の存在となった凶悪犯、友里佐知子。もう誰も殺させやしない。あの女のためにひとりの命も失わせやしない。

そして、わたしが友里の暴狂の人生に終止符を打つ。

美由紀はアクセルを踏んでDB9を発進させた。舞い散る木の葉のなかを駆け抜けていく。どれだけ運命に弄《もてあそ》ばれようとも挫《くじ》けない。いまのわたしには、友里の心が読める。宿命の戦いに、わたしはすべてを捧《ささ》げる。

〈クラシックシリーズ5につづく〉

解説

井伏鱒三

ミステリ界、いや文学界広しといえど、前例のない作品が登場した。それが本書『千里眼の復讐』である。

本書はまぎれもなく書き下ろし最新作である。であると同時に、小学館文庫で発売していた旧・千里眼シリーズの第四弾「洗脳試験」を完全に抹消したうえで、物語の正史としてまったく新しいストーリーを投入するという、前代未聞の大作でもある。

これまで、角川で「完全版」と銘打たれてきた千里眼「クラシックシリーズ」三作は、いずれもプロットおよび文章に大幅に手が加えられ、とりわけ「運命の暗示　完全版」に至ってはは中国横断の道中のイベントがほぼ完全に新作と化していたが、趣旨は旧作に沿っていた。同じタイトルの再文庫化なのだ、それも当然だろう。

ところがこの『千里眼の復讐』は違う。「洗脳試験」の内容は一ページたりとも流用されていない。岬美由紀、友里佐知子ら登場人物はすでに前作の時点で違う歴史を歩みだしていたが、本書で発生する事件、イベント、謎解きのすべては、旧作とは根底から異なっている。キャラクターを待ち受ける運命さえも大きく違う。クラシックシリーズはとうとう、旧シリーズから完全に分離した新作シリーズと化してしまったのだ。

驚かされるのはキャラクターの連続性、新シリーズにも通じる違和感のない美由紀の成長過程である。また、メフィスト・コンサルティングと友里佐知子のあいだに存在する軋《あつ》轢《れき》と抗争、友里と鬼芭阿諛子の関係、悪の一味にユーモラスに加わるジャムサなど、旧シリーズの名篇にして最終作「背徳のシンデレラ」の設定に近い新たな世界観を構築している。シリーズはそもそも、最初からこちらの方向に進むべきだったのではないかと思える充実ぶりだ。

また本書は、ひさしぶりに旧シリーズ開始当初のハードでスリリングな展開、美由紀の宿命に伴う重さや暗さ、凶悪事件の身に迫る怖さといった、往年の読者を魅了した独特の持ち味が復活している点でも興味深い。九年前、このシリーズに感じられた底知れぬ陰謀の不気味さや、人々の平和を根底から覆しかねない事件による戦慄《せんりつ》、それらに抗《あらが》う美由紀の孤独な生きざまとカリスマ性など、最近の作品の文体の読みやすさはそのままに、見事なまでの原点回帰を果たしているのだ。

しかし、そのストーリーは決して過去にとらわれたものではない。むしろ現代のミステリ界の流行である「デスゲーム」をプロットに持ってくることで、シリーズ最大ともいえるスリルを生みだすことに成功している。この手の小説は、残虐なゲーム設定のインパクトばかりを競うきらいがあり、結末は尻《しり》すぼみになることが多いのだが、本書の場合はさすがに松岡圭祐、デスゲームにも一筋縄ではいかないどんでん返しと真相が待っている。

旧作「洗脳試験」は子供向けパロディ篇にいきなりシリーズをシフトしたかのような、軽妙な展開と漫画チックな楽屋落ちで埋めつくされた一種の「怪作」だった。あの当時の著者は意図的にハードさから離れた天真爛漫《らんまん》な娯楽性を目指していたように思える。しかしこういっては何だが「洗脳試験」の大部分は、当時からして陳腐であり、砂糖を入れ過ぎたコーヒーのような味わいだったことは否めない。不倶戴天《ふぐたいてん》の敵であるはずの友里佐知子が戯画化されすぎていたうえに、終盤に至ってのどう考えても不自然な改心ぶりはシリーズの平均点を大きく下げる要因になっていたといえるだろう。

対する本書では友里佐知子の存在感はとてつもなく大きく、善意のかけらもない凶悪ぶりを発揮し、美由紀ともども読者を恐怖のどん底に叩《たた》きこむ。肉体の限界に挑む冒険のみならず、旧作に希薄だった心理戦が物語に大きく寄与し、二重三重の意味での「復讐《ふくしゅう》」が描かれているところが、本書の大きな特徴である。隙のない巧緻《こうち》なプロットとアイディア、一万人の恒星天球教の兵隊たちや中国での事件のその後といったシリーズの根幹をなす設定もあますところなく描写し、まさに「宿命の対決」の序章にふさわしい作品となった。

序章、というのは、すでにお読みになった方ならばお判りの通り、おそらくクラシックシリーズは次の第五作も新作になると思われるからだ。現行シリーズと並行して同一キャラクターの新旧ふたつの歴史を同時に進行するという、極めて稀《まれ》な試みが実現したのは、ひとえに九年間、五百万部以上というベストセラーシリーズとして認知された背景あってのことだろう。そして現行シリーズとつながるのは、小学館旧シリーズではなく、角川クラシックシリーズであることが、作品の刊行数が増えるとともにあきらかになっていくという、なかなか心憎い戦略である。

今秋発売の次回作は新シリーズのほうの最新作だそうで、こちらも楽しみであるが、本書のつづきはいつ刊行されるのだろうか。ああ待ち遠しい。

なお、本書の結末部分で美由紀が訪れる某所は、地元民ならご存じの通り現実に存在する場所であり、名称もあのままである。近隣にお住まいの読者は、美由紀よりも早く真相を見抜いてしまったに違いない。

本書は書き下ろしです。

この物語はフィクションです。登場する個人・団体等はフィクションであり、現実とは一切関係がありません。

クラシックシリーズ4

千《せん》里《り》眼《がん》の復《ふく》讐《しゆう》

松《まつ》岡《おか》圭《けい》祐《すけ》

平成20年 6月25日 初版発行
令和6年 12月15日 8版発行

発行者●山下直久

発行●株式会社KADOKAWA
〒102-8177 東京都千代田区富士見2-13-3
電話 0570-002-301(ナビダイヤル)

角川文庫 15193

印刷所●株式会社KADOKAWA
製本所●株式会社KADOKAWA

表紙画●和田三造

ISBN978-4-04-383620-8 C0193

角川文庫発刊に際して

角川源義

第二次世界大戦の敗北は、軍事力の敗北であった以上に、私たちの若い文化力の敗退であった。私たちの文化が戦争に対して如何に無力であり、単なるあだ花に過ぎなかったかを、私たちは身を以て体験し痛感した。西洋近代文化の摂取にとって、明治以後八十年の歳月は決して短かすぎたとは言えない。にもかかわらず、近代文化の伝統を確立し、自由な批判と柔軟な良識に富む文化層として自らを形成することに私たちは失敗して来た。そしてこれは、各層への文化の普及滲透を任務とする出版人の責任でもあった。

一九四五年以来、私たちは再び振出しに戻り、第一歩から踏み出すことを余儀なくされた。これは大きな不幸ではあるが、反面、これまでの混沌・未熟・歪曲の中にあった我が国の文化に秩序と確たる基礎を齎らすためには絶好の機会でもある。角川書店は、このような祖国の文化的危機にあたり、微力をも顧みず再建の礎石たるべき抱負と決意とをもって出発したが、ここに創立以来の念願を果すべく角川文庫を発刊する。これまで刊行されたあらゆる全集叢書文庫類の長所と短所とを検討し、古今東西の不朽の典籍を、良心的編集のもとに、廉価に、そして書架にふさわしい美本として、多くのひとびとに提供しようとする。しかし私たちは徒らに百科全書的な知識のジレッタントを作ることを目的とせず、あくまで祖国の文化に秩序と再建への道を示し、この文庫を角川書店の栄ある事業として、今後永久に継続発展せしめ、学芸と教養との殿堂として大成せんことを期したい。多くの読書子の愛情ある忠言と支持とによって、この希望と抱負とを完遂せしめられんことを願う。

一九四九年五月三日

角川文庫ベストセラー

クラシックシリーズ
千里眼完全版　全十二巻
松岡圭祐

戦うカウンセラー、岬美由紀の活躍の原点を描く『千里眼』シリーズが、大幅な加筆修正を得て角川文庫で生まれ変わった。完全書き下ろしの巻まである、究極のエディション。旧シリーズの完全版を手に入れろ!!

千里眼
The Start
松岡圭祐

トラウマは本当に人の人生を左右するのか。両親との辛い別れの思い出を胸に秘め、航空機爆破計画に立ち向かう岬美由紀。その心の声が初めて描かれる。シリーズ600万部を超える超弩級エンタテインメント!

千里眼
ファントム・クォーター
松岡圭祐

消えるマントの実現となる恐るべき機能を持つ繊維の開発が進んでいた。一方、千里眼の能力を必要としていたロシアンマフィアに誘拐された美由紀が目を開くと、そこは幻影の地区と呼ばれる奇妙な街角だった——。

千里眼の水晶体
松岡圭祐

高温でなければ活性化しないはずの旧日本軍の生物化学兵器。折からの気候温暖化によって、このウィルスが暴れ出した! 感染した親友を救うために、岬美由紀はワクチンを入手すべくF15の操縦桿を握る。

千里眼
ミッドタウンタワーの迷宮
松岡圭祐

六本木に新しくお目見えした東京ミッドタウンを舞台に繰り広げられるスパイ情報戦。巧妙な罠に陥り千里眼の能力を奪われ、ズタズタにされた岬美由紀、絶体絶命のピンチ! 新シリーズ書き下ろし第4弾!

角川文庫ベストセラー

千里眼の教室　　松岡圭祐

我が高校国は独立を宣言し、主権を無視する日本国へは生徒の粛清をもって対抗する。前代未聞の宣言の裏に隠された真実に岬美由紀が迫る。いじめ・教育から心の問題までを深く抉り出す渾身の書き下ろし！

千里眼　堕天使のメモリー　　松岡圭祐

『千里眼の水晶体』で死線を超えて蘇ったあの女が東京の街を駆け抜ける！　メフィスト・コンサルティングの仕掛ける罠を前に岬美由紀は人間の愛と尊厳を守り抜けるか⁉　新シリーズ書き下ろし第6弾！

千里眼　シンガポール・フライヤー(上)(下)　　松岡圭祐

世界中を震撼させた謎のステルス機・アンノウン・シグマの出現と新種の鳥インフルエンザの大流行。一見関係のない事件に隠された陰謀に岬美由紀が挑む。F1レース上で繰り広げられる猛スピードアクション！

千里眼　優しい悪魔(上)(下)　　松岡圭祐

スマトラ島地震のショックで記憶を失った姉の、莫大な財産の独占を目論む弟。メフィスト・コンサルティングのダビデが記憶の回復と引き替えに出した悪魔の契約とは？　ダビデの隠された日々が、明かされる！

千里眼　キネシクス・アイ(上)(下)　　松岡圭祐

突如、暴風とゲリラ豪雨に襲われる能登半島。災害はノン＝クオリアが放った降雨弾が原因だった‼　無人ステルス機に立ち向かう美由紀だが、なぜかすべての行動を読まれてしまう……美由紀、絶体絶命の危機‼

角川文庫ベストセラー

霊柩車Ｎｏ．４　松岡圭祐

事故現場の遺体の些細な痕跡から、殺人を見破った霊柩車ドライバーがいた。多くの遺体を運んだ経験から培われた観察眼で、残された手掛かりを捉え真実を看破する男の活躍を描く、大型エンタテインメント！

ジェームズ・ボンドは来ない　松岡圭祐

2003年、瀬戸内海の直島が登場する007を主人公とした小説が刊行された。島が映画の舞台になるかもしれない！　島民は熱狂し本格的な誘致活動につながっていくが……直島を揺るがした感動実話！

ヒトラーの試写室　松岡圭祐

第2次世界大戦下、円谷英二の下で特撮を担当していた柴田彰は戦意高揚映画の完成度を上げたいナチスに招聘されベルリンへ。だが宣伝大臣ゲッベルスは、柴田の技術で全世界を欺く陰謀を計画していた！

マジシャン　完全版　松岡圭祐

「目の前でカネが倍になる」。怪しげな儲け話に詐欺の存在を感じた刑事・舛城は、天才マジシャン少女・里見沙希と驚愕の頭脳戦に立ち向かう！　奇術師vs詐欺師の勝敗の行方は？　心理トリック小説の金字塔！

マジシャン　最終版　松岡圭祐

マジックの妙技に隠された大規模詐欺事件の解決に、マジシャンを志す1人の天才少女が挑む！　大ヒットした知的エンターテインメント作「完全版」を、さらに大幅改稿した「最終版」完成！